KB093016

호접몽전

호접몽전

2부
왕들의 시대

12
젊은 용, 눈을 뜨다

청빙 최영진 장편소설

폭스코너

- **곽가 봉효** 천재 책사.《삼국지연의》와 정사에서 조조가 가장 아낀 참모 중 하나이다. 허약한 체질과 문란한 생활로 인해 요절했다. 이 책에서는 순욱의 천거로 용운의 휘하에 들었으며, 용운이 가장 믿는 신하 중 하나이다. 현재 유주 정예군의 총군사로 유주 손가 연합군의 주축을 이루고 있다.

- **사마의 중달** 유주 정예군의 부군사로 출진해 있다. 책사로서의 능력을 유감없이 발휘하는 중이지만, 그 와중에 유주성에서 가문이 반란을 일으켜 거의 멸문의 지경에 이르렀다는 소식을 전해 듣는다. 이번 책에서는 그 비보를 접한 사마의의 선택이 중요한 변수로 대두한다.

- **제갈량 공명** 정사에서 촉의 승상이자 삼국시대 최고의 정치가 겸 군략가로 평가받는 인물. 원래 용운의 휘하에 있었으나 업성 침공 때 이별하여 형주로 왔고, 현재 유비의 수하에 있다. 이번 책에서 형주로 온 용운과 재회하게 된다.

- **비월** 사마 가문의 정보 조직 '비월'의 수장. 사마 가문이 반란을 일으키고 몰락하면서 비월단도 붕괴되자 홀로 빠져나와 사마의에게 간다. 단원이 자신밖에 남지 않아서 조직의 이름을 자신의 이름으로 물려받았다. 사마의의 지령을 받아 행동한다.

- **서서 원직** 본래 유비의 모사였다. 이 책에서는 합비신성 방어를 맡았다가 사로잡혀 진용운의 포로가 되었다. 곽가의 회유에도 꿋꿋이 버텼으

나, 효심이 지극한 성품이라는 것을 알고 있는 진용운이 그의 노모를 보살펴주며 진심을 보이자 감복하여 용운의 사람이 된다.

- **육손 백언** 육가의 가주. 별명은 백면서생이다. 이런 별명이 붙은 이유는 나이를 가늠키 어려운 동안인 데다 피부가 유난히 희기 때문. 그래서 종종 가짜 수염을 붙이고 행세한다. 사린과 각별한 사이가 되어 유주군과 동행한다.

- **문빙 중업** 정사에서는 조조가 형주를 점령한 뒤 그의 가신이 되었으며 달아나는 유비를 추격하여 장판 근처에서 격파하였다. 강해태수 겸 관내후로 오랫동안 강하를 안정적으로 지켜냈고, 조비가 제위를 이은 후에는 장안향후가 되어 오나라군의 침공을 막아냈다. 수비의 전문가라고 할 수 있다. 이 세계에서는 유표의 총대장으로 유주 손가 연합군에 맞선다.

- **황충 한승** 《삼국지연의》에서 명궁과 노익장의 상징으로 묘사되는 인물이다. 정사에서는 유표 밑의 중랑장으로 있다가 형주가 조조에게 넘어간 후 장사태수 한현에게 속하였다. 유비가 삼군을 평정하며 맹위를 떨치자 촉으로 들어가 그를 섬겼다. 늘 선두에서 굳건히 싸워 그 용맹이 삼군의 으뜸이라 하였으며, 조조의 맹장 하후연을 죽이기도 하였다. 유비는 황충을 관우 등과 나란한 지위에 두었을 정도로 아꼈다. 이 책에서는 현재 유표군의 장수로 유주 손가 연합군에 맞선다.

- **금창수 서령** 천강 제18위로 현재 유표의 총관이다. 현대에 있을 땐 국가에서 특별 관리를 받을 정도로 뛰어난 공학자였다. 천기도 '제작'이어서, 이 시대에서는 상상조차 하지 못할 무기들을 만들어낸다. 뛰어난 책사이기도 하고 심리전에도 능하며 전투력도 강해 유표의 세력을 좌지우지하고 있다.

- **낭자 연청** 천강 제36위. 소수민족 출신으로, 현대에서부터 노준의의 비서 겸 집사 같았던 존재이다. 노준의가 죽고 방황하던 중, 형주에서 제갈

량을 만나 그의 호위가 되어 함께한다.

- **서연** 용운과 채문희 사이에서 태어난 딸. 천기자로 태어났으며 상대의 시간을 되돌려버릴 수 있는 강력한 천기를 가지고 있다. 사념을 통해 용운이나 이규와 대화할 수 있다.

- **가후 문화** 후한 말의 책략가로 위나라의 대신을 역임했다. 처음에는 동탁을 섬기다가 이후 이각과 곽사를 도왔으며 황제를 보호한 바 있다. 그후, 장수의 모사로 있으며 기세 높던 조조를 수차례 격파하였으나, 이후 장수를 설득해 조조 밑에 들어가는 신기에 가까운 처세술의 소유자이다. 이 책에서는 여포를 따르다 배신하고 원술 휘하로 들어가 현재 원술군에 속해 있다.

- **정립 중덕** 연주 동군 출신으로 8척에 이르는 장신에 길고 아름다운 수염을 가졌다고 전해진다. 정사에서는 조조에게 임관하지만, 이 책에서는 조조를 만나지 못해 원술 밑에 책사로 있다. 진류성을 빼앗기고 퇴각한 끝에 조조군과 맞선 상황이다.

- **위연 문장** 흑영대원 2호. 《삼국지연의》에서는 장수로서의 능력과 용맹함을 갖춰 유비와 제갈량의 신임을 받았던 인물이다. 그러나 주변과 잘 화합하지 못하고 지나치게 자부심이 강하여 기피 대상이기도 했다. 이 책에서는 용운이 위연을 알아보자마자 흑영대에 배치하여 훈련을 받게 함으로써 본래 역사보다 훨씬 유연하고 충성심 강한 성격으로 만들었다. 이번 권에서는 용운을 호위하여 전장에 나서게 된다.

- **마충** 정사의 기록에 나오는 두 명의 마충 중 하나로, 이번 권에 등장하는 마충은 오나라의 마충이다. 형주 공방전 끝에 장향에서 관우, 관평, 조루를 사로잡은 바 있을 정도로 대단한 무위를 자랑했을 것으로 보이나, 기록이 너무 없어 오히려 의혹을 자아내는 인물이다. 이 책에서는 3미터에 달하는 거구로 정신은 아이처럼 순진하나 괴력을 가진 인물로 그려진다.

- **벽력화 진명** 천강 제7위. 한때 용운과 목숨을 건 일전을 벌였으나 용운의 반천기에 당해 팔 하나를 잃었다. 송강을 떠나 떠돌다가, 건안칠자의 한 사람이자 천재 대학자인 왕찬을 만났다. 호연작의 광증을 치유하는 왕찬의 능력과 인품, 그리고 불교의 가르침에 감화되어 호연작과 함께 왕찬을 돕다가 유주군을 만나 일전을 빌인 후 내막을 알고 화해했다. 왕찬이 용운을 섬기기로 결심하면서 자연스레 진명과 호연작, 그리고 그의 병마용군 윤하까지 용운의 수하에 들어오게 된다.

- **화화상 노지심** 천강 제13위. 체구가 작은 여인으로 강철로 된 지팡이 선장을 들고 있다. 말이 거의 없고 표정 변화도 없는 편이지만 천강 제14위 무송과 특별한 관계를 맺고 있어, 그녀가 위험에 빠지면 분기한다. 현재 가후, 정립 등과 함께하고 있다.

- **행자 무송** 천강 제14위. 관승과 더불어 천강위의 육체파 여인 쌍두마차이다. 권사로서 순수하게 강인한 육체로 승부하는 스타일이다. 노지심과 더불어 가후, 정립 등과 함께하고 있다.

- **채모 덕규** 일찍부터 유표를 섬겼으며 조조와도 친분이 있었다. 그의 큰누나는 정사에서 제갈량의 장인인 황승언과 혼인하였고, 작은누나가 유표의 후처로 갔으며, 조카딸은 유표의 차남 유종과 결혼했다. 《삼국지연의》에서는 무능력한 비겁자로 묘사되나, 인맥으로만 보아도 알 수 있듯 실세 중의 실세였다. 이 책에서는 서령에게 일찌감치 성수로 세뇌되어 유표군의 비장의 무기라 할 수 있는 황금철기대의 지휘관을 맡고 있다.

차례

● 주요 등장인물   4

1   양주 육가   11

2   다시 일어나는 양주의 불길   34

3   얼어붙은 불꽃   53

4   예견된 함정   73

5   배덕의 함정   94

6   마왕의 방식   115

7   회유와 진실   138

8   세대교체의 시작   159

9   형주로 떠나다   181

10   숨어드는 어둠   202

11   원술의 몰락   222

12	격변하는 정세	242
13	황제의 결심과 남부의 삭풍	261
14	제갈공명의 각오	282
15	젊은 용, 눈을 뜨다	301
16	그분을 뵙고 싶구나	320
17	연합군의 공세	343
18	면구 전투	361
19	형주의 인재들	379
20	등용 시도	399
21	속 수어지교(水魚之交)	419
22	다가오는 결전	437
23	때가 무르익다	457
24	한양성 혈투 1	477
25	한양성 혈투 2	498

1

양주 육가

208년 가을, 양주 합비신성.

사마의의 거처로 한 사내가 은밀히 찾아왔다. 원래 고급스러운 재질의 무복이었을 사내의 옷은 때가 묻고 너덜너덜해져 누더기가 다 되었다. 그가 얼마나 험한 길을 헤쳐왔는지 짐작케 했다. 복면을 한 사내의 왼쪽 팔뚝에는 붉은색의 초승달 모양 문신이 있었다. 그는 바로 사마 가문의 정보 조직, 비월의 수장이었다. 흑영대에 붙잡히기 전에 간신히 유주성을 빠져나와, 가문의 비보를 사마의에게 알리기 위해 먼 길을 온 참이었다.

"그리하여 가주께서는 자결하시고 그 모습을 본 사마연 님도 같은 길을 택했습니다. 숙달(叔達사, 마부) 님과 계달(季達, 사마욱) 님은 처형되셨으며, 나머지 아우분들은 모두 오환의 땅으로 유배되셨습니다."

말없이 듣고 있던 사마의가 물었다.

"어머니와 이모님들은 어찌 되셨느냐?"

"마님을 포함해, 자진한 연 아가씨를 제외한 나머지 아씨들은 모두 무사하십니다. 가문의 장원에 연금되어 계시긴 하나, 입을 것과 먹을 것 모두 불편함 없이 제공되고 있습니다."

"그렇군. 전하의 자비인가…."

비월의 수장은 사마의 얼굴에서 뭔가를 읽어내려고 애썼다. 하지만 도무지 그의 기분을 짐작하기 어려웠다. 어찌 보면 무섭게 분노한 것 같기도 하고, 또 어찌 보면 무덤덤한 것 같기도 했다. 하나 확실한 건 사마의가 무서운 사람이라는 점이었다.

'아버지와 형제, 누이가 모두 비명횡사했다는 소식을 듣고도 어찌 저리 눈물 한 방울 흘리지 않을 수 있는가…. 만약 저게 원한으로 인한 것이라면, 제아무리 유주왕이라 해도 그 여파를 감당키 어려울 것이다. 혈육을 잃은 슬픔을 고스란히 분노로 바꿔 태워버리기 위해 갈무리한 것이라면, 대체 그 분노의 크기는 얼마나….'

그때 문득 이런 생각이 떠오른 이유는 뭐였을까.

'원한이나 분노 때문이 아니라, 정말 아무 감정이 일어나지 않아서라면?'

말도 안 된다. 그런 인간이 존재한다는 건 불가능했다. 비월의 수장은 정보 조직에 몸담으면서 가족을 다 버리고 왔다. 그게 조건이었다. 대신, 남은 가족들은 평생 먹고살 걱정을 하지 않아도 되게 되었다. 그들이 잘 지내리라 생각하면 기뻤지만, 한 번씩 늙은 부모님과 아내를 떠올릴 때마다 가슴이 아렸다. 제일 비정하다는 정보 조직에 몸담은 자신도 이럴진대, 멀쩡한 가문에서 좋은 교육을 받고 잘 자랐으며 아직 서른이 채 안 된 사마의가 그토록 비정할 리가 없었다.

'응?'

멍하니 사마의를 바라보던 수장은 눈을 비볐다. 순간적으로 그의 등 뒤에서 일렁이는 기괴한 그림자를 본 것 같아서였다. 땀이 차게 식었다. 마왕(魔王). 비월의 수장은 저도 모르게 그 단어를 떠올렸다.

한동안 뭔가 생각하던 사마의가 그에게 말했다.

"여기까지 오느라 고생했다. 잠시 쉰 다음, 한 가지 해줄 일이 있다."

"하명하십시오. 이제 제 주인은 중달 님뿐입니다."

"…자네 이름이 뭐지?"

"그냥 비월이라고 불러주시면 됩니다. 비월단원도 이제 저밖에 남지 않았으니까요."

"좋아, 비월. 자네의 능력으로 은밀하게 양양성에 숨어들어갈 수 있겠는가?"

"문제없습니다."

"그럼 유표에게 가서 전해라. 아니면 그 밑의 참모라도 상관없다. 세가 커지던 사마 가문을 경계한 유주왕 진용운이 반역이란 누명을 씌워 그들을 멸문시켰으며, 이제 나까지 압송해갈 참이라고. 그래서 내가 유표에게 투항하길 원한다고. 물론…."

잠깐 입을 다물었던 사마의가 말을 이었다.

"빈손으로 갈 생각은 없다. 유주왕이 가장 아끼는 장수들의 목숨을 선물로 가져가겠다고 해라. 유표로 하여금 이 말을 믿도록 하여 밀약을 성사시키는 건 자네의 능력에 달렸다."

말하는 사마의의 눈이 기묘하게 번득였다. 조직 자체의 이름을
제 이름으로 물려받은 비월은 전율에 몸을 떨었다.

'이거였는가.'

진용운이 제 사람들을 얼마나 아끼는지는 그도 잘 알았다. 그
래서 유독 사마 가문에 행한 일이 가혹하게 느껴졌다. 성공한다
면 이보다 더 훌륭한 복수는 없으리라.

"바로 이행하겠습니다."

비월은 반드시 이 임무를 해내리라고 다짐했다.

흑영대원이 연합군 진채에 도착한 것은 그로부터 이틀 뒤. 비
월이 유표의 근거지인 양양성으로 떠난 다음 날이었다. 목숨을
건 자와 그러지 못한 자의 차이였다. 전예가 보낸 서신을 본 곽가
는 그 내용에 경악하지 않을 수가 없었다.

"반역 혐의로 연금되어 있던 건공(建公, 사마방) 어르신이 자결
하고⋯ 거기에 분노한 사마부와 욱이 반란을 일으킨 끝에 진압
되어 처형당했다?"

"그렇습니다."

"그래서 전하께서 중달을 유주로 불러들이시려는 거로군. 중
달이 그 사실을 알게 되면 어떻게 나올지 알 수 없으니⋯."

"때문에 봉효 어르신의 도움이 절실합니다."

곽가는 길게 한숨을 내쉬었다.

"믿을 수가 없군. 세상에 이런 일이⋯. 나라고 해서 이 상황에

뭘 할 수 있겠는가."

"그래도 봉효 어르신은 중달 님의 스승이 아닙니까. 잘 설득하신다면….'"

"일단 이 사태를 알려야 하니 말은 해보겠네만 너무 기대하진 말게."

"알겠습니다."

그날 밤, 곽가는 혼자서 사마의를 거처로 불렀다. 술이나 한잔하자는 핑계였다.

"스승님."

"왔느냐. 거기 앉거라."

주안상을 두고 사마의와 마주 앉은 곽가는 술을 들이켜며 한숨만 내쉬었다. 그는 제자를 아꼈다. 막상 말하려니 입이 떨어지지 않고 심란하기만 했다. 결국, 사마의가 먼저 입을 열었다.

"혹 저희 가문의 소식을 들으신 겁니까?"

"알고 있었느냐?"

"예. 가문의 정보망이 따로 있었습니다."

"하긴, 사마 가문 정도면 그렇겠지…. 일이 그리되어 유감이구나."

사마의는 말없이 고개를 숙여 보였다. 곽가는 신중히 단어를 골라가면서 말했다.

"중달, 전하께서 네게 본성으로의 귀환을 청해오셨다. 잘 들어라. 전하를 믿어야 한다. 그분께서 이제까지 우리에게 보여주신 것들을 말이다. 만약 널 처벌하거나 귀양 보내려는 의도였다면,

군이 돌아오게 할 것 없이 여기서 즉결처분을 명하시면 그만이다. 허나 일부러 귀환을 명하신 이유는….”

“제 충성심을 확인하시려는 의도겠지요.”

“널 용서하실 명분을 얻기 위함도 있다. 네게 다른 뜻이 없음을 가신들에게 보여주려는 거다.”

사마의는 고개를 저었다.

“지금은 못 갑니다. 아니, 안 갑니다.”

“중달!”

“제게 강하성을 빼앗을 수 있는 좋은 계책이 있습니다. 단, 그 계책을 쓰기 위해서는 제가 반드시 여기 있어야 합니다. 스승님이야말로 절 믿어주십시오. 그런 뒤 제 발로 돌아가겠습니다.”

곽가는 사마의를 가만히 응시했다. 그의 재능에 반해 곁에 두고 가르친 지 오래였으나, 아직도 가끔 속을 알 수 없을 때가 있었다. 그래도 이대로 잃기에 아까운 인재임은 분명했다. 잠시 후, 곽가가 사마의에게 물었다.

“그 계책이 무엇이냐?”

“적을 속이려면 아군부터 속여야 한다고 했으니, 스승님만 알고 계셔야 합니다.”

“알았다. 걱정 말고 말해보거라.”

사마의의 구상을 들은 곽가의 눈이 커졌다.

“그것은… 너무 위험하다.”

“대신 반드시 걸려들 것입니다.”

“그렇긴 하지만….”

곽가는 다시 고민에 빠졌다. 사마의의 계략은 대담하면서도 위험했는데, 위험도가 큰 만큼 성공하면 적에게 큰 타격을 입힐 수 있었다. 사마의의 말대로만 이뤄진다면 강하성도 빼앗을 수 있을 듯했다. 사마의는 조용히 곽가의 결정을 기다렸다. 한동안 고민하던 곽가가 마침내 입을 열었다.

"좋다. 전쟁이 길어질수록 힘들어지는 쪽은 우리다. 한번 시도해보자꾸나. 전하께는 내가 잘 말씀드릴 테니."

"감사합니다, 스승님."

포권하는 사마의의 그림자가 다시 기이하게 일렁였다.

11월이 되어, 208년도 어느새 끝자락에 접어들었다. 곽가는 손수 용운에게 서신을 써서 보냈다. 현 전투 상황상 사마의를 보내기는 어려우며 자신이 책임지고 지켜보겠다는 내용이었다. 얼마 후, 용운에게서 곽가를 믿고 맡기겠다는 답신이 왔다. 덕분에 사마의는 그대로 진영에 머무르게 됐다. 그때쯤에는 그의 가문에 벌어진 일에 대한 소문도 퍼져, 유주군 중에서도 이상한 눈초리로 보는 이들이 종종 있었다. 그러거나 말거나 사마의는 평소와 다름없었다.

조조와 원술의 전쟁은 잠시 소강상태로 접어들었다. 날씨가 추워지고 식량도 떨어진 까닭이었다. 익주 쪽은 여전히 잠잠했으나, 물밑에서는 한수와 은밀한 연락이 오가고 있었다. 그 무렵, 여강에 주둔해 있던 유주·손가 연합군은 중요한 결정을 내렸다.

"드디어 강하성을 도모할 때가 온 것 같소."

손책의 말에, 곽가가 고개를 끄덕였다.

"제 생각도 그렇습니다."

본래 겨울은 싸우기에 부적합한 계절이다. 하지만 이곳 양주와 형주 일대에서는 달랐다. 이 지역은 연평균 기온이 17도에 달하며 비가 많은, 소위 아열대성 기후다. 습도가 낮아지고 기온이 서늘해지는 겨울이 연합군, 특히 유주군에게는 훨씬 싸우기 좋았다. 또한 여름과 가을에 걸쳐 강물이 크게 불어나 범람하거나 태풍이 왔다. 용운은 이 부분을 특히 주의시키기도 했다. 자연재해 앞에서는 아무리 뛰어난 장수라도 무력할 수밖에 없기 때문이다.

여름과 가을 동안, 유표군과 연합군 양측 모두 성안에서 몸을 사린 채 전투 준비에만 전념했다. 동시에 온갖 수단을 동원하여 상대의 정보를 최대한 수집해왔다. 그 결과, 유표의 주요 전력이 시상에 집결하고 있다는 결론을 내렸다.

"그럼 어떤 식으로 전투를 이끌어가면 좋겠소?"

손책이 묻자, 그의 옆에 있던 주유가 답했다.

"시상에 자리를 잡았다면, 적은 상대적으로 유리한 장강에서의 수전(水戰)을 시도할 것입니다. 어떻게든 적군을 끌어내어 시상현과 심양 사이에 있는 평야에서 싸움이 벌어지도록 해야 합니다."

"놈들을 끌어낼 만한 방도가 있겠는가?"

손책은 이번에는 곽가를 향해 시선을 던졌다. 곽가는 자신이 답하는 대신, 왼쪽에 앉은 참모에게 말했다.

"그대가 한번 말해보시오, 원직."

원직, 본명은 서서. 본래 유비의 모사였던 그는, 합비신성 방어를 맡았다가 사로잡혀 포로가 되었다. 그 후 곽가의 회유에도 꿋꿋이 버텼으나, 용운의 조언을 받은 조운의 설득에 무너졌다. 용운은 서신을 통해 이렇게 말하도록 일렀다.

— 영천에서 서원직의 노모를 찾아서 보살피고 있다고 하세요. 병을 앓고 계시기에 청낭원에서 치료를 받는 중이며, 원직이 어떤 선택을 하든 병이 나을 때까지 치료는 해드리겠다고. 다만, 그가 투항을 거부할 경우 어머니를 다시 영천에 모셔다드릴지, 아니면 유주성에 머무르시게 할지, 혹은 좀 무리가 가더라도 그가 있는 합비로 모셔다드릴지 택하라고 하세요.

서서는 평소 효심이 매우 지극하여《삼국지연의》에서도 그런 점을 이용한 정욱이 그를 속여서 유비로부터 떠나게 하는 장면이 나온다. 하지만 용운은 좀 다른 방법을 썼다. 그는 상대가 자신을 진심으로 섬기길 원했다. 진심을 얻고자 한다면, 진심으로 대해야 하는 법. 용운이 조운에게 한 조언은 다 그가 이미 행했거나 행할 일이었다. 그는 실제로 서서의 노모를 찾아 보살피고 있었다. 설령 서서가 투항을 거부한다 해도 끝까지 돌볼 생각이었다. 비록 인연이 안 되어 등용하진 못했으나 서서라는 인물 자체를 좋아해서이기도 했다.

'전하께서는 어찌 이런 일까지 아시는가!'

조운은 감탄해 마지않으며 서서에게 그대로 전했다. 과연 어머니의 일을 들은 그는 이제까지와는 달리 크게 동요했다.

"어째서 그런 호의를 베푸시는 겁니까? 저는 적이었는데…."

서서의 물음에, 조운은 빙그레 웃으며 이렇게 답했다.

"전하는 원래 그런 분이십니다. 얻기를 원하는 인재가 있다면, 속임수나 압력이 아닌 진심을 보여주십니다. 또 그 제안을 거부한다 해서 분노하시지도 않습니다. 나는 이제 정말 그대를 풀어줄 생각입니다. 어떤 선택을 하더라도 말입니다."

결국, 서서는 무너지고 말았다. 제갈량이라는 자를 얻자, 언제 그랬냐는 듯 자신에게 소홀해진 유비와 내심 비교되기도 했다. 그는 조운 앞에 무릎을 꿇고 앉아 말했다.

"유주왕 전하의 은덕을 외면한다면, 저는 천륜을 저버린 불효자가 됩니다. 천륜을 저버리느니 현덕 님과의 의리를 포기하는 편이 낫겠습니다."

조운은 얼른 그를 붙잡아 일으켰다.

"오히려 제가 고마워해야 할 판에 어찌 이러십니까? 그리고 먼저 원직 님을 포기하고 떠난 사람은 유비 현덕입니다. 다음 목표가 합비신성이 될 것임을 뻔히 알면서, 변변한 장수나 군대조차 남겨두지 않고 출진했지 않습니까. 그러니 죄책감 가지실 필요 없습니다."

"그리 말씀해주셔서 감사합니다. 그리고 어머니는 유주성에 그대로 머무르실 수 있도록 해주십시오."

"알겠습니다. 전하의 가신과 청낭원의 의생들이 친부모처럼 보살펴드릴 겁니다."

이렇게 해서 유주군에 투항한 서서는 성실한 태도와 번득이는 재치로 큰 도움이 되고 있었다. 아무 이유 없이 벌써부터 곽가의 옆자리를 차지한 게 아니었다. 시상의 유표군을 끌어낼 방도가 있느냐는 손책의 질문에, 서서는 곽가를 대신하여 말했다.

"시상은 앞으로는 장강을 마주하고 삼면을 골짜기가 둘러싸고 있으니 공격하기가 매우 어렵습니다. 심양을 먼저 공격하여 빼앗고 강을 따라 북으로 나아간다면, 적은 강하를 지키기 위해 스스로 나올 수밖에 없을 것입니다."

손책의 오랜 가신인 주치가 질문했다.

"그랬다가 적에게 배후를 공격당하면 어찌하오?"

"부대를 나눠 예상 경로에 복병을 심어두면 됩니다."

"아군은 가뜩이나 수가 적은 데다 심양을 지키는 적의 전력도 만만치 않을 거요. 그런데 복병으로 쓸 병력까지 빼버리면 오히려 양쪽 다 먹힐 우려가 있소."

비교적 지략 계통의 무장으로 알려진 주치는 손견 대부터 손가를 섬겨와 경험이 많았다. 이에 제법 날카로운 질문을 던져왔다.

서서는 별로 당황하지 않고 차분하게 답했다.

"병력만 이용하는 게 아니라, 함정을 파고 화공과 수공도 쓸 겁니다. 또 복병은 말씀하신 대로 전력 분산을 최소화하기 위해 소수정예로 구성해야 할 것입니다."

"그 말씀은…."

"예. 유주군이 복병 역할을 맡아야겠지요. 대신, 아무래도 지리에 어두우니 인근 가문의 도움을 좀 받을까 합니다."

"인근의 가문이라면 어디를 말하는 것이오?"

"오군(鳴郡, 지역명으로 양주의 한 군)의 육가(陸家)입니다."

육가라는 말에, 손책과 주유가 움찔했다. 예전에 손책은 주유의 제안으로 육가와 혼인동맹을 맺으려 했다가 거절당한 적이 있었다.

'한데 유주군이 어찌 벌써 그 육가와 도움을 주고받을 정도의 사이가 됐단 말인가?'

주유는 의아함을 금치 못했다. 원정군이 출발하기 전, 용운이 곽가에게 당부한 내용을 알지 못했으니 당연한 의문이었다. 서서의 일부터 시작하여 용운의 안배가 하나둘 빛을 발하고 있었다. 용운은 곽가에게 이렇게 말했었다.

"봉효, 양주에 도착하면 제일 먼저 육가에 사람을 보내 친분을 다지세요."

"양주의 육가요? 음, 대대로 강동을 다스려온 명문이라는 건 알지만, 자칫 손가와 불편해질 수도 있습니다."

"그러니까 몰래 해야죠. 그게 어려우면 단 한 사람하고만 가까워져도 됩니다."

"여강태수 말씀입니까?"

여강태수는 육가의 가주, 육강을 가리켰다. 곽가의 물음에, 용운은 고개를 저었다.

"아니요. 육손이라는 젊은이입니다. 아마 우리 노육과 비슷한 또래일 겁니다. 육강이 바로 그의 작은 외조부가 됩니다."

"육손이라…. 그가 어떤 사람이기에 그자만이라도 충분하다고 하시는 겁니까?"

"내가 봉효니까 특별히 알려줄게요."

용운은 목소리를 낮춰 말했다.

"그 육손은 가히 한 나라의 병력을 통솔하는 대장군의 재능을 가진 사람입니다. 장차 내 사람으로 만들면 좋겠지만, 당장은 쉽지 않으니 우선 친해두라는 거예요."

"허…."

대장군의 재능을 가진 젊은이라. 곽가는 용운이 누군가를 이토록 높이 평가하는 모습을 거의 보지 못했다. 이는 평하기 전에 대부분 직접 낚아채 왔기 때문인데, 그 사실을 모르는 곽가는 육손이라는 이름을 마음에 새기게 되었다. 그리고 양주에 도착하자마자 유표군과 쉴 새 없이 싸우는 와중에도 오현(嗚縣)으로 틈틈이 사람을 보냈다. 오현은 육가의 터전이었다. 그때 보낸 사람은 뜻밖에도 외교에 능숙한 문관이 아니라, 사천신녀 중의 하나, 사린이었다.

"스승님, 사린 님을 보내서 협상이나 외교가 되겠습니까?"

우려하는 사마의에게, 곽가가 말했다.

"육가와 뭔가 협상하거나 교류하기 위해 보내는 게 아니다."

"그럼…?"

"그냥 친해지려고 보내는 거야."

"친해지려고요?"

사마의는 고개를 갸웃거렸다.

"그래. 하지만 너 같은 녀석들을 보내면, 무의식중에 자꾸 외교를 하려 들지. 뭔가 얻어낼 게 없는지 살피게 되고. 그건 나도 마찬가지야. 그래서 사린이를 보내는 거다. 그 녀석은 그냥 백지니까. 가서 친해지고 오라고 하면, 말 그대로 놀다가 올 거란다. 그걸로 충분해.”

거기에는 사린을 위로하기 위한 의도도 있었다. 사린은 전장에서 관우와 만나 싸운 뒤부터 어울리지 않게 어두워졌다. 이유 없이 깊은 한숨을 내쉬는 일도 잦아졌다. 청몽은 여포와 곧잘 투덕거리면서도 늘 붙어 지냈고, 성월은 장합과 부부처럼 깨가 쏟아졌다. 또 이랑의 곁에는 걸핏하면 손책이 따라다녔다. 혼자 남은 꼴이 된 사린은 자연히 외로울 수밖에 없었다. 이에 곽가는 기분전환도 하게 할 겸 사린을 육가로 보낸 것이다.

“그냥 말썽부리지 말고 맛있는 것 사먹고 놀기만 하다 와. 육가의 사람들과 같이 먹고 놀면 된다. 단, 절대 그들과 싸워서는 안 돼. 혹시나 기분 나쁜 일을 당하더라도 말이야. 알았지? 그럴 때는 돌아와서 나한테 말하면 처리해줄게.”

거액의 용돈을 건넨 곽가의 말에, 사린은 목이 떨어져라 고개를 끄덕였다. 맛난 걸 먹고 실컷 놀다 오라는데, 가뜩이나 심심하던 차에 잘됐지 뭔가. 그렇게 사린의 육가행은 시작되었다.

시간을 되돌려, 몇 개월 전의 오군 오현. 어느덧 그 지역 백성들에게 익숙해진 여인이 느긋하게 시전을 걷고 있었다. 겉보기에는 여인이라기보다 소녀에 가까웠지만, 실제 나이는 이제 20대 중반이 되었다. 양쪽을 동그랗게 묶은 만두 머리에 황색 경장 차림의 여인. 바로 사린이었다. 그녀를 본 시전 상인들이 앞다퉈 불러댔다.

"사린 님, 이거 한번 드셔보세요! 매콤하게 양념한 닭꼬치입니다."

"사린 님, 찐 생선요리 한 그릇 하고 가시죠?"

"사린 님….."

상인들의 행동에는 이유가 있었는데, 사린은 한번 앉으면 엄청난 양의 음식을 먹었고, 음식값도 꼬박꼬박 잘 치렀기 때문이다. 그녀가 발을 들이는 순간, 자리는 하나만 차지하고 그날 매상의 반을 팔아치우니 호객하는 게 당연했다.

"흥흥, 오늘은 뭘 먹어볼까."

고기도, 생선도, 면 종류도 모두 맛있어 보였다. 어느새 사린의 입안에는 침이 흥건히 고였다. 숙고한 끝에 그녀가 한 가게를 골라 앉았을 때였다.

"아니, 사린 님 아니십니까?"

먼저 들어와 있던 청년이 놀란 목소리로 말했다. 그를 본 사린은 해맑게 손을 흔들었다.

"안녕, 육백원!"

"전부터 말씀드렸지만 육백원이 아니라 백언(伯言)입니다."

"육백원이 입에 착 붙어서 그래요. 헤헤."

"으음, 의미가 궁금하긴 합니다만, 어쩐지 알고 싶지가 않군요."

"좋은 뜻이에요, 좋은 뜻."

사린이라는 여인은 동맹인 손가를 도우러 온 유주군이 보낸 사신으로서 처음 육가를 방문했다. 유주왕 진용운과 총군사 곽가 봉효의 서신, 선물 등을 지참하고 있었다. 육가에서는 그녀를 거의 경계하지 않았는데, 이상한 무기를 들긴 했지만 그래 봐야 여인 하나였기 때문이다. 이는 곽가도 미처 생각하지 못한 효과였다. 곽가는 사린이 얼마나 강한지 잘 알기에, 길 안내를 맡은 병사 하나 외에는 덜렁 혼자 보내면서도 별로 걱정하지 않았다.

"아, 진용운 님의 동생이셨군요."

신임 가주이면서 직접 손님을 맞이한 육손은 상대의 신분을 알고 고개를 끄덕였다. 처음에는 여인 혼자 왔다는 게 의아했으나, 그 유주왕의 동생이라면 사신 자격이 충분했다.

"네, 사린이라고 합니다."

사린은 최대한 얌전 떨며 말했다. 육손은 어쩐지 눈이 부신 듯한 느낌이 들었다. 여인을 보고 이런 기분이 든 것은 처음이었다.

"저는 육가의 가주인 육손 백언입니다."

"육백원이요?"

"네, 육백언…."

"헤헤헤헤! 육백원이라니! 그럼 궁금하면 육백 원? 백 원 더 많네. 깔깔!"

"…무슨 말씀이신지."

육손은 웃음이 터진 사린을 보며 난감한 표정을 지었다. 그게 둘의 첫 대면이었다. 그 뒤로 사린은 종종 육가를 방문했고 어느새 사람들은 그녀에게 친숙해져갔다. 육가의 주요 인물 중에는 간혹 사린을 경계하는 사람도 있었는데, 이는 물리적인 위험에 대한 게 아니라, 그녀가 뭔가 정보를 빼내가거나 어떤 의도가 있어서 찾아온다고 여긴 탓이었다. 하지만 나중에는 그런 이들도 모두 마음을 바꿨다. 사린이 찾아올 때마다 일거수일투족을 샅샅이 감시했지만, 아무리 봐도 그녀는….

'놀러온 거다.'

'그냥 놀러온 거네.'

'아무 생각이 없군.'

그랬기 때문이다. 이에 곧 싸움터에 따라온 철없는 왕녀가 잠시나마 숨 돌리러 찾아오는 것 정도로 여기게 됐다. 나중에는 많이 친해져서 사린에게 농을 하거나 장난치는 이들까지 나올 정도였다.

육손과 사린은 이번이 네 번째 만남이었다.

"여기 고기소면 두 그릇이랑 매운 돼지고기 채소볶음 큰 것 하나 주세요!"

육손은 기운차게 음식을 주문하는 사린을 보며 고개를 갸웃거렸다.

"벌써 장원에 들어갔다가 나오신 겁니까? 혹 대접이 부실했는지…."

"아뇨, 이제 들어갈 건데요."

"그럼 굳이 밖에서 배를 채우고 가실 필요가 없을 텐데요. 육가장의 음식은 꽤 괜찮습니다."

"맛있죠…. 그런데 양이 너무 적어요."

"양이… 말입니까."

육손은 사린이 한 번 올 때마다 먹는 음식의 양을 떠올리고 헛웃음을 지었다. 엄청난 양이었으나 그게 폐가 되지는 않았다. 육가의 살림이 풍족한 까닭도 있었고 올 때마다 사린이 귀한 선물을 가져오기에 음식값은 충분히 치르는 셈이었다. 그저 저 작은 몸 어디에 그 많은 것들이 들어가는가 하는 순수한 의문과 경이였다.

"육백원 님은 시전에 어쩐 일이세요?"

"아, 좀 문제가 생겨서 시찰을 나왔습니다."

"시찰이요?"

그러고 보니 어쩐지 성안에서 봤을 때보다 허름한 옷을 입었고 얼굴에도 수염을 붙였다. 육손의 별명은 '백면서생(白面書生)'이었는데, 백면서생이란 본래 글만 읽느라 세상 돌아가는 일을 모르는 젊은이를 의미했다. 한데 육손은 이미 육가의 가주인 데다 학식도 깊어 세상사 모르는 게 없었다. 그런데 이런 별명이 붙은 이유는 그가 나이를 가늠키 어려울 정도의 동안인 데다 피부가 유난히 희기 때문이었다. 수염도 거의 없는 편이었는데, 그 하얀 얼굴에 가짜 수염을 붙인 게 새삼 우스웠다. 웃는 사린을 보던 육손도 덩달아 웃으며 말했다.

"그렇게 안 어울립니까?"

"아니요, 잘 어울려요. 크하학!"

가게 안의 손님들이 다 쳐다볼 정도로 이상한 웃음이었다. 그래도 육손은 언제부터인가 그 웃음이 좋았다.

"시찰 더 돌아야 해요?"

"아니요, 저도 들어가려던 참입니다. 함께 가시죠."

둘은 식사를 마친 뒤 나란히 가게를 나왔다. 이런저런 대화를 하며 한동안 장원 쪽으로 걷던 사린이 문득 중얼거렸다.

"아까부터 누가 따라오네."

육손은 살짝 놀란 표정으로 물었다.

"정말입니까?"

"네. 한 여섯 명 정도? 시전을 나온 뒤부터 계속 따라오는데, 이쪽은 육가장밖에 없으니까요. 육가장 사람들이거나 거기 볼일이 있는 이들이라면 저렇게 일정한 거리를 두고 몰래 미행하지 않겠죠."

육손은 평소 맹하게만 봤던 사린의 통찰력과 감각에 감탄했다. 동시에 걱정이 되기 시작했다.

'여섯이라… 좀 부담스럽구나. 서넛 정도면 문제없으련만. 과연 내가 사린 소저를 보호해가면서 여섯 명을 감당할 수 있을까?'

사린이 그에게 물었다.

"저 사람들 누군지 알아요?"

"짐작은 갑니다. 제가 시찰 나오도록 한 원인이 된 자들입니다."

"뭐 하는 사람들인데요?"

"실은 얼마 전부터 식재료로 위장한 앵속각(罌粟殼, 양귀비 열매의 껍질을 말린 것. 이질에 특효를 발휘하는 약이며 사천 지역의 요리에도 사용하나, 마약 성분이 있어 장복하거나 과용할 경우 중독되어 심각한 부작용을 일으킴)이 나돌기 시작했습니다. 그걸 유통하는 무리들 같습니다."

"앵속각이 뭔데요?"

"잘 쓰면 약이지만 이번 경우에는 몸을 해치는 마약으로 사용됩니다."

"헉, 그럼 나쁜 사람들이네요! 육백원은 가주면서 왜 저 사람들을 찾으러 직접 나왔어요? 위험할 수도 있는데."

육손은 사린의 물음에 쓴웃음을 지었다. 지금 이미 위험한 상태입니다만.

"그전에 몇 차례 사람을 풀었으나 매번 허탕을 쳤고 나중에는 부하가 죽임을 당하는 일까지 벌어졌습니다. 그런데도 도무지 단서는 찾지 못하니 답답해서 직접 나와본 겁니다. 한데 이런 식으로 접근해올 줄은 몰랐군요."

말하던 그의 목소리에 긴장한 기색이 어렸다. 결코 좋은 뜻으로 따라오는 게 아닌 것 같아서였다.

'설마 내 정체를 들킨 건가?'

그때, 사린이 태평스레 말했다.

"어라? 얘기하느라 느리게 걸었더니 갑자기 포위됐네요."

"네?"

그때였다. 주변의 덤불에서 하나같이 험상궂은 장한들이 튀어나와 둘을 막아섰다.

"거기 멈춰라!"

"안녕?"

사린은 손을 흔들었다. 눈살을 찌푸린 장한 중 하나가 내뱉었다. 유난히 덩치가 큰 자였다.

"이년은 또 뭐야?"

옆에 있던 자가 그의 말에 답했다.

"육가 가주의 정인 같습니다, 두목."

"정인이라? 하하, 그거 잘됐군! 이봐, 가주 나리, 정인이 다치는 꼴 보기 싫으면 우리와 같이 가주셔야겠어."

"정인이 뭐야?"

묻는 사린의 말에, 장한들은 아무도 대꾸하지 않았다. 아무래도 어딘가 모자란 계집 같았다.

'역시 나에 대해 알고 있었군.'

육손은 최대한 침착한 목소리로 물었다.

"그대는 누구요?"

"흥, 내가 누군지 모르겠느냐?"

"미안하지만 모르겠소."

"난 네놈들 육가가 몰아낸 동오의 덕왕이다!"

동오(東鳴)의 덕왕(德王). 자기 자신을 그리 칭하는 이는 육손이 알기로 한 사람뿐이었다.

"엄백호(嚴白虎)…?"

"그렇다! 이제야 기억해냈군."

엄백호는 양주의 군벌 중 하나로, 원래 제법 강성한 호족이라 만 명 이상의 병력이 있었다. 정사에서는 손책과 세력을 다툰 끝에 패배하여 전사하지만, 손책이 강동을 평정하지 못한 까닭에 엄백호의 운명도 바뀌었다. 엄백호가 세를 야금야금 넓혀가자,

손책이 유표와 싸우는 틈에 최대한 기반을 다지려던 육가는 그를 방해물로 판단했다. 이에 육손을 비롯, 장원의 병사들을 보내 엄백호를 깨부쉈다.

"그 싸움에서 내 아우 여(興)가 죽었다. 내가 그 원한을 잊었을 것 같으냐?"

엄백호는 이를 갈며 말했다. 육손이 대꾸했다.

"나 혹은 가문의 주요 인물을 끌어내 인질로 삼으려고, 몰래 숨어들어와 앵속각을 헐값에 팔아댄 거였군. 제법 머리를 쓰셨소."

"흐흐, 잔챙이 몇 놈을 처리했더니 대어가 걸려들었구나. 설마 가주가 직접 나서리라고는 기대 안 했다만."

육손은 속으로 자책했다. 멀게는 엄백호가 이런 식으로 계략을 쓸 거라고 생각지 못했고 가깝게는 사린에게 정신이 팔려 주변을 제대로 살피지 못했다. 정체를 감추는 데도 소홀했다.

'나도 아직 멀었구나.'

분명 둘이 식사했던 가게에서 탄로 났을 것이다. 돌이켜보니 행색이 부자연스러운 자들이 몇 있었다.

'이렇게 된 이상, 사린 소저라도 무사히 보내야 한다. 그게 육가의 가주이자 사내로서의 도리.'

육손은 사린을 몸으로 막아서면서 속삭였다.

"사린 님, 내가 놈들을 상대하는 사이 최대한 멀리 도망치십시오. 이런 일을 겪게 해서 미안합니다. 부디 무사하시길."

사린은 갑자기 가슴이 두근거리고 얼굴도 빨개졌다. 누가 누구를 지킨다는 거야, 라고 생각하면서도 기분이 나쁘지는 않았다.

아니, 묘하게 좋았다. 누군가 그녀를 보호해주려고 하는 이런 경험은 처음이었다. 대부분 반대의 경우였으니까. 용운의 주요 가신들 사이에서는 물론이고 그의 적들에게도 이미 괴물로 소문난 탓이었다.

'먼 동네에 오니까 안 알려져서 좋다. 그리고 육백원….'

그녀는 육손의 진지한, 긴 속눈썹에 깎은 듯한 턱선이 도드라지는 옆얼굴을 훔쳐보며 생각했다.

'좀 귀엽잖아?'

2

다시 일어나는 양주의 불길

육손은 옆구리의 검집에서 중간 길이의 세검(細劍, 가늘고 가벼워 다루기 쉬운 검)을 뽑아들고 사린의 앞을 막아섰다. 사린은 그의 등을 보며 생각했다.

'앗, 또 심쿵.'

엄백호가 가소롭다는 듯이 코웃음을 쳤다.

"흥, 그래도 명색이 사내라고 제 여자를 지키겠다 이거냐? 그 가느다란 팔다리로 뭘 하겠다고?"

다급한 와중에도 육손의 하얀 얼굴이 살짝 붉어졌다.

"내 여자가 아니라 손님이오."

사실 육손은 겉보기처럼 책만 읽은 약골은 아니었다. 어지간한 책사를 압살하는 지력을 자랑하지만, 그 못지않게 직접 병력을 운용, 지휘하는 능력도 뛰어났다. 가장 비슷한 종류의 무장을 꼽자면 주유를 들 수 있었다. 오나라에서 배출한, 특징적인 종류의 장수들 ─ 주유, 여몽, 주연, 노숙, 주환 등. 무력은 특급 장수에 못 미치나 높은 지략을 바탕으로 전쟁 전체를 아우르는 대도독들이다. 육손 또한 그 계보를 잇는 자 중 하나였다. 당장 힘 대 힘으로 싸우면 엄백호와 비등할 터였다. 다만 엄백호에게는 네댓 명의 부하가 더 있었고, (육손이 생각하기에는) 사린을 보호해가며 싸워야 하니 위험한 상황이라 느꼈다.

"아무튼… 뭐, 좋다."

엄백호는 육손을 다 잡은 물고기라 여겼는지 선심 쓰듯 말했다.

"난 여자와 아이는 해치거나 인질로 잡지 않는다. 육가 가주, 네가 순순히 항복하면 그 여인은 그냥 보내주겠다."

"정말이오?"

"아까 말하지 않았던가. 내가 괜히 덕왕이라 불리는 게 아니다."

불린다기보다는 자칭하는 쪽에 가까웠으나 육손은 굳이 지적하지 않았다. 언뜻 생각하면 관대한 처사 같지만, 엄백호가 얼마나 멍청한지 드러나는 말이었다. 사린이 육가로 가서 이 사실을 알리면 당장 가문의 모든 병력과 정보원이 쫙 깔릴 테니까.

'궁지에 몰려 도주하다 보면 틈이 드러나기 마련. 나는 그때 무슨 수를 써서라도 몸을 빼낸다.'

사린을 한 번 쳐다본 육손이 손에 쥔 검을 버렸다.

"알겠소. 그럼 저 소저는 보내주시오."

육손은 믿었다. 사린이라면 이 신호를 눈치채고 육가로 가서 상황을 일러줄 거라고.

"호오, 겉보기와 달리 제법 배짱이 있는 자로군. 그래도 육가의 가주라 이건가? 좋아. 가라, 여자."

육손은 턱짓하는 엄백호를 보며 생각했다.

'어서 피하십시오, 사린 님.'

마침내 사린이 입을 열었다.

"저, 아저씨."

"오오, 여자. 애원해도 안 된다. 네 정인도 데려가고 싶겠지만 나한테도 동생의 원한이 달린 일이라 어쩔 수가 없다. 내 마음이 변하기 전에 얼른 가라."

"육가와 싸우다가 아저씨 동생이 죽었다고 하니까 심정이 이해도 가고, 내가 여자라고 보내주려고도 한 것 보니까 완전히 나쁜 사람은 아닌 것 같아요."

"그럼. 난 원래 선량한 사람이다."

"그러니까 지금이라도 육백원을 놔주고 항복하면 봐줄게요."

"그래, 그러니까 얼른… 응?"

육손은 놀라서 저도 모르게 사린을 보았다. 그녀는 그저 생글생글 웃고 있을 뿐이었다. 뭔가 이상하다고 느낀 엄백호가 고개를 갸웃거렸다. 옆에 있던 부하가 얼른 말했다.

"저 여자가 우리보고 항복하라는 것 같습니다, 대왕."

"나도 알아들었어, 이 자식아!"

버럭 소리를 지른 엄백호는 사린을 향해 성큼성큼 다가왔다. 육손이 얼른 앞으로 나서서 재차 사린을 가렸다.

"소저는 보내주기로 하지 않았소?"

"그런데 지금 그 소저가 안 간다고 하잖아!"

사린은 거구의 엄백호를 올려다보면서 말했다.

"괜찮아요, 백언."

그녀의 손에는 등에 늘 지고 다니는 작은 망치, 뇌신추가 쥐어져 있었다.

"나, 싸움 좀 해요."

"사린 소저, 내 뜻은 그게 아니라…."

말하던 육손이 눈을 휘둥그레 떴다. 어느새 사린이 시야에서 사라졌나 했더니, 엄백호에게 망치를 내리치고 있었다. 쩡! 엄백호는 들고 있던 대도를 무의식중에 들어 올려 양손으로 받쳤다. 그의 발이 땅에 반쯤 파묻히고 무릎이 휘청했다. 사린이 의외라는 표정으로 말했다.

"헤에, 아저씨. 생각보다 세네?"

"크으… 너!"

엄백호는 굴욕스럽기 짝이 없었다. 정작 그런 말을 하는 사린은, 한 손으로 망치를 가볍게 내리누르는 중이었기 때문이다. 그야말로 압도적인 힘의 차이였다.

"대, 대왕께서 위험하다!"

뒤늦게 정신을 차린 엄백호의 졸개들이 사린을 공격하려 했다.

"어딜."

육손은 검을 주워드는 동시에 바람처럼 빠르고 가벼운 동작으로 끼어들면서 졸개들의 다리를 베었다. 파팟!

"으악!"

"아악, 내 다리!"

졸개들은 다리를 부여잡고 나뒹굴었다. 모두 정강이나 종아리 등 생명에 지장이 없는 부위였으나 전의를 빼앗기에는 충분했다.

"크… 이얍!"

엄백호는 이를 악물고 한 차례 힘을 쏟아내어 사린을 밀어냈다. 사린은 가볍게 뒤로 뛰어 착지했다. 엄백호가 그녀에게 대도를 휘두르려 할 때였다.

'…!'

순간 그는 그 자세 그대로 굳어버렸다. 또 덤벼들면 죽는다. 그런 확신이 들었다. 사린은 망치를 든 손을 늘어뜨린 채 엄백호를 응시하면서 태연히 서 있었다. 분명 소녀로밖에 안 보이는 여인의 시선에서 자꾸 굶주린 맹수가 보였다. 엄백호는 저도 모르게 침을 꿀꺽 삼켰다.

"왜 안 덤벼?"

"…내가 졌소."

"헤?"

사린은 고개를 갸웃거리더니 아쉽다는 듯 입맛을 다셨다. 투기와 살기가 뒤섞인 그녀의 기운을 감지한 건 엄백호뿐만이 아니었다. 엄백호의 졸개들과 육손도 거기에 영향을 받았다. 특히, 기가 약한 졸개 중에는 입에 거품을 물고 눈을 까뒤집는 자도 있었다. 반면, 육손에게 작용한 결과는 좀 달랐다. 그는 얼굴을 발그레하게 붉힌 채 촉촉해진 눈으로 사린을 뚫어져라 응시하고 있었다.

'뭐지, 이 기분은?'

사린의 살기를 받은 순간, 온몸에 전율이 일어나는 듯한 짜릿함을 맛봤다. 동시에 여태껏 한 번도 느껴본 적 없는 감정을 체험했다. 육손은 철든 후부터 가문의 중흥만을 위해 살아왔다. 그 외의 욕구는 일절 무시하다시피 했다. 그렇다 보니 자의 반, 타의 반으로 지독한 금욕생활을 하게 됐다. 술과 여자 같은 유흥은 물론, 맛있는 음식이나 사냥 등에도 전혀 흥미가 없었다. 장신구는 커녕 늘 수수하게 입고 다니는 의복도 그가 백면서생이라 불리는 이유 중 하나였다.

그랬던 그가 태어나서 처음으로 강렬하게 뭔가를 욕망하고 있었다. 그것은 이제껏 주위에서 한 번도 듣도 보도 못한 종류의 여자에 대한 소유욕이었다. 이제껏 눌러온 모든 종류의 욕망에 대한 갈구가 사린 하나만을 목표로 터져 나왔다. 공자나 부처가 환생했어도 참기 어려울 정도로 지독한 욕망이었다. 이 자리에 용운이 있었다면, 사린에 대한 육손의 호감도가 순식간에 80에서 100까지 치솟는 걸 보고 깜짝 놀랐을 것이다.

엄백호를 무릎 꿇린 사린도 육손의 눈빛에서 이상함을 느끼고 그를 마주 보았다.

'육백원이 왜 저렇게 이상한 표정으로 나를 빤히 쳐다보지?'

그때 육손이 성큼성큼 다가와 사린의 앞에 서서 그녀를 내려다보며 말했다.

"용서하십시오, 사린 님."

"네? 뭘 용서… 읍!"

이어진 사린의 말은 육손의 강렬한 입맞춤에 가로막혔다. 그를 아는 육가의 사람들이 봤다면 기절초풍할 행동이었다.

'뭐야, 이거!'

동그래졌던 사린의 눈이 절로 스르르 감겼다. 힘으로 밀어내는 건 일도 아니었지만 그러고 싶지 않았다.

'짱 좋잖아….'

육손은 그녀의 가느다란 허리를 힘껏 안고 제 쪽으로 강하게 끌어당겼다. 사린도 망치를 쥐지 않은 손으로 그런 육손의 등을 감싸 안았다. 두 남녀는 한동안 열정적으로 입맞춤을 나눴다. 이 세계에 왔던 모습 그대로, 십 년이 넘는 세월이 흘렀어도 소녀에서 벗어나지 못하던 사린이 여자가 되는 순간이었다.

엄백호는 무릎을 꿇은 채 그 광경을 멍하니 바라보았다.

'뭐야, 이것들은….'

그는 둘이 입 맞추느라 정신없는 틈을 타 몰래 달아나려 했다. 그러다 마침 입맞춤을 끝내고 육손과 포옹한 사린에게 딱 걸리고 말았다. 사린은 육손의 어깨 너머로 엄백호를 노려보면서 눈을 가늘게 떴다. 엄백호는 걷던 자세 그대로 다시 무릎을 꿇었다. 자리만 살짝 옮긴 꼴이 되었다.

'좋아, 자연스러웠어.'

그런 그의 행동에 졸개들은 눈물을 삼켰다.

'대왕….'

'복수는 끝났네요….'

육손과 사린의 머리 위, 까마득한 허공에서는 붉은색의 거대한 새 한 마리가 그런 두 사람을 내려다보고 있었다.

그로부터 약 보름 정도의 시간이 흐른 뒤였다.

"사린이 녀석, 이번에는 왜 이렇게 늦는 거야? 육가의 식량을 죄다 거덜 낼 참인가?"

.곽가가 임시 집무실에서 혼자 중얼거릴 때였다.

"저, 총군사님."

"어서 오게, 원직."

육가에서 온 서신을 확인한 서서가 그를 찾아왔다. 서서는 당황스러운 표정으로 말했다.

"육가의 가주가 사린 님과 약혼할 수 있도록 허락해달라는데요?"

"응?"

잠깐 멍해졌던 곽가는 큰 소리로 웃었다.

"푸하하! 이 녀석, 무슨 짓을 한 거야!"

몰래 술 마시면 용운에게 일러바치겠다고 잔소리하던 그 꼬마가 어느새 여인이 되었나. 다른 사람도 아닌 육가의 가주─용운이 극찬한 유일한 남자를 사로잡을 줄이야.

'사린이 녀석의 순진무구함으로 육가의 경계심을 누그러뜨리는 한편, 정기적으로 계속 방문하면서 예물과 공물을 주어 친분을 다진다. 이게 내 장기적인 계획이었는데, 그 순진무구함이 경계를 푸는 정도가 아니라 아예 마음을 차지해버렸구나! 이거 본의 아니게 회심의 한 수를 쓴 격이 되었군.'

육손이 한눈에 반한 건 사린의 순진무구함이 아니라, 그 순진함 가운데 드러난 포악한 살기였다는 걸 곽가는 꿈에도 몰랐다.

그 일이 벌어진 게 대략 한 달 전이었다. 사린은 그때부터 내내 육가에 머무르고 있었다. 그녀를 매개로 하여 유주 원정군과 육가의 사이가 더욱 돈독해졌음은 물론이다. 그러니 서서가 육가의 도움을 자신하는 것도 당연했다. 이야기를 되돌려, 다시 손가와 유주 연합군이 시상 공략을 논의하던 시점.

"우리 유주군이 복병 역할을 맡아야겠지요. 대신 아무래도 지리에 어두우니 인근 가문의 도움을 좀 받을까 합니다."

서서의 말에, 주유가 물었다.

"인근의 가문이라면 어디를 말하는 것이오?"

"오군(嗚郡, 지역명으로 양주의 한 군)의 육가(陸家)입니다."

육가라는 단어가 나오자 손책과 주유는 동시에 놀랐다.

'유주군이 어찌 벌써 그 육가와 도움을 주고받을 정도의 사이가 됐단 말인가?'

의아해하던 주유는 서둘러 표정을 관리하며 말했다.

"알겠습니다. 육가는 우리와 적대하는 사이도 아니니, 뜻대로 하십시오."

이번에는 곽가가 주유에게 질문했다.

"유현덕 일행의 흔적은 아직 못 찾았습니까?"

"우선 장익덕은 자룡 장군에게 패한 뒤, 서둘러 구강성으로 향한 흔적이 발견됐습니다. 한데 도중에 이미 패배했다는 소식을 들었는지 합비로 방향을 틀었다가, 합비마저 함락된 후에는 동쪽으로 떠난 뒤 자취를 감췄습니다."

"동쪽이라…. 유현덕의 본대는요?"

주유는 살짝 난감해하는 표정을 지었다.

"유현덕은 관운장과 방사원 그리고 제갈공명 등을 거느린 채 북산(구강군 서쪽에 있는 산)으로 들어갔습니다. 그 모습을 본 게 마지막입니다."

주유의 답을 들은 곽가는 가볍게 혀를 찼다.

"북산이라면 일대에서도 높고 험하기로 유명한 산이 아닙니까? 그냥 놔두기에는 위험한 자들이라, 마음 같아서는 북산을 싹 훑어서 정리하고 싶지만 거기에 소모될 병력과 시간도 만만치 않으니⋯."

"제 말이 그 말입니다. 구강에서 병력 대부분을 잃었으므로 당분간 도발해오진 못할 터. 허나 가시에 찔린 자리를 놔두는 것처럼 마음에 걸리는군요."

"일단 북산 주변에 사람을 두어 움직임을 계속 살피는 게 좋겠습니다. 어차피 강하를 함락하면 유비는 갈 곳이 없어지니까요."

이는 바둑에서 안쪽의 사석을 버려두는 것과 같았다. 거길 신경 쓰느니, 바깥에 큰 집을 만들어 에워싸버리려는 것이다.

"그렇게 하지요."

주유는 곽가의 의견에 동의했다.

그리하여 시상의 적을 끌어내는 동시에 장기적으로 강하를 공략하기 위한 작전이 정해졌다. 손책의 부대는 심양을 쳐서 함락한 뒤, 그대로 장강을 따라 북쪽, 강하 방향으로 진격한다. 유주군은 미리 함정을 준비한 다음, 그런 손책 부대를 뒤에서 받쳐준다. 그리고 육가의 도움을 받아 매복한다. 강하의 위태로움을 깨닫고 시상에서 나오는 적을 격파하기 위함이었다.

손책은 비장한 표정으로 선언했다.

"이제 드디어 숙적 유표를 쳐서 먼저 간 벗들의 원한을 갚고 강남의 패자가 될 때가 왔소. 아무쪼록 모두 최선을 다하여 싸워주길 바라오."

"와아아아!"

"소패왕 천세!"

"손가의 번영을 위하여!"

그 모습을 보던 곽가는 다소 복잡한 심경이 됐다.

'과연 손백부가 장강 이남의 패자가 되는 데서 만족할 것인가? 손백부는 물론이고 그의 분신이나 마찬가지인 공근(주유)도 야심이 있는 사내다. 형주를 손에 넣고 나면 그곳을 기반으로 중원을 도모하려 할 것이 분명한데….'

그렇다고 확실치 않은 예측을 우려하여 돕지 않을 수도 없었다. 명색이 손책을 구원하려고 이 먼 길을 온 지원군이 아닌가. 곽가가 좋지 않은 몸 상태에도 불구하고 이번 원정에 참여하길 고집한 데는 이유가 있었다. 손책을 도움과 동시에 그의 전력을 파악하고 감시하기 위해서였다. 곽가가 봐온 용운은 그야말로 이상적인 군주였지만, 여전히 여린 부분이 약점이었다. 유비와 전쟁을 강행할 정도로 변했다고 해도, 막상 그 유비의 목을 직접 베어야 할 상황이었다면 차마 행하지 못했을 것이다. 그런 용운이 과연, 손책이 적이 됐을 때 망설임 없이 싸울 수 있을 것인가?

'더구나 그때 내가 전하의 곁에 없다면.'

곽가는 사마의로 하여금 그 일을 행하게 할 셈이었다. 자신이 보고 듣고 파악한 것들을 물려줌으로써.

'중달(사마의)은 분명 훗날 나를 능가하게 될 것이다. 허나 겉으로 드러내지 않으면서 손가를 돕는 동시에 그의 허실을 파악하기에는 아직 때가 덜 묻었고 노련함이 부족해. 전하를 지나치게 맹목적으로 숭배하는 것도 시야를 방해하는 요소다. 게다가 가문에 그런 일까지 벌어졌으니, 결과적으로 내가 온 게 백번 잘한 일이 되었다.'

곽가는 비쩍 마른 제 손목을 내려다보며 쓴웃음을 지었다.

'이 원정으로 인해 내 목숨이 꺼지더라도 여기까지 온 보람은 있다.'

그의 나이 올해 서른여덟. 아직 죽기에는 이른 나이였으나, 어쩐지 오래 살지 못할 거라는 확신에 가까운 예감이 들었다. 워낙 타고나길 허약한 체질인 데다 젊은 시절에 몸을 너무 막 굴렸다. 작년에는 급격히 몸 상태가 나빠져 한 차례 고비를 맞기도 했다. 그 탓에 용운이 원정을 극구 반대했지만, 곽가는 살아 있는 보람이 없다는 말까지 해가며 기어이 참여하고 말았다. 이번 원정에서 마지막 불꽃을 태우고 싶다는 일념. 그리고 자신이 직접 사마의를 실전에서 단련시키고 싶은 욕망 때문이었다.

'어쩐지 지금은 덤으로 받은 인생을 살고 있는 것 같은 기분이 든단 말이지.'

곽가는 진정한 전투 참모가 어떤 것인지를, 유표의 장수들에게 똑똑히 보여주기로 마음먹었다.

양주, 시상현.

시상은 여강에서 남쪽의 예장으로 가는 길과 서쪽의 강하로 가는 길목 가운데 위치한 요지다. 또 동쪽은 거대한 파양호, 서쪽은 장강에서 갈라져 나온 물길로 막혔으며 배후로는 험한 산맥이 자리 잡은 천혜의 요새이기도 했다.

"적들이 움직이기 시작했습니다."

제갈근의 보고에, 총대장을 맡은 문빙이 말했다.

"드디어 시작이군. 모두 출진을 준비하라 이르시오."

문빙(文聘)의 자는 중업(仲業)으로, 군세 보이는 각진 얼굴에 사내다운 눈매를 가진 가졌다. 정사에서는 조조가 형주를 점령한 뒤 그의 가신이 되었으며, 달아나는 유비를 조순과 함께 추격하여 장판 근처에서 격파했다. 그 뒤 강하태수 겸 관내후가 되어 오랫동안 강하를 안정적으로 지켜냈고 악진과 더불어 심구에서 관우를 물리치는 등 공을 세웠다. 조비가 제위를 이은 후 장안향후가 되어 오나라군의 침공을 여러 차례 막아냈다. 특히, 조비가 죽어 어수선한 틈을 탄 손권이 오만 군사를 이끌고 쳐들어와서 석양(石陽)을 포위했을 때, 이십여 일을 버텨낸 다음 물러가는 오나라군을 오히려 추격하여 피해를 입혔다. 이런 전공들 덕에 《삼국지》를 다룬 현대의 게임에서 흔히 수비의 스페셜리스트로 묘사되곤 한다.

문빙의 말에, 제갈근이 조심스레 물었다.

"수성전을 하시는 게 아닙니까?"

"저들이 시상으로 곧장 쳐들어온다면 마땅히 수성전을 할 것이나, 아마도 그렇지 않을 거요."

제갈근은 그 부분을 이미 염두에 둔 듯 바로 대꾸했다.

"곧장 강하로 진격할 셈이겠군요."

"그렇소."

"그럼 적은 심양을 먼저 함락하려 할 것입니다. 미리 그곳을 비워둔 다음, 포위하고 불을 지르는 게 어떻습니까?"

잠시 생각하던 문빙이 고개를 끄덕였다.

"난 괜찮은 생각 같소만, 의견을 들어봅시다."

문빙은 시상에 있던 모든 참모와 장수를 소집하여 전투 회의를 열었다. 참모로는 제갈근과 장소, 장굉이 있었고, 장수는 곽준, 이엄 그리고 황충이었다. 제갈근은 제갈량의 형으로, 동생과 닮았으나 얼굴이 유난히 길어 간혹 놀림을 받았다. 책략을 쓰는 데 있어 순발력은 다소 떨어지지만 신중하게 생각하고 상대를 설득하는 데 능했다. 그는 불타는 업성에서 제갈량과 함께 탈출, 형주에 도착한 뒤부터 유표를 모시고 있었다.

제갈근의 제안을 들은 장소(張昭)가 말했다.

"손가를 평정하고 나면 심양 또한 우리 백성들이 살 터전이 되어야 하는데, 꼭 불을 질러야 하는 것이오?"

그는 허옇고 긴 수염을 휘날리는 근엄한 용모의 노인이었다. 올해로 쉰두 살이 되었는데 나이에 비해 빨리 걸늙은 셈이다. 정사에서는 손책 대부터 오나라를 섬긴 중신이었으나, 서령이 먼저 손을 써서 유표에게 끌어들임으로써 운명이 바뀌었다.

장소는 손책이 문무의 모든 일을 그에게 조언을 구하여 처리했을 정도로 정치, 행정에 능했다. 그의 능력은 군사 작전보다는 정치 쪽에서 주로 빛을 발했지만, 손권이 합비를 칠 때 단독으로 예장을 정벌하기도 했다. 다만 꼬장꼬장한 성격 탓에 손권에게 직설적인 간언을 하여 충돌하는 일이 잦았다. 지금도 깐깐하게 따지며 노골적으로 문제를 제기하고 있었다.

장소의 옆에 있던 장굉(張紘)이 묵묵히 고개를 끄덕여 찬성을 표했다. 그는 장소와 성이 같은 데다 묘하게 닮아서 형제로 착각하는 사람들이 많았지만, 실은 아무런 혈연관계도 없었다. 단, 장굉이 장소보다 인상이 좀 더 부드러웠다. 그는 지략이 깊었고, 특히 문장력이 뛰어났다. 벼슬에서 물러나 재야에 있을 때도 장소와 더불어 이장(二張)으로 불리며 명성을 떨쳤다. 정사에서는 손책이 그 소문을 듣고 여러 차례 방문한 끝에 등용하여, 초창기 오나라의 기반을 닦는 데 공헌했다.

장소와 장굉은 본격적인 군사라기보다 정치, 행정가에 가까웠다. 이에 심양을 덫으로 쓰는 작전에 거부감을 드러냈다. 반면, 장수들의 생각은 좀 달랐다. 먼저 무인치고 학식이 깊으며 총명한 눈빛을 가진 곽준(霍峻)이 입을 열었다.

"저는 필요하다면 그럴 수 있다고 생각합니다. 백성들이야 먼저 피신시켜서 다른 성으로 보낸 다음, 후일 심양을 정비하면 되지 않겠습니까?"

본래 정사에서 곽준은 유표 사후 유비에게 귀순하였다. 그는 유비가 서촉 땅을 도모할 당시, 유장의 일만 군사에게 포위당한 적이 있었다. 곽준은 고작 이백여 명의 병사로 일 년을 버티다가 유장군이 빈틈을 드러내자 즉시 반격하여 적장을 죽이는 공을 세웠다. 이에 유비는 익주를 평정한 후 곽준을 자동태수 겸 비장군으로 임명했다. 216년경 곽준이 사망하자, 유비는 그의 죽음을 매우 슬퍼하여 직접 가신들을 이끌고 조문하였으며 그의 묘에서 묵었다고 한다.

곽준의 말을 들은 문빙이 다른 장수에게 물었다.

"음… 그대 의견은 어떤가?"

문빙이 의견을 물은 장수는 이엄(李嚴)이었다. 눈치가 빠르면서 책략과 무공을 두루 갖추어 그가 신임하는 부장이었다. 정사에서의 이엄은 유표 밑에서 여러 현의 현장을 지내다가, 조조가 형주를 침공해왔을 때 도망쳐 유장을 섬겼다. 유비가 익주를 정벌하며 유장을 공격해오자 저지하러 출진했으나 오히려 유비에게 투항했다. 유장이 유비에게 항복한 뒤, 그 공으로 건위태수가 되었다. 유비가 한중으로 출진한 사이 반란이 일어나자, 따로 징병도 하지 않고 적은 병력만으로 이를 진압했다. 또 만족 왕 고정의 침공도 격퇴하는 등 전공을 올려 보한장군의 작위를 받았다. 《삼국지연의》에서의 제갈량은 이엄을 두고, 오나라의 육손과 호각을 이루는 인물로 평하기도 했다.

이엄은 곧 대답을 내놓았는데, 그 시각이 사뭇 새로웠다.

"마침 겨울이 가까워 건조해진 데다 북풍이 불기 시작하니, 화공을 쓰기에 적합하다고 사료됩니다. 심양에서 둔전이 활발히 행해지긴 하나 지금은 수확한 직후라 피해도 적을 것이고…. 화공으로 생긴 재가 다음 해 농사에 도움이 된다는 말을 들었습니다."

황충 또한 이엄의 말에 적극 찬성을 표했다. 황충은《삼국지연의》에서 명궁과 노익장의 상징으로 묘사되는 인물이다. 정사에서는 유표 밑의 중랑장으로 있다가, 형주가 조조에게 넘어간 후로는 장사태수 한현에게 속하게 되었다. 유비가 삼군을 평정하며 맹위를 떨치자, 황충은 그를 섬기기로 하고 함께 촉으로 들어갔다. 가맹관에서 임무를 받아 유장을 공격하니, 늘 선두에서 굳건히 싸워 그 용맹이 삼군의 으뜸이었다. 뭐니 뭐니 해도 황충의 제일가는 공적은, 정군산에서 위의 정예병을 격파하고 조조의 맹장 하후연을 죽인 일일 것이다. 후일 한중왕이 된 유비가 황충을 후장군으로 임명하려 하자, 제갈량은 아래와 같은 말로 반대했다.

"본래 황충의 명망은 관우, 마초 등과 동등하지 않았는데 곧바로 동렬에 두려 하십니다. 마초와 장비는 가까이에서 황충의 공적을 직접 보았으므로 이해하겠지만, 멀리 형주에 주둔해 있는 관우는 필시 불만을 품을 것입니다."

유비는 관우를 직접 타이르겠다고 하고는 황충을 끝내 관우 등과 나란한 지위에 두었으니, 그를 얼마나 아꼈는지 알 만했다.

장수 전원이 제갈근의 책략에 찬성하자, 장소와 장굉도 반대 의견을 철회했다. 이에 문빙은 심양 근처에 부대를 잠복시켜둔 다음, 손가와 유주 연합군이 성에 들어가길 기다렸다가 불을 지르기로 했다.

"적군에는 여포와 조자룡 등 당대의 맹장들이 있어 결코 만만히 볼 전력이 아니니, 다들 각별히 주의하기 바라오."

문빙의 당부에 장수와 책사들은 모두 포권했다.

"명심하겠습니다."

그 무렵, 여강을 떠난 손가의 부대와는 별개로 유주군 또한 이미 움직이고 있었다. 거기에 눈에 띄는 이가 있었으니, 사린의 옆에 꼭 붙어 있는 하얀 얼굴의 청년. 육가의 가주 육손이었다.

"백언, 이쪽으로 쭉 가면 돼?"

사린이 손가락으로 가리키면서 묻자, 육손은 고개를 끄덕였다.

"응. 가다 보면 사구 때문에 강폭이 좁아지는 지점이 나타날 거야."

"흐흐, 일단 물에서 나쁜 놈들을 쓸어버리자는 거지? 좋았어."

사린은 사악하게 웃으면서 무의식중에 또 투기를 발산했다. 바로 옆에서 그 기운을 접한 육손은 황홀감에 몸을 떨었다.

'사린의 살기는 내 정신을 일깨우고 더욱 맑게 하며, 무엇보다 형언하기 어려운 쾌감을 준다. 앵속각 따위와는 비교도 안 되는 궁극의 마약…. 평생 옆에서 떨어지지 않으리라.'

두 사람의 뒤에서 엄백호가 헐레벌떡 달려오며 외쳤다.

"가, 가주님! 같이 갑시다!"

그는 사린의 무위에 완전히 굴복한 데다 납치하려던 자신을 살려준 육손의 자비에 감격했다. 또 육가에서 동생 엄여의 죽음을 보상하는 의미로 남은 가솔과 졸개들을 책임지기로 하자, 아예 투항해버렸다. 그도 어렴풋이 알고 있었다. 이제는 할거하기에 때가 늦었으며 그러기 위한 자금과 병력도, 따르는 백성도 자신에게는 없다는 것을. 그렇다면 이 난세에는 따를 만한 주인을 찾아 한 몸 바치는 게 최선이었다. 엄백호는 그 주인으로 육손을 택한 것이다. 멋대로 호위대장을 자처한 그를 육손도 딱히 내치지 않았다. 미워할 수만은 없는 사내였다.

사린이 뒤를 돌아보며 엄백호에게 외쳤다.

"아이참, 빨리 와! 안 그러면 두고 갈 테야."

"예, 주모(主母)!"

조운이 이끄는 유주군과 사린과 육손이 선두에 선 육가군은 부지런히 함정과 매복을 준비하고 있었다. 한동안 잠잠하던 양주에 곧 거센 피바람이 몰아칠 모양새였다.

3

얼어붙은 불꽃

　사린과 유주군 일부는 육가 부대와 함께 첫 번째 함정을 준비하기 위해 움직이는 중이었다. 함정과 복병 그리고 기습. 이게 상대적으로 병력이 열세인 손가와 유주 연합군이 택한 전략이었다. 육가는 가주인 육손과 사린의 관계로 말미암아 전폭적으로 유주군을 돕겠다고 약속했다. 단, 아무리 사랑에 빠졌다 해도 육가의 가주는 가문의 불이익을 무시해가면서까지 일방적으로 정인(情人)에게 퍼줄 사람은 아니었다.

　육손은 기본적으로 녹지 않는 얼음과 같았다. 늘 차가움을 유지하면서 모든 현상을 객관적으로 파악하고 판단하는 인간 얼음. 얼음을 보는 자들은 투명한 내부를 봤다고 여기지만, 실상은 거기 비친 자신을 봤을 뿐이다. 그는 속내를 드러내는 척하면서 상대를 먼저 파악해버렸다. 대부분의 여성은 그와 가까워지기도 전에, 그 시린 기운에 질려 일정 거리 이상 다가가지 못했다. 반나절도 지나지 않아서 자신의 장점과 단점, 때로는 치부까지 모조리 꿰뚫는 남자와 교제하기란 결코 쉬운 일이 아니었다. 그것이 가문끼리의 거래라 해도.

그런 육손에게 사린은 신선하기 짝이 없는 여자였다. 그녀는 상대가 누구든 편하게 대했고 자신을 어떻게 대하든 개의치 않았다. 그 사린조차 육손의 안에서 그 자신도 모르고 있던 불씨의 일부를 일깨운 것뿐이었다. 그것만으로도 엄청난 변화였지만. 과연 그 불씨는 육손이라는 얼음을 녹일 것인가. 이는 앞으로 둘의 관계에 달린 일이었다.

육손은 유표를 무너뜨리고 나면 두 가지를 받기로, 사린을 통해 조운 및 곽가와 약조했다. 서주 및 유주와 교역로를 여는 것이 첫 번째. 손책을 설득하여 형주 땅 일부를 나눠 받는 게 두 번째였다. 유주왕의 여동생이라는 사린은 육손의 정인이자 일종의 담보 같은 역할을 하고 있었다.

"거의 다 왔다. 시상현 안에 들어왔으니 조심해야 해."

현재 일행이 도착한 곳은 장강에서 나뉜 여러 물줄기 중 하나의 상류였다. 장강 전체로 치면 하류에 해당하나 지류로 치면 윗부분이다. 즉 나뭇가지에 비유하면 갈라져 나오기 시작하는 부위였다. 장강은 대륙의 여러 강 중에서도 폭이 넓고 길었으며 수량(水量)도 많았다. 괜히 장강(長江)이라는 이름이 붙은 게 아니다. 그러나 초겨울인 이 시기에는 그나마 수량이 제일 적었다.

"거기에 장강의 본류가 아니라 거기서 갈라져 나온 지류라면 얘기가 달라져."

과연 육손의 안내를 따라 와보니 강폭이 좁아지는 지점이 있었다. 장강이 시상으로 흘러들어가는 지점에서 여러 갈래의 물줄기가 갈라져 나왔다. 그런 물길 중 하나였다.

"자, 저기 주변의 바위산과 모래밭으로 인해 특히 좁아진 지점이 보이지?"

육손이 가리키는 곳을 본 사린은 감탄했다.

"우와, 진짜네!"

"하지만 사린, 좁다 해도 배 한 척은 거뜬히 지나갈 수 있는 폭이야. 수심도 꽤 깊고. 저길 어떻게 틀어막으려고?"

육손이 걱정스럽다는 투로 말했다. 처음 사린이 곽가에게서 지시받았다며 이 계획을 들고 왔을 때는 그럴듯하다고 생각했다. 한데 막상 뚜껑을 열어보니 투입할 인력이 너무 모자랐다. 유주군의 수는 매우 적었고, 손가는 얄밉게도 병력을 모두 다른 곳으로 뺐다. 그렇다고 육가의 사병을 다 동원하기에는 부담이 너무 컸다. 그 결과, 지금 둘에게 딸린 병력은 고작 오십여 명 정도가 전부였다.

"괜찮아, 괜찮아. 오십 명만 있으면 돼."

사린이 이렇게 말했기 때문이기도 했다. 설령 병사가 많다 해도 어디선가 강을 막을 자재, 즉 모래주머니나 나무 등을 대량으로 실어 와야 할 판이었다. 그냥 모래를 부었다간 빠른 물살에 쓸려가버리기 때문이다. 주머니를 가져오긴 했으나 천 개가 전부였다. 육손이 보기에 모래주머니로 강을 막으려면 최소 오천 개는 필요할 거 같았다. 모래 외에 근처에 있는 거라곤 바위 언덕뿐이었다. 천재라 불리는 그도 감이 안 잡혔다.

"헤헷, 내게 맡겨."

사린은 그간 육가를 오가며 안 어울리는 예의를 차리는 데 지쳐 있었다. 이에 서로 마음을 확인한 후로는 편하게 지내기로 육손과 합의한 터였다. 그러면서 사린과 육손은 지난 한 달 사이 급격히 가까워졌다. 이에 말도 편하게 하고 있었다.

　주위를 둘러본 사린이 강변에서 제일 가까운 바위 언덕 앞으로 향했다. 그녀는 그 앞에 서서 엄백호에게 말했다.

　"자, 백호 아저씨는 이제부터 병사들과 함께 최대한 빨리 주머니에 모래를 채우세요."

　"네, 알겠습니다. 주모."

　엄백호는 육가에 투신한 뒤, 육손의 수신호위가 되었다. 그러나 사실은 사린에 대한 존경심이 더 컸다.

　'태어나서 나보다 더 힘센 여자는 처음 봤다.'

　그는 즉시 병사들과 함께 말 등에 싣고 온 주머니에 모래를 채우기 시작했다. 모래라면 주변에 얼마든지 있었다. 다만 가져온 주머니의 수는 앞서 언급했듯 일천여 개. 병사 한 사람이 이십 개씩만 채우면 끝나는 양이었다. 강을 메우기엔 턱없이 부족했다.

　육손도 한자리를 차지하고 모래주머니 만들기를 거들었다. 그러면서 사린을 바라보았다.

　'뭔가 복안이 있는 건가.'

　사린은 바위 언덕 앞에서 망치를 들고 심호흡을 한 후, 특기를 발동했다.

　특기 발동, 흐규흐규(嘘封嘘封, 큰 산을 베어 가르다)!

망치, 뇌신추의 머리 부분이 광채를 발하면서 거대해졌다. 사린은 제 몸의 몇 배 크기가 된 망치를 들고 높이 뛰어올랐다. 바위 언덕의 정점까지 뛰어오른 그녀는 온 힘을 다해 망치를 내리쳤다.

콰아아아아아앙!

"아니?"

그 자리에 있던 모든 이들이 기함하고 말았다. 거대한 굉음과 함께 먼지 구름이 자욱이 일었다. 위에서부터 쪼개진 바위 언덕이 무너져내렸다. 그게 끝이 아니었다. 무너진 바위 언덕의 잔해에다, 사린은 연이어 특기를 발했다.

특기 발동, 뀨잉뀨잉(紏扔紏扔, 끌어당겨 깨부수다)!

콱! 콰득! 우지직!

집채만 하던 바윗덩어리들이 회전하는 사린의 망치에 깨지고 다져졌다. 지켜보던 육손은 물론이고 엄백호와 병사들까지 입을 떡 벌린 채 경악을 금치 못했다.

'엄청나구나. 저런 무공은 듣도 보도 못했다.'

그렇게 얼마간의 시간이 흐르자, 바위 언덕은 어른 몸통만 한 바위 수백 개로 변했다. 그러자 사린은 그것들을 차례차례 망치로 쳐서 날려 보내기 시작했다. 날아간 바위들은 정확히 강폭이 좁아지는 지점에 첨벙 하고 떨어졌다. 육손은 비로소 그녀가 뭘 하려는지 깨달았다.

'맙소사. 저런 일이 가능한 사람이 있다니.'

그는 새삼 홀린 듯한 눈빛으로 그녀를 응시했다. 저 여자만 있다면 상상도 못 할 계책들을 실현할 수 있게 된다.

두 시진(약 네 시간) 정도가 지나자 바위 언덕의 잔해는 모조리 물속에 잠겼다. 바위 언덕 하나가 남김없이 강 속에 들어간 셈이었다. 이제 모래주머니로 틈을 메우기만 하면 끝이다. 그러기에는 모래주머니 천 개면 충분했다. 그때쯤에는 병사들도 천 개의 모래주머니를 다 만든 후였다.

육손이 병사들에게 명했다.

"자, 이제 주머니로 바위틈을 메운다. 서둘러라!"

이 대공사에는 사린도 어느 정도 지쳐버렸다. 그래도 그녀는 한 번에 여섯 개씩의 모래주머니를 들고 날랐다. 마침내 해가 뉘엿뉘엿 넘어갈 무렵에는 좁은 물줄기 하나를 완전히 메우다시피 했다.

"둑 완성!"

사린이 외쳤다. 당장 임시 둑 건너편으로 흘러나오는 물의 양이 현저히 줄어들었다.

"이제 여기서 대기하다가 신호가 오면 둑을 터뜨리면 되는 거야."

육손의 말에, 사린은 고개를 끄덕였다. 둑을 터뜨리는 것쯤이야 아까 바위 언덕을 박살 낼 때의 힘이면 충분할 것이다.

"우아, 힘들다!"

사린이 털썩 주저앉았다. 육손은 그녀에게 다가가 등 뒤에 쪼그리고 앉았다. 그리고 뒤에서부터 그녀를 부드럽게 감싸 안았다.

"수고했어. 넌 정말 대단한 사람이야, 사린."

육손의 말에, 사린은 부끄러운 듯 답했다.

"하지만 이 장소를 알려주고 방법을 생각해낸 건 봉효와 백언인걸?"

"그래 봐야 실행할 힘이 없다면 아무 소용없는 방법이야. 넌 내 책략에 영감을 주고 실현되게 해줄 수 있는 무주(務儒, 굳센 짝)야!"

"뮤, 뮤즈?"

"그래, 무주."

사린은 생각했다. 시대와 나라, 언어는 달라도 비슷한 상황에서 나오는 말의 의미는 비슷해지는지도 모르겠다고.

엄백호는 좀 떨어진 곳에서 몰래 사린을 곁눈질하고 있었다. 그녀를 처음 만났을 때 빨리 항복한 게 새삼 잘한 일로 여겨졌다. 안 그랬다가는 영락없이 저 물속의 바위들 꼴이 됐을 것이다.

'휴, 그나저나 저걸 한 방에 터뜨리면….'

지류라고는 하나 명색이 장강이다. 둑 뒤로 차오른 물길이 벌써부터 범람할 듯 넘실거리고 있었다.

'시상을 쓸어버리진 못하겠지만, 저 정도면 일대를 발목까지 잠기게는 할 수 있겠구먼. 이 싸늘한 날씨에 말이야.'

시상은 천혜의 요지였으나 큰 성은 아니었다. 토질과 지형이 대규모의 건축물을 짓기에 적합지 않아서였다. 형주와 양주의 날씨는 한겨울에도 15도 정도를 유지했다. 그러나 여기서 오래 생활한 사람에게는 충분히 쌀쌀한 기온이었다. 실제로 현대의 대만에서도 영상 10도 정도의 기온을 못 견디고 얼어 죽은 사람이 속출한 사건이 있었다.

'요즘 같은 날씨에 발이 계속 물에 잠긴 상태라면?'

엄백호는 생각만 해도 추워지는 것 같아 몸을 부르르 떨었다.

또 다른 한 부대도 부지런히 함정을 준비하고 있었다. 지리에 밝고 눈썰미가 좋은 장합이 이끄는 부대였다. 정사에서 장합을 평하기를, "변화의 법칙을 잘 깨우쳤고 진영의 통솔에 능하였으며, 특히 상황과 지형을 고려해 계략을 짜는 데 뛰어나 제갈량을 비롯한 촉군이 몹시 두려워했다"고 하였다. 지금도 그 특기를 유감없이 발휘하는 중이었다.

'기병이 온다면 필히 이 길로 지나갈 것이다.'

장합은 이끌고 온 병사들로 하여금 몇 군데의 땅을 파게 한 다음, 그 위에 얇은 판자를 올리고 흙과 짚으로 덮게 하였다.

그사이 성월은 활을 들고 주변을 경계했다. 마음 같아서는 파낸 구덩이 속에 꼬챙이라도 세우고 싶었으나 인력과 시간이 부족했다. 아쉬운 대로 기병이 구덩이에 빠지는 것만으로도 어느 정도 타격을 줄 수 있으리라.

"됐다. 이제 적군이 함정에 빠져 대열이 흐트러진 사이에 공격하는 거다."

준비를 마친 장합 부대는 근처의 언덕 뒤에 몸을 숨기고 대기했다.

시상에 있던 유표군이 출진한 건 해가 뜰 무렵이었다. 며칠 전, 예상대로 손책군이 심양 근처에 나타났다는 보고를 받았다. 이미 심양성은 비운 다음, 인화성 물질과 잘 타는 것들을 가득 쌓아둔 후였다. 지금 출발하면 심양에서 화공에 빠져 당황하는 손책군의 뒤를 들이치기에 딱 좋게 도착할 것이다.

성을 나와 진군하던 유표군 선두는 곧 강변에 이르렀다. 기병이 선두에 설 경우 필연적으로 보병 대열이 처진다. 이를 방지하려고 맨 앞에는 보병이 자리하고 있었다. 기병 돌격을 위한 진형은 어차피 전투 전에 재배열한다. 어쩐 일인지 장강의 지류인 강은 눈에 띄게 수량이 줄어서 바닥이 보일 정도였다. 헤엄쳐 건널 각오를 하고 있던 병사들은 안도했다.

"겨울이라 가물어서 그런가? 물이 많이 줄었군."

"잘됐지 뭐. 난 헤엄도 못 치는데."

"네놈은 강남 출신이면서 어째 헤엄을 못 치나?"

"어허, 바닷가가 고향이라고 다 배 탈 줄 아는 건 아니거든?"

병사들이 이런저런 잡담을 나누면서 강으로 걸어들어갈 때였다. 뒤쪽에서 부대 전체를 살피며 진군하던 문빙은 문득 이상한 위화감을 느꼈다. 그는 옆에 있는 이엄에게 물었다.

"정방(正方, 이엄의 자), 지금쯤 보병이 강을 건널 때가 아닌가?"

"그러합니다, 장군."

"한데 왜 안 멈추는 게지?"

지류라 해도 장강 줄기는 제법 깊었다. 강폭이 본류보다 좁은 만큼 물살은 더 강했다. 따라서 병사들은 뗏목을 만들거나 임시

다리를 놓거나 혹은 갑옷을 벗는 등의 과정을 거쳐야 했다. 자연히 진군이 멈추기 마련이었다. 한데 잠깐 주춤하나 했더니 그대로 나아가자 의문을 느낀 것이다.

"제가 알아보고 오겠습니다."

이엄의 수하인 전령 하나가 재빨리 앞쪽으로 말을 몰아갔다가 돌아왔다.

"수량이 크게 줄어서 걸어서도 충분히 건널 수 있을 정도라, 그대로 나아가는 중이라 합니다."

문빙과 이엄은 저도 모르게 얼굴을 마주 보았다.

"올해 가을, 겨울이 그렇게 가물었던가?"

"저는 남양 토박이입니다만, 어지간한 가뭄에도 장강 지류의 수량이 그렇게까지 줄어든 적은 없었습니다."

"설마…."

이엄은 전령에게 일러, 서둘러 도하(渡河, 강을 건너는 일)를 멈추라 명했다. 그 직후였다. 피융! 날카로운 소리와 더불어 기이하게도 시커먼 연기를 긴 꼬리처럼 뿜어내는 화살 한 발이 강 건너편에서 날았다.

"저건?"

"신호입니다!"

문빙과 이엄이 움찔했다. 그리고 얼마 뒤, 콰르르! 굉음과 함께 앞쪽에서 비명이 들렸다.

"이런! 무슨 일…."

말하던 이엄은 곧 변고의 정체를 알게 됐다. 그가 선 대열 뒤쪽까지 물이 흘러오고 있었다.

"범람? 아니…."

문빙이 입술을 깨물며 내뱉듯 말했다.

"수공(水攻)인가."

갑자기 수량이 폭발적으로 늘어날 리 없었다. 상류 쪽에서 뭔가 인위적인 행동을 한 것이다. 밤새도록 막아뒀던 강물이 한꺼번에 터진 여파는 컸다. 강물은 주변의 모래며 나무 따위는 물론이고 말과 사람까지 집어삼키며 쏟아져 내렸다. 거기다 생각지 못한 사태가 발생했다. 갑자기 발목까지 차가운 물이 들이치자, 놀란 말들이 뒷걸음질 치거나 고개를 거세게 내둘렀다. 그 자리에서 완강히 버티는 녀석들도 있었고, 마구 내달리는 녀석도 있었다. 혼란이 더 커졌다. 문빙은 뜻밖의 상황에 당황스럽기 짝이 없었다.

'급하게 대군을 편성하느라 전투마가 아닌 말을 징발했더니….'

결국, 혼란은 진영 전체로 번졌다. 보병들 다수가 이 지역 사람이 아닌 것도 문제였다. 그렇다 보니 이 시기에 수위가 비정상적으로 낮아진 게 이상한 일임을 깨닫지 못했다. 서두르는 와중에 생긴, 당시는 몰랐던 자잘한 불안요소들이 악재가 되어 돌아왔다.

"진정해라! 강가에서 물러나라. 뒤쪽은 충분히 안전하다!"

문빙은 필사적으로 진형을 유지하려 애썼다.

"피해는?"

선두에서 달려온 부장이 얼굴이 노래져 말했다.

"강을 건너던 수백 명 정도가 고스란히 쓸려 내려갔습니다. 물이 얕다고 생각해서 갑옷을 입은 채로 건너는 바람에 피해가 컸습니다."

"…어느 정도 범람한 뒤 수위는 곧 평소대로 돌아갈 것이다. 그 사이 예정대로 강을 건넌다. 이번 작전은 시간이 생명이다."

"하지만 장군…."

"이는 직접적으로 큰 피해를 주려고 했다기보다 시간을 지체시키고 사기를 떨어뜨리려는 것이다. 여기서 머뭇거리면 놈들이 원하는 대로 해주는 꼴이 된다."

"알겠습니다."

문빙은 병력을 수습해가면서 근처의 대지가 높은 곳으로 이동했다. 사람과 보급품이 최대한 젖지 않게 하는 동시에, 뗏목과 간이 교각으로 쓸 나무를 구하기 위해서였다. 그리고 이는 정확히 사마의가 예견한 대로였다.

조운과 여포는 복병 역할을 맡아 각자 부대를 거느리고 매복하였다. 조운은 장합의 근처에, 여포는 장강 주변의 작은 봉우리에 각각 자리 잡았다. 여포에게는 정신적·육체적 충격에서 회복한 마초와 아우들 그리고 방덕 등이 가세했다. 마씨 일족들은 형제의 원수를 갚겠다는 일념 아래 잔뜩 독기를 품고 있었다.

조운에게는 장연이 붙었다. 느긋해 보이지만 싸울 줄 아는 자였다. 특히 흑산적 출신인 만큼 이런 매복과 소수로 치고 빠지는 방식에 능했다. 둘은 매복지에 임시로 만든 진채에서 언제라도 뛰쳐나갈 수 있도록 대기하고 있었다.

"대장군, 지금쯤 손가의 부대가 심양을 공격하고 있겠지요?"

장연의 말에, 조운은 고개를 끄덕였다.

"그렇소. 따라서 시상에 있던 유표군도 손가의 뒤를 치려고 출진했을 거요."

"곧 강을 건너겠군요."

"우린 준예(장합) 장군과 더불어 놈들을 덮쳐서 적당히 두들긴 뒤에 빠지면 되는 거요."

"기대되는군요, 흐흐."

적과 먼저 조우한 것은 여포군 쪽이었다.

정찰을 맡은 병사가 다급히 달려와 보고했다.

"유표군이 접근해오고 있습니다!"

여포는 감탄한 투로 말했다.

"오는구나, 드디어. 중달(사마의)이라는 책사, 젊지만 확실히 뛰어나군. 빗나가지 않았다. 그의 예상에서."

방덕이 그의 말에 덧붙였다.

"그래 봬도 유주의 부군사입니다. 봉효 어르신 바로 아래지요."

마초가 이를 갈고 둘의 앞으로 나섰다.

"저를 선봉에 세워주시지요."

"그러지. 폭주하지만 않는다면. 감정에 못 이겨서."

"안 그럴 겁니다."

마초의 옆에 있던 조개가 그를 거들었다.

"그럴 일 없을 거예요."

여포는 고개를 끄덕였다. 어차피 선봉은 마초에게 맡기려던 참이었다.

"팽기, 지시해라."

여포의 호위인 지살위 팽기는 이제 유주의 장수들에게도 익숙해져 있었다. 그는 마초를 비롯한 선봉대에 빠른 투로 말했다.

"적들을 끌어들일 게 아니면, 산에서 싸울 때의 가장 큰 강점은 높은 지형을 이용한 돌격입니다. 안 그러면 이런 작은 봉우리일 경우, 오히려 포위당해서 말라 죽기 십상이죠."

팽기가 이제 시야에 들어오기 시작한 유표군을 가리켰다. 문빙이 지휘하는 부대였다.

"속도를 붙여서 위에서 아래로, 저 지점을 쾅 하고 깨부수고 지나가는 겁니다. 적의 수가 워낙 많아, 지체하게 되면 오히려 포위될 수 있으니 각별히 유의하십시오."

"알겠소."

가운데 선 마초를 필두로, 왼쪽으로는 조개와 마대가, 오른쪽으로는 방덕과 마휴가 자리했다. 다섯 장수의 뒤로는 흑철기 이십여 기와 청광기 이십여 기가 따랐다.

"지금입니다!"

눈빛을 교환한 다섯 장수는 팽기의 신호가 떨어지자 일제히 언덕을 달려내려갔다.

두두두두두두!

"어?"

핑음에 고개를 돌린 병사가 화들짝 놀랐다. 대열 제일 바깥쪽에 있던 병사였다. 물을 피해 일단 서쪽의 언덕지대로 왔는데, 그위에서 물 대신 재앙이 쏟아져 내리고 있었다.

"적…!"

크게 벌어진 병사의 입에 짧은 화살이 날아와 박혔다. 그게 시작이었다.

"저, 적이다!"

"크아악!"

1차로 짧은 화살들이 빗발처럼 쏟아졌다.

"수, 수레 뒤에 숨어!"

습격당한 곳은 보급부대가 위치한 자리였다. 겁에 질린 병사들은 수레 뒤로 몸을 숨겼다. 화살에서는 어느 정도 안전해졌으나 적의 움직임을 보기 어려워졌다. 그곳으로 복수심에 불타는 마초와 장수들이 들이닥쳤다. 쾅! 우직! 어설프게 막아보려던 병사들은 단숨에 나가떨어졌다. 마초는 무서운 기세로 창을 휘두르고 내찔렀다. 혈족을 잃은 마대와 마휴 그리고 귀여워하던 도련님의 죽음에 분노한 방덕 또한 무서웠다. 뒤늦게 이변을 알아챈 보병과 부장들이 달려왔으나 막을 엄두를 내지 못했다.

"우리 차례군, 이제."

여포의 말에, 뒤에 앉은 청몽이 외쳤다.

"오빠, 달려!"

"느려질까 걱정이다. 네 무게 탓에."

"나 가볍거든?"

둘은 긴장감 없이 티격태격하면서 달려내려갔다. 팽기도 히죽 웃으며 나란히 달렸다. 그 뒤를 초정이 투덜거리면서 따랐다.

"아이참, 진작 승마 좀 배울걸."

여포가 이끄는 것은 흑철기의 최정예인 나머지 일백. 거기에 여포 자신과 청몽은 공포의 대상이 되기에 충분했다. 둘이 가는 곳마다 수레가 부서지고 적병이 쓰러졌다. 잠시 분탕질하던 여포가 소리 높여 명했다.

"이제 태워라!"

흑철기들은 즉시 주변의 수레에 불을 놓기 시작했다. 그러던 흑철기 하나가 갑자기 뭐에 맞은 것처럼 붕 떠서 옆으로 나가떨어지더니 즉사했다. 그의 관자놀이에는 흑철기와 청광기가 쓰는 가느다란 화살과는 대조적인 길고 굵직한 화살이 꽂혀 있었다.

"웬 놈이냐!"

분노한 여포가 화살이 날아온 방향으로 시선을 돌렸다. 대열 한참 앞쪽에 상체만 한 대궁을 든 장수가 이쪽을 노려보고 있었다. 상대를 확인한 청몽은 화들짝 놀랐다.

'으엑, 저거 혹시 황충 아니야?'

청몽은 용운만큼 《삼국지》를 잘 알지는 못했다. 그러나 그와 가까이 지내면서 자연히 접하긴 했다. 그렇다 보니 유비, 관우, 장비, 조운, 황충 등 유명한 장수들에 대해서는 수박 겉핥기식으로 주워들었다. 유비는 촉나라를 세운 사람이며 귀가 크고, 관우는 긴 수염에 청룡언월도를 쓴다는 식이었다. 물론, 이건 이쪽 세계로 오기 전의 지식이다. 이번 원정을 떠나기 전, 만약 적으로 나타났을 경우 특별히 유의할 두 사람에 대해 교육받았다. 그 둘이 바로 육손과 황충이었다. 다행히 육손은 아군이 됐지만 황충의 움직임은 알 수 없었는데, 여기서 모습을 드러낸 것이다.

'형주군과 싸울 때, 최소 환갑은 되어 보이는데 큰 활을 아무렇지 않게 쏘고 궁술 실력도 뛰어난 장수를 만나면 그게 황충일 거라고 했지. 원거리에서는 되도록 싸우지 말고 가능하면 죽이지도 말라고. 어휴….'

슝! 그때 또 화살이 날아왔다. 여포는 반사적으로 몸을 움츠렸다. 화살은 그의 관을 맞혀 날려버렸다. 여포의 머리가 산발이 됐다. 여포는 화가 나면서도 간담이 서늘했다.

"성월 처제 못지않은 활 솜씨를 가진 자가 있구나. 적장 중에."

여포의 말에, 청몽이 발끈해서 대꾸했다.

"성월은 저것보다 훨씬 더 활 잘 쏘거든? 응? 잠깐만, 처제라고? 아이참."

여포는 들은 척도 않고 눈을 가늘게 떴다. 황충뿐만이 아니었다. 곽준과 이엄 등 다른 장수들도 달려오고 있었다.

'적당히 태웠고, 보급품도, 물러나야 할 때다, 이제 슬슬.'

적장 셋 아니라 다섯이 달려든다 해도 여포는 눈 하나 깜빡하지 않을 것이다. 문제는 적과의 병력 차이였다. 정확히 보급부대가 위치한 지점을 노린 덕에 마음껏 날뛸 수 있었다. 허나 적의 수는 어림잡아 보아도 오만 이상. 백 명 남짓한 인원으로 맞서 싸우는 건 자살행위였다.

팽기가 길게 휘파람을 불었다. 초정은 열심히 깃발을 휘둘렀다.

"이제 빠져요!"

미처 날뛰던 마초도 퇴각 신호를 감지했다. 동시에 질 좋은 갑주를 걸친 자들이 그의 눈에 들어왔다. 적장이었다. 불끈하는 그의 팔을 조개가 재빨리 움켜잡았다.

"안 돼. 여포와 약조한 걸 잊었어?"

마초는 재빨리 주위를 둘러보았다. 조금씩 적들이 퇴로를 막아 가고 있었다.

'나는 몰라도 포위망이 더 두터워지면 마휴와 마대 녀석에게는 무리일 거다.'

긴 한숨을 내쉰 그가 말했다.

"좋아, 퇴각."

조개는 비로소 생긋 웃었다.

"그래야지. 그래야 내 맹기지."

유주군은 일제히 몸을 빼내기 시작했다. 곽준은 언덕 위에서부터 진영 옆구리를 찌르고 들어왔던 적 복병이 달아나는 모습에 분통을 터뜨렸다.

"저놈들이!"

그러나 그는 지략을 갖춘 장수였기에 오히려 수하들로 하여금 추격하지 못하게 했다. 정확히 때를 맞춘 걸로 보아, 적은 한참 전부터 언덕 위에 매복하고 있었던 게 분명했다. 더구나 이리로 아군이 올 것까지 예측하였다.

'이는 곧 이 매복 또한 수공을 계획한 자가 만든 계책의 일부라는 뜻.'

곽준은 두려웠다. 그 자신이 장수치고는 책략에 밝은 편이기에 더욱 그랬다. 쫓아갔다가 또 다른 매복에 걸릴 것만 같았다.

"추격하지 마라! 불을 끄는 게 먼저다."

그는 병사들을 지휘하여 보급품에 붙은 불을 끄게 하는 한편, 어느덧 저만치 달아나는 적들을 바라보았다. 불과 백여 명 남짓해 보이는 적이었다. 그는 적군의 뒷모습을 보며 생각했다. 보급품에 신경 쓰느라 쫓아오지 못할 것까지 염두에 두었다면, 적의 책사는 정말 무서운 자라고.

곽준과는 달리 명에 따라 추격하진 못했을망정 분을 삭이지 못한 자가 있었다. 장궁을 들고 허연 수염을 휘날리는 사내. 바로 황충이었다.

"이 빌어먹을 놈들이…."

강궁으로 이름난 황충은 화살이 얹힌 활시위를 지그시 당겼다. 그의 목표는 아까 관을 맞혀 떨어뜨린 적장. 맨 뒤에서 형주군의 반응을 살피며 달리는, 머리를 풀어헤치고 붉은 털의 말을 탄 자였다. 여기서 보니 무슨 생각인지 뒤에 여자까지 태우고 있었다. 어이가 없었다. 전장이 놀이터인 줄 아는가.

'연놈을 한꺼번에 화살로 꿰어주지.'

팟! 시위를 놓는 순간 느낌도, 바람도 좋았다. 황충은 이번에야말로 반드시 적중시켰다고 확신했다. 다음 순간, 그는 크게 놀라 눈을 부릅떴다.

"아니?"

챙! 뒤에 탄 여자가 화살을 쳐내버린 것이다. 온통 검은색의, 보기 민망할 정도로 밀착된 옷을 입은 여자는 낫 모양의 기병(奇兵)을 썼다. 그 무기를 휘둘러 정확히 화살을 쳐냈다. 차라리 피했다면 이렇게 놀랍진 않았을 것이다. 여자가 뒤를 돌아보았다. 먼 거리였으나 그녀의 안광이 쏘는 것처럼 와 닿은 듯 느껴졌다. 황충의 옆으로 말을 몰고 온 이엄이 말했다.

"저들은 손책군이 아닙니다. 갑옷의 형태도, 무기도, 싸우는 방식도 달랐습니다."

"그럼 유주군이로군. 저게 바로…."

두 장수는 비로소 자신들이 결코 만만치 않은 강적을 상대하게 되었음을 실감했다.

4

예견된 함정

여포와 마초 일족을 앞세운 복병 부대가 한바탕 진영을 휩쓸고 달아난 후.

"피해는?"

문빙의 물음에, 부장이 답했다.

"죽은 자가 천여 명, 다친 자는 이백 명 정도 됩니다. 그리고 보급품의 3할 정도가 불탔습니다."

"많이도 죽여댔군."

문빙이 씁쓸한 어조로 내뱉었다. 적의 수는 대략 백여 명 남짓했다. 그 인원으로 천 명을 죽였다. 차 한 잔 마실 시간이 다 지나기도 전에 벌어진 일이었다. 적 한 명이 아군을 열 명꼴로 죽인 셈이었다.

"정확히 보급부대가 있는 곳을 노려서 피해가 더 컸습니다. 우리도 앞뒤로 보호하고 있었지만, 설마 저 산 위에 대기하고 있다가 공격해올 줄은⋯."

분한 듯 말하는 이엄에게, 문빙이 대꾸했다.

"적 진영에 우리 움직임을 읽어내는 자가 있네."

"그런 것 같습니다."

이엄은 목소리를 조금 낮춰 말을 이었다.

"자포(子布, 장소) 님이나 자강(子綱, 장굉) 님도 뛰어난 분들이지만, 책사라기에는….."

"실전 경험이 부족하지. 자네와 중막(仲邈, 곽준)의 역할이 크네."

유표군은 출진하자마자 허를 찔렸지만, 전쟁을 수행하기 어려울 정도의 피해는 아니었다. 문빙은 부상자를 후송하고 병력을 수습한 뒤, 나무를 베고 줄을 엮기 시작했다. 강을 건너 계속 진격하기 위해서였다.

여포군은 퇴각한 직후, 강을 따라 상류로 올라갔다. 그리고 거기서 육가 부대와 조우했다.

"사린아!"

"언니!"

무사히 재회한 청몽과 사린은 뛸 듯이 기뻐했다. 그러나 훈훈하던 분위기도 잠시.

"언니, 언니, 밑에서 봤어? 내가 둑을 쾅 하고 터뜨려서 대홍수가 났다고!"

으스대는 사린에게 질세라 청몽이 말했다.

"흥, 우리는 백 명이 유표군 오천 명을 베었다!"

"오, 오천 명? 거짓부렁이지!"

"너야말로 대홍수는 무슨. 그냥 물이 좀 넘쳐서 발목까지 적시는 정도던데.”

“아니야아아아아아앙!”

여포는 티격태격하는 둘을 보며 고개를 저었다.

‘여전하군, 저 둘은.’

그때 육손이 앞으로 나서서 인사를 해왔다.

“처음 뵙겠습니다. 저는 육가의 가주, 백언이라고 합니다. 명망 높으신 여대공을 뵙게 되어 영광입니다.”

“나도 많이 들었소, 육가의 명성은.”

여포가 손을 내밀자, 육손은 잠깐 당황했다.

‘응? 이건 무슨 뜻이지?’

용운의 곁에 오래 있었던 여포는 악수라는 인사에 익숙해졌으나 육손에게는 생소한 행위였다. 민망해진 손을 사린이 덥석 잡고 흔들었다.

“봉선 아저씨, 오랜만! 여기 육백원이 제 남친이에요. 헤헷.”

“남친?”

“정인이라는 뜻인가 보더군요.”

육손은 사린을 사랑스럽다는 듯 쳐다보며 말했다. 그 모습에 뭔가 자극받은 청몽도 괜히 여포의 왼팔에 매달렸다.

“우리 결혼했어요.”

“아, 늦었지만 경하드립니다.”

여포는 청몽을 물끄러미 내려다보며 생각했다.

‘다리라도 다친 건가, 싸울 때. 왜 이렇게 매달리지? 안 하던 짓을…….’

조개 또한 복잡한 기분이 되었다. 여포 뒤에 서 있던 마초의 눈 길이 사린에게 닿아 있음을 느껴서였다. 그걸 눈치챘는지, 조개 쪽을 본 마초가 말했다.

"저 녀석하곤 우리가 아직 십 대였을 때부터 친구였어. 그때 잠 깐 호감을 가졌던 적이 있었지만, 지금은 아무 사이도 아니니까 신경 쓰지 마. 피차 반려도 생긴 것 같고."

"흥, 누가 뭐래?"

조개는 괜히 샐쭉거렸지만 반려라는 말이 마음에 들었다.

간단한 인사가 오간 뒤, 여포가 말했다.

"육가주의 지시를 따르라는 명을 받았소, 이후의 일은."

"우리는 이제 남하하여 적이 강을 건너는 걸 확인한 다음, 시상 을 칠 겁니다."

뜻밖의 말에, 여포는 물론이고 마초 등도 깜짝 놀랐다.

"시상을?"

"예. 유표군은 병력의 이점을 앞세워 총력으로 아군을 쓸어버 릴 생각입니다. 그들이 노리는 본진은 결국 손책군. 우리는 적이 거기에 도달할 때까지 꾸준히 방해하면서 야금야금 피해를 입히 면 됩니다."

"가만, 결국 손책군이 미끼가 된 셈인가? 하하!"

마초는 손책이 유주군에게 위험을 강요하는 듯하여 살짝 기분 이 나빴었다. 육손이 그걸 역으로 이용하려는 걸 알자, 웃음이 나 오고 그에게 호감이 생겼다.

'사린이 녀석, 지가 힘이 세니까 대신 똑똑한 남자를 골랐군.

괜찮은 선택이야. 잘 살아라….'

육손은 차분한 말투로 계속 설명을 이어나갔다.

"따라서 시상의 수비는 변변치 않을 게 분명합니다. 또 시상을 점령하게 되면 세 가지 이점이 있습니다."

"뭐요, 그게?"

"유표군에게 돌아갈 곳이 사라졌다는 압박감을 주는 게 첫 번째, 현재 행방불명 상태인 유비군이 행여나 시상으로 들어와서 일을 곤란하게 만드는 경우를 방지하는 게 두 번째, 시상을 거점으로 다른 아군 부대와 활발히 공조하면서 계속 적의 뒤를 노리며 괴롭힐 수 있다는 게 세 번째입니다."

"맞아, 유비군이 있었군."

여포는 고개를 끄덕이며 속으로 적이 감탄했다. 백면서생으로밖에 안 보이는 이 청년은 적은 정보로도 큰 그림을 볼 줄 아는 능력이 있었다. 여포 부대는 일방적으로 공격을 퍼붓다시피 했지만, 그래도 부상자는 있었고 체력도 소모됐다. 적진이다 보니 그들이 휴식할 장소가 마땅치 않았는데, 시상을 빼앗는다면 그것도 해결될 터.

"좋소. 그리합시다."

육가와 합류하여 백오십 명 정도가 된 여포 부대는 강 하류로 조심스레 전진하기 시작했다.

다음 날 오전, 유표군은 만반의 태세를 갖추고 강을 건넜다. 혹시나 도하 중에 적이 또 기습해올까 걱정되어서였다. 하지만 이번에는 아무 일도 없이 지나갔다. 그 바람에 괜히 심력을 소모하여 더 피로해지기만 했다. 간밤에도 기습이 걱정된 데다 젖은 몸이 추워서 잠을 설쳤다.

문빙은 병사들의 사기를 올리려고 목청을 돋워 외쳤다.

"이제 강을 건넜으니 심양까지는 잘 닦인 길뿐이다. 진격해서 손가의 쥐새끼들과 유주의 침략자들을 쳐부수고 양주에서 마음껏 호사를 누리는 거다. 이번 싸움에서 큰 공을 세운 자에게는 강남의 비옥한 땅과 미녀를 상으로 내리겠다!"

"오오…."

병사들 사이에 작은 동요가 일었다. 그것은 곧 커다란 환호성으로 변했다.

"와아아아!"

"쥐새끼들을 쳐부수자!"

두 배가 넘는 병력에, 든든한 장수들과 풍족한 보급물품들. 진다는 생각은 애초에 하지 않았다. 그저 생각보다 좀 성가셔졌을 뿐. 금세 사기를 회복한 병사들은 함성과 함께 심양을 향해 진군하기 시작했다.

좀 떨어진 곳에서 그 모습을 바라보는 눈이 있었다. 특기인 은신 능력으로 정찰을 나온 청몽이었다.

'흥, 누가 누굴 쳐부숴? 이제까지는 시간을 끌기 위해 방해한 수준이었다. 앞으로는 더욱 고달파질 거야.'

그녀는 속으로 유표군을 비웃으며 서둘러 본진으로 돌아갔다. 적군이 강을 건넜음을 알리기 위해서였다.

두두두두두!

유표의 기병들은 기세 좋게 말을 달렸다. 강이 범람하고 기습을 받는 바람에 시간을 지체하고 말았다. 이러다 심양의 손책군을 그냥 보내는 사태가 생길 수도 있었다. 이에 문빙은 보병으로 하여금 뒤에 처져 보급부대를 보호하게 하고 우선 기병을 보내기로 했다. 기병의 수는 약 이만. 이것만으로도 강력한 전력이었다.

그때였다. 한창 달리던 기병 중 하나가 별안간 땅 밑으로 쑥 가라앉으면서 고꾸라졌다.

"어엇?"

그게 시작이었다. 여기저기서 구덩이에 빠지는 자가 속출했다. 구덩이는 엄청나게 깊지는 않았다. 빠져도 말의 몸통 절반가량이 그대로 지면에 드러날 정도였다. 그게 더욱 피해를 키웠다. 뒤에서 따라오던 다른 기병이 미처 피하지 못하고 걸려 넘어졌기 때문이다. 거기에 또 누군가 걸려 넘어지고 그 위에 또…. 낙마한 인원이 삽시간에 눈덩이처럼 불어났다.

"이, 이런. 여기에도 함정이 있었나?"

그때 당황한 문빙을 더욱 놀라게 할 일이 벌어졌다.

"나는 장연. 정정당당을 모르는 남자지."

"우와아아! 두목!"

"비겁하지만 멋져!"

함성과 함께 한 무리의 기마가 길 바깥의 언덕 뒤에서 뛰쳐나왔다. 그러더니 곧장 유표군에게 돌진해와 구덩이에서 기어 나오려고 애쓰는 자들만 골라서 찌르고 베었다. 그게 끝이 아니었다.

"…함정은 어땠나? 예상대로 걸려주셨군."

반대쪽에서는 차가운 인상에 긴 머리를 묶은 미남자가 삭(槊, 기병용의 긴 창)을 들고 달려 나왔다. 유주 사천왕의 일인인 장합이었다. 그 뒤에는 붉은 옷을 입은 미녀가 한 손에는 활을, 다른 한 손에는 술병을 들고 앉아 있었다. 장연과 장합의 부대는 혼란에 빠진 유표군을 마음껏 유린했다.

"놈들을 막아라!"

문빙의 명으로 이엄과 곽준이 뛰쳐나갔다. 한데 그게 다가 아니었다. 마지막으로 푸르스름한 털을 가진 청총마(靑驄馬)에 한 자루 강철창을 든, 위압감과 기백이 넘치는 장수가 모습을 드러낸 것이다.

"본관은 유주대장군 조운 자룡. 유주왕 전하의 명으로 여기서 그대들을 기다린 지 오래요."

조운의 말에, 이엄의 부장인 왕준이라는 자가 기세 좋게 말을 몰아 돌진해갔다. 조운의 나이는 올해로 서른아홉이었으나, 벽을 뛰어넘어 기를 다룰 수 있게 된 경지 덕인지 청년처럼 보였다. 이에 왕준은 그를 얕잡아보는 마음이 생겼다. 조운의 명성이 형주까지는 퍼지지 않은 이유도 있었다.

'유주대장군이라더니 허울만 좋은 새파란 애송이구나. 내 저 놈을 잡고 땅과 미녀를 얻…'

슉! 우당탕! 왕준은 생각을 다 끝내기도 전에 명치가 꿰뚫려 낙마했다. 땅에 떨어졌을 때는 이미 숨이 끊어진 후였다.

"음!"

"아니?"

문빙과 이엄의 안색이 변했다. 둘은 여기서 가장 무력이 강한 장수들이었다. 그렇기에 방금 조운의 한 수가 얼마나 고명한 것인지 알 수 있었다. 조운뿐만이 아니라 장합의 무공도 엄청났다. 긴 창을 느긋하게 한 번씩 내찌르는 것뿐인데, 병사가 두셋씩 꿰여 죽었다. 그나마 만만해 보이는 게 장연이었지만, 그도 결코 쉬운 상대는 아니었다. 무엇보다 변칙적인 움직임과 검술이 몹시 까다로워 보였다.

경직된 분위기를 깬 것은 노장 황충이었다.

"뭐 하는가? 이대로 당하기만 할 셈이오?"

그는 말을 마치자마자 화살 한 대를 쏴붙였다. 픽! 둔탁한 소리와 함께 장연의 상체가 뒤로 확 젖혀졌다.

"앗!"

"두목!"

흑산적 출신의 청광기들이 놀라서 모여들었다.

"크윽… 괜찮다."

장연은 마지막 순간에 상체를 비틀어 목 대신 어깻죽지에 화살을 맞았다. 그래도 충격이 어찌나 큰지, 하마터면 뒤로 날아가 말에서 떨어질 뻔했다. 개량형 등자가 아니었다면 십중팔구 낙마해 목뼈가 부러졌으리라. 겨우 목숨은 구했지만, 더 싸우기는 어렵게 되어버렸다. 장연은 수하들의 호위를 받으며 뒤로 물러났다.

"조금 빗맞았군. 다음."

다시 시위에 화살을 얹은 황충의 눈에 장합이 포착되었다. 그는 주저 없이 활을 쐈다. 그러나 이번에는 결과가 좀 달랐다. 쩡!

"엇?"

분명 장합을 향해 날아가던 화살이 허공에서 뭔가에 부딪혀 튕겨 나갔다. 어리둥절해진 황충은 돌풍이라도 일어났나 하고 다시 활을 쐈다. 그래도 결과는 마찬가지였다. 두 번째 화살을 날린 직후, 그는 비로소 원인을 알았다.

"저 여자는…."

장합이란 적장의 뒤에 앉은 붉은 복색의 여인. 그녀도 황충처럼 거대한 활을 들고 있었다. 활 또한 그녀의 의복처럼 붉은색이었다. 그녀는 황충이 활을 쏘자마자 동시에 활시위를 당겼다가 놨다. 그러자 황충의 화살이 튕겨 날아갔다. 즉 동시에 활을 쏴서 화살로 화살을 맞힌 것이다. 도저히 믿기 어렵지만 그렇게밖에 생각할 수 없었다.

"이런 일이 가능한 자가 있었다니…."

황충은 세 번째로 활시위를 당기면서 중얼거렸다.

"나 말고도 말이야."

파팟! 화살 한 개가 시위를 떠나자마자 황충은 곧장 한 차례 더 활을 쐈다. 이중살(二重煞). 앞서 쏜 화살 뒤에, 진짜 위력이 숨겨진 화살을 붙여 쏘는 기술이었다. 먼저 날아온 화살을 막더라도 두 번째 화살에 당하게 된다. 그러자 여인은 황충과 마찬가지로 두 번 연속해서 활을 쏘았다. 두 발의 화살이 모두 튕겨 나갔다.

황충과 여인 사이에 어느새 치열한 궁술 대결이 펼쳐졌다. 그러거나 말거나 장합은 삭을 휘두르며 싸우는 동시에 병사를 지휘하는 데 열중했다. 그런 그에게서 움츠러든 빛은 조금도 찾아볼 수 없었다. 그만큼 뒤에 태운 여인을 믿는다는 의미였다.

황충의 관자놀이에 핏줄이 불끈 솟았다. 그러나 눈에는 묘한 즐거움이 깃들었다.

'내 나이 육십 평생 활로 내게 이 정도까지 맞선 상대를 만나지 못했다. 더구나 여인이!'

여인의 정체는 다름 아닌 성월이었다. 그녀는 장합을 엄호할 겸 같은 말에 탔다. 싸우는 도중 그에게 화살이 날아옴을 느끼고 궁술로 대응한 것이다.

'감히 어떤 놈이 내 남편을….'

성월은 분노하여 원래는 단숨에 황충의 미간을 꿰뚫으려 했다. 그러다 뭔가가 떠올라 멈칫했다.

'잠깐, 활 잘 쏘는 할아버지라고?'

황충 한승. 형주로 출격하기 전, 용운이 되도록 죽이지 말라고 당부한 인물 중 하나였다.

"그렇다고 위험한 상황에서까지 무리하라는 건 절대 아니야."

용운은 이렇게 말했었다. 분명 진심이었으리라. 하지만 성월은 그의 눈에 떠오른 열망을 보았다. 조운도, 마초도, 장료도, 그녀가 사랑하는 장합도, 모두 인재에 대한 용운의 그런 열망 덕에 같은 길을 걷게 된 사람들이었다. 저 활 잘 쏘는 영감도 그러지 말란 법이 없었다.

'지금은 엄청 짜증 나지만.'

성월이 잠깐 머뭇거린 사이.

"어디, 이것도 받아보아라!"

세 개의 화살이 한꺼번에 조금씩 방향을 달리하여 날아왔다. 삼중살(三重殺). 황충이 자랑하는 절기 중 하나였다. 한 발은 장합의 명치를, 한 발은 성월의 허벅지를, 그리고 나머지 한 발은 두 사람이 함께 탄 말의 미간을 노리고 있었다.

"칫!"

여기에는 성월도 다급해졌다. 동시에 세 발을 쏘는 건 가능하나, 그 세 발로 세 발을 맞히긴 무리였다.

'어떡하지?'

찰나의 순간, 성월은 전투에 몰입한 장합의 옆얼굴을 보았다. 깎은 듯한 턱선과 굳게 다문 입술이 아름다웠다. 돌이켜보면 십 년 넘게 정인으로 지냈는데도 여태 혼인을 하지 못했다. 미래에 대한 확신이 없었던 성월이 거절한 탓이었다. 장비의 청을 거절했을 때와 이유는 같았으나 거절의 무게는 훨씬 컸다. 진지하게 만난 시간이 길었던 까닭이었다.

하지만 장합은 독촉하지도, 지쳐서 포기하지도 않았다. 그저 묵묵히 그녀의 옆을 지켰다. 아내를 서넛씩 둬도 흠이 안 되는 시대였다. 다른 장수들이 결혼을 하고 아이를 낳을 때도 장합은 곁눈질하는 법조차 없었다. 용운은 이제 그 자신이 결혼을 하여 한 아이의 아버지가 되었다. 한때 사천신녀에게 집착하는 모습도 보였으나 그것도 옛 얘기였다. 검후가 소멸하고 거리 제한이 없어지면서 용운과 사천신녀의 관계는 점점 변화했다. 물론, 그들은 여전히 서로를 가장 사랑했다. 그러나 그 사랑은 이제 이성에 대한 두근거림 같은 것이 아닌, 제일 가까운 혈육을 생각하는 마음과도 흡사했다.

모두에게 일 순위는 용운이었지만, 그다음으로 각자 소중한 이가 생겼다. 성월에게는 바로 이 남자, 장합이 그랬다. 이 사람만은 무슨 일이 있어도 지킬 거야. 마음을 정한 순간, 성월은 움직였다. 퍼퍽! 장합에게로 날아가던 화살이 엉뚱한 곳으로 튕겨 나갔다. 단, 나머지 두 발의 화살은 목표물에 적중했다.

"윽!"

갑자기 말이 쓰러지자 장합은 다급히 뛰어내렸다. 그는 당연히 성월이 자신보다 먼저 내렸으리라 확신했다. 이미 그녀의 날렵함과 민첩함이 어느 정도인지 잘 알았기 때문이다. 그녀는 자신보다도 강했다. 한데 놀랍게도 그런 성월의 반응이 늦었다. 장합은 화들짝 놀라 얼른 성월의 팔을 잡고 끌어당겨 품에 안았다. 조금만 늦었다면 다리가 말에 깔렸을 것이다.

"성월! 어찌 된…."

말하던 장합의 눈이 놀라움과 분노로 커졌다. 화살이 그녀의 허벅지를 관통하여, 검지가 드나들 만한 구멍이 뚫리고 거기서 피가 철철 흐르고 있었다. 장합이 보니, 쓰러진 말의 미간에도 화살이 박힌 채였다. 그는 얼른 피풍의(망토)를 찢어서 성월의 허벅지 위쪽을 꽉 묶었다. 그러는 사이 장합의 근위대 격인 청광기들이 주변을 지켰다. 물론 그들이 지켰다 해도 황충의 화살을 막진 못했으리라. 황충이 뒤이은 공격을 못한 데는 이유가 있었다.

"크흠…."

그는 침음을 토했다. 양어깨에 화살이 깊숙이 박힌 탓이었다. 결국, 황충은 신음하며 활을 떨어뜨렸다.

"장군!"

놀란 곽준이 달려와 황충을 부축했다. 황충은 창백해진 얼굴로 너털웃음을 지었다.

"허허, 한 방 먹었군."

여인은 함께 말에 타고 있던 남자를 노린 화살은 맞혀서 떨어뜨리고 한 발은 제 몸으로 받았다. 그리고 직전에 황충과 마찬가지로 세 발을 쏘았다. 그의 화살을 튕겨낸 한 발을 제외한 나머지 두 발로 반격한 것이다. 황충은 본능적으로 알 수 있었다. 이 정도의 솜씨라면 군이 자신의 양쪽 어깨가 아니라 급소를 맞힐 수도 있었다는 것을.

'뛰어난 재능이라 생각하여 잠깐 제자로 삼을까 생각하기도 했다만…. 배워야 할 건 내 쪽이었군. 그런데 왜 사정을 봐준 것일까?'

곽준은 서둘러 황충을 수레에 태우고 뒤쪽으로 옮기게 했다. 황충은 멀어지는 여인의 모습을 계속 바라보았다. 더 이상 적대감이 느껴지지 않았다. 그저 왜 자신을 죽이지 않았는지가 궁금할 뿐.

얼마나 싸웠을까. 유주군이 점차 흔들리기 시작했다. 조운을 비롯한 장수들은 여전히 무지막지한 실력을 자랑했으나, 문제는 병사들이었다. 무려 백 배에 달하는 적을 계속 상대하긴 무리였다. 그렇다고 장수들이 병사들까지 지켜가면서 싸울 순 없었다. 그거야말로 주객전도였다. 유주군은 마침내 퇴각하기 시작했다.

"장군, 추격합시다!"

냉정한 편인 이엄도 이번에는 악에 받쳤다.

'으음… 저들이 먼저 지나갈 길에까지 함정을 파놓지는 못했을 터. 그랬다간 그걸 피해가면서 퇴각해야 하니. 또 복병이 있었다면 한창 싸울 때 한꺼번에 불러냈을 것이다.'

마침 착각인지 실수인지 유주군은 북서쪽으로 달아나는 중이었다. 어차피 유표군이 가야 할 심양성이 있는 방향이었다. 그게 아니더라도 이 시점에서 문빙에게는 추격해야 할 이유가 있었다.

며칠 전, 유표의 책사 괴월이 갑작스럽게 시상으로 찾아왔다. 문빙은 그때 괴월과 나눴던 대화를 떠올렸다.

"적군 내부에 변절자가 있단 말이오?"

문빙의 물음에, 괴월은 고개를 끄덕였다.

"그러합니다."

괴월은 이마가 유난히 넓고 환해서 현명한 인상을 주었다. 또 책사치고는 지나치게 건장하여, 문빙과 함께 있으면 오히려 그가 장수처럼 보였다.

"대체 어떻게 우리를 돕겠다는 거요?"

배신이나 거짓 항복 등으로 인해 전세가 뒤집히는 경우는 드물지 않았다. 특히 한창 싸우는 도중에 아군 장수와 부대가 적으로 돌변하면 그 충격은 이루 말할 수 없다.

"이번에 손책을 돕기 위해 온 유주군에는 유주왕이 아끼는 장수들이 대거 포함되어 있습니다. 그들 모두를 제물로 바치겠다고 합니다. 앞으로 유경승(유표) 님에게 충성하겠다는 것을 증명하기 위해서요."

문빙은 잠깐 당혹스러웠다. 장수 개인이 벌일 수 있는 일이 아니었다.

"대체 그게 누구요?"

"적의 책사입니다."

그러자 어느 정도 수긍이 갔다. 책사라면 거짓 계책을 진언하여 그런 상황으로 몰아넣을 수도 있다. 그래도 여전히 의문점은 남아 있었다.

"비록 적이긴 하나, 유주왕은 제 사람들을 아끼기로 유명하오. 한데 그 책사라는 자는 어째서 그런 일을 벌인단 말이오?"

"고육계(苦肉策)를 염려하시는군요."

"그렇소."

고육계란 제 몸을 상해가며 꾸미는 계책이라는 뜻이다. 즉 그 책사라는 자가 스스로를 희생하여, 유주왕의 장수들이라는 먹음직스러운 미끼로 유표군을 함정에 빠뜨리려는 것일 수도 있었다. 문빙의 물음에, 괴월이 답했다.

"안 그래도 총관께서 그 부분을 염려해, 유주성에 있는 첩자들로 하여금 직접 확인하셨습니다."

'총관'이란 말이 나오자, 문빙의 표정이 미묘하게 변했다. 총관, 서령. 어느 날 갑자기 형주에 나타나 채씨 가문을 누르고 순식간에 권력의 정점에 오른 여자. 문빙은 그녀의 신묘불측한 능력은 존중했지만, 유표를 움켜잡고 절대 권력을 휘두르는 모양새는 마음에 안 들지 않았다. 문빙 자신이 정치에 전혀 무관심한 무부였기에 침묵하고 있었을 뿐이다. 안 그래도 낮은 목소리로 말하던 괴월이, 한층 음성을 더 낮춰 거의 속삭이듯 말했다.

"지금부터 제가 해드리는 얘기는 오직 장군께서만 아셔야 합니다."

"물론이오."

"책사의 이름은, 사마의 중달."

문빙은 놀람을 넘어서서 아예 경악했다. 명문 사마 가문이 유주에서 어떤 위치인지는 그도 알고 있을 정도였다.

"사마중달이라면 그 사마팔달의…!"

"그러합니다. 유주의 부군사이기도 하지요. 총군사 곽봉효(곽가)에 이어, 유주 군권의 이인자입니다."

"그런 자가 대체 어째서?"

"일족이 몰살당했습니다."

"…!"

괴월은 유주에서 일어났던 사마 가문의 반역에 대한 얘기를 해주었다. 거기에는 사마방이 성수로 인해 세뇌되었던 내용 등은 당연히 빠졌다. 외부에서는 용운이 몰락한 가문의 여식인 채문희를 왕후로 맞아들이자, 거기에 반발한 사마 가문이 반란을 일으켰다가 숙청됐다는 것 정도로 알고 있었다. 당금 유주왕의 기세는 하늘을 찔렀다. 그만큼 유주 제일의 호족인 사마 가문의 위세도 컸다. 자연히 가문의 여식을 유주왕과 결혼시키려고 무던히도 애를 썼을 것이다. 그런데 그들의 세력과 노력, 위치 등을 모조리 무시하고 갑자기 채옹의 딸을 왕후로 만들었다. 충분히 들고일어날 만한 일이었기에 오히려 모두 사실이라 믿었다.

'그랬군.'

다 듣고 난 문빙은 한숨을 내쉬었다. 일이 벌어졌을 당시, 사마의는 이미 양주로 떠난 후였다고 한다. 그의 속이 어땠을지 짐작이 갔다. 자신이 유주왕의 명으로 아무것도 할 수 없는 곳에 있을 때, 그 유주왕이 아버지와 형제들을 모조리 숙청했다. 가문은 하루아침에 몰락하였으며 사마의 자신의 앞날도 알 수 없게 되었다. 복수하기에 차고 넘치는 명분이었다. 아니, 복수하지 않고서는 살아가는 일조차 고통이리라.

"심양으로 향하는 도중 매복해 있던 적이 공격해올 것입니다. 그 복병에는 유주왕이 아끼는 장수들이 대부분 포함되어 있습니다. 아군도 어느 정도 타격은 입겠지만, 애초에 병력이 턱없이 부족하여 참고 버티면 충분히 견뎌낼 수 있을 거라고 합니다."

"음⋯."

"그때 적군이 심양성 방향으로 달아난다면 반드시 추격하라는군요. 사마중달 자신이 미리 그렇게 일러두었다고. 그들은 거기에 퇴로가 있는 걸로 알고 있으나 실상은 덫인 거지요. 미리 봐둔 막다른 지형으로 인도할 터이니⋯."

"몰아붙인 다음 모두 처리하라?"

"그렇습니다. 그것만으로도 유주왕은 치명적인 손실을 입게 되니, 감히 손책을 더 도울 엄두를 내지 못할 것입니다. 외부의 방해만 없다면 손책 따위는 금방 정리할 수 있습니다."

"하긴 유주군이 끼어들기 전까지만 해도 거의 끝난 싸움이나 다름없었으니 말이오."

"여기까지가 총관께서 전하라 한 내용입니다."

과연 유주군은 심양성 방향으로 허둥지둥 물러나고 있었다. 그때의 대화와 일치했다. 심양성에는 미리 화공을 준비해둔 바 있었다. 잘 타는 마른 짚더미를 곳곳에 쌓아두고 길에도 역청을 뿌렸다. 결정적으로 폭뢰환(爆雷丸, 우레처럼 터지는 구슬)을 가진 성혼교도들이 잠입해 있었다. 폭뢰환은 온갖 무기와 기이한 도구를 만드는 재주를 가진 서령의 작품으로, 던져서 부딪치는 순간 불꽃을 일으키면서 폭발하는 물건이었다. 몇 안 되는 형주의 성혼교도들은 서령을 숭배했는데, 그녀의 명령이라면 죽음조차 불사하고 뛰어들었다. 심양성에서 기다리다가 폭뢰환을 터뜨리는 일 따위는 아무것도 아니었다.

'지금쯤 거기 걸려든 손책군은 대혼란에 빠졌을 것이다.'

유주군뿐만 아니라, 원래 계획했던 대로 손책의 부대까지 일망타진할 수 있는 절호의 기회였다.

"좋아. 추격하세."

분노에 찬 유표군 기병부대는 후퇴하는 유주군을 뒤쫓기 시작했다. 후미로 처져 있던 황충이 고개를 갸웃거렸다.

"추격하는 건가?"

옆에 있던 이엄이 답했다.

"그런 모양입니다."

"이제까지는 매복을 경계해서 신중히 움직이더니, 이번에는 왜?"

"글쎄요. 그럴 만한 이유가 있겠지요."

유주군의 맨 뒤에 있던 장연도 당황하기는 마찬가지였다.

"어라? 저놈들이 독기를 품고 쫓아오는데?"

흑산적 때부터 그를 따랐던 수하가 말했다.

"걱정 마쇼, 두목. 혹시 적이 추격해올지도 모르지만, 이쪽으로 달아나면 빠져나갈 길이 있다고 우리 부군사가 말했잖소."

"아니, 그건 그런데…. 너도 산적질하던 놈이라서 알잖아. 여긴 그럴 만한 지형이 아닌데? 차라리 시상 쪽이라면 몰라도 말이야."

"에이, 부군사 양반이 머리를 귀신같이 쓰는 건 두목도 알잖소. 게다가 여기에는 조자룡 대장군님도 계신데, 설마 우리 죽으라고 잘못된 정보를 줬겠소?"

"그건 그렇지만…."

한때 원소와 여포 등 강대한 적들로부터 도망 다니면서 살았던 생존본능 덕일까. 장연은 자꾸 이상하게 불길한 예감이 들었다. 화살에 맞은 어깻죽지가 몹시 쑤셨다.

"에라, 모르겠다."

전속력으로 달아나는 유주군과 그들을 추격하는 유표의 대군.

두 무리는 길게 띠를 그리면서 이어졌다. 그리고 높은 곳에서 이를 내려다보며 일그러진 웃음을 짓는 자가 있었다. 유주의 부군 사이자 총군사 곽가의 유일한 제자. 조운의 만류에도 불구하고, 전장을 직접 살피겠다며 혼자 움직이고 있던 사마의였다. 물론 아무 대책도 없이 나돌아다니는 건 아니었다. 비월이라는 이름을 받고 새로 태어난, 사마 가문의 정보조직 최고의 실력자이자 수장이었던 사내가 사마의를 지키고 있었다.

"과연 주군의 예상대로 움직이는군요. 이제 가문의 복수를 하실 때가 다가온 것 같습니다. 이 일만 제대로 끝나면, 유표는 언제든 주군을 맞아들일 준비가 되어 있다고 했습니다."

비월의 말에, 사마의는 천천히 고개를 끄덕였다. 그 표정에 담긴 의미는 비월도 읽기 어려웠다.

5

배덕의 함정

형주의 치소, 양양성.

성에서도 깊숙이 위치한 내실에서는 연신 달뜬 소리가 흘러나왔다. 형주목 유표가 총관 서령과 함께 머무르는 침실로, 보통의 방보다 훨씬 넓고 천장도 높게 개조한 방이었다.

"아, 아… 아!"

"헉, 헉."

유표는 숨이 넘어갈 듯한 서령을 힘껏 끌어안고 거친 숨을 내쉬었다. 이는 단순한 정사가 아니라 패왕공(霸王功)을 전하는 과정이기도 했다. 패왕공은 본래 서령이 노준의에게서 배운 특수 무공이다. 그것을 서령이 다시 유표에게 전해 익히게 했다. 패왕공은 높은 경지에 오를수록 몸이 커 보이는 특징이 있었다. 그 결과, 유표는 이제 머리가 대전 천장에 닿고 발로 사람을 밟아죽일 수 있을 정도로 보였다. 이는 기로 이뤄진 허상이되 또한 실체이기도 했다. 발의 형상을 한 기로 대상을 눌러 죽이는 거나, 실제 발로 밟아 죽이는 거나 같은 결과가 나왔기 때문이다. 그 과정이 보는 사람들 눈에는 진짜 밟아 죽이는 것처럼 비치는 것이다.

"크으, 서령…."

유표가 서령의 이름을 부르면서 몸을 경련했다. 둘의 전신을 은은한 보랏빛 기운이 감쌌다. 그 기운은 유표에게 남김없이 빨려들어갔다가, 다시 나와서 이번에는 서령에게 들어갔다. 마지막에는 신비한 빛을 뿌리면서 허공을 휘돌다가 둘에게 고루 나뉘어 흡수되었다. 그럴 때마다 둘은 몸을 비틀면서 신음했다.

유표는 부드러운 몸을 가진 이 시대의 여자들만 대해왔다. 적당히 살집 있고 근육이라고는 한 점도 없는 여인들이었다. 여자가 말을 타거나 무예를 익히는 일은 상상하기 어려운 시대였기에 자연스러운 현상이었다. 그러다 늘씬하고 탄탄한 근육질의 서령을 접하고서 흠뻑 빠져버렸다. 교접한 상태에서 같은 무공을 운용하는 감각은 뭐라 말로 표현하기 어려운 일체감을 주었다. 자신의 육체는 물론이고 영혼까지, 이 서령이라는 여자에게 푹 파묻히는 감각. 뇌를 직접 주무르는 것 같은 폭발적인 쾌감. 한 몸이 되어 기운까지 나눠 가지니 유표는 서령과 말 그대로 일심동체가 되었다. 이는 성수를 마신 세뇌 효과보다 오히려 더욱 강렬했다.

폭풍 같은 시간이 지나갔다. 서령은 유표의 팔을 베고 누워, 그의 이마와 가슴에 흐른 땀을 닦아주고 있었다. 패왕공을 익히면서 유표는 조금씩 젊어졌다. 그의 나이 올해로 예순여섯. 이 시대의 평균수명을 훌쩍 넘겨 노인에 속하는 연령대였다. 하지만 겉보기에는 삼십 대 후반 정도로 보였다. 이 또한 그가 서령을 결코 포기할 수 없으며 그녀를 절대적으로 신뢰하는 이유였다. 모든 걸 가진 사람은 젊음과 장수에 집착하게 되는 법이었다. 자신이 가진 걸 조금이라도 더 오래 누리기 위해.

서령을 사랑스럽다는 듯 보던 유표가 말했다.

"한데 서령, 걱정되는 게 좀 있다."

"뭐가요?"

"손책, 유주 연합군과의 전투가 영 재미없게 돌아가는 것 같다. 믿었던 유비 삼형제도 패퇴해서 행방불명이고 적은 합비까지 내려와 압박해오고 있으니 말이다."

"이제 곧 단숨에 상황이 역전될 테니 너무 염려 마세요."

"바로 그게 걱정이라는 것이다. 그 책략…."

유표의 미간에 깊은 주름이 파였다.

"사마의라는 자를 과연 믿을 수 있겠느냐?"

얼마 전, 사마의는 수하를 통해 파격적인 제안을 해왔다. 용운이 아끼는 장수들을 희생양으로 바칠 테니, 그걸 증표 삼아 자신을 받아달라는 내용이었다. 그 이유는 용운에 의한 사마 가문의 파탄. 유표는 상인 연락망과 자신의 조직 등 정보망을 이용해 사마 가문이 반역을 일으켰음은 이미 알고 있었다. 거기에 가주 사마방을 비롯하여 사마의의 형제들이 전원 사망하거나 귀양 갔음이 확인되면서 사마의가 한 말은 일단 사실로 밝혀졌다. 문제는 '현상'이 사실이라 해서 사마의라는 인간 자체를 믿을 수 있느냐 하는 것이었다.

'너무 깔끔하다. 누가 봐도 사마의를 이해할 수 있을 정도로.'

뭔가 찜찜했던 유표는 서령에게 조언을 구했다. 그러자 그녀가 사마의의 투항이 사실일 거라 답했으므로, 괴월에게 명하여 문빙을 사마의의 계획대로 움직이도록 한 참이었다. 그러나 여전히 일말의 불안감이 남아 있었다. 손책이 이번 전투에 자신의 모든 것을 걸었듯, 유표도 강하성 수비를 위해 최고의 전력을 동원했다. 그들을 잃는다면 앞날이 위태로워질지도 몰랐다. 유주군이 끼어든 뒤부터 전쟁의 흐름이 부정적으로 바뀌는 것도 마음에 걸렸다.

서령은 일어나 앉아서 유표의 눈을 들여다보며 말했다.

"전 사마의를 믿는 게 아니에요, 주공. 그가 처한 상황과 그의 제안을 믿는 것이죠. 거기에는 세 가지 이유가 있어요."

"그게 무엇이냐?"

"첫 번째는 주공도 아시다시피 그의 가문이 실제로 진용운의 손에 의해 무너졌다는 것. 두 번째는 만약 거짓 투항이라 해도 현재 유주군이 파견한 전력만으로는 아군을 어찌해보기 어렵다는 것. 마지막 세 번째는 좀 우스우실 수도 있지만… 사마의의 관상 때문이에요."

"관상?"

"네. 사마의는 낭고의 상이라 해서 몸을 움직이지 않고도 고개만 돌려서 등 뒤를 볼 수 있어요. 늑대들이 그럴 수 있다고 하지요."

"그것참, 꺼림칙한 재주로군. 그것도 재주라고 할 수 있다면."

"그런 관상의 소유자들은 음험하여 속마음을 알기 어렵고, 반드시 주인을 배반한다고 해요. 그 배반의 때가 온 거예요."

"으음… 그런가."

"염려 마세요. 비록 진용운의 장수들이 용맹하다 하나, 오천 명도 채 안 되는 병력으로 양주에 들어왔다고 알고 있어요. 손책과 힘을 합쳐도 그 열 배에 달하는 아군을 감당할 수는 없어요. 만약 사마의가 어설프게 고육계라도 펼친 거라면, 그거야말로 스스로 함정에 빠지는 꼴이 될 거예요."

자신이 염려하던 바를 콕 집어 말해주니 유표는 비로소 안색이 밝아졌다.

"그렇다면 문제없겠구나. 손가의 세력을 정리한 다음, 거슬리는 육가까지 치면 남부는 온전히 내 손에 들어오게 된다."

"남부로 만족하셔서야 되겠어요? 패왕의 무공을 익히신 분인데…."

쪽 하고 코에 입을 맞춘 서령이 말했다.

"진짜 패왕이 되어 천하를 가지셔야죠."

"천하… 천하라. 그래!"

유표의 눈빛이 기이하게 이글거렸다.

앞장서서 말을 몰던 조운의 표정이 미미하게 흔들렸다.

'뭔가 이상하군.'

유주군은 사마의가 미리 일러준 대로 관도를 벗어나 심양성을 향해 달리고 있었다. 그러다 보면 성에 이르기 전 서하(西河)와 골짜기가 만나는 분지가 나오는데, 거기서 옆길로 빠지라 하였다. 한데 지형이 영 찜찜했다. 양옆으로 높은 바위 절벽이 계속 이어져 빠져나갈 틈새라곤 없어 보였다. 그 모양새가 철벽의 요새인 함곡관을 연상케 했다. 물론 인공적인 구조물이 아닌 이상 아예 촘촘하게 붙어 있진 않았다. 사람 한 명이 지나갈 만한 공간이 없었을 뿐.

조운은 마치 양옆에 병풍을 쳐둔 길을 지나가는 기분이었다. 바위로 만들어진 병풍을. 지형을 읽는 능력이 뛰어난 장합 또한 이에 민감하게 반응했다. 그는 조운 옆으로 말을 몰아와서 물었다.

"대장군, 분명 이 길이 맞소?"

"확실하오. 오는 도중에 입구 표식도 확인했소."

"하지만, 이건… 지금이라도 말머리를 돌려 다른 길을 택하는 게 좋을 듯하오. 내 부군사를 의심하는 건 아니지만, 그도 사람인지라 실수할 수도 있는 게 아니겠소?"

말하는 장합의 관자놀이로 식은땀이 흘렀다. 그가 보기에 이곳은 갇혀서 몰살당하기 딱 좋은 장소였다. 이러다 정면이 막힌다면 그야말로 독 안에 든 쥐 꼴이 되어, 쫓아오고 있는 이만의 기병을 상대해야 할 것이다. 현재 조운이 이끄는 병력의 수는 이백이 채 못 되었다. 아무리 조운과 장합 자신, 성월 등 맹장이 있다 해도 극복하기 어려운 병력 차였다. 게다가 장합은 이미 부상도 당했다. 그때 앞서 보냈던 정찰병이 되돌아와 다급히 보고했다.

"대장군! 이상합니다. 이 앞쪽으로는 더 이상 길이 없습니다."

"뭐라고? 잘못 본 게 아닌가?"

"확실합니다. 정면은 높은 암벽이고 동쪽 바위 너머로는 서하가 계속 이어져 어차피 지나갈 수가 없습니다. 또 서쪽 역시 그 너머가 심양성이라 설령 어찌어찌 넘어간다 해도 곧장 공격을 받을 것 같습니다."

"…알겠다. 이 사실은 함부로 발설하지 마라."

조운은 굳은 얼굴로 입을 꾹 다물었다. 지난 한 달 동안, 사마의는 얼굴을 보기도 힘들 정도로 분주하게 움직였다. 때로는 호위병 하나만을 데리고 적진 깊숙이까지 들어갔다 나오곤 해서 우려의 목소리도 있었다. 심지어 조운에게는 투서가 들어오기도 했다. 그때쯤에는 사마 가문에 일어난 변고가 이쪽에도 알려진 후였는데, 그런 자가 내놓는 책략을 신뢰할 수 있겠느냐는 것이었다. 또 사마의가 수상한 자들과 접촉하는 것 같다는 내용도 있었다.

그러나 조운은 그런 말들을 일절 무시하고 사마의를 굳게 믿었다. 정확히는 이 모든 사정을 알면서도 계속 사마의에게 작전을 일임한 곽가의 판단을, 그 곽가를 누구보다 신뢰하는 용운의 안목을 믿었다.

"…뭔가가 더 있을 거요. 이대로 쭉 가봅시다."

"대장군, 지금이라도…."

"준예."

조운은 차분한 목소리로 입을 열었다.

"우리가 이제까지 무수한 전투에서 이겨오며 살아남은 것은 책사와 참모들을 전적으로 믿고 그들의 계책을 따랐기 때문이네. 이번에도 분명히 그러리라고 나는 믿네."

이제 조운이 지고의 위치에 오르고 각자 관직이 생기면서 둘은 서로 반 존대를 하고 있었다. 하지만 예전에는 좋은 경쟁자이면서 동료이자 친구이기도 했다. 조운은 그 시절 장합과 대화하던 투로 말했다. 그때를 상기해보라는 의미가 담겨 있었다. 잠시 생각하던 장합이 고개를 끄덕였다.

"알겠네. 자네 뜻이 그렇다면, 어디 끝까지 가보세."

"고맙네."

"흥, 어차피 되돌아가기에도 늦은 것 같아서 하는 말일세."

뒤쪽에서 수많은 군마가 달려오는 굉음이 울렸다. 아직은 거리가 좀 있었으나, 유표군 또한 이미 이 길에 진입한 듯했다. 그렇다면 장합의 말대로 되돌아 나가기는 그른 터였다. 이제 사마의를 믿고 전진하는 수밖에 없었다.

한편, 곽가는 날랜 병사 둘과 더불어 어디론가 바삐 움직이고 있었다. 그가 목표로 하는 장소는 사망곡(死亡谷). 심양성 동쪽에 위치한, 특이한 형태의 골짜기다. 길을 잃고 들어온 약초꾼이나 사냥꾼이 되돌아 나가다 지쳐 쓰러져 죽는 일이 잦아서 붙은 이름이었다. 조운의 병력이 들어간 곳이 바로 이 사망곡이었다. 이번 전투의 분수령이 될 장소이자 사마의가 책략을 준비해둔 곳이기도 했다.

'내 눈으로 봐야겠다, 중달. 너의 책략이 어떤 것인지.'

이미 사마의에게서 대략적인 설명은 들었다. 자기 자신을 미끼 겸 협상의 대상으로 삼은 위험천만하기 짝이 없는 책략. 하지만 위험이 큰 만큼 성공했을 때의 효과도 컸다. 그런데 어느 순간부터 자꾸 일말의 불안감이 곽가를 자극했다.

'과연 중달의 말이 모두 사실일까?'

곽가는 기본적으로 비뚤어진 사내였다. 사람을 진심으로 믿지 않는 희지재와 같은 과였다. 그런 그가 용운을 만나면서 조금씩 변했다. 신뢰에서 나오는 힘을 배웠고 그 신뢰를 받는다는 게 얼마나 사람을 고양시키는지 체험했다. 이에 곽가 또한 그런 마음으로 사마의를 대하고 가르쳤다. 그랬던 곽가가 최초로 불안함을 느낀 것은 순욱의 언질이었다.

"난 중달이 무섭네, 봉효."

"갑자기 그게 무슨 말인가?"

각각 유주의 정치와 군사를 대표하는 두 사람은 사석에서는 여전히 둘도 없는 벗이었다. 건강에 이상을 느낀 곽가는 사마의를 제자로 삼아, 자신이 평생 익히고 깨달은 모든 군략을 가르치기로 결심했다. 본래 제갈량이라는 아이도 마음에 둔 적이 있었으나, 어디서 어긋났는지 업성에서 행방불명된 뒤에 용운의 적이 되어 나타났다. 이는 곽가가 가장 안타까워한 일 중 하나였다.

'내가 본 바에 의하면 공명과 중달의 재능은 거의 비등하다. 아니, 타고난 걸로만 따지면 공명이 우위다. 장차 그에게 맞서게 하기 위해서라도 중달을 성장시켜야 한다.'

곽가가 이런 속내를 털어놓자, 순욱이 저리 답한 것이다. 사마의가 무섭다고. 사람 보는 순욱의 안목을 알기에 곽가는 걱정스러워졌다.

"말해보게, 왜 그런 생각을 했는지."

이유를 묻는 곽가에게, 순욱은 천천히 답했다.

"중달의 기질 때문일세."

"기질?"

순욱은 조조가 업성을 공격해왔을 때, 사마의가 두 겹의 성벽을 이용하여 화공을 펼쳤던 일을 상세히 얘기했다. 그 말을 들은 곽가가 가당치 않다는 투로 대꾸했다.

"이 사람, 잔인한 화공을 써서 걱정된단 말인가? 그렇게 따지면 나도 살인귀나 다름없네."

"봉효, 내가 염려한 부분은 책략 자체의 잔혹함이 아닐세. 때에 따라 군사(軍師)는 얼마든지 비정해져야 함을 나도 잘 아네. 허나 중달은 그때 분명…."

순욱은 새삼 그 광경을 떠올렸다. 수많은 조조군 병사가 두 겹의 성벽 사이에 갇혀 산 채로 타 죽어갔다. 연기에 질식해 일찌감치 의식을 잃고 쓰러진 자는 차라리 행운이었다. 대부분 병사는 발밑에서부터 타올라온 불이 다리와 하체를 다 태울 때까지 살아 있었다. 갑옷이 달궈져 안에서부터 끓어오르듯 전신에 물집이 잡히면서 죽어가기도 했다. 데굴데굴 구르면서 어떻게든 불을 꺼보려는 자도 있었고, 고통에 못 이겨 손톱이 부러질 때까지 손가락으로 성벽을 파내는 자도 있었다. 전투 경험이 많은 순욱 자신조차 차마 못 보고 고개를 돌렸다. 꿈에 나올까 두려운 광경이었다.

사마의는 순욱의 옆에서 그 아비규환의 광경을 함께 내려다보고 있었다. 그때 고개를 돌린 순욱의 시선이 사마의를 향했다. 그리고 보고 말았다. 그의 얼굴에 떠오른 그 오싹한 미소를. 등 뒤로 일렁이던 악귀의 형상 같던 거대한 그림자를. 그 후로 순욱은 어쩐지 사마의를 피하게 되었다.

곽가가 답답한 듯 순욱을 재촉했다.

"거참, 중달이 그때 어쨌단 말인가?"

"웃었네. 아무리 적군이라 해도 불에 타 죽어가는 사람을 보면서 웃을 수 있다는 건….'

"이 사람, 그렇다고 적의 죽음 앞에서 울 수는 없지 않은가."

"모르겠나, 봉효. 이걸 뭐라고 표현해야 할까, 아무튼 중달은 정상이 아니야. 감정을, 희로애락을 느끼는 지점이 보통 사람과 달라."

잠시 생각하던 곽가가 반론했다.

"난 그게 오히려 군사로서의 장점이라 생각하네. 그만큼 감정에 흔들릴 일이 없다는 뜻이니."

"봉효…."

"전하를 향한 충성심에만 이상이 없으면 되는 거 아닌가? 내가 알기로 그 녀석만큼 전하를 숭배하는 사람도 없을 걸세."

"그야 그렇지만, 난 그 비정상적인 감정의 흐름이 걱정되네. 그건 곧 사마의의 행동이나 반응을 누구도 예측할 수 없다는 뜻이니까. 전하도 사람인 만큼 때로는 실수하실 수도 있고, 본의 아니게 가신을 서운하게 만들 수도 있네. 그런 일이 전혀 없다면 오히려 이상한 거겠지. 자네나 나는 그렇게 이해하고 털어버리겠지만, 그런 일을 중달이 겪는다면?"

"음⋯."

"과연 그럴 수도 있다고 생각하고 넘어갈까? 전하를 숭배했던 만큼 더욱 크게 실망해서 이상 행동을 보이는 건 아닐까? 난 자꾸 이런 생각이 드네."

"지나친 억측일세, 문약. 전하의 사람 보는 안목은 자네도 잘 알지 않나. 그 전하께서 직접 보시고 아끼는 아이네."

당시는 이렇게 일축하고 넘어갔었다. 한데 사마 가문이 당한 일을 듣자, 그때의 대화가 자꾸만 떠올랐다.

— 전하를 숭배했던 만큼 더욱 크게 실망해서 이상 행동을 보이는 건 아닐까?

한번 의심이 시작되자, 모든 게 조금씩 이상하게 보였다. 매복과 함정만 해도 그랬다. 당장 쓸 수 있는 게 그런 수법뿐이라는 건 알지만, 그로 인해 가뜩이나 수가 적은 유주군은 결과적으로 더욱 쪼개지게 되었다. 고작 이백, 삼백여 명의 부대 여러 개로 나뉜 것이다. 그중 어느 하나만 유표군에게 포위되어도 전멸하기 십상이었다. 게다가 사망곡으로 향하는 마지막 부대에는⋯.

'대장군이 계신다. 전하의 의형이자, 당신께서 가장 믿고 의지하는 사람이.'

그 조운을 죽음으로 몰아넣는 거야말로 용운에게 치명적인 타격을 줌과 동시에 유주군 전체를 흔들리게 할 수 있는 가장 효과적이면서 효율적인 수법이었다. 하필 믿기 어려운 첩보가 들어온 것도 곽가의 그런 불안이 점점 커져갈 때였다.

"총군사님, 부군사가 '그들'과 접촉한 걸 확인했습니다."

"뭐라고? 확실한 건가?"

"제 목이라도 걸겠습니다."

곽가는 그 말을 듣자마자 진채를 나와 사망곡으로 향한 것이다. 제 눈으로 직접 사마의의 책략이 펼쳐진 결과를 보기 위해서. 또한 만에 하나 사마의가 그릇된 선택을 했을 경우, 목숨을 바쳐서라도 그를 막기 위해서였다.

'중달, 제발 아니라고 말해다오.'

조운이 달려오고 있는 반대 방향으로 오르면, 사망곡 꼭대기에 도달할 수 있었다. 단, 몹시 험한 계곡을 힘들게 올라가야 했다. 그렇다 해도 반대쪽의 깎아지른 절벽보다는 훨씬 나았다. 그나마 오를 수는 있었으니까. 곽가는 제 몸도 돌보지 않고 정신없이 계곡을 올랐다. 그의 몸에서 땀이 비 오듯이 흘렀다. 동행한 병사가 보다 못해 그를 만류했다.

"총군사님, 잠시 쉬었다가 다시 오르시는 게 어떻습니까?"

"안 된다. 조금이라도 늦었다간 자칫 사달이 난다."

그렇게 곽가가 사망곡 꼭대기에 거의 도달했을 무렵이었다. 그는 점점 더 신경이 날카로워졌다. 칼날 같은 살기가 곳곳에서 느껴졌기 때문이다.

'중달이 따로 운용하는 병력이 없거늘, 어찌 이런 살기가 온 산에 뻗친단 말인가?'

잠시 후, 먼저 도착해 있는 사마의의 모습이 마침내 눈에 들어왔다. 사마의를 소리쳐 부르려던 곽가는 그 옆에 서서 대화를 나누고 있는 자를 보고 얼른 입을 다물었다. 먼 곳에서도 한눈에 알아볼 수 있는 외모의 소유자였다. 그를 본 곽가는 땅이 꺼지고 하늘이 무너지는 것 같은 충격을 받았다.

— 부군사가 '그들'과 접촉한 걸 확인했습니다.

그는 흑영대원이 보고해온 '그들' 중 하나였다. 검붉은 얼굴에 배꼽까지 닿는 긴 수염. 바로 관우 운장이었다. 그렇다면 뒤쪽에 보이는 인물은 유비와 장비 등이리라.

'행방불명된 줄 알았더니. 중달, 네가 어째서 그들과….'

순간 곽가는 한 가지 사실을 퍼뜩 떠올렸다. 애초에 유비 무리의 행방을 추적하는 일을 전담한 것도 사마의였다. 그럼, 처음부터 그들의 행적을 속였던 건가? 상상조차 하기 싫었던 현실과 마주한 곽가는 그 충격으로 눈앞이 캄캄해졌다. 거기다 힘들게 사망곡을 오른 것이 약해진 몸에 무리를 주었다. 그는 비틀거리다가 그만 털썩 쓰러지고 말았다. 옆에 있던 병사가 놀라서 얼른 그를 부축했다.

"앗, 총군사님!"

병사는 소리를 낸 뒤에야 제 실수를 깨달았다.

"거기, 누구냐?"

벼락같은 고함이 울리나 했더니, 어느새 관우가 그들 앞에 버티고 섰다. 적장이긴 하나, 병사들도 관우의 용맹을 잘 알고 있었다. 병사들은 저마다 검을 빼들고 버텼으나 이기리라는 생각은 하지 않았다. 그저 자신들이 일각이라도 시간을 버는 사이, 곽가가 깨어나 달아나기만 바랐을 뿐이다.

그사이 조운은 사망곡의 제일 안쪽, 막다른 벼랑 앞에 도착했다. 그는 위에서 무슨 일이 벌어지는지 꿈에도 모르고 착잡한 시선으로 고개를 돌렸다. 유표군의 말발굽 소리와 함성이 점점 가까워졌다.

"이제 어찌하면 좋겠소, 대장군?"

장합은 한 치도 원망하는 빛 없이 정중한 투로 조운에게 물었다.

짧은 순간 조운의 뇌리로 온갖 상념이 스쳤다.

'정말 부군사가 가문의 일로 전하를 배반하기라도 한 것인가? 아니면 단순한 실수인가?'

조운은 서쪽의 바위 벽을 힐끗 보았다. 가파르게 경사진, 바위로 된 단단한 암벽이었다. 어찌 내려오자면 내려올 수는 있겠지만, 오르기에는 쉽지 않아 보였다. 게다가 몸을 숨길 나무 한 그루 없어 등 뒤에서 공격받기 딱 좋았다. 이번에는 동쪽 편을 바라보았다. 바위 벽이 버티고 있기로는 서쪽과 마찬가지였다. 그 너머에 서하가 흐르고 있다는 게 달랐을 뿐. 높이는 살짝 낮았으나 더욱 가팔랐다. 사마의는 왜 하필 퇴각할 장소로 이런 길을 알려준 것인가. 그야말로 사면초가였다. 이제 인정해야 했다. 유주군은 절체절명의 위기에 처한 것이다.

잠시 생각하던 조운이 비장한 어조로 말했다.

"빠져나갈 수 없다면 배수의 진을 치겠소. 전군, 방향을 전환하여 이곳에서 적을 맞아 싸우라. 전하의 위명에 누가 되지 않도록!"

그게 최선이었다. 어디로도 탈출한 길이 없으니, 남아 있는 다른 아군을 위해 적의 전력을 조금이라도 줄이는 것. 어쩌면 적장 몇은 벨 수 있을지도 모른다. 하지만 이 자리의 유주군은 누구 하나 살아가기 어려우리라. 앞장선 이만 기병의 뒤로, 또 삼만의 보병이 다가오고 있었기 때문이다. 이백 명 대 오만 명은 용맹으로 극복할 수준의 머릿수가 아니었다. 조운, 장합, 성월, 장연 등 장수 넷이서 각각 만 명 가까이 감당해야 하는 것이다.

"틈을 보아 돌파하면 된다."

조운은 자기 자신에게 다짐하듯 말했다.

'치잇.'

성월은 분하고 안타까워서 어금니를 악물었다. 그녀는 오는 길에 조운과 장합의 대화를 들었다. 뭔가 잘못되어간다고 생각했지만, 이렇게 될 줄은 몰랐다. 예전 사천신녀의 전성기 때만 하더라도 넷이서 이만 명을 상대하는 일이 불가능하진 않았다. 실제로 원소군 이만을 격파하기도 했다. 그러나 지금은 넷 중 가장 강한 사린이 없고 넷을 지휘해줄 검후도 없었다.

무엇보다 사천신녀는 그때보다 확실히 약해졌다. 사천신녀를 용운에게 종속한 천기명은 철벽수호. 한번 발동한 순간 끝까지 지속되는 천기로, 거기에 따라 사천신녀는 용운을 지켜왔다. 그러나 용운은 이제 그녀들의 강함을 뛰어넘었다. 굳이 그를 지킬 의미가 없어진 것이다. 거기에 더해 용운 자신이 죄책감에 의해

지웠던 기억이 되돌아오면서 금기도 풀렸다. 사천신녀는 행동반경에 제약이 사라졌으나, 대신 그만큼 약해지기도 했다.

시선을 앞쪽으로 고정한 장합이 등 뒤에 앉은 성월을 향해 말했다.

"성월, 도저히 안 될 것 같으면 틈을 보아 피하시오. 그대는 몸이 가벼워 저 바위 벽을 오를 수 있을 거요."

성월은 말이 떨어지기가 무섭게 단칼에 자르듯 답했다.

"싫어요."

"성월….."

"설령 여기서 내 삶이 끝난다 해도 당신과 함께할 거예요."

성월의 고집스러운 말에, 장합은 피식 웃었다. 누구보다 경애하는 주군을 위하여 사랑하는 이와 함께 목숨을 바치는 것도 무인으로서 나쁘지 않은 최후였다. 어떻게 보면 매우 이상적인 죽음이기도 했다. 그저 좀 더 오래 함께하지 못한 게 아쉬울 뿐.

"그럼, 마지막까지 내 옆에서 떨어지지 마시오."

"네."

성월은 장합의 등에 뺨을 대고 그를 꼭 안았다.

장연은 장연대로, 옆에 있던 부장에게 말했다.

"제길, 강두야. 이럴 줄 알았으면 옛날에 전하께 고백이나 해볼 것을 그랬다."

강두라 불린 부장은 어리둥절한 표정으로 답했다.

"두목, 이제 전하가 사내라는 거 아시잖습니까. 혼인하셔서 아이도…."

"그러니까! 누가 어쩐다고 했냐? 그냥 마음이라도 전해볼 걸 그랬다고!"

"설마 두목이 여태 혼인을 못 한 게 그래서…."

"내 오늘 네놈을 여기서 죽이고 나도 죽겠다."

"끌끌, 그럽시다. 같이 죽죠, 뭐."

"크큭."

함께 웃은 장연이 진지한 목소리로 말했다.

"죽지 마라, 강두야."

"두목도 죽지 마쇼."

잠시 후, 마침내 문빙이 지휘하는 유표군 철기병이 모습을 드러냈다. 좁은 계곡을 가득 메워서인지 더 수가 많아 보였다.

"이랴, 쯔쯔."

선두에서 조금 앞으로 나온 문빙이 말했다.

"기껏 도망쳐 온 곳이 여긴가. 용맹함뿐만 아니라 지략도 뛰어난 자라 들었는데, 어쩌다. 이곳은 사망곡이라 하여 근방에 사는 이들도 출입을 꺼리는 곳이라네."

조운은 조금도 주눅 들거나 두려운 빛 없이 당당한 태도로 그의 말에 대꾸했다.

"어쩌다 보니 이리됐소. 운이 없었을 뿐이오."

"운, 운이라."

문빙의 기분은 복잡했다. 추격할 때는 당장 찢어 죽이고 싶을 정도로 미웠는데, 막상 몰살을 앞에 두자 망설여졌다. 그는 상대의 당당한 태도에도 속으로 탄복했다. 이렇게 이기면, 이긴 뒤에도 뒷맛이 개운치 않을 듯했다.

'기세로 보아 저들을 죽여 없애자면 아군도 상당한 손해를 감수해야 할 것이다. 쥐도 궁지에 몰리면 고양이를 문다고 하였는데, 하물며 저들은 범이 아닌가. 그보다는 잘 설득해서 투항시키는 게 주공에게 더 이득이 아닐까?'

문빙은 조운에게 좋은 말로 투항을 권했다.

"여기서 싸워봐야 헛되이 죽을 뿐이오. 일단 굽혔다가 훗날을 도모하는 편이 낫지 않겠소?"

무조건 항복하라거나 유표의 수하가 되라고 말하지 않았다. 조운의 체면을 세워주기 위해서였다.

상대가 진심으로 안타까워한다는 것을 깨달은 조운도 부드러운 어조로 말했다.

"설령 죽는 한이 있더라도, 잠시라도 전하에게 칼날을 돌리는 행위는 할 수 없소."

"허어, 그 충심조차 어떻게 변질되어 유주왕에게 전해질지 모르는 것을…."

조운은 무심코 내뱉은 문빙의 탄식을 들었다.

"그게 무슨 말이오?"

문빙은 아차 싶었으나, 곧 상관없음을 알았다. 어차피 죽을 이들이었다. 최소한 저들이 왜 죽는지나 알려주자고 마음먹었다. 또 이 사실을 알게 된다면 전의를 상실하여 순순히 항복하거나, 싸우더라도 제 힘을 발휘하지 못하리라는 계산도 있었다.

"여기까지 오고서도 정말 몰랐소? 이건 그대들의 부군사, 사마중달의 계략이오. 그자는 주공으로부터 안전과 관직을 보장받는 대신, 그대들의 명운을 우리에게 넘기기로 했소."

유주군이 웅성거리기 시작했다. 장합은 눈을 질끈 감았고 장연은 험악한 얼굴이 됐다. 조운은 문빙을 노려보며 말했다.

"…그럴 리 없소."

"그대들도 이제 알지 않소. 가문을 멸문당한 사마의의 원한이 하늘에 닿아 있을 것임을. 유주왕에게 복수하기 위해 이 일을 꾸민 거란 말이오. 그러니 거기에 놀아나지 말고 지금이라도…."

마침내 격분한 조운이 노한 음성으로 외쳤다.

"그 입 닥쳐라! 어디서 간사한 혓바닥을 놀리는가!"

"…난 그대들에게 마지막 기회를 준 것인데, 진실을 말해줘도 받아들이지 못하겠다면 어쩔 수 없구려."

문빙은 뒤로 물러나면서 굳은 얼굴로 말했다.

"전력을 다해 그대들을 쳐부수는 수밖에."

사마의는 벼랑 끝에 서서 차가운 표정으로 아래를 내려다보고 있었다. 그 옆에는 정신을 잃은 곽가가 누운 채였다. 사마의의 뒤편에 선 유비가 재미있다는 듯 말했다.

"과연 왜 이름이 사망곡인지 알겠네. 다 죽게 생겼어."

"…."

"중달 자네, 처음에는 그저 재미있는 친구인 줄만 알았더니, 이제 보니 무서운 사람이었군. 이것만으로도 충분히 치명적인 타격을 줄 텐데, 완전히 끝장내기 위해 우리까지 끌어들이다니."

"이치에 따라 행할 뿐입니다."

조운 일행에 대한 유표군의 공격이 막 시작되려 할 무렵. 배후
에 있던 사마의가 마침내 움직이기 시작했다. 유비 삼형제와 더
불어.

6

마왕의 방식

"쳐라!"

막 공격을 시작하려던 유표군은 이상한 분위기를 감지하고 주춤했다. 병풍처럼 펼쳐진 벼랑 위쪽, 정확히는 서쪽 벼랑에서 굉음이 들려왔기 때문이다.

"엇?"

갑자기 그림자가 드리워진다는 느낌에 병사 하나가 그쪽을 바라본 찰나. 커다란 바위가 떨어져 병사를 피떡으로 만들어버렸다. 그게 시작이었다. 쾅! 콰아앙! 퍼석! 연신 바위들이 날아와서 유표군 대열을 뭉개기 시작했다. 바위는 벼랑을 굴러 내려오기도 하고 허공에서 포물선을 그리며 낙하하기도 했다. 동시에 날아오는 바위의 수는 대략 스무 개. 수가 많진 않았지만, 하나하나가 어른 상체만 하니 대열이 무너지는 건 순식간이었다.

"아니?"

뜻밖의 일에 유표군뿐만 아니라 유주군도 크게 놀랐다.

"저 위에 누가 있는 거지? 투석기 같은 것들도 보이는데…."

성월은 뛰어난 궁술만큼이나 초인적인 시력을 가졌다. 그녀는 장합의 말에 서쪽 벼랑을 바라보고 깜짝 놀랐다.

장합이 그녀에게 물었다.

"뭔가 보이는 거요?"

"저건 공명이에요."

"뭐라고?"

"제갈공명이요. 그가 투석기 부대를 지휘하고 있어요."

"제갈근의 아우인 공명 말인가? 그럴 리가⋯."

"아니, 확실해요."

"⋯대체 뭐가 어떻게 돌아가는지 모르겠군. 게다가 투석기는 또 어디서 난 거고?"

그 물음에는 성월도 고개를 저을 수밖에 없었다.

문빙은 당황한 가운데서도 병력을 수습하려 애썼다.

"침착하라! 모두 흩어져서 양쪽 석벽에 붙어라!"

이때까지만 해도 그는 산사태 같은 게 일어난 거라고 여기고 있었다. 바위가 마구 떨어지고 있는 상황이니, 유주군도 섣불리 끼어들지 못할 터였다. 그때 안색이 창백해진 이엄이 달려와서 말했다.

"장군, 적의 공격입니다!"

"뭐? 적이라니, 무슨 말인가?"

"이건 자연적인 낙석이 아니라 투석 공격입니다. 바위가 모두 한 방향에서 떨어지는 데다, 정확히 아군 진영의 가운데를 노리고 있습니다!"

"그런…. 설마 손책군이?"

"그건 아닌 것 같습니다만, 이대로 있다가는 큰 사달이 날 듯하니 일단 물러나시는 게…."

그사이 좁은 계곡 안은 비명과 굉음 그리고 먼지로 가득 찼다. 문빙은 다 잡은 먹이를 놓치는 듯하여 분했으나, 제 목숨까지 버려서야 안 될 말이었다. 그는 이엄의 말대로 황급히 몸을 피하려 했다. 하지만 곧 그마저도 여의치 않게 되었다. 말 탄 병사들이 바위를 피하려고 앞다퉈 움직이다가 뒤엉킨 탓이었다. 이에 피해가 더 커졌다.

한편, 유표군이 당황하여 우왕좌왕할 때였다. 그 광경을 멍하니 바라보던 유주군에게로 익숙한 음성이 들려왔다.

"넋 놓고 있지 말고 모두 올라오시지요."

사망곡 끝을 가로막고 있던 절벽 위에서 들리는 목소리였다. 조운의 입가로 희미한 웃음이 번졌다.

"역시 부군사였구려."

사마의는 평소와 다름없는 어조로 재촉했다.

"서두르세요. 시간을 지체했다가는 적들과 함께 낭패를 당할 겁니다. 아 참, 아깝지만 말은 포기하십시오. 운이 좋으면 살아남을 수도 있고요."

촤르륵! 촤락!

곧 절벽 아래로 긴 밧줄들이 무수히 내려왔다. 조운을 비롯한 유주군 일원들은 저마다 줄을 잡고 빠르게 절벽을 올라가기 시작했다. 절벽 위에는 산적 같은 행색의 장정들이 다수였다. 그들이 밧줄을 단단히 붙잡고 있었다. 또 근처의 아름드리나무에 묶어둔 것도 있었다. 먼저 올라간 인원들이 덩달아 줄을 당기자, 올라가는 속도는 더욱 빨라졌다.

"이익, 놈들이 달아난다!"

그 광경을 목격한 유표군 병사 몇이 벼랑 쪽으로 달려왔다. 그러나 그들은 곧 날아온 화살에 맞아 쓰러졌다. 비호처럼 잽싸게 움직여 일찌감치 위로 올라간 성월의 솜씨였다.

정상에 도달한 조운이 사마의를 마주하고 섰다.

"이것까지가 모두 부군사의 안배였소?"

사마의는 조운에게 머리를 살짝 숙여 보였다.

"송구합니다. 미리 다 말씀드리지 못해서. 그러나 조금이라도 유인한다는 인상을 줘선 안 되었습니다. 여긴 적을 몰아넣고 죽이기 딱 좋지만, 그런 만큼 제정신이라면 들어오지 않을 곳이거든요."

"적을 속이려면 아군부터 속이라고 하더니, 제대로 성공했구려. 우리 모두 필사적으로 달아났으니까. 부군사가 일러준 대로 왔더니 갑자기 막다른 길이 나타나는 바람에 많이 당황했소."

말하던 조운의 몸이 긴장으로 굳었다. 뒤늦게 낯익은 얼굴을 본 것이다. 이 자리에 있을 이유가 없고 있어서도 안 될 사람이었다.

"여어, 오랜만이야, 자룡. 아 참, 이제 대장군이신데 함부로 말해도 되나?"

"…유현덕. 이게 어찌 된 일이오?"

끝의 물음은 사마의와 유비, 둘 다를 향한 거였다. 유비는 어깨를 으쓱했다.

"어찌 된 일이긴. 다시 자네들과 편먹은 거지."

"어떻게…."

"지금 말하자면 길고. 아직 전투가 끝난 상황이 아니잖아? 그런 뒤에 설명해도 될 것 같은데."

조운은 대답 대신 다시 사마의를 응시했다. 조운이 받은 투서 중에는 사마의가 아무래도 유비 무리와 접촉한 것 같다는 내용도 있었다. 설마 그 내용이 사실이었을 줄이야. 답을 요구하는 듯 바라보는 조운에게, 사마의는 지나가는 말투로 태연히 대꾸했다.

"다들 제가 배신했다고 여기셨겠지요. 어쩌면 지금도 그리 생각하실 수도 있고요."

"아니, 적어도 난 아니었소."

조운의 대답에, 사마의는 고개를 갸웃거렸다.

"어떻게 그럴 수가 있지요? 그렇게 여길 수밖에 없도록 상황과 이치를 만들었는데."

"그런 것들을 뛰어넘는 뭔가가 이 안에 있기 때문이오."

조운은 제 가슴을 가리키며 말했다.

"한데 이 상황은 조금 설명이 필요하겠구려."

유비의 뒤로 관우의 모습도 보였다. 사마의에게 묻고 싶은 게 많았지만, 유비가 말했듯 아직 전투가 끝나지 않았다. 하지만 최소한 그들이 적이 아님은 확실했다. 조운은 그러다 문득 생각난 것이 있어 다급히 말했다.

"부군사, 이후의 계획도 발설할 수 없는 거요?"

"흐음, 뭐, 아닙니다. 이제 정해야지요."

"정해? 무엇을…."

"자, 한번 보세요."

조운은 사마의가 가리키는 대로 절벽 아래의 유표군을 내려다보았다. 그들은 어느 틈에 커다란 두 무리로 나뉘어 있었다. 서쪽 장벽에서 계속 날아온 바윗덩어리가 언젠가부터 유표군 대열의 가운데로만 집요하게 떨어져 쌓인 까닭이었다. 자연히 안쪽으로는 문빙과 이엄 등을 포함한 기병 대부분이, 바깥쪽으로는 뒤늦게 도착한 보병들이 자리하게 됐다.

"병력이… 나뉘었군?"

"그렇습니다. 저 둘 중에 어느 쪽을 몰살할지를 정해야 한다는 뜻입니다."

"뭐라고?"

사마의는 사람이 아니라 메뚜기 떼를 구제하는 것 같은 투로 말을 이었다.

"저는 안쪽을 추천합니다. 아무래도 기병을 없애는 게 타격이 더 크고, 장수들도 여럿 끼어 있는 모양이니까."

"어떻게 몰살한다는 거요?"

답하는 사마의의 얼굴 위로 서서히 희열이 떠올랐다.

"그야 당연히 화공이지요."

"화공?"

"그렇습니다. 이 근방의 지형을 탐색하고 정보를 수집한 결과,

저는 유표군이 심양성 자체를 미끼로 쓰려 한다는 사실을 알았습니다. 즉 성내에 마른풀과 역청 따위를 가득 채워둔 다음, 손책군이 진입하면 불을 붙이려던 겁니다."

조운은 아연한 표정으로 말했다.

"맙소사, 그럼 백성들의 집과 땅은? 아니, 백성들은 어찌하고? 백부는 그 사실을 아오?"

"그 일이 일어나지 않았으니 모릅니다. 뭐, 사람들은 내보냈지만, 집이며 농토까지 옮길 수는 없으니까 한꺼번에 태웠겠죠. 제법 괜찮은 계획이었습니다. 만약 성공했다면 손책군은 괴멸적인 타격을 입었을 겁니다."

사마의는 춤이라도 추듯, 양손을 움직이기도 하고 제자리에서 회전하기도 하면서 설명했다.

"허나 실행이 꼼꼼하지 못했어요. 갑자기 백성들이 부랴부랴 성을 빠져나가니, 아무리 은밀하게 이동시켜봐야 어찌 눈에 띄지 않겠습니까? 그들이 전문적으로 훈련받은 것도 아닌데 말입니다."

"그렇군…."

"이상하다 싶어서 조사해보니, 이건 완전히 노다지더군요. 성안 곳곳에 훨훨 타오를 땔감들이 가득! 문제는 성을 지키려고 남은 병력이었는데…."

빙그르르 돌다가 딱 멈춘 사마의가 유비와 관우에게 턱짓했다.

"저분들이 떠올랐지요. 저분들의 군사랑. 손잡고 재빨리 심양을 친 다음, 여기서 기다린 겁니다."

"협상한 거요? 대체 어떻게…."

"잠깐, 그 전에 빨리 정해야 합니다. 심양성에서 빼돌린 인화 물질을 던져 넣고 불화살을 쏠 겁니다. 자, 대장군, 어느 쪽을 태울까요?"

조운은 즐거워하는 사마의를 보면서, 인간이 아니라 어떤 불가사의한 존재를 보는 듯한 느낌을 받았다.

'사마의, 그대는 대체….'

잠시 고민하던 그가 말했다.

"그 정도의 타격이 아니라면 아무리 낙석 공격을 받았어도 항복하지 않겠지. 남은 병력을 추슬러 어떻게든 돌아나가면 그만이니."

"역시 대장군이라 이해가 빠르시군요. 예, 뭐, 그렇게 생각하겠지요. 나가는 것도 이제 수월하지만은 않을 테지만."

"그건 또 무슨 말이오?"

거기에 대한 답은 유비가 대신했다.

"사망곡 입구 쪽을 익덕의 부대가 지키고 있거든. 아는지 모르겠는데, 좁은 길목을 홀로 막아서 지키는 데는 천하에서 제일가는 녀석이지. 혹시 실수할까봐 방통까지 붙여줬으니 확실하게 막아낼 거야."

"그럼, 내가 항복을 권해보겠소. 그냥 죽이기에는 아까운 인물들이 있어서 그러는 거요."

사마의의 눈짓을 받은 산적 차림의 장정 몇 명이 큰 깃발을 휘둘렀다. 그러자 서쪽 벽에서 떨어져 내리던 투석 공격이 잠시 멈췄다.

"저 투석기들도?"

"예, 심양성에서 가져온 물건입니다. 분해해서 위로 올린 다음 저기서 조립했지요."

사마의의 대답에, 조운은 쓴웃음을 지었다. 상대는 성을 비워서 함정으로 쓰려고 했는데, 오히려 그 사실이 발각되어 털리고만 셈이었다.

'유표가 알면 미치고 팔짝 뛸 노릇이겠군.'

낙석이 멈추자 주변이 좀 조용해졌다. 조운은 벼랑 끝에 나서서 목청을 돋워 말했다.

"적장은 들으시오! 이제 싸움은 끝난 거나 마찬가지니 이만 항복하시는 게 어떻소? 계속 저항한다면 전원 사망곡 안에서 몰살당하게 될 거요."

유표군 진영은 쥐 죽은 듯 조용해졌다. 잠시 후, 문빙이 앞으로 나섰다. 그는 이글거리는 눈빛으로 벼랑 위를 올려다보았다. 그 시선의 끝에는 조운이 아니라 사마의가 있었다. 무심한 듯 즐거운 듯 미묘한 표정을 띤 사내. 문빙은 직감적으로 그가 사마의임을 눈치챘다. 그는 사마의를 향해 큰 소리로 외쳤다.

"네가 사마중달이냐?"

사마의는 검지로 코끝을 긁으면서 답했다.

"그런데요?"

"이 간악한 놈…. 세 치 혀로 주공을 속여서 우리를 함정에 몰아넣다니!"

"그게 잘못입니까? 속은 쪽이 바보지."

"뭐, 뭐라고? 네놈, 네놈은 혈육이 모두 희생된 게 원통하지도 않느냐? 어찌 그런 일을 행한 유주왕에게 여전히 충성할 수 있단 말인가?"

그 말에 아군들까지 저도 모르게 일제히 사마의를 쳐다보았다. 그들에게도 궁금한 일이었다. 사마의는 진심으로 이해가 안 간다는 듯 되물었다.

"그들이 잘못해서 죽은 거고 전하께서는 합당한 벌을 내리셨을 뿐인데, 어째서 내가 원통해 해야 하지?"

"…."

문빙은 말문이 막혔다. 어디서부터 어떻게 설명해야 할지 감이 잡히지 않았다. 아예 사고의 체계 자체가 다른 까닭이었다.

"내 부친과 형제들이 결백한데, 전하께서 이유 없이 해쳤다면… 그 상대가 전하 아니라 황제라 해도 복수했겠지요. 하지만 조사해본 결과, 죽을 만해서 죽었더군요. 그럼 그걸로 된 겁니다. 어차피 전하께서 그런 무도한 일을 하실 일도 없지만."

문빙은 섬뜩한 기분이 들었다. 온몸이 차가워졌다. 괴월과 나눴던 대화의 마지막 부분이 떠올랐다.

— 행여 사마중달 그자가 우릴 역으로 속이려 드는 건 아니오?

— 주공께서도 그 부분을 염려하셨습니다. 한데 듣기로 그는 낭고의 상을 가졌다고 합니다."

— 낭고의 상…?

— 이리와 같은 것으로, 언젠가 반드시 상대를 배반하는 관상

이랍니다. 또한 업성에 있었던 자의 말로는 악마, 아니 마왕과도 같은 심성을 가졌다 하니, 가문을 멸한 유주왕을 어찌 배신하지 않겠습니까?

잘못 알았다. 아니, 방향이 잘못되었다. 사마의는 분명 가운데서 재고 있었다. 어느 쪽이든 제 이치에 어긋난 쪽을 배신하기로. 확인한 결과, 그가 생각하기에 유주왕의 행위는 합당했다. 이에 젊은 이리는….

"…처음엔 진심이었으되 결국 주공을 배반한 거로구나."

신음하듯 중얼거리는 문빙을 보며 사마의가 조운에게 말했다.

"제법 눈치가 있고 말귀를 알아듣는 사람이네요. 혹시 대장군께서는 저자를 살리고 싶은 겁니까?"

"바로 그렇소."

성월은 행여 문빙이 돌발행동을 할까봐 활을 겨눈 채로 옆을 지키고 있었다. 듣고 있던 그녀가 재빨리 한마디를 거들었다.

"황충도요. 지금 앞쪽 대열의 뒤편, 그러니까 바위 더미 근처에 있어요."

"황충? 그건 또 누군데요?"

"활 잘 쏘는 영감인데, 전하께서 특별히 갖고 싶다고 하셨어요."

"아아, 쳇."

사마의는 아쉽다는 듯이 툴툴댔다.

"결정됐네. 전하께서 원하신다니, 그럼 그렇게 해야죠."

그는 벼랑 아래로 금세라도 떨어질 듯 몸을 한껏 내민 위태로운 자세로 문빙에게 말했다.

"잘 들으세요. 나는 당신이 마지막까지 싸우다가 죽든, 아니면 항복하든 상관없어요. 솔직히 그냥 죽어줬으면 좋겠습니다. 왜냐하면 앞쪽을 태워야 여기서 더 잘 보이거든요."

"…네놈, 대체 무슨 소리를 하는 건가?"

"불을 지르겠다고요. 여기, 사망곡 안에다가. 심양성 안에 온갖 잘 타는 것들을 잔뜩 쟁여놨죠? 그걸 전부 가져와서 쌓아놨거든요. 곧 바위 대신 그것들을 던져 넣을 예정이랍니다."

문빙은 침음을 흘렸다. 더 말하지 않아도 그리했을 경우의 결과가 짐작이 갔다.

"미쳤구나, 네놈은."

"어허, 그쪽도 손책군을 유인한 다음에 성을 통째로 태우려고 하셨잖아요. 저와 다를 게 뭡니까?"

"…."

"어서 정하세요. 항복할지 말지. 다행히 우리 대장군께서 당신을 좋게 본 듯하여 기회를 주는 겁니다."

"나는, 나는…."

"시간 없으니까 다섯을 셀게요. 하나, 둘…."

문빙은 필사적으로 머리를 굴렸다. 하지만 이 자리를 빠져나갈 방도는 전혀 없었다. 그러자 자연히 마음속으로 저울질을 시작했다. 항복하여 수치스러운 목숨이라도 이어가는 편이 좋은가? 아니면, 고통스럽게 죽을망정 후대에 충신이라는 이름을 남길 것인가?

그러다 문득 주변에 와 있던 이엄 및 곽준 등과 시선이 마주쳤다. 그들은 숨길 수 없는 두려움에 몸을 떨고 있었다. 또 살아남기를 사무치게 원하고 있었다. 이엄은 영리하고 무재에도 뛰어난 인재였다. 그의 나이 이제 고작 서른다섯. 죽기에는 너무도 아까운 나이다. 곽준도 마찬가지였다. 순간 문빙은 마음을 정했다.

'내 명예를 보전하자고 저들까지 죽게 할 수는 없다.'

사마의가 느리게 숫자를 세었다.

"넷…."

"잠깐! 알겠소. 항복하겠소. 단, 항복할 테니 저 뒤쪽의 병사들도 사정을 봐주면 안 되겠소?"

뒤떨어져 따라오던 보병 부대는 사망곡 안에 진입하여 거의 합류하기 직전이었다. 그러다 갑작스러운 낙석 공격을 받아 혼란스러운 상태였다.

사마의는 즉시 답했다.

"안 됩니다."

"아니, 항복하겠다지 않소? 그런데 굳이 죽여야 하오?"

"아군이 유리한 상황에 있다 하나, 여전히 그쪽에 비해 수가 비교도 안 되게 적습니다. 저들의 태반은 달아날 테고 다시 적이 되어 마주치겠지요. 착각하지 마세요. 지금 당신은 대장군의 자비에 기대야 할 상황입니다. 입맛대로 다 할 수 있는 처지가 아니라고요."

"…알겠소. 그럼, 항복하리다."

"어느 쪽?"

"나와… 부장들을 살려주시오."

문빙은 피가 나도록 입술을 깨물었다. 부끄럽고 수치스러웠으나 어쩔 수가 없었다.

싱긋 웃은 사마의가 말했다.

"그럼, 말에서 내려 무기를 버리시지요. 갑옷도 벗고."

철그렁! 문빙을 시작으로 이엄과 곽준 등의 장수들과 기병들은 하나둘 무장을 해제했다. 마지막까지 주저하던 황충도 결국 저항을 포기했다. 사마의는 그러고 나서야 비로소 다시 줄을 내리게 했다.

물론 성월을 비롯한 청광기들은 활을 겨누고 빈틈없이 유표군을 경계했다. 벼랑 위의 유주군과 장정들은 맨몸이 된 유표군이 올라오는 족족 포박하여 한쪽으로 보냈다. 낙석 공격을 받았을 때 많은 수가 죽었다. 또 팔다리가 부러져 올라오지 못하는 자들도 무수했다. 이미 바위 더미 뒤쪽으로 빠져나가 달아난 사람도 있었다. 그들을 모두 제외하자 정작 위로 올라온 이들의 수는 그리 많지 않았다. 맨 마지막에 올라온 사람은 노장 황충이었다. 그가 옆으로 지나쳐 갈 때, 성월이 작게 속삭였다.

"잘 생각하셨어요."

"…"

황충은 어두운 기색으로 아무 말도 하지 않았다.

투석으로 나뉜 유표군 뒤편에서는 그때쯤 이상한 낌새를 알아챈 듯했다. 완전히 분리된 게 아니라, 듬성듬성 틈이 있었으니 눈치챌 수밖에 없었다. 문빙을 비롯한 장수들이 줄을 타고 올라가는 모습을 보자, 그들은 더욱 큰 혼란에 빠졌다. 사마의가 명을 내린 건 그때였다.

"투척!"

기수들은 아까와는 다른 색의 깃발을 열심히 휘둘렀다. 그러자 서쪽 벼랑에서는 바위 대신, 역청이 든 자루와 단단히 뭉친 짚더미 따위가 떨어져 내리기 시작했다.

"뭐가 또 떨어진다!"

"이게 뭐지? 이상한 냄새가 나는데….."

"그냥 달아나도 되나?"

문빙은 어쩔 줄 몰라 하는 보병들을 내려다보았다. 마음 같아서는 당장 도망치라고, 뒤돌아 달려서 여길 나가라고 외치고 싶었다. 그러나 목에 닿은 칼끝이 이를 허락하지 않았다. 또한 처음이 어렵지, 그 뒤는 쉬웠다. 이미 병사들을 희생양으로 삼아 투항을 결심했기에 그는 끝까지 살아남는 쪽을 택했다.

"아, 그건 내가 쏠게."

사마의는 첫 번째 불화살을 쏘려는 병사를 만류하고 활을 건네받았다. 그리고 계곡 안으로 불화살을 쏘아 보냈다. 그게 신호였다. 예의 서쪽 벼랑 위에서는 바위 대신 불화살과 인화 물질이 함께 쏟아져 내리기 시작했다. 사망곡 안은 순식간에 지옥으로 변했다.

"아악, 뜨거워!"

"부, 불이다! 달아나!"

"사람 살려!"

불길은 무서운 기세로 순식간에 번졌다. 길고 좁은 계곡이 산소 통로 역할을 했다. 불꽃은 사망곡을 따라 빠르게 퍼지면서, 필사적으로 달아나는 병사들까지 덮쳤다.

사마의는 황홀한 얼굴로 그 광경을 보았다. 얼굴은 발그레해졌고 눈은 흥분으로 빛났다. 문빙은 그런 사마의를 훔쳐보며 몸서리쳤다. 저 젊은 책사는 낭고의 상을 가진 이리가 아니라 인세에 강림한 마왕이었다.

서쪽 절벽 위에서 제갈량 또한 그 참상을 바라보고 있었다. 불타 죽는 사람들을 보노라니 잊고 있었던 기억들이 하나둘 떠올랐다.

'그래, 저게 중달 형의 방식이었어.'

이상했다. 분명 과거에 있었던 일인데, 또한 없던 일 같기도 했다. 뭔가 미묘하게 기억이 뒤죽박죽되어 있었다. 사마의뿐만 아니라, 더욱 중요한 누군가를 잊고 있는 듯했다. 가끔 귓가에 스치는 상냥한 목소리의 주인을….

"윽…."

전에도 그랬다. 그 사람을 떠올리려 하면 머리가 깨질 듯이 아팠다. 그는 생각하기를 포기하고 다시 사망곡 안으로 시선을 주었다. 참혹한 광경이었다. 그러나 제갈량은 예전처럼 무턱대고 사마의를 비난하고 싶지 않았다.

— 너는 진짜 원수가 누군지를 모르고 있다, 공명. 그러면서 전

하게 투정 부리고 있어. 왜 나를 구해주지 않았느냐고.

얼마 전, 사마의를 만난 자리에서 그가 했던 말들이 뇌리를 스쳤다. 제갈량은 그 순간을 회상했다. 지금의 이 기묘한 동맹이 만들어진 자리였다.

몇 주 전.

유비는 당초 알려진 산이 아니라, 훨씬 남쪽의 천주산에 머무르고 있었다. 서서가 지키고 있던 합비에서 일을 새로 도모해보려는 생각에 방향을 바꾼 것이다. 그러나 그가 관우, 장비 등과 합류하여 합비 근처에 도착했을 무렵, 이미 합비는 유주군에게 넘어가고 서서도 투항한 뒤였다. 이에 유비는 근처의 천주산으로 숨어들어갔다. 아직 그를 따르는 병사가 백여 명 정도 남았고 관우, 장비 및 제갈량과 방통까지 있었기에, 패배했을망정 완전히 기가 죽지는 않았다. 마침 천주산을 거점으로 하던 오백여 명의 산적까지 굴복시킨 뒤, 다음 행동을 고민하던 중 산길을 감시하던 수하들이 예기치 못한 보고를 해왔다.

"뭐? 누가 찾아왔다고?"

"사마중달이라고 합니다. 유주왕의 책사라는데요?"

"허….."

유비는 어이가 없었다. 천주산에 숨은 걸 간단히 들킨 것도 당황스러웠지만, 달랑 호위 하나만 거느리고 찾아온 사마의도 이해가 가지 않았다. 유비가 그저 무식한 산적이었다면, 사마의는 당장에 목이 떨어졌을 것이다. 하지만 유비는 교활하고 경험 많은 군웅이었다. 분명 상대의 행동에 뭔가 이유가 있으리라 직감했다. 그렇지 않고서야 제 발로 적진에 걸어들어올 이유가 없지 않나. 그게 사마의가 두려움 없이 찾아올 수 있었던 근거였다.

"데려와. 너무 거칠게 다루지 말고."

"예."

잠시 후, 사마의는 양손이 뒤로 묶인 채 유비 앞으로 끌려왔다. 그를 본 제갈량이 착잡한 얼굴로 중얼거렸다.

"중달 형."

"오랜만이네, 공명."

고개를 까딱해 보인 사마의는 한 점 두려움 없이 명랑하기까지 한 어조로 유비에게 말했다.

"현덕 님, 오늘은 제가 좋은 제안을 하려고 이렇게 찾아왔습니다. 현덕 님께 결코 손해가 되지 않는 제안일 것입니다."

"좋은 제안이라? 재미있는 친구로군. 일단 말해봐. 좋은지 나쁜지는 들어보고 판단할 테니."

"그 전에 한 가지만 여쭙겠습니다. 현덕 님께서는 무엇을 받기로 하고 유표에게 충성을 맹세하셨습니까?"

유비의 얼굴에 미미한 불쾌감이 드러났다. 충성을 맹세한다는 말이 거슬린 것이다. 관우와 장비의 표정도 덩달아 험악해졌다. 사마의는 재빨리 그것을 포착했다. 역시 유비는 누군가의 밑에 있을 사람이 아니었다.

잠깐 머뭇거리던 유비가 마지못해 답했다.

"충성이라기보다….."

"유표 밑에 가신으로 들어가신 게 아니었나요?"

"뭐, 도와주는 대가로 벼슬을 받긴 했다."

"그렇습니까? 그럼, 더 높은 관직과 대가를 주는 이에게로 갈 아탈 수도 있다는 말씀이군요?"

코웃음을 친 유비가 갑자기 살기를 드러냈다.

"애송이가 어디서 말장난을 하려고 드느냐? 그래서 설마, 더 나은 걸 줄 테니 다시 유주왕에게 붙기라도 하란 말인가? 그에게 패배하고 이 꼴이 된 나에게?"

사마의의 안색이 급격히 창백해졌다. 유비가 발산하는 기운에 눌린 것이다. 그는 속으로 적잖이 놀랐다.

'이것은….'

그를 매혹시킨 절대자이자 군왕의 기운. 사마의가 이와 비슷한 걸 느껴본 대상은 용운이 유일했다. 하지만 그는 곧 미미하게 고개를 저었다.

'전하와는 다르다.'

유비의 기운은 상대를 두렵게 하면서도 묘하게 잡아끄는 힘이 있었다. 그래서 여러 군웅 가운데서도 용운과 가장 비슷했다. 그러면서도 완전히 달랐다. 용운에게서는 기이하게도 위엄과 자애가 동시에 느껴졌다. 억누르는 대신 저절로 따르게 만들고 가슴 한편을 간질간질하게 한다. 사마의는 그런 기분을 난생처음 맛보았다. 어떤 대상이 존경스러우면서도 사랑스럽고 때로는 괴롭히고 싶어질 정도로 집착하는 기분. 그걸 느끼게 해줄 사람은 이 세상에 용운뿐이었다. 아버지와 형제들의 죽음, 가문의 몰락 과정에서 용운이 사마 가문을 보호하기 위해 최선을 다했으며 정당한 권력을 행사했음을 알았을 때, 사마의는 안도와 아쉬움을 동시에 느꼈었다.

'가장 사랑하는 대상을 내 손으로 파괴하는 기분은 어떨까.'

이런 충동에 잠깐 휩싸였던 것이다. 아주 잠깐. 그는 용운을 떠올리자 곧 평정을 되찾았다.

'이놈 봐라?'

그리고 뜻밖이라는 눈빛으로 바라보는 유비에게 제안했다.

"이미 제가 찾아온 목적을 알고 계신 듯하니, 일단 조건을 들어본 뒤에 정하시죠."

사마의는 지금 상태로는 손책과 유주군이 유표를 이길 수 없다고 확신했다. 이제까지는 장수들의 역량과 책략에 힘입어 승리를 거뒀다. 그런데 한 가지 이유가 더 있었다.

'유표는 최선을 다하지 않았다.'

유주군이 처음 도착했을 때, 손책은 사실상 끝난 거나 마찬가지였다. 어떻게 구강성은 지켜냈으나, 그곳은 원래 손책의 근거지였다. 그나마 유일하게 남은. 게다가 원군이라고 온 병력은 이천 남짓했으니 유표가 무시하는 것도 당연했다. 하지만 점차 상황이 변했다. 사마의가 보기에 유주군 장수들의 강함은 비정상적이었다. 그 강함으로 말미암아 이변이 속출했다. 합비가 떨어지고 급기야 여강까지 함락했다. 그러자 유표의 대응도 비로소 진지해졌다. 그의 가장 뛰어난 장수들과 더불어, 오만에 달하는 대군을 시상으로 보낸 것이다.

'장수 개인이 아무리 용맹해도 전쟁의 승패를 결정짓는 것은 결국 병력. 스무 배 차이의 병력을 극복하기란 불가능하다. 전하라면 당연히 그 사실을 아실 것이고 장차 원군을 파견하실 계획이었겠지. 한데 우리 가문이 저지른 반역으로 인하여 원군 파견이 몇 달은 족히 늦어지게 되었다.'

이에 사마의는 포섭 가능성이 있는 병력으로 눈을 돌렸다. 그 첫 번째가 육가요, 두 번째는 바로 유비의 세력이었다. 유비의 병력은 유표군 내에서도 다소 특이했다. 우선 오래전부터 줄곧 그를 따르던 자들과 그 혈육 등이 병력의 반 이상을 차지했다. 즉 유비가 변심하더라도 유표가 아니라 그를 계속 따라갈 거란 의미였다. 떠돌아다니고는 있지만 독립된 세력과 같았다. 이는 실제로 평원성이 함락됐을 때도 증명됐다. 이제까지 용운이 싸웠던 상대 중 투항해온 병사가 가장 적었던 세력이 유비였다.

'여기서 유표에게 패배한다면, 어차피 전하는 최소 향후 십 년은 남쪽으로 진출하기 어려워진다. 그렇다면 이용할 수 있는 건 다 이용한다.'

생각을 정리하는 사마의에게 유비가 말했다.

"그래, 어디 유주왕이 어떤 조건을 내걸었는지 들어나 보자. 너도 알다시피 무려 성 세 개를 빼앗았으니까 그만한 대가를 내놔야 할 거야."

사마의는 웃었다. 역시 틈이 있다. 유표에게 충성하는 자였다면, 조건을 들어보자는 말 자체를 하지 않았을 것이다. 그럼, 그

조건을 충족해준다. 어차피 지금은 전하의 것도, 내 것도 아닌 대상으로.

"형주를 드리지요."

유비는 잠깐 당황해서 반문했다.

"응? 뭘 준다고?"

"유표를 격파한 뒤에 남군 일대를 포함한 형주 전체를 드리겠습니다. 그럼, 현덕 님께서는 그때야말로 스스로를 남왕(南王) 혹은 형주왕이라 칭하실 수도 있을 겁니다."

"이 자식, 무슨 헛소리를…."

말과는 달리 유비의 눈동자를 스치고 지나가는 격정의 빛을 사마의는 놓치지 않았다. 지금에야말로 일찍이 용운에게서 들은 계획, 천하통일의 전 단계를 유비에게 이용할 때였다.

"중북부의 유주왕, 익주 입구를 틀어막은 채로 누구도 통과시키지 않아 미지의 땅이 되어버린 서쪽의 성혼교주. 그리고…."

사마의는 유비를 정면으로 응시하며 말했다.

"누가 될지 모를 남쪽의 형주왕. 이 셋으로 하여금 혼란스러운 천하를 삼분하는 것. 이 천하삼분지대계가 전하의 뜻입니다. 들불처럼 나뉜 천하를 셋으로 합쳐, 우선 백성들을 편안하게 하자는 것이지요. 지긋지긋한 긴 전쟁을 잠시 멈추고."

듣고 있던 제갈량이 다급히 말했다.

"주공, 안 됩니다! 저 말은 속임수입니다. 뜻이 이뤄진 뒤에 주공께 형주를 준다고 어떻게 보장하겠습니까?"

저것은 달콤한 뱀의 속삭임. 승리를 위해서라면 수단과 방법을 가리지 않는 마왕의 속삭임이다.

사마의는 제갈량의 말을 자르고 나섰다.

"어차피 전하께는 남쪽까지 다스릴 여력이 없습니다. 그럴 뜻도 없고요. 유표가 혈맹인 손가를 핍박하지만 않았다면, 굳이 원군을 파견하지도 않았을 겁니다. 그랬다면 형주왕은 유표가 되었겠지요. 허나 어차피 전쟁은 시작되었으니, 이후에는 능력 있고 믿을 만한 이에게 형주 땅을 맡기자는 게 전하의 생각입니다."

"주공….."

제갈량이 재차 만류하려 할 때, 유비가 한 손을 들었다.

"잠깐, 공명. 제대로 들어보자고."

순간 제갈량은 눈을 질끈 감았다. 유비의 마음이 이미 흔들리기 시작했음을 알아챈 것이다.

7

회유와 진실

유비는 사마의의 말에 흥미롭다는 반응을 보였다.

"그래서 내가 진 군사와 손잡으면 차후 형주 땅을 나에게 주겠다, 이 말인가?"

사마의가 그에게 답했다.

"전하께서는 군사가 아니십니다. 제가 군사지요."

"아아, 미안. 예전에 내 군사로 있을 때 그렇게 부르던 게 버릇이 되어서."

"그렇게 치면 예전에는 현덕 님도 공손찬의 수하였지요. 지금은 서로 상황이 많이 다르니 주의해주십시오."

한 치의 어긋남도 없는 정론. 듣는 쪽 입장에서는 불쾌함이 극에 달했다. 사마의의 말에, 장비가 눈을 부라렸다.

"저 자식이…."

유비가 그런 장비를 말렸다.

"됐어, 익덕. 저 중달이라는 친구의 말이 옳아. 내가 결례를 범했네. 사과하지."

"받아들이겠습니다."

"그럼, 아까의 화제로 돌아가서, 내가 해석한 게 맞나?"

"그렇습니다."

유비의 눈빛이 날카로워졌다.

"공명이 말했다시피 그걸 어떻게 믿지? 유주왕이 직접 약속한 것도 아니잖나. 실컷 도와줬더니 나중에 배 째라는 식으로 나오면?"

"전하는 그런 분이 아니라는 말은 의미가 없겠네요."

"당연하지."

사마의는 태연히 말했다.

"절 인질로 쓰십시오."

"뭐라고?"

"저를 인질로 쓰시란 말입니다. 약조 이행에 대한."

유비는 황당하다는 듯 너털웃음을 지었다.

"허허, 지금 그대가 형주 땅과 맞먹는 가치가 있다고 말하는 건가?"

"그건 잘 모르겠습니다만, 전하께서 저와 형주를 바꾸시지 않으리라는 건 압니다. 현덕 님은 거기 두 분, 관운장 님과 장익덕 님 중 하나를 형주와 맞바꾸실 수 있습니까?"

"말도 안 되지."

즉각 나온 유비의 대답에, 장비는 무심코 안도의 한숨을 내쉬었다.

"그럼, 공명은요?"

바로 이어진 허를 찌르는 사마의의 질문. 유비는 저도 모르게 잠깐 망설였다. 관우와 장비를 이용해 진심을 건드린 다음, 그 여운이 남아 있을 때 곧장 질문을 던지자 그만 본심이 나와버린 것이다. 처음부터 제갈량을 놓고 물었다면, 당연히 바꾸지 않겠다고 했을 터였다.

"하… 하하! 갑자기 생각도 못 한 사람을 지목해서 당황했잖아. 공명도 물론 못 바꾸지!"

유비가 서둘러 말했지만, 이미 분위기는 어색해진 후였다. 제갈량은 저도 모르게 씁쓸한 미소를 지었다.

'여전하군, 중달 형.'

유비가 말려든다는 걸 느낀 관우가 나섰다.

"네가 인질이 되겠다는 건 유주왕이 약속을 이행할 때까지 우리 곁에 남겠다는 것이냐?"

"그렇습니다. 만약 전하께서 이 조건을 거부하시거나 약속을 어기신다면 절 베어도 좋습니다."

"널 이대로 유경승 님에게 데려갈 수도 있다."

"뭐, 그러시면 어쩔 수 없고요. 대신 훗날 반드시 침몰하는 유표와 함께 가라앉으실 겁니다."

겁을 주려고 한 질문이었는데, 오히려 더 대담하게 나왔다. 관우는 하릴없이 물러났다.

"흥, 그 기개만큼은 대단하구나."

처음부터 될 싸움이 아니었다. 창칼로 하는 거라면 몰라도, 말과 머리싸움으로 관우가 사마의를 누르기란 불가능했다.

"자, 어쩌시겠습니까?"

사마의의 물음에, 숙고하던 유비가 입을 열었다.

"좋다, 그리하지."

"큰형님!"

놀란 장비가 유비를 쳐다보았다. 유비는 고개를 끄덕여 보였다.

"날 믿어라, 익덕."

"그야 당연히 큰형님께서 정하시는 대로 따라가겠지만요…."

"관형은?"

"일단 좋소. 하지만 따로 얘기 좀 합시다."

"무섭네. 그러지 뭐. 공명은?"

"…."

제갈량은 침묵으로 불만을 표현했다. 사마의와 협상하지 말라는 말을 듣지 않은 데다, 형주와 자신을 놓고 물었을 때 곧장 답하지 못한 것에 대한 불만이었다.

사마의가 대신 유비에게 말했다.

"이 친구, 단단히 토라진 모양입니다. 아니면 이 협상이 마뜩지 않거나. 잠깐만 자리를 비워주시면 제가 설득해보겠습니다."

"꼭 자릴 비워야 하나?"

"저는 공명과 어릴 적부터 벗인데, 녀석을 설득하자면 본의 아니게 그 시절의 부끄러운 이야기까지 들먹여야 해서 그럽니다. 보시다시피 저는 양팔이 다 묶여 포박된 데다, 주변은 귀공의 부하들이 빈틈없이 지키고 있는데 제가 뭘 하겠습니까?"

"하하, 공명. 어릴 때 바지에 오줌이라도 싼 건가? 그럼 잠깐 비켜주지, 뭐. 마침 관형도 따로 할 말이 있다고 하고."

그 이유가 아님을 유비도 알고 사마의도 알았다. 그렇다고 난 무슨 말인지 꼭 들어야겠다며 버티고 있기도 우스웠다. 없는 사실을 지어내거나, 유비를 모함한다고 해서 넘어갈 정도로 제갈 량이 가벼운 사람도 아니었다.

"자, 자, 우리는 잠깐 저쪽으로 가자고."

유비는 관우와 장비 그리고 근위병들을 데리고 좀 떨어진 숲으로 걸어갔다.

'만일의 경우에는 제갈량의 호위가 근처에 암약하고 있으니까 별문제 없겠지. 겉보기에는 애 같지만 관형도 인정했을 정도로 강한 녀석이니.'

산채 가운데 둘만 남게 되자, 사마의가 말했다.

"그동안 잘 지냈니? 공명."

어린 시절, 제갈량을 친동생처럼 귀여워하던 때와 똑같은 목소리였다. 제갈량은 저도 모르게 고개를 끄덕였다.

"응, 그럭저럭. 형은?"

"난 별로. 알다시피 가문이 폭망해서."

폭망이란 단어는 용운과 사천신녀에게서 배운 것이었다. 현대에서처럼 완전히 망했다는 뜻이다. 제갈량도 아는 단어였다. 용운을 일찍부터 따른 이들 중, 특히 젊은 세대는 용운과 사천신녀가 쓰는 신조어를 자연스럽게 따라 말하는 풍조가 있었다. 우상과 같은 존재들이 쓰는 말인 데다, 말 자체도 재미있고 신기하게 느껴지다 보니 유행하는 건 자연스러운 현상이었다. 그렇다 보니 유주성 젊은이들의 말투는 은연중에 현대의 말투와 많이 가까워졌다. 선비들은 뭔가 경박하다며 혀를 차기도 했지만, 그들의 어조는 유주체라 하여 상당히 인기가 있었다.

각설하고, 가문의 몰락을 유주체까지 써가며 아무렇지 않게 말하는 사마의가 제갈량은 신기했다.

"그런데… 괜찮아? 아무렇지도 않아?"

"괜찮진 않다니까. 나도 사람이다. 아버지와 형제들 그리고 내가 예뻐하던 여동생까지 죽었다는데, 아무렇지도 않을 리가 있겠어?"

"그 얘기가 아니라, 그런데도 전…, 아니 유주왕을 모시는 게 아무렇지도 않느냐고 묻는 거야."

"그래, 그건 아무렇지도 않아."

"어떻게…."

"내 아버지와 형제들을 죽게 만든 건 전하가 아니거든."

"뭐?"

"오히려 전하는 마지막까지 어떻게든 구하려고 애썼어. 반역자를 당장 극형에 처해야 한다는 여론까지 막아가면서."

제갈근을 통해서 들은 유표의 말과는 사뭇 달랐다. 제갈근은 이 일만 봐도 유주왕이 얼마나 음험한지 알 수 있다며, 유주로 찾아가지 않고 남하하길 잘했다고 열변을 토했었다. 한데 오히려 사마 가문을 지켜주려 했었다니. 자신에게 반기를 든 자들을. 반신반의하는 제갈량에게 사마의가 턱짓을 했다.

"이리 와서 내 복대 안쪽에 있는 서신을 꺼내 보렴. 그게 설명이 될 거야. 난 묶여 있으니까."

"서신?"

"정확히는 서신이 아니라 유언장이다."

제갈량은 사마의에게 다가가, 그의 복대 안쪽에 손을 넣어보았다. 그러자 과연 얇게 펴서 복대와 함께 두른 양피지 한 장이 잡혔다.

"꺼내서 읽어봐."

"그래도 돼?"

"그러려고 가져온 거야."

그것은 사마의의 형제 중 한 사람인 계달, 사마욱이 쓴 서신 겸 유언장이었다. 그는 뇌옥 안에서 이 서신을 쓴 뒤 혀를 물어 자결했다. 속아서 한 짓이긴 하나 엄연히 반역을 저질렀다. 분노에 의한 것이긴 하나 형 사마부를 죽였다. 그 죄책감을 못 이겨 자살을 택했다. 하지만 형제 중 가장 뛰어난 사마의만은 같은 실수를 범하지 않게 하려고 유서를 남긴 것이다. 또 자신들이 어떤 일을 당했는지를 알려, 원한을 갚아주길 바라는 의미이기도 했다.

'존경하는 형님, 중달 전상서….'

서신을 읽어내려가던 제갈량의 눈이 커졌다. 거기에는 그가 상상도 못 한 얘기가 적혀 있었다.

"성혼교…. 세뇌? 이게 다 사실이야?"

"형제의 죽음과 그 유언장을 가지고 장난칠 정도로 내가 저급하진 않아. 죽음을 앞둔 동생이 나를 기만하려고 거짓을 적었을 리도 없고."

"하, 하지만… 그래, 협박을 당해서 억지로 쓴 것일 수도 있잖아."

"나도 그 생각을 안 해본 건 아닌데, 이 내용은 다 계달의 자유의지로 사실만을 쓴 거야. 필적이 확실한 데다 거기 귀퉁이에 작은 원 모양이 있지?"

제갈량이 보니, 과연 양피지 아래쪽 모서리에 작은 동그라미 하나가 그려져 있었다. 자세히 안 보면 그냥 지나칠 정도의 크기였다.

"그건 우리 형제들 및 가문의 첩보 조직에서 정한 암호 표식이야. 안이 먹으로 채워져 있으면, 해당 서신의 내용은 작성자 본인의 의지로 쓴 사실이라는 뜻. 반대로 그냥 동그라미만 그려져 있거나 아무것도 그려져 있지 않은 경우에는, 강요에 의해 작성됐거나 불확실한 정보이니 믿지 말라는 뜻이지."

"…."

검은 동그라미는 정확한 모양으로 그려져 있었다. 계달의 뜻을 드러내듯. 제갈량은 내뱉듯 말했다.

"이 내용이 사실이라면, 그 성혼교라는 집단은 정말 잔악무도한 자들이군. 어릴 때 듣긴 했지만, 형주로 온 뒤부터는 거의 안 보여서 잊고 지냈는데."

사실 그와 가장 가까운 곳에 성혼단이 있었다. 정확히는 성혼단이었던 인물이다. 호위무사, 천강위 연청이 바로 그였다. 연청은 제갈량과 처음 만난 이래 변함없는 호위이자 충실한 친구로서 곁을 지키고 있었다. 그는 자신이 본래 성혼교 내에서도 위원회라 불리는 특별한 조직의 일원이었음을 고백했다. 그러나 이미 지난 과거의 일인 데다 그가 더 말하기 꺼려 하여 굳이 묻지 않았다. 어쩌면 연청은 이런 실체가 지긋지긋해서 그곳을 나왔는지도 모르겠다고, 제갈량은 생각했다. 그러다 이어진 사마의의 말에, 그는 그 자리에 굳어버리고 말았다.

"어릴 때 형님과 동생들을 포함한 가족들이 홍수에게 몰살당할 뻔했지? 하인들은 다 죽었고 하마터면 너까지 죽을 뻔했을 때 누군가 와서 구해준 일이 있었을 거야."

"…그걸 중달 형이 어떻게 알아?"

"네가 갑자기 막강한 적이 되어 나타나는 바람에 뒷조사를 좀 했다. 업성에 오기 전부터 조조군의 침공 때 그곳을 떠나 형주에 정착할 때까지의 모든 행적을. 그 결과 놀라운 사실을 알았지."

"…"

"너는 진짜 원수가 누군지를 모르고 있다, 공명. 그러면서 전하께 투정 부리고 있어. 왜 그때 나를 구해주지 않았느냐고."

제갈량은 사마의의 말을 듣는 순간, 그날의 일을 떠올렸다. 여포군이 불타는 업성에 들어와 사람들을 되는대로 대피시키던 일. 여포의 수하들은 용운의 주요 가신들을 하나하나 호명해가면서 무사함을 확인하고 있었다. 형과 함께 그쪽으로 가려 할 때, 성내로 거센 물살이 밀려와 둘을 휩쓸고 갔다. 정신이 들었을 때는 이미 업성을 한참 벗어나 있었고, 형 제갈근은 형주로 가는 길을 택했다. 이미 업성은 조조에게 함락됐을 터인데, 용운이 있다는 유주까지 갈 엄두가 안 났던 것이다. 그것도 어린 동생들까지 거느리고서.

"전하께서는 그때 북쪽에서 원소와 마지막 일전을 벌이고 있었어. 조맹덕이 그 빈틈을 찌른 거지. 그러는 과정에서 그자는 복양성의 대학살을 벌였다."

"알고 있어. 그래서 조조 밑으로 가지 않은 거야. 그런 얘기는 관두고 그거나 말해줘. 형은 내 진짜 적이 누군지 안다는 거야? 유주왕이 나의 적이 아니라고?"

"당연하지."

"그 원수라는 게 누군데?"

"내 아버님을 세뇌하고 아우를 꼬드겨 결과적으로 우리 가문을 무너뜨린 자들."

"그건… 중달 형의 원수잖아?"

착 가라앉아 있던 사마의는 처음으로 눈동자에 불길을 이글거리면서 말했다.

"그래, 네 원수도 나와 같아. 너와 네 가족을 죽이려고 암습했던 무리도 바로 성혼단이야!"

"물론 나와 형님의 목숨을 노렸으니 적이라면 적이지. 하지만 그 정도로 원수라고까지는 할 수 없어. 결국, 그 일은 실패했으니까."

"그 자객을 네게 보낸 장본인이 당시 조조의 책사였던 오용이고, 그자가 성혼단의 고위 간부였는데도?"

"뭐?"

몰랐던 사실이었다. 그때는 아직 어린애였으니까. 그 시절부터 이미 조조와 성혼단은 제갈량 자신과 악연이었다는 말인가? 이 어지는 사마의의 말은 더욱 충격적이었다.

"그런 뒤 오용은 부하를 시켜 조조의 아버지를 살해하고 그 일을 조자룡 장군이 행한 것처럼 만들었어. 전하를 칠 명분을 만들기 위해서 말이야. 거기 넘어간 조조는 격분하여 복양성을 지키던 전하의 가신들과 죄 없는 백성들까지 모조리 죽였고. 그게 바로 복양성 대학살의 전말이다."

"아…."

"그러니까 그 대학살 또한 성혼단이 저지른 거나 마찬가지다. 업성이 무너져서 전하와 널 갈라놓은 것도 놈들의 소행이고. 그런데 너는 어째서 전하를 원망하며 죽이려고까지 한 거지?"

"나, 나는…."

제갈량은 양손으로 머리를 감싸 쥐었다. 어딘가에서 기억이 꼬였다. 이미 한 번 겪었던 일, 겪었던 장소를 또 체험한 적이 몇 차례 있었다. 그게 반복되면서 제갈량은 직감적으로 그 원인이 용운임을 눈치챘다. 그럴 때마다 어딘가에서 사악하고 불길한 느낌을 주는 바람이 불어왔다. 마치 이 세계의 균열을 통해 새어들어오는 것 같은 바람이었다. 자의든 타의든, 용운이 그 균열을 점점 넓혀 이 세상을 뒤죽박죽으로 만들고 있었다. 그리고….

"난 전하가 천하에 혼란을 가져오는 원흉이라고 생각했어. 전하로 인해 끊임없이 전쟁이 일어나고 백성들이 죽어간다고. 또 스스로 왕을 자처해 한 황실을 능멸한다고."

사마의는 단호하게 말했다.

"전하께서 먼저 다른 세력을 침공한 적은 한 번도 없어. 한 황실은 이제 유명무실하다는 건 너도 잘 알 테고."

"나는 형주에 와서 형님과 스승님께 학문을 배울 때도 그렇게 배웠고…. 마침내 형주의 일에 유주군이 끼어들었을 때는 그런 얘기들이 다 사실이라고 믿었어."

"그 스승이라는 자가 누군데?"

"사마휘…. 사마휘 덕조라는 분이야."

"하하!"

갑자기 사마의가 큰 소리로 웃었다. 의아해진 제갈량이 물었다.

"왜 웃어?"

사마의는 대답 대신 다른 질문을 던졌다.

"넌 형주에도 성혼단이 있다는 걸 알고 있어?"

"그냥 소수의 성혼교도가 있다고 들었어. 유경승 님은 딱히 종교를 박해하지 않아…."

"그건 눈속임이야. 조조가 오용에게 놀아났던 것과 마찬가지로, 형주목을 제 뜻대로 움직여서 권력을 남발하는 성혼단원이 있어. 여기 형주에."

사마의가 말하는 인물의 정체는 다름 아닌 서령이었다. 곽가와 사마의 등은 이미 서령의 존재를 알고 있었다. 아니, 모르려야 모를 수가 없었다. 형주에서는 총관 서령 하면 유명한 데다 손책도 서령에게 이를 갈고 있었기 때문이다. 그녀가 모습을 드러낸 뒤부터 손책의 세력이 일방적으로 밀리기 시작했으니 당연했다. 결정적으로, 동행한 지살위 팽기 등이 그 이름을 듣자마자 경기를 일으키다시피 했다.

"공학자, 금창수 서령…. 그 마녀가 유표한테 붙었단 말입니까?"

그 덕에 사마의는 형주에 잠입시킨 흑영대원들이 서령을 감시하는 데만 역량을 집중하도록 할 수 있었다. 감시 대상이 명확해지고 범위도 좁아진 것이다. 그 결과, 그녀와 자주 접촉하는 자들의 면면을 알아냈다. 거기에는 뜻밖의 인물들이 포함되어 있었다.

"총관 서령. 그 여자가 바로 고위 성혼단이야."

"…!"

제갈량도 서령에 대한 얘기를 들은 적이 있었다. 형 제갈근이 그녀에게 몇 차례 불만을 터뜨렸기 때문이다. 유표를 움직여 형주의 일을 제멋대로 처리하고 있다고. 한데 어느 순간부터 그런 불평이 쑥 들어가서 내심 의아하게 여기던 참이었다.

"네 사부라는 사마휘는 그 서령의 충복이자 성혼교도이고."

제갈량이 눈을 둥그렇게 떴다.

"그런…. 거짓말하지 마, 중달 형."

"거짓말이 아니야. 다른 증거도 많지만, 네가 직접 확인해볼 방법이 있어."

사마의는 목소리를 낮춰 말했다.

"손목 안쪽을 봐. 장포로 가려져 있겠지만, 먹을 갈 때나 차를 마실 때 유심히 보면 보일 수도 있을 거야. 성혼교에 투신한 사람은 거기에 별 모양의 문신이 새겨져 있다. 내 동생이 그랬던 것처럼."

"별 모양의 문신…."

제갈량은 매우 혼란스러웠다. 이제까지 알아왔던 모든 지식과 정보가 다 거짓인 것 같았다. 거기에 사마의가 쐐기를 박았다.

"그리고 네 곁에 한 사람이 더 있다."

제갈량은 혹시 연청의 존재를 알아챘나 하고 긴장했다.

"누구…?"

그러나 사마의의 입에서 나온 이름은 그의 예상과는 전혀 다른, 생각지도 못한 사람이었다.

"너의 형, 제갈근."

제갈량은 잠시 할 말을 잃었다. 언제부턴가 형의 태도가 미묘하게 달라졌다곤 생각했지만, 그럴 줄은 몰랐다.

사마의는 천천히 말을 이었다.

"너는 이제 선택해야 해. 성혼교는 복양성 대학살의 원흉이다. 백성을 위하는 너의 가치와 정면으로 충돌하는 집단이지. 사적으로도 예전에 널 죽이려 했으며, 우리 둘이 아끼고 귀여워하던 동생인 노육의 아버지, 노자간 님을 해쳤고 전하의 선친의 죽음에도 관여했다. 또 얼마 전에는 궁을 암습하여 전하는 물론 왕후가 되신 채문희 님과 두 분의 갓 태어난 딸까지 죽이려 했어."

"…."

"그럼에도 불구하고 지금 너의 주군인 유비 현덕과 자유(子瑜, 제갈근의 자) 형님이 유표의 가신이며, 네가 직접적으로 피해를 입은 건 없다는 이유에서 계속 성혼교의 무리를 돕고 전하를 적대한다면…."

사마의의 어조가 변했다. 조용히 가라앉아 있던 말투가 서릿발처럼 차가워졌다.

"다시 볼 때는 나 역시 너를 확실한 적으로 인식하고 최선을 다해 말살할 수밖에 없다. 성혼교 말살은 유주국의 기치나 마찬가지니까. 지금 시점에서 성혼교의 존재와 위험성을 확실히 알고 거기에 맞설 세력은 전하뿐이다."

"중달 형…."

"유주국으로 돌아와라, 공명. 이건 내가 곁에 있는데도 늘 너를 궁금해하고 그리워하시는 전하께서 네게 주는 마지막 기회야."

그 말에 제갈량은 왠지 가슴이 덜컥 내려앉았다. 그는 힘겹게 입을 열었다.

"어차피 현덕 님께서 손잡기로 하셨으니 이번 전투에는 협력할게. 하지만 유주로 돌아가는 건 생각할 시간을 줘…. 내게도 친형을 저버리는 일이 되니까."

"알았다. 하지만 마냥 기다릴 수는 없어. 강하성 공략 전까지 확실히 답을 해줘."

"…그럴게."

제갈량이 고개를 끄덕이자 갑자기 사마의의 분위기가 확 바뀌었다. 진지하면서도 온화한 모습으로 되돌아간 것이다.

"그래서 내 계획이랑 네가 해줄 일이 뭐냐 하면 말이야…."

"잠깐, 그건 너무 위험부담이 큰 거 아니야?"

"이 정도는 되어야 확실히 끌어들일 수 있어."

제갈량 또한 어느새 사마의가 구상한 책략에 푹 빠져들어갔다. 그러면서 한편으로 생각했다. 사마 가문을 이용해서 일을 꾸밀 거였으면, 성혼교는 사마의를 제일 먼저 제거하거나 포섭했어야 한다고. 그들은 어떤 면에서는 용운 못지않게 무서운 인물을 적으로 돌리고 만 것이다. 이는 명백한 실수였다.

유비와 관우, 장비 등은 조금 떨어진 숲에서 대화 중이었다. 산채 바깥쪽에 있던 방통도 거기에 참여했다. 관우는 진지한 기색으로 유비에게 물었다.

"정말 유경승을 버리고 진용운과 손잡을 거요?"

"다른 대안이 없잖아."

"왜 없소? 저 사마의라는 자를 잡아서 유경승에게 돌아가면…."

관우는 유표에게 미련이 남아 있었다. 그가 유비와 같은 한 황실의 종친이며, 처음에 아무런 거리낌 없이 그들을 받아준 까닭이었다.

"관형, 황조 님이 어떤 취급을 받는지 봤지?"

관우는 유비의 말에 멈칫했다. 황조는 유표를 오랫동안 모셔온 노장이었다. 그랬던 장수가 손가 유주 연합군에 패했다는 이유로 하마터면 죽임당할 뻔했다. 다행히 다른 가신들의 비호로 목숨은 건졌지만, 모두의 앞에서 큰 수치를 당했다고 들었다.

"물론 누군가는 패전의 책임을 져야지. 하지만 한 번 패배는 병가지상사라는 말도 있어. 유경승 님은 본래 선비와 학문을 사랑하는 너그러운 학자였는데, 점차 변해가고 있지. 자, 여기서 문제다. 내가 무려 두 개의 성과 병사를 죄다 잃고 털레털레 돌아가면, 유경승 님은 나를 용서할까, 아니면 죽이려 들까?"

"으음…."

번쩍 손을 든 장비가 의기양양해서 말했다.

"죽이려 할 겁니다!"

"그래, 잘 맞혔다. 장하다, 내 아우."

장비는 그게 진짜로 답을 원해서 한 질문이 아님을 모르고, 정답을 말했는데 둘째 형님이 왜 자신을 노려보는지 고민하면서 슬며시 손을 내렸다.

"유주왕의 약속 이행은 어차피 나중 문제야. 한참 뒤의 일이라고."

듣고 있던 방통이 턱을 어루만지며 한마디 거들었다.

"현덕 님께서는 이로써 최소한 의탁할 곳은 확보하신 셈이 되는군요. 원래는 자칫 유경승 님과 손가 유주 연합군, 두 세력에 다 쫓길 뻔했는데 말입니다. 그래서 그 제안을 수락하신 거지요?"

"그래, 바로 그거야! 그렇다고 난데없이 조조나 원술한테 갈 수도 없잖아? 그랬다가는 내가 아쉬운 소리를 해야 하고 말이지. 사실 어떻게 해야 할지 막막했거든."

"그렇지요. 허튼소리라 해도 일단 사마중달이 명분을 주었으니까요."

"역시 방통은 똑똑하다니까. 못생겨서 그렇지."

방통은 쓴웃음을 지었다. 너무 대놓고 말하니까 기분 나쁘지도 않았다. 그는 본래 유표의 가신이었으나, 유비를 가까이에서 모시는 사이 그에게 매혹되어 있었다. 지금도 유표의 입장에서 보면 반역이라 할 수도 있는 얘기를 거리낌 없이 하고 있었다.

"그렇다면 앞으로 어쩌실 생각입니까?"

"저쪽에 붙어야지. 꼭 유주왕이 하사하는 형식이 아니더라도 혼란스러운 와중에 주인이 어떻게 바뀔지는 모르는 거잖아?"

유비는 본능적으로 한 방의 냄새를 맡았다. 예전 용운 및 여포와 연합하여 원소를 쳤을 때도 그랬다. 그 결과, 아무것도 없던 그가 무려 세 개의 알짜배기 성을 얻었다.

'예상 밖으로 진용운이 진짜로 화났는지 제법 세게 나오는 바람에 도로 다 빼앗겼지만⋯. 이번에는 상황이 다르지. 일단 형주는 유주와 멀리 떨어져 있으니 그때처럼 쳐들어오기도 쉽지 않을 테고, 복룡과 봉추를 둘 다 얻었으니까. 거기다 잘하면 그 사마중달이라는 녀석까지 말이야.'

그는 특유의 비뚤어진 미소를 지었다.

'혼란은 나의 편이다.'

이렇게 해서 사마의는 유비 세력을 극적으로 규합했다. 이후의 일은 알려진 것과 같았다. 그들은 손책군보다도 앞서서 즉각 심양성으로 이동했다. 그리고 성을 지키던 병력이 유비를 아군으로 여겨 문을 열어주자마자 참살했다. 이어서 성내에 있던 인화 물질이며 투석기 등을 모조리 긁어모아 사망곡에 진을 친 것이다.

화륵!

사망곡 아래에서 이글거리는 불길의 열기가 그에게까지 미치는 바람에 제갈량은 회상에서 깨어났다. 유표는 이번 전투 한 번으로 엄청난 타격을 입었다. 주요 장수들이 모두 죽거나 항복했으며, 언뜻 보기에도 만 명 이상의 보병들이 불타 죽었다. 또한 어설픈 공성계를 쓰려다가 심양성을 고스란히 내주는 결과를 맞이하고 말았다. 어설픈 책사와 진짜배기의 차이였다.

'다음 목표는 당연히 강하성이 되겠지. 그때까지 내 입장을 정해야 한다. 그 전에 형님과 얘길 나눠봐야겠다.'

제갈량에게 제갈근은 형이면서 아버지 같은 존재였다. 어린 시절 부모님을 여의었을 때부터 그는 늘 어린 형제들을 이끌고 지키려고 애썼다. 아우인 균 등과는 딱히 교류도 정도 없었다. 일찌감치 세상에 나와 난세에 몸을 맡기고 싸우다 보니 그렇게 되어버렸다. 제갈균은 제갈근이나 제갈량과는 달리 야심이 없었다. 이에 산골 깊숙이 틀어박혀 농사를 지으며 살고 있었다. 지금의 제갈량에게 진정한 의미에서의 혈육이란 형 제갈근이 유일했다. 그런 형님이 모르는 사이 성혼교도가 되었다는 게 믿기지 않았다.

'어쩌면 아직 설득할 수 있을지도 몰라. 그러면 함께 유표에게서, 정확히는 서령한테서 떠나자. 당장 유주로 가지는 않더라도… 성혼교의 마수에서 벗어날 수 있는 곳으로.'

그러는 사이 불길이 점차 사그라졌다. 이제 유비 세력과 합류한 조운의 부대는 심양성으로 이동하여 태세를 정비할 것이다. 거기에 손책의 부대와, 시상을 점령했다는 여포군까지 합류하려면 시간이 제법 걸릴 터였다.

'유경승은 큰 손실을 입었으니 곧장 쳐들어오기 어려울 거야.'

제갈량은 투석기 옆에 있던 병사를 불러 말했다.

"사망곡 안쪽으로 가서 내가 자유 형님을 잠깐 뵙고 곧바로 심양으로 간다 했다고 현덕 님께 아뢰어주게. 그리 말씀드리면 아실 거네."

"알겠습니다, 군사님."

나머지 병사들에게는 투석기를 다시 해체하도록 명했다. 병사들이 분주히 움직이는 가운데 제갈량이 말했다.

"거기 있지, 연청?"

슉! 간편한 경장 차림을 한 갈색 피부의 미소년이 제갈량의 앞에 홀연히 모습을 드러냈다.

"그래, 공명."

"얘기는 다 들었어?"

낭자 연청은 착잡한 표정으로 고개를 끄덕였다. 그런 그에게 제갈량이 나직하게 물었다.

"넌 내가 어떻게 했으면 좋겠어?"

"이제 나는 성혼단과 아무 상관없다. 그저 널 따르고 싶었을 뿐이다. 한때는 노준의 님의 복수를 하려 했지만, 그 대상인 진한성이 죽는 바람에 대신 아들인 진용운이라도 치려 했는데⋯."

연청이 말끝을 얼버무렸다. 그것은 그저 무의미한 집착일 뿐 복수가 아님을 본인도 알고 있기 때문이었다. 괜히 그 일에 제갈량을 끌어들인 것 같았다.

"네 마음이 가는 대로 해, 공명. 그게 내가 바라는 일이야."

"고마워. 내가 어떤 선택을 하든 계속 내 곁에 있어줄 거지?"

"물론."

연청은 힘 있게 고개를 끄덕였다. 몇 년의 세월을 함께 보내면서 그는 제갈량의 성품과 영민함에 푹 빠졌다. 패도적인 힘을 앞세웠던 노준의와는 또 다른 종류의 인간이었다. 노준의를 잃은 이래 그는 처음으로 진정한 주인이자 벗이라 할 만한 사람을 만났다. 옆에서 그를 보호하면서 행보를 계속 지켜보고 싶었다.

제갈량이 손가락이 긴, 아름다운 손을 내밀었다.

"그럼, 일단 같이 장사성으로 가자."

연청은 그 손을 힘 있게 마주 잡으며 물었다.

"자유 형님을 뵈려는 거야?"

"응."

제갈량은 침중한 얼굴로 고개를 끄덕였다.

"일단 내 눈으로 직접 확인해야겠어."

8

세대교체의 시작

사망곡의 불길은 거의 사그라져가고 있었다. 수레에 앉아 있던 곽가가 천천히 눈을 떴다. 그의 눈에 제일 먼저 들어온 것은 좀 떨어진 곳에서 유비와 뭔가 얘기를 나누고 있는 조운의 모습이었다. 그 광경을 본 것만으로 곽가는 한순간에 상황을 파악했다. 곽가가 자기 자신보다 더 믿는 사람이 조운이었다. 그라면 설령 목이 떨어진다 해도 용운을 배신할 리가 없다. 그런 조운이 유비와 태연히 담소 중이었다. 즉 둘 사이에 모종의 협의가 이뤄졌다는 뜻.

"중달…. 이겼구나."

사마의는 곽가의 앞에 무릎을 꿇고 앉으며 걱정스레 말했다.

"스승님! 정신이 드셨습니까?"

"너 스스로 미끼가 되어 얻겠다던 지원군이 유현덕의 세력이었느냐?"

"그렇습니다. 미리 말씀을 못 드려 송구합니다."

사마의는 자신이 미끼가 되어 적을 사망곡으로 끌어들이겠다고만 말했다. 거기에 더해 병력을 지원해줄 세력을 찾아보겠다고. 곽가는 육가 쪽을 예상했는데, 사마의가 그보다 한술 더 뜬 것이었다. 설마 얼마 전까지만 해도 목숨 걸고 싸웠던 유비를 끌어들였을 줄이야.

'이제 내 시대는 간 것인가?'

기쁘면서 허전한 것 같기도 한 미소가 곽가의 입가에 걸렸다.

'아니, 아직 더 가르쳐야 할 것이 있다. 중달의 책략은 지나치게 파괴적이야.'

그런 곽가를 향해 사마의가 고개를 갸웃거렸다.

"한데 스승님, 몸도 불편하시면서 어찌 여기까지⋯."

"나야말로 미안하구나."

"예?"

곽가의 음성이 착 가라앉았다.

"나는 너를 진심으로 믿지 못했다, 중달."

"스승님⋯."

"네가 나까지 속인 게 아닌지, 사실은 전하께 복수하려는 게 아니었는지 의심했다. 그래서 불안을 이기지 못해 확인하려고 여기까지 온 것이다. 그 과정에서 무리한 데다 부끄럽게도 제풀에 놀라 정신을 잃었으니 자업자득이구나."

사마의는 기분을 짐작하기 어려운 무표정한 얼굴로 답했다.

"괜찮습니다, 스승님. 충분히 그럴 만했습니다."

"넌 남들과 다르다. 그래서 종종 오해를 살 것이다. 널 가장 아끼는 나조차도 그랬다. 더구나 그 '다름'이 이번처럼 책략과 연결되면, 승리에 공헌하고서도 칭송보다는 두려움의 대상이 될 것이다. 심지어 아군에게조차 말이다. 그게 네가 가야 할 길이다."

"스승님…."

"그 길은 너무도 외롭고 고독할 것이다, 중달."

"전 외로움이 뭔지 모릅니다."

곽가는 뭔가 결심한 듯한 어조로 말했다.

"당장은 모른다고 생각하겠지만, 그런 부정적인 감정이 쌓이면 결국 너 자신을 좀먹게 된다. 다음번 전투에서 그 고독을 조금이나마 줄일 수 있는 방법을 알려주겠다. 다음 전투의 책략은 내가 책임지고 진언할 것이다. 마지막 수업이 될 터이니 잘 봐두어라, 중달."

"스승님, 마지막이라 하심은…."

곽가는 사마의의 어깨를 정답게 두드렸다. 녀석, 이런 눈빛을 할 수 있으면서 어째서.

"걱정 마라. 그 전투를 끝으로 은퇴하겠다는 말이니까."

"아직 은퇴를 말씀하시기에는 이릅니다."

"난 곧 서른아홉이 되니 적은 나이는 아니지."

그러자 사마의가 유비를 가리키며 말했다.

"저기, 마흔일곱 살이나 됐는데도 포기를 모르는 인간도 있습니다만."

"크크. 저자는 애초에 종자가 다른 인간이고."

그때 유비와 대화를 마친 조운도 곽가가 깨어난 걸 봤다. 그는 안도 반 걱정 반의 눈빛으로 살짝 묵례를 해 보였다.

"여러 사람에게 못 볼꼴을 보였군."

곽가는 마주 인사한 뒤 말을 이었다.

"원래 전하께서는 이번 전투에 날 보내지 않으려 하셨다. 그분은 정이 깊으신지라 내가 얼마 안 남은 수명마저 전장에서 소모할 것을 염려하신 게지."

"예. 전하께서는 스승님을 몹시 아끼시니까요."

"하지만 손자들과 장기나 두면서 십 년을 사느니, 전하의 적들을 직접 깨부수며 오 년을 사는 편이 훨씬 낫지 않겠느냐? 난 희지재처럼 되고 싶지는 않다. 다음 전투에서 내 모든 것을 불태운 다음, 너에게 뒷일을 맡기고 깨끗이 물러날 것이다."

"스승님….."

희지재는 곽가 못지않은 뛰어난 책사였다. 그는 방탕한 생활을 한 끝에 현대식으로 표현하자면 간암에 걸려 죽을 날이 가까워졌다. 그러나 그의 재주를 아깝게 여긴 용운이 벽옥접상을 이용해 암을 치료하고 수명을 늘렸다. 또한 몸이 완전히 회복될 때까지 전장에 나가지 못하게 하고 휴양시켰다.

그 결과 용운도 예상치 못한 부작용이 생겼다. 희지재는 무기력한 골방 늙은이가 되어버렸다. 병을 치료하느라 너무 기력을 소모한 데다 평화로운 일상에 매몰되어버린 탓이었다. 전장에 나가는 일 자체가 두려워진 것이다. 번득이던 총명함은 어디론가 사라지고, 그저 텃밭을 조금씩 일구거나 그림을 그리는 등 소일거리를 하며 지내게 되었다. 용운이 곽가를 더 적극적으로 말리지 못한 데는 희지재의 그런 변화도 한몫했다.

곽가는 그 모습을 지켜보면서 말로 형언하기 어려운 두려움을 느꼈다. 적의 창칼보다도 더욱 무서운 재앙이었다. 그리고 다짐했다. 무뎌진 검이 되어 천천히 녹슬어가느니, 어떤 고통을 감수하더라도 끊임없이 자신을 담금질하겠다고. 설령 예리해지다 못해 부러지는 한이 있더라도….

"내려가자꾸나. 다음 일을 논의해야지. 어설프게 했다가는 현덕 저 인간이 아군의 지휘권까지 다 집어삼키려 들 테니. 앞으로 주도권 싸움에서 지면 안 된다."

"예, 스승님. 심양성으로 모시겠습니다. 아 참, 제갈량 녀석이 유비 곁에 있었던 건 아시죠? 오랜만에 만나서 잔소리를 좀 했습니다. 전하 곁으로 돌아온다고 확신하진 못하겠지만, 분명 흔들린 것처럼 보였습니다."

"오오, 그래. 잘되었구나. 공명의 일이 늘 안타까웠는데…."

뜻밖의 희소식에 곽가는 진심으로 기뻤다. 전장에서의 책략은 사마의. 유주국 내부의 행정은 노육. 그 둘을 아우르며 균형을 잡는 역할은 제갈량. 이게 곽가가 생각한 다음 세대의 이상적인 참모진이었다. 곽가 자신과 순욱, 순유, 희지재 등이 활약했던 시대는 이제 저물어가고 있었다. 저 정도라면 마음 놓고 물러날 수 있으리라.

유비의 세력과 합류한 조운의 부대는 병력을 정비하여 심양성으로 향했다. 포로로 잡은 문빙, 이엄, 곽준, 황충 등도 함께였다. 한데 성 앞에 도착해보니 뜻밖에도 손가의 깃발이 휘날리고 있었다. 조운이 사망곡에서 싸우는 사이, 심양성에 도착한 손책군은 성이 텅 비다시피 한 걸 보고 냉큼 점령해버린 것이다.

장연은 바닥에 침을 퉤 하고 뱉었다.

"어차피 손가에 넘겨줄 것이긴 하나, 좀 짜증이 나는군그래. 우리가 사망곡에서 죽느니 사느니 할 때 피 한 방울 안 흘리고 냉큼 심양성을 차지했다고 생각하니까."

투덜거리는 그를 조운이 좋은 말로 달랬다.

"결과적으로 아군의 전력이 보전된 셈이니 잘됐다고 생각하게."

"대장군께서는 참 속도 좋으십니다."

"어차피 저들을 도우러 온 게 아닌가. 하하."

그래도 미안하긴 했는지 손책이 멋쩍은 표정으로 직접 유주군을 맞이하러 나왔다.

"무슨 영문인지 심양성이 텅 비다시피 했는데, 본래 여길 공략하기로 했기에 먼저 들어왔소."

"잘하셨습니다. 사정은 여기 있던 저희 수하들에게 들으셨겠지요."

"…음, 그렇소."

사마의와 유비는 심양성을 함락한 뒤 사망곡으로 가기 전에 약간의 병력을 남겨두었다. 만일의 사태에 대비할 겸 곧 도착할 손책에게 상황을 알리기 위해서였다. 즉 우리 덕에 성을 쉽게 얻은 걸 알고 있느냐는, 조운의 부드러운 확인이었다. 그 말을 손책의 옆에 있던 주유가 매섭게 받아쳤다.

"그리고 우리 동의 없이 저자와 손잡은 것도 알고 있습니다. 그

부분에 대해 설명을 좀 해주셔야 할 것 같군요."

주유의 시선이 말을 타고 뒤쪽에 떨어져 있는 유비를 향했다. 유비는 그런 주유에게 눈을 찡긋해 보였다.

"아, 그건 제가…."

나서려는 사마의의 앞을 조운이 자연스럽게 막아서며 말했다.

"유주군 총지휘관인 나의 판단으로 협상하여 나온 결과요. 미리 말하지 못한 건 미안하나, 알다시피 우리 부대가 단독으로 유표군의 오만 병력을 상대하던 중이라 그럴 겨를이 없었소. 대신 그 병력을 격파했으니 양해해주시오. 이렇게 된 과정에 대해서는 충분히 설명하겠소."

그 말에 손책과 주유는 깜짝 놀랐다.

"유표군의 오만 병력을 격파했다고? 그, 시상에 주둔해 있던 병력 말이오?"

손책의 물음에, 조운은 고개를 끄덕였다.

"그렇습니다."

"허, 대체 어떻게…."

"또한 거기서 얻은 전리품과 항복한 적 병사들은 다 백부 님에게 양도하겠습니다. 대신 포로로 잡은 장수들의 처분은 저에게 맡겨주십시오."

"아니, 그건…."

조운이 웃으며 말을 이었다.

"그게 싫으시면 약조에 따라 정확히 반씩 배분하시지요."

"아니, 알겠소. 그리하시오."

유비는 슬쩍 다가와서 그들이 하는 양을 지켜보고 있었다. 그는 눈을 빛내며 생각했다.

'뭐야, 생각보다 틈이 많은 사이네? 잘하면 저걸 이용할 수도 있겠어. 예를 들어 나중에 형주를 처리할 때라거나.'

조운과 유비 그리고 손책 등은 차후의 방향을 의논하기 위해 함께 심양성으로 들어갔다. 유표가 두 개의 성을 더 빼앗기고 충격적인 패배를 당하면서 전쟁은 제갈량의 예상대로 잠시 소강상태가 되었다. 이 전투의 과정과 결과는 곧 유주의 용운에게도 전해졌다.

208년 말, 용운은 몇 가지 의미 있는 일을 해냈다.

우선 유주국 단독으로 고구려와 정식 동맹을 맺었다. 고구려의 계수 왕자는 본인도 왕좌에 관심이 없었고 왕위 계승권에서도 한참 멀었다. 그러나 미묘하게 바뀐 역사가 나비효과를 일으켜, 그에게까지 기회가 왔다. 그 전에 이미 계수 왕자와 연을 맺었던 용운은 그의 신변이 걱정되어 흑영대원을 붙여주었다. 그 흑영대원들이 계수 왕자를 암살 시도에서 구해줌으로써 용운은 고구려왕의 생명의 은인이 된 것이다. 원래부터 용운은 고구려의 문화와 역사, 언어 등에 능숙하여 호감을 얻고 있었다. 그 일을 계기로 유주국과 고구려 사이의 친교가 물꼬가 터지듯 순조로워지는 건 당연했다.

"먼 길 오시느라 정말 고생했습니다."

용운은 사신으로 온 박위거를 극진히 대접했다. 박위거는 반란을 일으키고 계수를 암살하려다 죽은 발기의 아들이었으나, 아버지와는 뜻이 달라서 화를 면했다. 계수는 그를 과감히 관직에 앉히고 중용하는 대범함을 보여 발기의 가문까지 무사히 흡수했다. 박위거는 유주에 머무른 며칠 사이, 용운의 인품과 말에 푹 빠져 있었다.

"하하! 전하께서는 우리 역사에 대해 어찌 그리 잘 아십니까? 태조왕(주몽) 전하의 설화와 건국 과정에 대해 이렇게 잘 아는 한인(漢人)은 전하가 유일할 것입니다."

박위거의 말에, 용운은 우수 어린 미소를 띠며 답했다.

"사실 저는 한인이 아닙니다."

"한인이 아니시라고요? 그럼…."

"백제의 몰락한 귀족 가문의 자식이지요. 왕권을 두고 다투던 중 상대 가문에 의해 누명을 쓰고 축출됐습니다. 그때 고구려를 통하여 한나라로 망명했습니다."

"아, 그러셨군요!"

"신분을 숨기려고 성을 바꿨으나, 차마 완전히 버릴 수는 없어 글자만 바꾼 것입니다."

"아….."

박위거는 크게 놀랐다. 생각해보니 백제의 귀족 여덟 개 성씨 중에 분명 진(眞)씨가 있었다.

"다행히 고구려에서 추격해오는 백제의 군사와 자객들을 막아주어 무사히 한나라로 건너와 자리 잡을 수 있었습니다. 귀국과는 그때부터 인연이 있었던 것이지요."

용운의 말에, 박위거는 연신 고개를 끄덕였다.

"그때 우리 고구려가 구한 아이가 훗날 고구려의 왕이 되실 분의 목숨을 구했으니… 기묘합니다! 이거야말로 하늘이 맺어준 인연 아니겠습니까."

"그렇습니다. 그런 의미에서 한 잔 비우실까요?"

"그거 좋지요. 하하!"

박위거는 한족 중에 이 젊은 왕처럼 술을 잘 마시는 이를 본 적이 없었다. 그것도 호감이 갔다. 술잔을 주거니 받거니 하며 대화하다 보니 자연스레 고구려 사신단을 공격했던 자들에 대한 얘기가 나왔다. 용운은 진심으로 미안한 표정이 되어 말했다.

"이미 알고 계시겠지만, 그들은 성혼교라 하여 천하를 어지럽히는 사교 집단입니다. 저는 그자들의 위해성을 일찌감치 알고 척결해왔는데, 그 일로 앙심을 품고 사절단을 노린 모양입니다. 좀 더 빨리 대비하지 못해 진심으로 송구합니다."

박위거는 손사래를 쳤다.

"아닙니다. 그자들에 대해서는 저도 전하께 이미 들은 바가 있었습니다. 미리 신장(神將) 같은 장수들도 보내주셨는데, 하필 강을 건너기 전에 습격받았으니 운이 나빴지요."

"그럴 가능성은 적지만 혹시나 성혼교가 귀국에서도 눈에 띄면 꼭 발본색원(拔本塞源, 근본을 제거하여 원천봉쇄함)해주십시오."

"물론입니다. 놈들에게 제 부하들도 많이 죽었습니다."

"그들에 대해서는 제가 부족하나마 보상을 해드리겠습니다."

"어이쿠, 안 그러셔도 되는데…."

연회를 마친 뒤, 용운과 박위거는 정식 동맹 체결에 대한 서류를 작성했다. 그 전에는 경제적 교류만 있었고 원군 파견도 일회성이었다. 그러던 것이 이번 조약을 계기로 상대에게 이변이 있을 경우 무조건 파견해주는, 반 의무적인 형태로 바뀌었다. 유주국은 미축의 상단이 자리 잡을 때까지 당분간 식량 원조를 받기로 했다. 그 대가로 고구려에서는 유주국의 발전된 무기와 기타 장비를 수입할 권리를 얻었다. 박위거의 입가에서는 연신 웃음이 떠나지 않았다.

'이로써 백제 및 신라와의 경쟁에서 더 우위에 설 수 있겠지.'

조약은 좋은 분위기에서 순조롭게 이뤄졌다. 이 동맹은 천하에 큰 파장을 부를 것이었다. 고구려를 오랑캐로만 취급하던 후한 제국에서, 현재 최강의 세력을 가진 유주왕이 그들과 동맹을 맺었기 때문이다. 또한 강대국으로 급부상하고 있는 고구려가 유주국을 독립된 나라로 인정했다는 의미도 있었다.

다음으로는, 사마 가문의 반란과 식량난이라는 악재에도 불구하고 유주국이 내부 정세를 완벽하게 안정시켰다는 것이다. 미축을 영입하여 서주의 식량을 빠르게 들여오고, 오환과 고구려 등에서도 원조를 받은 게 주효했다. 그렇게 식량을 들여와도 한 제국 말기의 행정 상태였다면 중간에서 해먹는 게 태반이었을 터. 그러나 유주국의 합리적이고 엄정한 체계는 그런 일을 허용하지 않았다. 식량은 평원성같이 상황이 급한 지역에 우선적으로 배분되었다. 또 평소에 치안 상태가 우수하여 식량난에도 불구하고 도적이나 산적 떼가 드물었던 것도 빠른 수습에 한몫했다.

사마 가문의 반란을 역이용하여 왕권을 강화한 것도 큰 성과였다. 왕후 문제 등으로 용운을 견제하는 것처럼 보였던 재상 순욱은, 사실 왕의 가장 강력한 지지자였다. 용운의 요청으로 인해 스스로 그런 역할을 맡았을 뿐. 막상 위협이 닥치자 순욱은 앞장서서 용운에게 힘을 몰아주었다. 즉 순욱은 현대의 총리대신과 같은 존재였다. 사마 가문이 몰락하고 논란의 대상이었던 왕후 문제도 일단락되자, 이제 최소한 유주성 내에서는 용운을 위협할 대상이 사라졌다.

"가뭄만 들지 않는다면 내년 가을쯤에는 반역 사건과 식량 문제로 인한 피해를 다 복구하고도 수확량이 평년을 웃돌 걸로 예상됩니다. 새로운 작물의 도입과 둔전제의 일상화, 관개시설 정비 등이 효과를 내기 시작한 덕입니다."

월례 회의에 참여한 노숙의 보고에, 용운은 흡족한 기색으로 고개를 끄덕였다. 이어서 방심하고 있던 가신들에게 폭탄을 터뜨렸다.

"그럼 올겨울이 지나면 난 형주 쪽으로 가봐야겠어요."

"허허, 그러셔야… 예?"

노회한 순욱조차 허를 찔려 놀랄 정도였다. 그는 즉각 반대 의사를 표명했다.

"안 됩니다, 전하."

"왜 안 되죠?"

"그야 전하께 무슨 일이 벌어지면 유주국 전체가 흔들리기 때문에…."

"음? 난 그렇게 안 되게 하려고 재상에게 전권을 주다시피 하고 고구려와도 동맹을 맺었으며, 전력을 다해 체제를 안정시킨 건데요? 그게 다 헛수고였던 겁니까?"

"허, 허나 전하의 존재 자체가…."

"그러고 보니…."

용운은 회의에 참여한, 유주국 특유의 원탁에 앉은 가신들을 둘러보았다.

"여러분은 내가 얼마나 강한지 잘 모르겠군요."

용운이 이미 초인의 반열에 올랐다는 사실은 주로 장수들이나 책사 사이에서만 알려졌다. 전투에 참여하지 않고 행정적인 일만 처리해온 이들은 소문으로만 얼핏 들었을 뿐 실감하지 못했다. 무리도 아닌 것이, 그들이 늘 접하는 왕은 아름다운 외모에 온화하고 가녀리게만 보였기 때문이다. 무공을 익힌 장수들은 희미하게나마 용운의 기운을 감지했지만 문관들에게는 무리였다.

"반대 의견에 항변하고 여러분의 걱정도 가라앉힐 겸 가볍게 선을 보이도록 하지요."

용운이 신호하자 흑영대원 2호, 위연이 홀연히 모습을 드러냈다. 그는 용운에게 조심스럽게 물었다.

"전하, 뭘 하시려고…?"

그는 얼마 전, 영천으로 가서 서서의 어머니를 찾아 모셔오는 임무를 수행하였다. 그것은 생각보다 훨씬 어려운 임무였는데, 우선 서서의 모친이 스스로 따라나서도록 설득해야 했고 지병이 있는 그녀를 안전하게 모셔야 했기 때문이었다. 처음에는 그저 노인 한 분 모셔오면 되는 줄 알았던 위연은 온갖 우여곡절과 고초를 겪었다. 다행히 운도 따라줘서 그 임무를 성공적으로 마칠 수 있었다. 어려운 임무를 마친 위연은 잠시 휴가를 얻으려 했으나, 그 성과로 곧 더욱 중요한 임무에 내정되었다. 바로 왕을 형주까지 수행하며 지키는 것이었다. 가뜩이나 부담이 큰 터에 전예의 질투까지 더해졌다.

"전하랑 둘이 형주까지 가다니, 좋겠다? 가서도 계속 곁에서 모시고. 아주 좋겠어, 응? 이러다가 곧 흑영대장 자리를 네가 차지하는 거 아니냐?"

"아닙니다!"

"아니라니. 그럼 전하의 호위를 소홀히 하겠다는 뜻이냐?"

"아, 아닙니다!"

이런 식이었다. 이에 안 그래도 요즘 긴장하고 있었는데, 갑자기 용운이 신호를 보내는 바람에 깜짝 놀랐다. 게다가 이어진 말은 그를 더욱 놀라게 했다.

"절 공격해보세요, 2호. 전력을 다해서."

용운은 같이 차나 마시자는 듯 평온한 말투였지만, 좌중이 일제히 술렁거렸다. 2호는 딱딱해진 어투로 답했다.

"그건 불가합니다, 전하."

"아무 일도 없을 테니 염려 말고요."

"그런 문제가 아니라⋯."

"여기 있는 이들이 증인이 되어줄 겁니다. 내가 명한 일이라고요. 어차피 내 털끝 하나 못 건드리겠지만."

2호, 위연의 눈썹 끝이 살짝 꿈틀거렸다. 그는 본래 다혈질이고 자존심도 강했다. 그런 것이 역사와는 달리 흑영대원이 되면서 성질을 많이 죽이게 됐다. 억눌러왔던 그 성질이 묘하게 끓어올랐다. 사실 이것은 용운이 말뿐만 아니라 기를 움직여 투기를 자극한 것인데, 위연은 알 도리가 없었다. 그는 낮은 목소리로 말했다.

"정말 괜찮으시겠습니까, 전하. 제가 전력을 다해 공격하면 천하에 암살하지 못할 대상이 없다고 자부합니다만."

"봐야 믿죠."

"…그럼 명하신 대로."

순간 가신들은 위연의 살기를 감지했다. 무공에 문외한인 자조차 느껴졌을 정도로 진득한 살기였다.

"전하!"

놀란 순욱이 저도 모르게 외친 순간이었다. 슈웅! 쩡! 금속이 바람을 가르는 날카로운 소리와, 그것이 뭔가에 부딪혀 나는 굉음이 연이어 울렸다. 가신 대부분은 위연이 어떻게 공격했는지 미처 보지 못했다. 그저 눈앞에 펼쳐진 광경으로 미뤄 짐작했을 뿐이다.

"아니?"

2호 위연은 짧은 신음을 흘렸다. 그는 두 가지 이유에서 크게 놀랐다. 첫 번째는 용운이 정말 아무 대비도 하지 않아서 그의 몸을 베어버렸다는 것이고, 두 번째는….

"헉, 전하께서 다치셨다! 당장 치안대와 의관을….'

"아니, 잘 보게. 검이 부러졌지 않은가."

만약의 사태를 대비하기 위해 큰 부상을 입을 위험이 비교적 적은 어깨를 노렸는데, 오히려 검이 부러져버렸다는 것이다. 위연이 정확히 공격했다는 건, 용운이 입은 장포의 어깨 부위가 베여 맨살이 드러난 것만 봐도 알 수 있었다. 하지만 드러난 맨살은 희미하게 붉은 자국이 났을 뿐 상처 하나 없었다. 그렇다고 검이 허접한 물건이었던 것도 아니었다. 솜씨가 뛰어나기로 천하에 명성이 자자해진 유주성의 대장장이들이 심혈을 기울여 만든 것이기 때문이다. 어쨌거나 왕의 몸을 검으로 공격한 건 사실. 위연은 뒤늦게 정신이 번쩍 들었다.

"죽여주십시오, 전하."

그는 황급히 검을 거두고 물러나 무릎을 꿇었다.

용운이 그에게 온화한 투로 말했다.

"내가 명한 일이니 그럴 필요 없어요. 여기 있는 가신들 모두가 봤으니까."

"하지만…."

"정 마음에 걸린다면, 형주까지 호위나 잘해주면 됩니다."

"알겠습니다. 목숨 바쳐 전하를 지키겠습니다."

용운은 흡족한 미소를 지었다.

'완벽하게 성공했다.'

지난번 자객들이 내궁까지 쳐들어왔을 때, 그는 직접 나서서 싸우다가 등에 부상을 입었다. 등을 벤 검에 독을 발라두었으므로 독기가 체내로 침투했으나, 움직임이 잠시 둔해졌을 뿐 아무 이상도 없었다. 이로써 확실히 내부적으로는 만독불침(萬毒不侵,

모든 독이 침범하지 못함)의 신체가 됐음을 알 수 있었다. 아쉬운 건 외공, 그러니까 몸 바깥쪽을 강하게 하는 부분이었다. 큰 상처를 입어서 출혈량이 많아지면 위험해질 수도 있었다. 이에 느낀 바가 있어 그 뒤로 용운은 외공을 집중적으로 수련해왔다.

'아직 전신을 강철처럼 만드는 건 무리지만, 공격받을 부위를 예상한다면 상처를 안 입을 수 있다. 위연의 검에도 긁힌 자국조차 나지 않았을 정도니.'

용운 자신도 형주행을 가볍게 생각하는 건 결코 아니었다. 오히려 가장 가기 싫은 사람은 그일지도 몰랐다. 사랑하는 아내와 딸을 두고 가야 했기 때문이다. 그럼에도 불구하고 떠나야만 했기에 그래야겠다고 결심한 것이다. 용운은 평소에 너그럽고 신하들에게 양보를 잘하는 군주였다. 특히 물질적인 것에는 거의 관심이 없어서, 대부분의 전리품을 전사자 유족들과 가신들에게 나눠주었다. 단, 한번 해야겠다고 마음먹은 것은 결코 포기하지 않는 일면이 있었다.

순욱은 지금 용운의 태도에서 그런 분위기를 느꼈다.

'양주 및 형주 일대는 지형과 섭생이 잘 알려지지 않았을 뿐 아니라, 기라성 같은 호걸들이 암약해 있다고 들었다. 어떤 면에서는 조조와 원술이 싸우고 있는 지금의 기주, 연주 일대보다 더 위험하다고…. 더구나 대놓고 손가를 지원하여 형주의 지배자인 유표를 적으로 돌린 상태다. 전하께서 가셨다간 필히 표적이 될 터인데 어찌해야 만류할 수 있을까?'

고심하던 그는 비장한 어조로 입을 열었다.

"전하께서 기어이 가시겠다면, 전 그날부터 곡기를 끊겠습니다."

그 말에, 용운도 놀라고 당황한 표정이 됐다. 유주의 이인자이자 재상인 순욱이 단식을 선언한 것이다. 용운은 순욱을 향해 물었다.

"그렇다면 문약, 내년 봄이 되기 전까지 형주의 아군에게 원군을 보낼 수 있나요? 최소한으로 잡아도 삼만 정도는 되어야 할 듯한데. 물론 물자도 그에 맞춰서요."

"…그건 어렵습니다. 유주국의 상황도 안정된 지 얼마 되지 않아서…."

"그렇죠. 처음부터 그러긴 어려웠기 때문에 소수정예를 형주에 파견했지요. 내가 가장 아끼는 장수들로만. 그 결과 기대한 대로 큰 공적을 세우고는 있으나, 벌써 전사자가 나왔어요. 앞으로 더 늘어나지 말란 법도 없고요."

"…."

"결국, 전쟁의 마무리에는 병력이 필요해요. 지금은 유표가 잠깐 주춤한 상태지만, 봄이 되면 필시 전력을 다해 공세를 펼 거예요. 그때까지 원군이 없다면, 내가 보낸 이들은 다 죽습니다. 그래도 괜찮다는 건가요?"

"허나 굳이 전하께서 직접 가실 필요가 있습니까? 서주에 원군 파병을 요청해도…."

용운은 천천히 고개를 저었다. 역사적으로 각 제후들이 세력을 확장할 시기, 유비는 촉을 정벌할 때 직접 나섰다. 조조 또한 원소를 무너뜨렸을 때와 형주를 차지했을 때, 적벽의 싸움 등 굵직한 전투에서 늘 최전선에 있었다. 이는 휘하 장수와 병사들의 사기를 올리기 위해서뿐만 아니라, 영토 확장에 대한 주군의 의지를 보여주려는 목적도 있었다. 또한 그 자신이 뛰어난 지휘관인 까닭도 있었다. 일개 병사부터 한 세력의 주인까지. 부딪쳐 싸울 거라면 온 힘을 다하는 것이다.

적어도 유주국은 아직 그래야 할 상황이었다. 각지로 대군과 장수를 파견하고 왕은 가운데서 결과를 기다린다. 그러기에는 여전히 국력이 부족했다.

"서주는 식량과 물자는 풍부하나, 그에 비해 군사력은 터무니없이 약합니다. 남으로는 손가, 북쪽과 서쪽으로는 우리 유주국과 경계를 접해 있기에 무사하다고 해도 과언이 아니에요. 그들이 어마어마한 양의 군량 지원을 감당해가면서 우리와의 동맹을 유지하는 건 그런 사실을 잘 알기 때문입니다. 만약 조조가 원술과 싸우느라 정신없는 상황이 아니었다면 곡창지대인 서주부터 노렸을 겁니다."

용운의 말에, 순욱은 저도 모르게 고개를 끄덕였다. 이전에도 유주에서는 주태 등의 장수를 파견하여 서주를 도와준 적이 있었다.

"서주자사 왕랑에게 병력까지 요구하는 건 무리입니다. 따라서 형주에는 내가 직접 가야만 합니다. 아끼는 이들에게 버림받았다는 느낌을 줄 순 없어요. 그들을 위험에 처하게 할 수도 없고."

이는 용운 자신이 수만의 원군에 상응한다는 뜻으로도 해석되었다. 달랑 한 사람이 가서 뭘 할 수 있단 말인가? 전쟁의 판도를 바꾸기라도 한다는 건가? 순욱 등의 가신들은 이렇게 반문할 수도 있었다. 하지만 아무도 그런 말을 꺼내지 않았다. 원소와의 일전이나, 유비를 격파할 때의 여러 전투 등에서 용운이 있고 없을 때의 차이가 얼마나 컸는지 다들 알고 있었기 때문이다. 특히 최근에는 용운 혼자서 상곡군의 괴사를 처리하기도 했다. 그가 찾아가지 않았다면, 장막은 소리 소문 없이 죽고 자칫 성혼교에 한 개 군 전체를 빼앗길 수도 있었던 위태로운 상황이었다.

용운이 저렇게까지 말하자, 순욱은 더는 반대하지 못했다.

"후우… 알겠습니다. 대신 최대한 조심, 또 조심하셔야 합니다."

"단식도 취소하는 겁니다? 안 그러면 나도 호위 없이 막 나댈 거니까."

"어휴, 취소합니다."

한숨을 내쉬는 순욱에게, 용운은 웃으며 말했다.

"걱정 마요. 죽을 것 같다 싶으면, 시간을 되돌려서라도 몸을 빼낼 테니까."

"거참, 농도 말 되게 하십니다."

순욱은 가볍게 핀잔을 주며 쓴웃음을 지었다. 하지만 왕을 보좌할 재능을 가졌다는 그도 용운의 말이 사실임은 상상조차 하지 못했다.

회의를 마친 용운은 궁으로 가며 머리를 굴렸다.

'어디 보자, 유주의 수비는 이제 관승과 서황에게 맡기면 확실할 듯하고. 거기에 병력 지휘 능력이 뛰어난 장패까지 돌아왔으니, 혹 조조나 익주의 성혼단이 침공해오더라도 충분히 방어해낼 수 있을 거야. 만일의 경우에는 이규와 사진도 있고….'

이규는 매일같이 아기 서연을 찾아왔다. 그리고 사념을 통해 한참이나 대화하곤 했다. 그러면서 불안정한 정신상태가 급격히 안정됐다. 특히, 용운에 대한 호감도 수치가 처음으로 60을 넘긴 게 고무적이었다. 채염하고도 많이 친해져서 이제 문희 언니라고 부르며 그녀를 졸졸 따라다니기도 했다. 채염은 유우의 손자 유민이 서연의 능력으로 아기가 되어버리는 바람에 졸지에 애가 둘이 되었지만, 시녀들의 도움을 받아가며 잘해내고 있었다.

마지막으로 그 남자, 구문룡 사진이 있었다. 위원회 출신인지라 처음에는 의심스러웠지만, 감시한 바에 의하면 적어도 관승에 대한 그의 마음만은 진짜였다. 또 만날 때마다 용운에 대한 호감도 수치도 꾸준히 상승하고 있었다.

용운이 형주로 가려는 데는 그 자신만의 이유가 하나 더 있었다. 바로 거기서 새로 얻은 인재들을 완벽하게 포섭하기 위해서였다. 서서는 물론이고 포로로 잡았다는 황충, 문빙, 이엄, 곽준까지. 영토가 확장될수록 인재의 중요성을 뼈저리게 실감하고 있는 용운에게는 무엇보다 중요한 일이었다. 특히, 사마의가 제갈량과 접촉하여 대화의 여지를 열었다는 보고에는 기뻐서 뛰어오를 뻔했다.

'사마의, 이 예쁜 녀석. 가문의 불상사에도 아랑곳없이 전장에서 공을 세우고 제갈량까지 흔들어주다니…. 기다려라, 제갈량. 내가 직접 가서 혼내주고 귀를 잡고서 끌고 올 테니까. 방황은 그만하면 충분해.'

용운은 사마의가 직접 써서 보내온 보고서 중 마지막 한 대목을 떠올리고 안색이 흐려졌다.

이상, 아군은 시상과 심양성을 점령하고 현재 심양성에 주둔 중입니다. 그리고 이건 다른 얘기입니다만, 스승님의 상태가 더욱 나빠진 것 같습니다. 화타 님께서 밤낮으로 보살피고 계시는데 좀체 차도가 없습니다.

정사에서 곽가가 사망한 해는 작년이었다. 그때 곽가의 건강이 급격히 나빠졌었다. 화타를 비롯해 청낭원의 모든 의원이 달라붙고 용운도 기 치료를 하여 겨우 회복시켰다. 그러나 끝내 정해진 운명을 극복하지 못하는 걸까.

'가봐야지. 곽가를 보기 위해서라도.'

9

형주로 떠나다

  용운이 형주로 떠나기 위해서는 아직 제일 어려운 관문 하나가 남아 있었다. 바로 채염과 서연에게 이 일을 통보하는 것이었다.

  '문희, 많이 서운해하겠지…. 서연이도.'

  착잡한 심정으로 걷던 용운은 길 가운데서 구문룡 사진 및 린과 딱 마주쳤다.

  "어, 아하하."

  사진은 슬금슬금 뒷걸음질치더니 달아나려 했다. 그의 앞에 불쑥 나타나 가로막은 용운이 말했다.

  "왜 도망치는 겁니까?"

  "으힉!"

  "뭐 잘못이라도 했어요?"

  "아니요, 그럴 리가…. 그냥 어쩐지 당신은 좀 무서워서, 하핫. 예를 들어 나조차 안 보이는 움직임으로 이렇게 나타나는 거라든가. 원래 사람은 미지의 존재를 겁내는 법이잖아?"

  용운은 가볍게 혀를 찼다.

"말투를 정확히 해야지요. 이제 엄연히 내가 준 집에서 내가 준 녹을 받고 사는 처지인데. 왜 자꾸 이랬다저랬다 하는 거죠?"

"와, 취직 부심…."

"다 내놓고 떠나려면 말 놔도 되고요. 안 잡을 테니. 흠, 어디 보자. 나도 떠나기 전에 관승과 잠깐 면담을 해야 하는데…."

"아니, 알겠습니다, 전하."

사진은 관승의 이름이 나오자 바로 태도가 돌변했다. 용운은 슬며시 웃음이 나오려는 걸 참았다. 여전히 비밀스러운 구석이 있고 백 퍼센트 신뢰하기는 어려우나, 적어도 관승이 아군으로 있는 한 배신할 일은 없을 듯했다. 스스로 생각해도 민망했는지 사진이 말을 돌렸다.

"그런데 떠나신다고요? 어디로…."

"형주로 가려고 합니다. 마침 안 그래도 그것 때문에 부탁할 게 있는데 잘됐네요."

"형주요?"

장난기가 남아 있던 사진의 표정이 제법 심각해졌다. 그는 잠시 망설이다가 먼저 입을 열었다.

"유표와의 전쟁 때문에 가시는 거겠지요. 가게 되면 서령을 조심하십시오, 전하."

"구체적으로 뭘 조심하라는 거죠?"

"서령은, 그 여자는… 서열과 무관하게 진짜 무섭습니다."

"음, 길에서 이럴 게 아니라 잠깐 저기 앉죠."

용운은 길가의 천막 가판대를 가리켰다. 천막 가판대는 유주에서만 볼 수 있는 명물로, 수레를 개조하여 앞에 긴 의자를 놓고 천막을 친 것이다. 여름에는 행인들이 뜨거운 햇빛을 피하면서 냉차를 마시고, 겨울에는 따뜻한 국수나 죽으로 몸을 녹이는 장소였다. 현대식으로 표현하자면 일종의 푸드 트럭이라 할 수 있었다.

"어서 오세… 헛, 전하!"

용운을 알아본 가판대의 처녀가 화들짝 놀랐다. 이미 일전에 대인통찰로 성혼단원이 아님을 확인한 바 있는 여인이었다. 이곳에서 가끔 가신들을 만나 대화했지만, 한 번도 얘기가 새어나간 적 없는 곳이기도 했다.

"아, 신경 쓰지 말고 그냥 하던 일 해요."

여인은 금세 진정하고 무쇠솥을 올려놓은 간이 아궁이를 살폈다. 솥 안에서 물이 끓었다. 마른 장작이 타는 향긋한 냄새와, 끓는 물에서 나오는 김이 포근한 기분을 느끼게 했다. 차 석 잔을 주문한 용운은 사진과의 대화를 계속했다.

"서령의 어떤 점이 무섭다는 거죠?"

"그러니까 호연작이나 이규 같은 애들이야 전투력은 무지막지하지만, 살짝 맛이 가 있어서 오히려 상대하기 쉬운 부분도 있잖아요?"

"그렇죠. 조금만 자극해도 뒷일은 생각 안 하고 마구 달려드니까."

"특히 단기전이 아니라 전쟁으로 가게 되면, 사실상 그냥 유별나게 센 병사나 마찬가지입니다. 책략이나 지휘에 대한 개념이 없다는 겁니다."

"흠… 그런데요?"

"서령은 그녀 자신이 뛰어난 책사에다 지휘관이고 심리전에
능하며 공학자이기도 합니다. 게다가 전투력도 높고요."

용운의 눈썹 끝이 꿈틀했다.

"공학자요?"

"예. 현대에 있을 땐 국가에서 특별 관리하는 인물이었습니다.
막대한 자금을 지원받아서 별의별 것을 다 만들었죠. 여기 와서
도 자기가 만든 무기로 온몸을 도배하고 있는데, 그것까지 전투
력에 포함시켜 계산하면 서열이 관승과도 맞먹을 겁니다."

관승의 강함을 잘 아는 용운은 사뭇 놀랐다.

"허, 그 정도인가요?"

"그게 다가 아닙니다. 천기도 공학이나 물품 제작과 연관된 것
이라, 이 시대에서는 상상도 하지 못할 무기를 만들어내거든요.
그 무기들로 무장한 병사를 교활하기 짝이 없는 그 여자가 지휘
하는 겁니다. 그야말로 두려운 군대지요. 아직까지는 유표를 앞
에 내세운 채로 전면에 나서지 않는 것 같습니다만…. 서령이 직
접 움직이기 시작하면 진짜로 주의하셔야 합니다."

"알았어요. 조심하지요. 알려줘서 고마워요."

"아닙니다. 뭐, 직접 가서 싸울 것도 아니고. 이제 저도 그쪽에
돌아가긴 글렀으니까요."

"그래서 말인데…."

용운이 사진의 눈을 정면으로 응시하며 말했다.

"정말 여기에 남을 의사가 있어요? 내 말은 당신을 확실한 아군이라 믿어도 되겠냐는 겁니다. 그럼 난 당신을 내 사람이라 인정하고, 유주국 백성과 내 가신에게 주어지는 모든 혜택을 동일하게 적용할 거예요. 그게 아니라면 용병 취급을 할 수밖에 없고요."

"…솔직히 말씀드리죠. 전 이 녀석 때문에라도."

사진은 옆에 오도카니 앉은 린의 머리를 한 번 헝클어뜨리고 말을 이었다.

"꼭 살아야 합니다. 그래서 위기의 순간에 제 목숨을 내던져 전하를 구한다거나 하는 일은 어렵습니다. 대신 제 목숨이 위태로워지기 직전까지는 최선을 다할 겁니다. 무슨 수를 쓰셨는지는 모르겠지만 관승하고도 한편이시니까요."

"음."

용운은 고개를 끄덕였다. 호감도가 70 이상인 상태에서 하는 대답이었다. 목숨 바쳐 충성하겠다는 말보다 더 믿음이 갔다.

"그럼 부탁하죠. 원래는 흑영대원 2호가 유주성의 요인들을 보호했어요. 예컨대 순욱 같은 사람 말이죠. 그런데 2호가 나와 함께 형주로 가게 돼서…."

듣고 있던 사진의 얼굴이 점점 찌푸려졌다.

"그 일을 당신이 대신 좀 해줬으면 해요."

"솔직히 경호원 따위 없어도 되지 않습니까? 누가 누구를 지킨다고. 경호원이 나서야 할 시점이면 이미 늦은 상태일 텐데요."

"그렇긴 한데…."

용운은 쓴웃음을 지었다.

"반드시 2호와 동행해야만 보내주겠다고 난리들을 쳐서. 나 걱정해서 그러는 거니까 화낼 수도 없고요. 그렇게 해서 가신들의 마음이 조금이라도 편해진다면 같이 가야죠. 2호에게는 의외의 소질이 있으니 전력에 보탬도 될 테고요."

"의외의 소질이요?"

"그런 게 있어요."

흑영대원 2호는 위연이다. 위연은 본래 장수로서 활약했는데, 불화를 일으키는 성격에도 불구하고 탁월한 지휘력을 인정받아 중용되었다. 용운은 그 부분을 염두에 두고 한 말이었다.

"뭐, 그러지요."

사진은 누가 봐도 마지못해 수락하는 말투와 표정으로 대꾸했다. 린이 그의 옆구리를 팔꿈치로 쿡 찔렀다.

"아, 뭐! 한다고 했잖아."

사진이 투덜거렸다. 용운은 그런 둘을 보며 엷게 웃었다.

전예에게 따로 당부하지 않아도 이제 요인 경호는 흑영대가 기본으로 행하는 임무였다. 말하자면 사진은 비장의 한 수 같은 것이었다. 용운은 얼마 전의 암살자들이 차라리 자신을 공격해와서 다행이라고 여겼다. 용운이나 되니까 버티다가 그들을 다 물리친 것이지, 그 전력으로 가신들을 노렸다면 미처 막기도 전에 다수가 죽었을 것이다. 예컨대 그들 각자가 한 명씩, 총 열 명의 가신을 동시에 공격했다면? 용운이 아무리 강해도 다른 장소 열 군데에 한꺼번에 존재하기란 당연히 불가능했다.

'이제 그런 수법을 또 쓰진 않겠지만, 혹시 모르는 일이니까. 관승과 사진, 서황과 요원이라면 최대한 방비가 될 거야.'

가장 소중한 두 사람, 채염과 서연에게는 이미 강력한 호위가 붙어 있었다. 그중 하나는 광전사, 흑선풍 이규다. 이규는 오래전 진한성에게 정면으로 덤벼들었다가 죽도록 맞은 적이 있었다. 그 일도 지금의 정신 붕괴에 한몫했다.

'하지만 아버지한테 그런 식으로 달려들었는데도 살아남았다는 것 자체가, 이규가 얼마나 강한지를 보여주는 것이지.'

위원회의 무서운 적들과 맞서면서 용운은 시간이 갈수록 비로소 알 수 있었다. 아버지 진한성이 얼마나 많은 것들을 짊어졌었으며, 또 얼마나 강했었는지를. 용운은 찻잔을 들고 잠시 아버지를 추억했다.

'아버지, 어디선가 보고 계시죠?'

다들 당연히 진한성이 죽었다고 믿었다. 그러나 용운은 오랜 세월이 흐른 지금도, 어쩐지 아버지가 어디엔가 살아 있을 것만 같았다.

'전 나름대로 잘해 나가고 있는 것 같아요. 걱정되는 일도 있고 신경 쓰이는 일도 있지만, 주변의 좋은 사람들에게서 도움받아 다 해결할 거예요. 그리고 저도 아버지가 됐어요. 이제 아버지는 할아버지가 되신 거죠. 서연이를 봤으면 참 좋아하셨을 텐데….'

가족들을 오래 떠나 있게 될 것을 직감한 까닭일까. 용운은 오늘따라 아버지가 몹시 보고 싶었다. 그의 가라앉은 분위기를 눈치챈 사진과 린 등도 조용히 차만 홀짝거렸다.

"그럼, 부탁할게요."

"네. 전하도 잘 다녀오세요."

잠시 후, 사진과 일별한 용운은 '밀궁(密宮)'으로 들어갔다. 그와 채염 그리고 서연이 함께 머무르는 곳이다. 지난번의 암살 시도 이후, 용운 가족의 거처에도 대대적인 변화가 있었다. 우선 전예의 주도하에 밀궁이라는 이름의 궁이 새로이 지어졌다. 이름 그대로 내궁 안에서도 가장 내밀한 곳에 있었으며 보안도 철저했다. 유주성의 모든 기술력을 총동원하고 용운의 지식까지 더해져 완성된 요새나 다름없었다.

허가 없이 밀궁 안으로 진입하려면, 대략 백여 명의 무인과 상위 흑영대원을 상대해야 했다. 몹시 까다롭고 위험한 함정과 기관도 무수했다. 화살이나 독바늘이 튀어나오는 구간은 물론, 사방을 밀실로 만든 뒤 독연을 채우거나 불을 피우는 극악무도한 것도 있었다. 그게 끝이 아니다. 그래도 생존한 침입자가 있다면, 맨 마지막에 그들을 기다리고 있는 것은 바로 이규였다. 용운은 이규의 상태가 완전히 믿을 수 있을 정도로 좋아졌다고 판단되자, 아예 밀궁 안쪽에 작은 집을 따로 지어 그녀의 거처로 삼았다. 이규는 이제 채염과 서연 그리고 유민 등을 제 가족처럼 여기는 눈치였다.

용운은 이 밀궁을 볼 때마다 감옥 같은 기분이 들었다. 하지만 그런 감상보다는 가족의 안전이 우선이었다. 밀궁에는 사방으로 모두 여덟 개의 문이 있었다. 그중 단 하나를 제외하곤 모두 함정으로 가득한 미로 같은 복도로 연결되었다. 그 안전한 문을 생문(生門)이라 했는데, 생문의 위치는 매일 바뀌었다. 용운은 생문을 통과하여 밀궁 내부에 있는 저택 앞에서 서성거렸다.

'휴, 뭐라고 말을 해야 하지?'

그때 갑자기 저택 문이 열렸다. 그리고 서연을 안은 채염이 걸어 나왔다. 유민을 안은 이규도 함께였다.

"어…."

채염은 당황하는 용운을 향해 걸어와서 따뜻하게 미소지었다.

"왜 그렇게 서 계세요? 얼른 들어오시지 않고."

"문희, 그게…."

"제가 따뜻한 밥을 지어두었습니다. 와서 한술 뜨세요."

"으음, 그래요."

채염을 따라 안방으로 들어가자, 과연 윤기 흐르는 쌀밥과 국 그리고 용운이 좋아하는 반찬들로만 가득한 밥상이 차려져 있었다.

"어서 드세요. 이규도 같이 먹자."

"응, 문희 언니."

용운과 채염 그리고 이규는 함께 식사를 시작했다. 그때부터 식사하는 동안은 일상적인 얘기만 했다. 서연이가 다른 아기들에 비해 너무 안 울어서 걱정이라는 것. 어느 순간부터 유민이 채염보다 이규 품에 안겨 있는 걸 더 좋아해서 조금 서운하다는 얘기 등. 용운은 그런 채염의 목소리와 눈빛, 찬을 집어 자신의 숟가락에 놔주는 손놀림 등을 하나도 놓치지 않고 봐두려고 애썼다. 일단 한 번 본 것은 잊지 않으니까. 이럴 때만큼은 천형(天刑)이라 여긴 자신의 능력이 축복처럼 여겨졌다.

그러다 식사가 끝나고 상을 물린 뒤였다. 용운과 같은 능력을 가진 채염 또한 그를 하염없이 바라보고 있었다. 머리카락 한 올까지 다 머릿속에 담아두기 위해서였다. 그렇게 서로 마주 보던 중 채염이 먼저 말했다.

"가시면 부디 몸조심하세요. 끼니 거르지 마시고."

"…알고 있었어요?"

"네. 당신께서는 특별한 힘을 가진 천인(天人)이십니다. 하늘이 내린 분이시죠. 그런 사람에게는 응당 그에 따르는 의무가 부과되는 법이고요. 형주로 가서 그 일을 행하고 오세요. 가장 아끼는 장수들을 보내신 뒤부터 늘 걱정하셨던 걸 잘 알고 있습니다."

채염은 담담하게 말하는 듯했지만, 간신히 눈물을 참느라 입술이 바르르 떨렸다. 눈꼬리에는 이슬 같은 눈물이 살짝 맺혀 있었다. 용운은 채염과 서연을 함께 안고 말했다.

"다시는 혼자 두고 떠나지 않겠다고 약속해놓고, 또 이렇게 가게 됐네요. 미안해요. 고맙고."

"혼자가 아니랍니다. 우리 서연이와 민이도 있고…."

둘의 하는 양을 바라보던 이규가 샘나는 듯 소리 질렀다.

"나! 나도 있어. 나도 안아줘!"

"그래, 이규도 이리 와라."

"아싸, 헤헤."

용운은 이규까지 끌어당겨서 안은 다음 그녀에게 진지한 목소리와 눈빛으로 말했다.

"이규야, 문희랑 서연이, 민이가 좋니?"

"응, 좋아!"

"얼마만큼?"

"으음… 내 도끼만큼. 아니, 도끼보다 더?"

용운은 그 말에 적이 안심이 되었다. 쌍도끼는 이규가 가장 아끼는 물건이라 잘 때도 품에 안고 잘 정도였기 때문이다.

"만약 누가 해치려고 한다면 어쩔 거야?"

"문희 언니랑 아기들을?"

"응."

약간 바보스러우면서도 해맑게 반짝이던 이규의 눈동자가 별안간 흉포한 빛으로 어둡게 물들었다.

"내 도끼로 다 찢어놓을 거야!"

"그렇게까지는 안 해도 되지만, 그럼 부탁할게. 난 곧 멀리 떠나야 되거든. 그래서 이들을 지켜줄 사람은 너밖에 없어."

"알았어. 절대 아무도 못 건드리게 할게."

이규는 힘주어 고개를 끄덕였다.

순간 서연의 사념이 용운에게 전해져왔다.

— 걱정 마, 아빠. 나도 있으니까. 여차하면 나쁜 놈들을 유민이처럼… 아니다, 유민이는 이제 우리 가족이니까. 아무튼 아기로 만들어버릴 거야.

— 그래, 든든하구나.

서연은 처음 유민에게 힘을 썼을 때는, 자신이 무슨 일을 행했는지 정확히 몰랐다. 그러다 용운에게서 천기에 대한 설명을 듣고 시간을 두고 고민한 끝에 본질을 이해한 듯했다.

— 그럼, 이제 네가 마음먹은 대로 그 힘을 쓸 수 있는 거니?

— 음… 아니. 그러면 좋겠는데 아직. 힘을 사용하는 것 자체는 할 수 있어. 내가 무지 화나면 되거든. 그런데 나이 조절을 정확하게 할 수가 없어. 그래서 아기로 만들려고 했는데 그냥 몇 년 젊어진다거나 하는 일이 생길지도 몰라.

— 네 힘을 쓸 만큼 위태로운 상황이 안 되는 게 제일 좋지. 아빠가 최대한 빨리 돌아올게.

— 사실 아빠를 내 친구 또래로 만들어버릴까 하는 생각도 했어. 아빠가 멀리 가는 것도 싫고 엄마도 자꾸 우니까…. 화가 나려고 했었거든.

— 헉! 그런 생각은 하지도 마.

용운은 모골이 송연했다. 서연이라면 충분히 그럴 수 있다는 걸 알았기에 더욱 그랬다. 그의 머릿속에서 서연의 맑은 웃음소리가 울려 퍼졌다.

— 깔깔! 아빠, 진짜로 무서워하네. 장난이야, 장난. 다치지 말고 무사히 잘 다녀오세요.

— 오냐, 돌도 안 지난 아기한테 이런 말 하는 게 우습지만… 네 엄마를 잘 부탁한다.

— 웅! 알았어. 걱정 마.

용운은 그날 가족들 곁에서 밤을 보냈다. 그리고 다음 날 아침 일찍 아직 모두가 잠들어 있을 때 살며시 일어나 밀궁을 나갔다.

벽 쪽으로 돌아누워 있던 채염의 뺨을 타고 눈물이 흘러내렸다.

오전 내내 주요 가신들을 만나 앞으로의 일을 정해주고 인사를 나눈 용운은 늦은 오후가 되어서야 유주성을 나섰다. 그 밖의 사람들에게는 일부러 아무에게도 말하지 않고 은밀하게 출발했다. 알려져봐야 왕이 성을 비운다는 사실만 노출될 뿐이니 좋을 게 없었다. 가신들이 출정할 때야 사기를 위해 제법 성대한 출정식을 열기도 했으나, 혼자 떠나는데 그런 짓은 시간 낭비, 세금 낭비였다.

외성 밖으로 나오자, 말에 탄 2호가 옆에 말 한 필을 더 거느리고 그를 기다리고 있었다.

"타시지요, 전하."

형주로 가는 동안 용운을 수행하게 된 2호, 위연이 정중하게 말했다. 용운은 말 등에 훌쩍 올라탔다. 유주의 특산물인 혈통 좋은 전투마였다. 여포의 애마, 적토의 피를 이었는지 털에 불그스름한 빛이 감돌았다. 문득 장난기가 솟은 용운이 위연에게 물었다.

"앞으로 대충 일정이 어떻게 되죠?"

"예, 우선 조자룡 대장군이 그랬듯이 서주를 거쳐 가는 경로를 이용할 것입니다. 그게 제일 안전하면서도 빠른 길이기 때문입니다. 도중에 갈아탈 말과 숙소를 준비해두도록 미리 전서응을 보내 요청해두었습니다. 지금 타고 계신 첫 번째 말은…."

설명을 듣고 난 용운이 말했다.

"경로는 좋군요. 그쪽에서 만날 사람도 있고."

"예, 최적의 경로를 찾아두었습니다."

"첫 번째 말을 교체할 시점까지만 말을 타고 그 뒤부터는 뛰어서 가야겠네요."

"예?"

"어디 보자, 부지런히 달리면 이레면 충분하겠군요."

"이레요? 전하, 혹시 앞에 뭐 하나를 빼먹으신 건…."

"그것도 그대의 체력을 감안해서 넉넉하게 잡은 겁니다."

위연은 용운의 말이 진담인지 농담인지 구분이 안 가 어리둥절한 표정을 짓고 있었다. 그는 이후의 7일 동안 상상조차 못 한 지옥의 강행군을 체험한다. 한데 그것이 계기가 된 데다 이어진 혹독한 실전까지 더해져 벽을 뛰어넘는 결정적 원인이 되었다. 이는 다음 세대의 장수진 구성을 위한 용운의 계산이 깔려 있었다. 어차피 호위로 데려갈 생각은 아니었으니까.

익주, 성도 내성.

송강은 붉은 눈을 번쩍이며 불쾌한 기색으로 병마용군 가영의 보고를 듣고 있었다. 성혼교의 교조이자 위원회의 장, 천강위의 첫 번째 별인 여자다.

"사마 가문의 반란을 유도하여 유주성을 내부에서부터 무너뜨리려는 계획은 실패로 돌아갔습니다. 또 거기서 유발된 경제 위기로 유주국을 파산시키려던 것도 실패했습니다."

"어째서?"

"우선 배신한 지살위들이 진용운에게 협력하여 사마방의 반란이 성수를 이용한 세뇌에 의한 것임을 밝혀냈습니다. 이에 진용운은 반란 세력을 처단하기보다는 세뇌를 파훼하고 진상을 밝히는 데 주력했고, 그 결과 반란 주체가 가주 사마방이 아닌, 사마팔달의 셋째 사마부라는 사실이 들통났습니다. 사마부는 분노한 사마욱의 손에 죽었고, 사마욱은 유서를 남긴 채 자결했습니다. 그 유서는 사마의의 손에 들어갔고요."

보고가 이어질수록 송강의 안색은 점점 더 나빠졌다. 그녀는 이전에도 노준의의 반란, 진한성의 깽판으로 인한 천강위들의 죽음, 관승처럼 예상치 못한 천강위들의 이탈 등 여러 차례 실패를 경험했다. 하지만 지금처럼 분명한 불쾌감을 드러내는 것은 처음이었다. 거기에는 이유가 있었다. 바로 곱씹어볼수록 찜찜한 자허상인의 예언 탓이었다.

— 여러 갈래로 나뉘어 흐르던 물줄기가 하나로 합쳐져 거대한 강이 되니, 거기에 별이 빠져 빛을 잃으리라. 푸른 나비는 세 번의 고초 끝에 자기 자신을 희생하여 고치를 찢고 날아오른다. 그 날개로 천하를 덮으려 하나, 마왕의 불길이 날개를 태워 큰 희생을 치르리. 돌아온 용이 천하에 위엄을 떨치고 으뜸가는 별은 통곡하리라. 백면서생이 외로운 여인을 만났을 때 마지막 혼란이 끝나니, 여덟 개의 문이 열리고 모든 것은 섭리대로 돌아갈 것이다.

송강은 주동으로부터 자허상인이 말한 예언을 전해 받았다. 그

후 며칠 동안 스물네 시간 내내 예언의 내용을 고민했다. 송강이 예언을 분석하다 잠들면, 그녀 안에 있는 송청이 이어받는 식이었다. 그 결과 그녀가 추측한 내용의 일부는 이랬다.

'여러 갈래로 나뉜 물줄기가 하나로 합쳐진다는 말은, 제후들이 동맹을 맺어 힘을 합치거나 한 사람에 의해 통일된다는 뜻이다. 보통 각 제후들의 영토는 강을 경계로 나뉘어 있으니까. 거기에 별이 빠져 빛을 잃는다는 것은, 그 통합된 세력에 의해 위원회가 패배한다는 의미겠지. 따라서 절대 제후들이 동맹을 맺게 하면 안 되고 한 제후의 힘이 지나치게 강해지도록 놔둬서도 안 돼.'

이는 송강이 오래전부터 취해온 정책과도 같았다. 그녀는 익주에 일찌감치 터를 잡고 힘을 비축하는 한편, 천강위들을 각지로 보내어 혼란과 분열을 획책했다. 그 뜻을 알아채고 동조하는 천강위도 있었고 불만을 품고 이탈하는 자도 생겨났다. 그래도 송강의 생각에는 변함이 없었다. 이 예언이야말로 그녀가 제대로 된 노선을 걸어왔다는 증거이자, 반드시 무위로 돌려야 할 내용이었다.

'푸른 나비는 진용운을 상징하며 그에게 고초를 안기는 존재는 바로 나다. 세 번의 고초, 그거야말로 내가 진용운을 단련시키거나 혹은 무너뜨리기 위해 준비한 세 가지 시련에 다름 아니니까. 한데 진용운은 매번 내가 생각한 방향과 다르게 성장하고 움직였기에, 불안요소가 너무 컸다. 난 예비 왕 후보자를 하나 더 점찍어둬야 했다.'

그렇게 뽑은 새로운 왕 후보자가 바로 사마의였다. 오랜 세월에 걸쳐 성혼교도들을 통해 수집한 정보에 의해 나온 결론이었다. 특히 조조가 업성을 침공해왔을 때의 전투에서 사마의는 악마적인 재능을 유감없이 발휘했다. 그는 모든 면에서 송강이 생각하는 이상적인 왕에 부합했다. 천재적인 머리와 판단력, 필요하다면 아무리 잔인한 행위라도 거침없이 해치울 수 있는 과감성과 냉혹함 등. 다만, 한 가지 문제가 있었으니 어릴 때부터 진용운의 영향을 받아 그를 지나치게 숭배한다는 것이었다.

"그 유대를 깨뜨리기 위해서 진용운의 손으로 사마 가문을 무너뜨리도록 만들려 했는데…. 사마의는 그 사실을 알고도 진용운을 따르길 택했단 말인가? 어떻게 그럴 수가 있지?"

"비월에 따르면, 사마의는 이렇게 말했다고 합니다. 아버지나 동생들이 이치에 맞지 않는 행위를 했다면, 죽어 마땅하다고요. 거기에 대해 자신은 전혀 분노하거나 슬퍼하지 않는다고."

"사마의…. 진용운의 날개를 태울 마왕이라고 생각했는데, 우리한테도 마왕이었던 건가?"

송강은 이를 으드득 갈았다.

"서령은 뭐라고 하던가?"

잠깐 망설이던 가영이 답했다.

"서령 님은 위원회 따위에는 전혀 관심이 없고 지아비인 유표를 천하의 왕으로 만들어서 잘 먹고 잘사는 게 목표랍니다."

"미친…. 유표 따위가 그런 일이 가능할 것 같아? 이미 진용운이 보낸 소수정예한테도 번번이 깨져서 양주를 거의 다 내줬다면서."

"그렇긴 한데 그로 인해 다른 세력들이 뭉치기 시작한 게 문제입니다. 이미 유주와 손가가 동맹이라는 사실은 위원장님께서도 아시겠지만, 거기에 육손의 가문인 양주 육가가 가세했고 최근에는 유비까지 그쪽에 붙었습니다."

"뭐라고?"

송강은 그녀답지 않게 화들짝 놀랐다. 오히려 가영이 당황해서 물었다.

"왜 그러십니까, 송강 님?"

"지금, 복룡… 제갈공명이 유비한테 가 있잖아!"

"그렇습니다. 아….."

— 돌아온 용이 천하에 위엄을 떨치고 으뜸가는 별은 통곡하리라.

돌아온 용. 유비와 진용운이 손을 잡음으로써 복룡 혹은 와룡선생이라 불리던 제갈량이 결과적으로 진용운에게 돌아온 셈이 아닌가. 그 제갈량이 천하에 위엄을 떨치면, 으뜸가는 별은 통곡하게 된다. 으뜸가는 별이란….

"무슨 일인지는 몰라도 나는 통곡하고 싶지 않다고, 가영. 제갈공명이 활약하게 돼서는 안 돼."

"마침 한 가지 좋은 소식이 있습니다."

"뭐지? 하도 짜증 나는 결과뿐이라 좀 다른 얘기를 듣고 싶긴 하네."

"제갈량이 유주 및 유비 세력에서 벗어나 연청과 단둘이 장사로 향했다고 합니다."

"뭐? 왜? 설마….."

"맞습니다. 우리가 오래전부터 형인 제갈근을 포섭해뒀던 걸 눈치챈 것 같습니다."

"흐응, 그 사실을 제갈량이 아는 순간, 그는 성혼교에 대해 중립적인 입장에서 완전히 적대적인 입장으로 돌아서겠지. 그러면 막강한 적이 하나 더 생기는 거고."

잠시 생각하던 송강이 붉은 눈을 잔인하게 빛냈다.

"잘됐네. 마침 배신자 연청도 같이 있겠다…. 아무래도 이 기회에 그 둘을 제거해야겠어. 자허상인의 예언을 확실하게 무위로 돌릴 방법은 그것밖에 없어."

"그럼, 우선 그 일부터 처리하도록 하겠습니다. 그런데 누구에게 맡기면 좋을까요?"

"글쎄. 한중성에 있던 천강위들도 이제 몇 남지 않았지…."

연청은 비록 서열은 낮았지만, 만만히 볼 상대가 아니었다. 그의 서열이 낮은 이유는 자신의 권한보다 노준의를 보좌하는 데 더 전념한 까닭이었다. 무력도 무력이지만, 다양한 방면으로 재주가 많은 팔방미인이라 서열만으로 판단하기 어려운, 까다로운 적이었다. 송강은 곧 두 천강위의 이름을 떠올렸다.

"좋아. 그 둘을 보내면 되겠군. 한시가 급한 임무이니 서둘러야 하기도 하고…. 연청을 별로 좋아하지 않는 이들이니."

"저도 찬성입니다."

"다른 특이사항은?"

"구문룡 사진이 아무래도 배신하기로 마음을 굳힌 것 같습니다. 아예 유주성에 눌러앉았더니 최근에는 숨어들어 있던 성혼교도 둘을 찾아내 죽였습니다."

송강은 코웃음을 쳤다.

"그럴 줄 알았어. 가벼운 놈. 게다가 관승에게 눈이 멀어 있으니…."

"그리고 한 가지 이상한 일이 있습니다."

"그게 뭐지?"

"유민이 사라졌습니다."

"유민이라면 유우의 손자잖아? 숨겨둔 칼로 쓰려고 우리가 진용운에 대한 적대감을 오랜 세월에 걸쳐 심어주었던."

"맞습니다. 이번 반란에 그자가 참여했는데, 분명 진용운과 그 가족들을 제거하기 위해 내성까지 숨어들어갔던 걸 확인했습니다. 한데 그 후로 자취를 감췄습니다. 시체도 발견되지 않았고 살아서 항복했거나 달아났다는 정황도 없습니다."

"음? 뭐지? 설마 공손승처럼 시공 이동이라도 한 건 아닐 테고."

"한데 진용운의 아내인 채염이 유민이라 불리는 아이를 돌본다는 소문이 있습니다."

"유민…. 아이의 이름이 유민이라. 하지만 유우의 손자인 유민은 장성한 사내인데. 그저 동명이인이라 보기에는 공교롭고."

송강은 이상하게 찜찜했다. 그 일을 파고들면 뭔가 엄청난 것이 나올 듯한 예감이 들었다.

"그 사안에 대해 좀 더 자세히 알아봐."

"반란 실패로 선이 거의 끊어져서 시간이 좀 걸릴 것 같습니다."

"아직 굵직한 선 하나가 남아 있잖아."

"그 선을 지금 쓰시겠다는…?"

"그래. 이제 더 아끼고 감춰두고 할 상황이 아니게 됐어. 쓸 수 있는 패는 다 내놔야지."

"알겠습니다. 바로 전달하겠습니다."

가영이 나간 뒤, 송강은 텅 빈 대전을 바라보며 생각했다.

'진용운, 어째서지? 난 네 아비와의 악연에도 불구하고 너를 세계의 왕으로 만들어주려는 건데, 왜 번번이 말도 안 되는 짓을 하는 거야? 왜 사람을 믿고 왜 백성 따위를 돌보는 데 그토록 시간과 노력을 낭비하는 거지? 허울 좋은 성군 따위로 남고 싶어서?'

팟! 송강의 손이 움직이자 대전 가운데 기괴한 물건들이 무수히 나타났다. 그녀의 천기, 오직 첫 번째 별만이 가질 수 있는 무서운 힘에 의한 것이었다.

'정 그렇게 나온다면 강제로라도 널 마왕으로 만들어줄 수밖에…. 난 여전히 진정한 마왕은 사마의가 아니라 너라고 생각하거든. 그게 진한성에게 해줄 수 있는 내 최고의 복수이고.'

10

숨어드는 어둠

209년, 정월의 어느 아침이었다.

올해로 쉰네 살이 된 조조는 토성 위에 올라 적 진영을 바라보았다. 이제 머리와 수염이 희끗희끗했으나 날카로운 눈빛은 여전히 살아 있었다. 토성 주변에는 흙과 바윗덩어리가 무너진 흔적이 넓은 범위에 걸쳐 퍼져 있었다. 이걸로 미뤄볼 때, 다른 토성을 여러 개 쌓으려다 실패했음을 짐작게 했다.

조조의 표정은 어둡게 착 가라앉았다. 최근 들어 여러 가지로 회의감이 든 탓이었다.

'이룬 것은 적은데, 나이만 계속 먹는구나.'

예상보다 훨씬 길어져 또 해를 넘기고 만 원술과의 전쟁. 처음에는 금세라도 무너뜨릴 듯 자신만만했다. 그러나 원술의 저력은 생각 이상으로 대단했다. 원술이 자리 잡은 여음성은 딱히 지리적으로 유리하지 않았고 물자가 풍족한 지역도 아니었다. 그런데도 조조의 맹공을 끈질기게 버텨냈다. 유일한 강점은 조금 높은 지대에 위치했다는 것이었는데, 원술은 진채 주변에 깊은 해자를 파고 성벽을 쌓아서 철벽의 요새로 만들었다.

조조가 여기서 발이 묶인 사이, 진용운은 고구려 및 서주자사 왕랑과 동맹을 맺고 남쪽의 형주를 압박하기 시작했다. 마침 사마 가문이 반란을 일으켜준 덕에 주춤했지만 그것도 잠시. 진용운은 서주의 부호, 미씨 가문을 영입하였다. 장원과 토지를 내어주고 가문 전체를 옮겨오게 한 파격적인 조치였다. 그로 인해 유주국의 식량 및 경제 상황은 오히려 반란 전보다 더 좋아질 거란 시각이 지배적이었다.

'진용운, 그자는 대체 어찌 그리 사람의 마음을 잘 사로잡는 걸까? 심지어….'

아비를 버리고 진용운에게로 가버린, 아직도 이해할 수 없는 아들 조앙의 선택.

'내 자식놈의 마음조차도.'

내색하지 않으려 애썼지만, 그 일은 조조에게 깊은 상처를 주었다. 진상은 달랐으나 조조로서는 그렇게밖에 생각할 수 없는 일이었다.

"바람이 찹니다, 아버지."

인기척이 느껴지나 했더니 장남 조비가 털가죽 옷을 들고 올라와 조조의 어깨에 덮어주었다. 조조는 열 명 이상의 여인을 통해, 서른 명이 넘는 자식을 낳았다. 공교롭게도 첫 번째 자식을 정부인이 아닌 첩 유부인에게서 보았기에, 조앙은 장남이면서도 장남 대우를 못 받는 미묘한 위치였다.

'그래서 나를 떠난 걸까? 여기 있어봤자 자신이 거추장스러운

존재만 된다고 생각해서?'

정부인 변씨가 낳은 첫 번째 자식이자, 실질적인 후계자는 바로 이 조비였다. 조앙을 졸졸 따라다니던 열 살배기 꼬마는 어느새 스물둘의 청년으로 장성하여 이 소모적인 전쟁에 참여하고 있었다.

토성 위에는 조비뿐만 아니라, 처음부터 조조의 뒤를 지키고 있던 허저도 있었다. 그러나 허저는 꼭 필요한 말 외에는 하지 않았고 뭘 먼저 묻는 법도 거의 없었다. 타고난 무력 외에 그런 면도 호위로서 허저의 장점이라고 조조는 생각했다. 그는 엉성한 듯하면서도 빈틈없는 원술의 진영을 바라보며 중얼거렸다.

"최후의 일격."

"예?"

"원술은 이제 거의 끝난 거나 마찬가지다. 여남 쪽과 연결이 끊기면서 식량 공급이 원활하지 못하게 됐지. 거기다 흉년까지 겹쳐 원술 진영에서는 전투마는 물론 시신까지 먹는 판국이다."

"예…"

참혹한 광경을 연상한 조비는 저도 모르게 눈살을 살짝 찌푸렸다. 장성하면서 아비 못지않은 잔혹함을 드러낸 그였지만, 아직은 젊은이 특유의 순수함이 남아 있었다. 지난가을과 겨울, 혹독한 가뭄이 기주와 연주 일대를 휩쓸었다. 조조군 또한 식량이 넘쳐나는 처지는 아니었다. 조비의 뺨도 약간 홀쭉하게 들어가 있었다. 그래도 최소한 전투에 지장이 올 정도로 배를 곯진 않았다. 이는 조비뿐만 아니라 모든 장수들 그리고 조조까지, 병사들과 같은 양의 군량을 배급받아 버틴 결과였다.

원술을 경멸하는 조비가 내뱉듯 말했다.

"원술은 이런 판국에도 매 끼니마다 술과 고기를 먹으며 여자를 끼고 산다더군요. 놈이 무너지는 것은 이제 시간문제입니다."

"나도 그러리라 예상했다. 지금도 야금야금 무너지는 중이고. 허나 그래서는 안 돼. 놈을 단숨에 무너뜨릴 뭔가가 필요하다. 이래선 또 시간을 얼마나 더 허비할지 몰라. 한데 그 뭔가가 떠오르질 않는구나. 심지어 저 성벽조차 무너뜨리지 못했지 않느냐."

조조는 초조한 기색으로 답했다. 이는 조조 진영의 고질적인 문제와도 관계가 있었다. 우수한 책사의 부족. 그것이 발목을 잡고 있는 것이다. 원래 정사에서는 가장 풍부한 인재를 자랑했으나, 알게 모르게 용운에게 모두 뺏긴 탓이었다. 그나마 데리고 있던 진등은 오용과 싸울 때 사망했고 만총은 뭔가 믿음이 가지 않았다. 두습은 다스리고 수습하는 데는 능했으나 적을 깨부수는 모략에는 적합하지 않았다. 그나마 유엽이 활약하고는 있었지만 역부족이었다.

'이기기 위해서라면 수단과 방법을 가리지 않는 자. 상식을 깨뜨리고 적은 물론, 아군의 허까지 찌르는 책략을 내놓을 수 있는 자. 그런 인물이 필요한데….'

조조가 이런 생각을 하면서 진채로 돌아왔을 때였다. 뜻밖의 일이 그를 기다리고 있었다.

"수상한 자를 붙잡아서 데려왔습니다, 주공."

수하의 보고에, 조조는 고개를 갸웃거렸다.

"수상한 자라면 알아서 처리하면 될 것을 왜 나에게까지 보고가 올라왔느냐?"

"그것이, 그자가 말하는 내용이 심상치 않아서…. 본인이 전(前) 태위 양표의 자제인 양덕조인데, 주공을 뵙게 해주면 원술을 무너뜨릴 묘책을 알려드리겠다며 소동을 부리고 있습니다."

"양덕조라고?"

조조는 가벼운 흥미가 생겼다. 양덕조는 오래전 왕윤의 숙청을 피해 낙양에서 달아나 진용운에게 임관했었다. 채염과 관계된 일이라 조조도 잘 알고 있었다. 그러다 진용운을 떠나 유비에게 붙나 했더니, 또 진용운에게 돌아와서는 사마 가문의 반란에 관여했다고 알려지는 등 행적을 종잡을 수 없는 인물이었다. 옆에 있던 조비가 조심스레 말했다.

"양덕조라면 배신을 밥 먹듯이 한 데다 그의 어머니는 바로 원술의 누이입니다. 뭔가 꿍꿍이가 있는 게 분명합니다."

"밑져야 본전이니 일단 들어보고 정하겠다."

잠시 후 포박당한 양수가 조조 앞에 끌려왔다. 그는 머리를 풀어헤친 남루한 꼴로 이를 갈고 있었다.

'화영 이년, 내가 그렇게 성심을 다해 도와줬는데 날 버리고 갔겠다?'

양수와 화영은 용운 및 채문희 등의 암살에 실패한 뒤 유주성을 빠져나와 달아났다. 당시 용운은 애초부터 유주성에 없었다. 용운으로 오인해 죽인 것은 그의 그림자 역할을 하던 백영이었다. 그 일로 백영이 죽고 채염도 유산할 뻔했다. 이에 양수와 화영은 성혼교에 이어 유주국의 최고 척결대상에 올라 있었다. 눈에 띄는 즉시 사로잡되, 죽어서 데려와도 무관한. 둘은 용운의 진심 어린 분노를 산 몇 안 되는 인물들이었다.

양수는 다음 행선지로 유표가 있는 형주를 택했다. 조조와 원술은 전쟁 중이었으며 익주는 너무 멀고 알려진 것도 없어서였다. 처음에는 화영도 별 이견 없이 거기에 찬성했다. 한데 도중에 형주에 대한 정보를 듣고 동요하더니 반대하기 시작했다.

"형주로 가는 건 곤란하다."

"예? 갑자기 왜⋯."

"나와 앙숙인 여자가 거기 자리를 잡았다."

그게 거의 여음현 남쪽 끝에 이르렀을 때의 일이었다. 유주의 동맹인 서주를 지나지 않고 최단거리로 남하하는 경로를 찾다 보니, 기주와 연주를 통과하지 않고서는 불가능했다. 유주국 추격자들의 눈과 조조군, 원술군의 정찰을 동시에 피해가면서 몇 달에 걸쳐 간신히 여기까지 이르렀다. 그래놓고 목적지 코앞에서 갑자기 못 간다고 나오자 양수도 화가 났다.

"이제 와서 그러시면 어떡합니까?"

"그 여자, 형주의 총관 자리에 있다더군."

"화영 님과 앙숙이라는 여자가 총관 서령이었습니까?"

양수는 멈칫했다. 서령의 배경에 대해서는 몰랐으나, 그녀가 유표의 총애를 독차지하고 있다는 사실은 잘 알았다. 식만 안 치렀을 뿐이지 정부인과 다름없다고도 했다.

"그래. 서령은 나와 같은 위원회 소속이었지. 형주는 거의 그 여자의 손에 들어간 거나 마찬가지다. 이런 상황에서 가봐야 위험해질 뿐이다."

"하, 대체 무슨 일이 있었기에…. 어떤 사이인지는 몰라도 화해하시면 안 될까요? 그래도 같은 편이었잖습니까. 우선, 제가 먼저 관직을 얻어서 분위기를 살펴볼 테니까…."

화영은 비웃는 듯한 투로 말했다.

"화해를 해? 같은 편? 넌 그 여자를 모른다."

이쯤 되자 심신이 지쳐 있던 양수도 예민하게 반응했다.

"그럼 어떻게 할까요? 더 내려가서 손가한테라도 붙을까요? 아니면 육가라거나."

그 둘이 용운의 동맹이라는 걸 알고 하는 말이었다. 즉 진심이 아니라 비꼰 것이다. 화영의 얼굴이 차갑게 굳었다.

"어쩔 수 없군. 넌 유표에게로 가라. 머리가 좋으니 거기서도 한자리 얻는 건 쉽겠지. 나와 얽혔었다는 사실만 숨기면, 서령도 너한테 별 관심 없을 거다."

"…나 혼자서요?"

여기까지 오는 몇 달 사이, 둘은 많이 가까워져 있었다. 적어도 양수는 그렇다고 생각했다. 실제로 몇 차례 몸을 섞기도 했다. 젊은 남녀가 거의 하루 종일 붙어 있는 데다 방도 하나를 쓰다 보니 벌어진 일이었다. 관계는 대개 화영의 주도로 이뤄졌고, 양수는 한 번도 먼저 그녀를 건드리지 않았다. 그랬다가는 죽기 딱 좋다고 생각했기 때문이다. 그래도 그가 화영을 대하는 감정은 처음과 많이 달라져 있었다.

'저렇게 쉽게 결별을 말할 줄은 몰랐는데.'

특별한 사이가 됐다고 믿은 양수는 내심 서운함을 느꼈다. 그의 반응에 화영이 코웃음을 쳤다.

"착각하지 마, 덕조. 어쩌다 보니 얽혔지만, 우리는 그저 필요에 의해 서로를 이용한 사이일 뿐이다. 심지어 그 잠자리들조차도 말이야. 난 적당히 음기를 배출하면서 욕구를 해소하고 싶어졌기 때문에 너와 잔 거야. 의미 부여하지 마라."

"…."

양수는 고개를 숙이고 입술을 지그시 깨물었다. 화영의 말은 생각 이상으로 그에게 상처를 주었다.

"아무튼 목적지가 얼마 안 남았으니 잘 생각해보는 게 좋을 거다."

그렇게 말한 다음 날 아침, 화영은 자취를 감췄다. 처음에는 사냥을 갔거나 잠깐 주변을 살펴보러 간 줄 알고 신경 쓰지 않았다. 종종 그런 일이 있었기 때문에. 그러나 그녀는 해가 지고 밤이 깊어도 돌아오지 않았다. 양수는 화영을 찾아다니느라 평소의 조심성을 잃었다. 그럴 일은 없겠지만, 만에 하나 부주의로 사냥꾼의 덫에 걸렸거나 벼랑에서 떨어진 건 아닌가 하여, 그녀의 이름을 부르면서 온갖 곳을 헤집고 다녔다. 그 탓에 순찰 중이던 조조군 병사에게 붙잡혀버린 것이다.

'좀 더 생각해보자고 해놓고선, 하다못해 인사도 안 하고 가버려? 의리 없는 계집 같으니.'

그런 양수를 찬찬히 훑어보던 조조가 말했다.

"난 조맹덕이다. 네가 스스로 양수 덕조라 했다지?"

건조하고 냉랭한 목소리가 귓속으로 파고들었다. 양수는 찬물을 뒤집어쓴 것처럼 정신이 번쩍 들었다. 그랬다. 지금은 우선 목숨을 부지해야 할 때다.

"그, 그렇습니다."

"좋아. 즉시 네놈의 목을 베어서 토성 앞에다 걸어둬야겠다."

다짜고짜 죽인다는 말에 양수는 화들짝 놀랐다.

"제가 귀공께 죄를 지은 적이 없건만 어찌 그러십니까?"

"흥, 난 지금 원술과 일 년 넘게 싸우는 중인데, 네 어미는 그 원술의 누이가 아닌가? 원술이 성에 틀어박힌 채로 다 끝난 싸움을 포기하지 않는 탓에 애꿎은 병사들만 죽어 나가고 있다. 이에 네놈의 수급으로 원술에게 경고함과 동시에 사기를 떨어뜨리려는 것이다."

"사….."

이렇게 허무하게 죽을 수는 없었다. 살려달라고 애걸하려던 양수는 조조가 여전히 눈을 가느다랗게 뜨고 자신을 관찰하는 걸 눈치챘다. 순간 온몸의 신경이 팽팽하게 긴장되었다.

'날 가늠하고 있다. 죽일 거라면 그럴 필요가 없다. 어째서?'

양수의 머리가 번개처럼 회전하며 자연스럽게 말을 바꿨다.

"사람들이 참 우습군요."

"뭐가 우습단 말인가?"

"원공로가 저에 대해 혈육으로서의 감정을 품고 있으리라고 믿는 게 말입니다. 말이 조카이지, 얼굴 한 번 못 본 지 십 년이 넘었습니다."

"홍, 그래도 경고의 의미는 되겠지."

"어차피 저는 진용운에게 쫓기면서 지칠 대로 지쳤습니다. 어찌 처분하셔도 상관없습니다만, 저 하나 죽인다고 원공로가 겁을 먹거나 경계할 것 같진 않습니다. 오히려 제 모친이 눈물로 호소하여 역효과가 나면 모를까요."

"흠…."

양수는 짐짓 분하다는 듯 이를 부득 갈았다. 그 모습을 괴이하게 여긴 조조가 물었다.

"그대는 아까 끌려올 때부터 겁에 질렸다기보다는 뭔가에 화가 나 있더구나. 이유가 뭐냐?"

용운의 진영에 있을 때 들었던 정보가 양수의 뇌리를 스쳤다. 조조가 오용이라는 위원회 소속의 군사에게 배신당하여 큰 타격을 입었다고. 그런 상황에서 화영의 얘기를 꺼내는 건 자살행위이리라. 양수는 마치 조각배로 거친 바다를 건너듯 조심조심 이야기의 파도를 골라 탔다.

"대인의 말을 듣다 보니까 새삼 분노가 치밀어서 그렇습니다. 원술 놈이 실정을 거듭하는 바람에 제 어머니까지 위험에 빠뜨린 게 말입니다. 마음 같아서는 어머니만이라도 놈의 손아귀에서 빠져나오게 하고 싶었으나, 제가 진용운에게 임관한 뒤로 어머니와 연락하는 일조차 막아서 천륜을 끊어놨습니다. 어찌 분이 치밀지 않겠습니까?"

"그랬나."

잠깐 생각하는 척하던 양수가 고개를 번쩍 들었다.

"대인, 원술을 무너뜨릴 묘책을 알려드리겠다는 건 빈말이 아닙니다. 그런 뒤에 저와 제 어머니의 안위를 보장해주신다면 이 몸 바쳐서 충성하겠습니다."

양수의 어머니는 양표가 살해당하고 아들도 떠난 뒤 신변을 염려하여 원술에게 가 있었다.

'흐음….'

한때 도성에서도 천재라 불리던 양수에 대한 기억이 조조의 뇌리를 맴돌았다. 한 사람의 책사가 아쉬운 지금의 처지도 함께. 유엽과 양수라면 이 상황을 타개하기 위한 뭔가를 만들어내지 않을까. 한동안 양수를 응시하던 조조가 입을 열었다.

"저자의 포박을 풀어주어라."

'되었다!'

양수는 뛸 듯이 기뻤으나 내색하지 않으려 애썼다.

조비가 나직한 목소리로 우려를 표했다.

"아버지…."

그에게 조조가 말했다.

"저자의 말대로 모친이 원술의 진영에 있다. 제 어미의 안위까지 걸고서 허튼짓을 하진 않을 게다. 게다가…."

양수와 조조의 시선이 허공에서 마주쳤다. 양수는 그가 무슨 말을 하려다가 삼켰는지 알 수 있었다.

— 게다가 진용운에게 같은 원한을 가진 사이이기도 하고.

원술과 싸우고는 있으나, 조조는 늘 그 너머의 진용운을 보고 있었다. 진정한 적이자 숙명적인 경쟁 상대는 오직 그뿐인 것처럼 느껴졌다. 공교롭게도 양수와 조조는 둘 다 용운에게 채염을 빼앗긴 꼴이 되었다. 채염의 의지와는 무관하게 그들 멋대로 생각한 것이지만, 어쨌거나 둘의 입장에서는 그랬다.

사실 양수는 어머니가 어찌 되든 무관심해진 지 오래였다. 그러나 어차피 갈 곳을 잃은 마당에 이를 이용해서 거처를 마련하는 것도 괜찮겠다 싶었다. 진용운에 비하면 손색이 있지만, 조조 또한 유표에게 뒤지지 않는, 천하를 놓고 다투는 군웅 중의 한 사람이 아닌가.

'그러고 보니 진용운의 첫 번째 터전이었던 업성을 빼앗은 자도 조조였군. 천하를 호령하는 유주왕에게 거의 유일하게 제대로 된 패배를 안겨준 사람.'

양수의 눈이 번쩍 빛났다.

'어쩌면 내가 뜻밖의 기회를 잡은 건지도 모르겠다.'

일이 재미있게 돌아가고 있었다.

며칠 뒤, 여음현 일대에 큰 눈이 내렸다. 원술 진영에는 작은 소동이 일어났다. 원술의 조카, 양수라는 자가 의탁해온 것이다. 해자 주변을 계속해서 어슬렁거리는 걸 수상히 여긴 병사가 붙잡아오자, 자신이 원공로의 조카라고 고래고래 고함을 지르기 시작했다. 당황한 병사들은 사실 여부를 확인하기 위해 그를 원술의 앞으로 끌고 왔다.

원술은 앞에 무릎 꿇은 양수를 탐탁지 않은 눈길로 내려다보았다.

"네가 갑자기 어쩐 일이냐? 또 예까지는 어떻게 온 거고?"

예전 원술이 낙양에서 분탕질을 칠 때, 마을에는 그가 양표의 뒷배를 믿고 날뛴다는 말이 돌았다. 이에 양표는 원술을 불러 좋은 말로 타일렀으나, 원술은 오히려 거기에 반발심이 생겼다. 제가 뭔데 나를? 또 양표는 원소와 가까이 지냈지만, 원술은 원소에게서 점차 멀어졌다. 이래저래 둘의 사이는 더욱 소원해졌다. 양표가 죽고 누이가 돌아온 뒤로는 그쪽 집안과 교류가 끊기다시피 했다. 원술의 입장에서는 조카라고 해서 딱히 애틋할 것도 없었다. 아니, 오히려 성가셨다. 그런 자가 전쟁 중에 갑자기 찾아왔으니, 고운 태도로 대할 리가 없었다.

양수는 고개를 조아린 채로 말했다.

"유주왕이 제 여인을 희롱했다는 억울한 누명을 씌워 절 추방하는 바람에 갈 곳을 잃고 떠돌다 못해 외숙부께 의지하려 했습니다. 한데 도중에 조조군에게 사로잡혀서 모진 고초를 당했습니다. 사흘 뒤 제 목을 베어서 내걸겠다는 얘기를 듣고 죽을힘을 다해 탈출한 것입니다."

"흠, 맹덕 놈. 네 어미와 나의 혈연관계 때문에 그리한 모양이로군. 실상을 알았다면 불필요한 짓을 하지 않았을 텐데."

원술이 양수를 시종일관 냉랭하게 대할 때였다. 한 여인이 울부짖으면서 대전으로 뛰어들어왔다. 바로 양수의 모친이자 원술의 누이인 원씨 부인이었다.

"오라버니께서는 간신히 살아온 아이를 어찌 그리 핍박하십니까? 덕조에게 흐르는 피의 절반은 엄연히 우리 집안의 것입니다!"

그녀는 양수의 두 손을 잡고 눈물을 흘렸다.

"덕조, 무사했구나."

"어머니…. 그간 찾아뵙지 못해 죄송합니다."

"아니다. 네 아버지가 비명에 가시고 나서 집안이 풍비박산 났으니까. 너라도 무사히 빠져나가 다행이라고 생각했다."

양수는 바싹 여윈 데다 손목에는 포승줄로 결박당했던 자국이 또렷했다. 또 등과 어깨 등 몸 곳곳에 매질당한 흔적이 있었다. 남루한 옷은 그나마 온통 피투성이였다. 그런 양수의 모습과 모자가 마주 보며 우는 처연한 광경을 보자 원술도 비로소 측은지심이 생겼다. 그는 한층 부드러워진 목소리로 말했다.

"미안하구나. 조카를 핍박하려 한 건 아니다. 조맹덕과 오랜 전쟁을 치르는 중이라 여러 가지로 상황이 어려워서 내 신경이 날카로웠다. 물러가서 쉬고 있으면 적절한 자리를 마련해주겠다."

양수는 그런 와중에 몰래 원술을 관찰했다. 그의 가신들은 하나같이 안색이 나쁘고 피골이 상접했다. 그러나 원술은 예전보다 오히려 더 살이 올라 피둥피둥했다. 얼굴에는 기름기가 자르르 흘렀다. 양손에는 금팔찌며 금가락지를 주렁주렁 매달았다. 치장한 게 아니라, 만일의 경우 최소한의 재물을 확보하기 위해서였다. 그것만 봐도 원술의 현재 상태가 짐작이 갔다. 동시에 양수는 그에게 남아 있던 마지막 기대를 접었다.

'어차피 전쟁은 피차 소모전 형국이었다. 만에 하나 조조보다 상태가 나아 보인다면, 그래도 혈육이니 이쪽에 붙어볼까도 생각했지만… 이건 가망이 없겠구나. 이제까지 버텨온 게 신기할 정도다.'

양수는 의원에게 치료를 받고 진영 내의 임시 막사에서 머무르게 되었다. 그는 한동안 어머니와 지난 일들을 얘기하고 회포를 풀며 시간을 보냈다. 그러나 실제로 회포를 푼 건 원씨 부인뿐이고 양수는 정보를 캐내는 데 더 열중했다.

"한데 어머니, 전쟁이 길어진 가운데서도 조맹덕의 군사는 군기가 삼엄하고 사기도 높아 보였습니다. 반면, 외숙부의 세력은 그렇지 못한 듯하여 걱정스럽습니다. 상황이 어떻게 돌아가는 겁니까? 저도 뭔가 돕고 싶은데…."

아들의 물음에, 원씨 부인은 아무 의심 없이 한탄했다.

"그러게 말이다. 자어(子魚, 화흠의 자) 공이 대소사를 맡아 처리할 때만 해도 이 정도는 아니었는데…. 네 외숙부가 그분을 멀리하기 시작하면서부터 모든 게 어려워졌다."

"자어라면 아버님께서 낙양에 계실 때 상서령으로 있었던 화자어 말입니까?"

"그 사람이 맞다."

"그러고 보니 외숙부께 임관했다는 얘길 들었었는데…. 뭔가 노여움을 살 짓이라도 한 건가요?"

"글쎄…."

잠시 생각하던 원씨 부인이 말했다.

"굳이 따지자면 네 외숙부보다 화자어를 칭송하고 우러러보는 사람이 더 많아진 까닭이 아니겠느냐?"

"아…."

"처음에는 네 외숙부도 자어 공의 말을 경청하고 받아들여 세력을 크게 키웠다. 한때는 그 여포 봉선과의 싸움에서도 이겨, 천하에 가장 가까이 간 사람이라는 말까지 들었을 정도다."

"그랬지요."

"한데 어느 순간부터 백성들은 물론이고 가신들까지 모든 걸 화자어의 공이라 여기며 그에게 의견을 구하려 하더구나. 그러자 오라버니의 나쁜 본성이 다시 튀어나오고 말았지."

얘기하던 원씨 부인의 표정이 어두워졌다. 사실 원술은 젊은 시절만 해도 촉망받는 인재였다. 사세삼공의 명문가 출신에, 천출인 원소와 달리 어엿한 적통이었다. 기품 있는 외모에 당대의 호걸이라는 평판도 받았다. 그러나 이복형인 원소와, 젊은 시절 함께 방탕한 시간을 보낸 조조 등이 더 주목받으면서 그는 점차 비뚤어지기 시작했다. 정확한 시기는 원소가 주목받기 시작한, 반동탁연합군의 결성 때부터였다. 원술은 사령관 공손찬에게도, 망설이다 늦게 합류했음에도 불구하고 큰 비중을 차지한 원소에게도 적개심을 보였다. 용운의 행동에도 하나하나 트집 잡은 바 있었다. 뿌리 깊은 열등감이야말로 그를 망가뜨린 근본적인 원인이었다.

그랬던 것이 화흠 및 가후의 합류로 한동안 달라졌었다. 원술도 당대의 군웅이라, 이게 큰 기회임을 본능적으로 감지한 것이다. 원소가 진용운에게 멸망하고 조조 또한 주춤하면서, 원술은 심지어 성군에 가까운 모습까지 보이기도 했다. 하지만 그의 장점들은 역설적으로 그를 이끌어준 화흠에게 점차 가려졌다. 그의 안에서 원소와 조조가 차지했던 자리를 어느 순간부터 화흠이 대신하기 시작한 것이다.

"평소 화자어를 시샘하던 자가 그 틈을 노려서 오라버니께 밀고해왔단다. 화자어가 조조의 책사 오용과 연결된 수상한 무리와 밀통한다고 말이다. 그가 추천한 장수들도 마찬가지고."

"예?"

뜻밖의 말에 양수는 흠칫 놀랐다. 그 무리란 다름 아닌 성혼교 혹은 위원회가 분명했다. 설마 화흠도 회에서 심어둔 사람인 것일까? 그렇다면 익주에서 암약하고 있는 성혼교주야말로 무서운 인물이 아닐 수 없었다.

"그래서 지금 화자어는 어찌 되었습니까?"

"조맹덕과 내통했다는 누명을 쓰고 옥에 갇혔다. 내가 몇 차례 풀어주라고 간청했지만 들은 척도 않는구나."

"그게 어찌 누명이라고만 생각하십니까? 사실일 수도 있지 않겠습니까."

"자어 공이 정말 조조와 내통했다면, 지난 몇 차례의 전투에서 오라버니에게 큰 타격을 줄 기회가 얼마든지 있었다. 그럼 이미 조조군이 이겼을 게다. 이제 와서 뭘 꾸밀 이유도, 필요도 없다."

"그랬군요…."

"한데 네 외숙부는 그런 사실 자체를 안 들으려 하시니 난감할 따름이구나."

양수의 입가에 희미한 냉소가 떠올랐다. 역시 다시 들어봐도 원술은 가망이 없었다. 이는 마치 유방이 제 손으로 장량을 내친 꼴이었다. 그것도 항우와의 싸움을 끝내기도 전에. 가장 뛰어난 가신을, 가장 큰 전쟁이 한창일 때 숙청한다. 그렇다면 그 세력에 남은 길은 멸망뿐이었다.

'이런 생각 하긴 정말 싫지만… 인정해야겠다. 어쩔 수 없이 진 용운과 비교되는구나.'

양수는 궁기의 천기 심암증폭의 영향으로 처음에는 진용운에 대한 모든 게 부정적으로 느껴졌다. 천기의 이름과 같이 채염과 관련된 의심과 질투심만 극대화된 탓이었다. 그러다 천기의 효 력이 다하고 본심만 남았을 때, 양수는 비로소 자신의 진심과 마 주할 수 있었다.

채염만이 문제가 아니라, 진용운이 타고난 빛 같은 것, 양수 자 신은 갖지 못한 것, 바로 왕재(王才). 그것이 진짜 문제였다. 진용 운의 앞에만 서면, 양수 자신은 그 빛에 묻혀 사라져버리는 것 같 았다. 마치 그림자처럼. 이에 양수는 더 환한 빛을 내지 못할 거 라면 아예 그의 빛으로도 없애지 못할, 진짜 그림자가 되기로 했 었다. 칠흑처럼 어두운 그림자가.

잠깐 상념에 빠졌던 양수는 어머니가 꺼낸 말에 정신이 들었다.

"한데 그 아가씨는 어쩌고…. 잘 있느냐?"

"…누구 말입니까?"

"누구냐니. 한 사람밖에 더 있느냐."

"…."

"채씨 가문의 문희 말이다. 네가 문희의 안위 때문에 가문까지 버리고 낙양을 떠난 걸 잘 안다. 이제 와 책망하고 싶지는 않다만, 사실 그때는 많이…."

"어머니."

음침한 목소리가 방 안에 낮게 깔렸다. 원씨 부인은 그만 입을 다물었다. 그 목소리에는 분명 서늘한 살기가 담겨 있었다. 그녀는 아들의 야수 같은 얼굴을 보면서 아연실색했다.

콱! 어머니의 왼쪽 어깨를 움켜잡은 양수가 말했다.

"앞으로 다시는 그 여자의 이름을 제 앞에서 입에 담지 마십시오."

"…아, 알았다."

"그리고 어머니."

그는 언제 그랬냐는 듯 표정을 바꾸고 싱긋 웃었다.

"머지않아 여길 떠나야 하니까 미리 채비하세요. 패물 같은 것도 좀 챙겨두시고요. 곧 조조의 대대적인 공세가 있을 겁니다."

"그, 그렇다면 네 외숙부에게도 알려야 하지 않겠느냐?"

"뭐 상관은 없는데, 그래 봤자 소용없습니다. 저와 어머니가 죽고 외숙부 치하에 있는 백성들의 고통만 길어질 뿐이죠."

"뭐라고?"

"우리가 살고 외숙부가 망하느냐, 아니면 같이 죽느냐 그 차이입니다. 선택은 어머니께 맡기겠습니다."

"…대체 뭘 하려는 게냐, 덕조."

원씨 부인은 알 수 없는 한기에 몸을 부르르 떨었다.

11

원술의 몰락

양수가 원술에게 향한 지 보름이 지났다. 그 사이 그는 한 번도 소식을 전해오지 않았다. 유엽이 조조에게 조심스럽게 물었다.

"주공, 그자를 믿으십니까?"

조조는 고개를 저었다.

"믿지 않는다."

"그렇다면 왜…."

"나를 향한 충성심은 없으나 머물 곳을 찾으려는 절실함은 보였다. 진용운을 향한 적개심과 경쟁심도 느껴졌다. 그렇다면 나라는 배에 얼마든지 태워줄 수 있다. 그자가 돛이 되어 바람을 이용하게 해준다면. 또한…."

조조는 손가락으로 하늘을 가리켰다. 벌써 며칠째 눈이 계속해서 쏟아졌다. 이제 밖을 돌아다니기 어려울 정도였다.

"최소한 한 가지는 적중했고 말이다."

양수는 원술에게 가기 전, 이렇게 말했었다. 하늘과 구름의 움직임으로 보아 큰 눈이 올 테니 충분히 준비해두라고.

유엽은 속으로 생각했다.

'그자가 돛이 되어줄 수는 있겠지요. 허나 배를 엉뚱한 방향으로 몰고 갈까 걱정입니다.'

그는 처음 봤을 때부터 뭔가 꺼림칙하던 양수의 눈빛을 떠올렸다. 언뜻 보면 정광이 감도는 것 같지만, 흰자위 가장자리는 불그스름하고 눈동자는 탁했다. 앞으로 양수를 주의 깊게 지켜봐야겠다고 유엽은 결심했다.

양수에게서 첩자를 통한 전갈이 온 것은 바로 그날 밤이었다.

— 일러드린 대로 진행하십시오.

한마디가 전부였지만, 조조는 쾌재를 불렀다. 그는 즉시 병사들을 동원해 공작을 시작했다. 조조군은 지난 며칠 내내 제설작업을 했었다. 눈이 오면 진영 주변에 쌓인 눈을 치우는 건 당연하기에 원술 쪽도 이상하게 여기지 않았다.

조조군과 원술군의 다른 점은 눈의 뒤처리였다. 원술군은 미리 파둔 구덩이에 눈을 쏟아부었다. 녹여서 식수로 쓰기 위해서였다. 조조군에게 포위된 형국이라 늘 물이 부족했다. 구덩이 바닥과 벽면에는 기름 먹인 천을 깔아서 최대한 눈 녹은 물이 새어나가지 않게 했다.

반면, 조조군 병사들은 진영 뒤편으로 눈을 운반하여 뭉쳤다. 처음에는 눈사람 만들듯 둥글게 뭉치다가 점차 네모나게 다졌다. 마지막에는 찬물을 조금씩 부어서 겉에서부터 얼렸다. 크기는 대략 어른 몸통만 했다. 그렇게 완성된 눈 벽돌은 매우 단단했다. 병사가 올라가서 뛰어도 깨지지 않을 정도였다. 날씨가 따뜻해지지 않는 한 결코 부서지지 않을 듯했다. 그렇게 수천 개를 만들었다.

"자, 만들어둔 눈 벽돌을 쌓아라!"

조조군 병사들은 눈 벽돌을 이용하여 기존의 토성 양옆 쪽으로 탑을 쌓기 시작했다. 이는 양수가 조조에게 일러준 계책 중 하나였다. 위에 올라서서 공격하기 위한 탑이라 복잡한 구조도 필요 없이 그저 쌓기만 하면 되었다. 탑 뒤쪽으로 올라가기 위한 계단을 함께 만드는 것 정도가 다였다. 쌓인 눈 벽돌은 서로 들러붙어 더욱 단단해졌다.

조조는 이전에 토성을 쌓으려다 몇 차례나 실패한 적이 있었다. 원술군 진영이 위치한 곳의 지형이 전체적으로 봉긋하게 살짝 높은 데다 해자까지 파두어 공격이 어려웠다. 이에 떠올린 방법이 토성을 만들어 그 위에서부터 화살을 쏘거나 화공을 가하는 것이었다. 꼭 공격을 안 하더라도 적 진영 내부를 관찰할 수 있으니 정찰용으로도 쓸 만했다.

그러나 근방의 지질이 워낙 무른 데다 쌓아 올리는 족족 원술군이 투석 공격 등을 해왔다. 애써서 쌓다 보면 번번이 무너지기 일쑤였다. 그나마 유엽이 꾀를 내어 좀 떨어진 곳에서 나무로 얼개를 짠 다음 옮겨왔다. 그 틀에다 진흙을 채워 넣는 식으로 토성 하나를 쌓는 데 성공했지만, 그게 다였다.

달랑 토성 하나로는 아무것도 할 수 없었다. 한데 그토록 쌓기 어려웠던 토성이 빠르게 올라가고 있었다. 아무리 날씨를 이용 했다곤 해도 놀라운 일이 아닐 수 없었다. 조조는 점점 높아지는 토성들을 보며 흡족한 듯 말했다.

"제법 쓸 만한 자가 아닌가."

한편, 원술군 진영에서는 난리가 났다. 뭔가 희끄무레한 탑이 시시각각 높아짐을 눈치챈 것이다. 원술은 날씨가 춥다는 핑계 로 직접 나가서 확인하지는 않고 보고만 받았다.

"아무래도 조조군이 다시 토성을 쌓아 올리는 것 같습니다."

수하의 보고에, 원술이 같잖다는 투로 말했다.

"이미 지형과 토질 문제로 토성을 더 쌓기는 어렵다고 판명 난 게 아니었더냐? 주변에 나무도 없고 말이다. 또 헛짓을 하는구 나."

"그것이… 아무래도 눈덩이나 얼음으로 만들고 있는 모양입니 다."

"뭐라?"

원술은 깜짝 놀랐다. 생각도 못 한 발상이었다. 비웃고 넘길 수 도 있는 일이었는데, 이상하게 가슴이 두근거리고 불안했다.

"그래서 현황은?"

"빠르게 높아지는 듯합니다. 정확하진 않지만, 이미 사람 키는 넘겼습니다."

"보고만 있을 것인가! 쌓아 올리지 못하게 방해해야 할 것 아니 냐!"

원술의 노호에 가신들은 어쩔 줄 몰라 답했다.

"송구하나 주공, 여전히 눈이 많이 내려 시야가 가리는지라 공격하기가 여의치 않습니다."

"하면 그래서 구경만 하겠다는 소린가?"

"그것이 아니라…."

가신들이 당황해 눈치만 보고 있을 때였다. 줄 맨 끝에 앉아 있던 양수가 입을 열었다.

"제게 방도가 있습니다."

"누구냐?"

원술이 보니 얼마 전 귀의해온 조카 양수였다.

"어디 말해보라."

양수는 자리에서 일어서서 천천히 말했다.

"시야가 나쁜 건 조조군도 마찬가지입니다."

"음?"

"오히려 이걸 반격의 기회로 삼을 수 있습니다."

"좀 더 구체적으로 알아듣게 설명해라."

원술의 손짓에, 양수는 자연스레 대전 가운데로 걸어 나왔다.

"외람되지만 감히 한 말씀 드리자면, 주공께서는 지금 조맹덕과 오랫동안 대치 상태에서 성과 없는 소모전을 하고 계신 걸로 압니다."

"으음, 그렇다."

"그게 힘들기는 조맹덕도 마찬가지입니다. 그래서 이렇게 날씨라는 이변이 생기자 즉시 이용하려는 것입니다. 뭔가 변화를 꾀할 수 있으니 말입니다."

"문제는 당분간 추운 날씨가 계속될 터이니, 저 탑 같은 것을 계속 쌓게 놔두면 무너지지 않고 완성될지도 모른다는 것이다. 이제까지는 아군이 포위된 형국이어도 비축해둔 물자와 지리적 이점을 이용하여 버텨왔다. 한데 높은 곳에서 공격이 쏟아지기 시작하면 그 균형이 깨진다."

원술이 걱정하는 부분은 바로 이것이었다. 조조가 여남 땅까지 정예병을 침투시켰다는 사실은 이제 모두가 알고 있었다. 여남 전투의 결과에 따라 어느 한쪽은 말 그대로 끝난다. 처음에는 허를 찔려 진류성을 빼앗기기도 한 모양이지만, 여남 인근에서 벌어진 자잘한 전투에서는 원술군이 연승 중이라는 소식이 왔다. 이는 가후와 정립의 책략에 더해 노지심과 무송 등이 활약해준 덕이었다.

처음 조조가 갑자기 여음현까지 치고 올라왔을 때는 원술도 간담이 서늘했다. 그러나 미리 자리를 잡고 있었다는 점과 조조군이 연이은 전투며 행군에 지쳤다는 점, 여음에서부터 전선 전체를 움직여 조조 세력을 쓸어버릴 계획이었기에 비축해둔 물자가 충분했다는 점 등이 원술에게 유리하게 작용했다. 덕분에 초반의 맹렬한 공세를 버텨냈고, 그때 힘을 소모한 조조군은 결국 장기전으로 돌입했다.

'버티기만 하면 가후와 정립이 반드시 어떻게든 해줄 것이다.'

이게 원술의 생각이었다. 그러기 위해서는 현재의 팽팽한 균형을 유지해야 했다. 딱히 아군의 전세가 압도적으로 유리해지도록 만들고 싶지도 않았다. 화흠까지 투옥한 이상 그러려면 원술 자신이 직접 나서서 싸워야 한다. 하지만 야전에서 조조를 이길 자신이 없었다. 이에 원술은 방어를 계속 보강하기만 했다. 역설적으로 그게 먹혀들어 지금까지 이어졌다.

조조군의 갑작스러운 변칙적 행동은 그 균형을 깰 우려가 있었다. 양수는 원술의 그런 기분을 정확하게 읽어냈다.

"상대가 균형을 깨어 변화를 추구하려 드니, 아군도 거기에 맞서 변화를 주어 저울추를 맞추면 되지 않겠습니까?"

"변화에는 변화로 대응하라…는 건가."

자신과 비슷한 생각을 한 사람의 말에는 더 끌리는 법이다. 다른 가신들이 눈치만 보고 있으니 더 그랬다. 원술의 몸이 저도 모르게 양수 쪽으로 기울어졌다.

"그래서? 계속 말해보거라."

"간단합니다. 조조군이 탑을 쌓느라 정신이 팔려 있을 때, 이를 방해하는 척하면서 출진하는 겁니다."

"출진을!"

"아까도 말씀드렸듯이 눈은 양쪽 모두에게 공평하게 내립니다. 아군의 시야가 가려지는 만큼 조조군도 마찬가지입니다."

"그야 그렇지."

"눈 때문에 피차 기병은 쓸 수 없다는 것도 마찬가지입니다. 조조군의 강점은 기병이 아니겠습니까? 발 빠른 보병들로 부대를 꾸려, 탑을 올리느라 바쁜 조조군을 급습한다면 그 타격이 가볍지 않을 것입니다. 수비 일변도이던 적군이 그런 식으로 공격해오리라고는 생각도 못 했을 테고 말입니다."

대전이 급격히 술렁였다. 양수의 말대로 지난 몇 개월 동안 원술군은 오직 방어에만 집중했다. 그 결과, 자의 반 타의 반으로 철옹성을 구축했다. 물자가 풍족하며 시간은 우리 편이라는 평계로 여길 나가 먼저 공격할 생각은 한 번도 해본 적이 없었다.

"어쩌면… 먹힐지도."

누군가가 중얼거렸다. 그 말을 시작으로 가신들은 격한 논쟁을 벌였다.

"제정신이오? 조조군의 무서움은 다들 잘 알지 않소. 기병만 강한 게 아니라 보병도…."

"그래서 우린 언제까지고 질 수밖에 없단 얘기요?"

"든든한 성벽을 두고 왜 굳이 나가서 싸우려는 거요?"

"허허, 대화의 주제 파악을 못 하시네. 놈들이 눈으로 공성탑을 쌓는 바람에 그 성벽이 소용없게 생겼으니까 그러는 거 아닙니까."

"지금 날 보고 멍청하다고 한 겐가?"

"그런 말이 왜 나옵니까?"

한동안 가만히 듣고 있던 원술이 큰 소리로 외쳤다.

"다들 입 다물라!"

대전이 일시에 조용해졌다. 원술은 양수를 지그시 내려다보며 말했다.

"그 책략에 책임질 수 있겠는가."

양수는 선뜻 말했다.

"잘못되면 목숨을 내놓지요."

그가 이렇게까지 말하자 가신들 가운데서도 더는 나서는 사람이 없었다. 최소한 다른 책략을 내놓거나 같이 목숨을 걸어야 하게 생겼기 때문이다. 원술이 흡족해하며 고개를 끄덕였다.

"좋다. 조카가 책임지고 작전을 짜보도록 하라."

"서둘러야 합니다. 이러고 있는 동안에도 탑은 계속 높아지고 있으니까요."

"곧장 부대를 편성하고 작전을 이행하도록. 거기에 따르는 모든 권한을 임시로 조카에게 주겠다."

고개 숙인 양수의 입꼬리가 슬쩍 올라갔다. 고대하던 말이 드디어 나온 것이다.

"그럼, 최선을 다해보겠습니다."

원씨 부인은 거처의 문을 걸어 잠그고 방구석에서 오들오들 떨고 있었다. 양수가 시킨 대로 대문 빗장에 빨간 천을 묶어놓았다. 그래도 두려운 마음은 어쩔 수가 없었다. 조조군도 무서웠지만, 그보다 변해버린 아들과 곧 다가올 오빠의 몰락을 모른 척해야 한다는 사실이 더 무서웠다. 그때 멀리서 아련하게 북과 꽹과리 소리 같은 것들이 들려왔다. 시작되었다. 그녀는 그만 눈을 꼭 감고 말았다.

조조군 진영에 원래부터 있던 가운데의 토성 위에서 난데없이 요란한 북과 꽹과리 소리가 울려 퍼졌다. 새로 쌓기 시작한 탑의 작업을 독려하려는 듯했다. 네모지게 굳힌 눈덩이로 만든 탑, 소위 설탑(雪塔)은 꾸준히 계속 올라가고 있었다. 그게 높아지는 만큼 원술군 병사들도 초조해졌다. 성벽에서 감시하던 초병들의 눈과 귀는 온통 그리로 쏠렸다.

"저놈들이 아무래도 이번엔 뭔가 벌이려는 모양이군."

"눈보라 때문에 화살을 쏴도 날아가질 않고 투석도 맞히기 어려우니…. 이러다 저 설탑이 완성된 다음에 눈이 멎으면, 앞으로는 그런 공격을 우리가 고스란히 받게 되는 게 아닌가. 추위는 적어도 두 달은 계속될 텐데."

"그러게 말일세."

"윗분들은 이대로 두고 보기만 할 참인지…."

그러거나 말거나 요란한 소음과 공사는 계속됐다. 그런 와중에 해까지 졌다. 그때까지 보초병 중 누구도 눈치채지 못했다. 조조군 진영에서부터 은밀히 나와 해자 바로 근처까지 다가온 적들의 존재를. 수는 대략 천여 명 정도 되었다. 그들은 솜을 댄 갑옷 위에 모두 하얀 천을 덮어쓰고 있었다. 머리도 투구 대신 흰 천과 복면으로 가렸다. 그 상태로 납작하게 엎드려 있으면 눈 덮인 벌판과 거의 구분이 되지 않았다. 그렇게 두 시진(약 네 시간)가량이 지나자, 굳센 조조군 고참병도 우는소리를 했다.

"장군, 이러다 얼어 죽겠습니다. 정말 그자의 말대로 원술군이 나오겠습니까?"

그나마 추위에 강한 북부 쪽 병사들로만 결사대를 구성했다. 그들에게도 맹렬한 눈보라 속에서 두 시진이나 가만히 엎드려 있는 일은 고역이었다. 차라리 움직일 수 있다면 모를까. 꼼짝도 못 하니 몸은 빠르게 식었고 손발에는 감각이 없었다. 장군이라 불린 자는 성문에서 눈을 떼지 않고 말했다.

"쉿. 주공께서 명하신 일이니 믿고 기다린다."

그는 바로 우금이었다. 우금은 원술과의 전투에서 본신의 무력과 지휘관으로서의 재능을 각성했다. 그 결과 조조의 전폭적인 신임을 받아 장군위에 올랐다. 그러나 여음에 와서부터는 영 성과를 내지 못하고 있었다. 그랬다고 조조가 바로 신뢰를 거두는 사람도 아니었고 헛물만 켠 게 우금 혼자도 아니었지만, 그는 점차 초조해졌다.

'이번에야말로.'

우금은 별것 아닌 것 같으면서도 이상하게 뚫기 어려운 성벽을 노려보았다. 그리고 시간이 조금 더 흘렀다. 별동대의 병사 중 마침내 정신을 잃는 자들이 나오기 시작했다. 이대로 방치하면 얼어 죽을 게 확실했다.

'결국 돌아가야 하나?'

우금이 입술을 질끈 깨물었을 때였다. 끼이이이이ー. 육중한 나무문이 내려오는 마찰음이 울려 퍼졌다. 우금은 하마터면 환성을 지를 뻔했다. 마침내 원술군이 성 밖으로 나오기 시작한 것이다. 양수가 미리 일러준 대로.

"조조군은 지금 헛짓거리를 하느라 바쁘다. 이대로 진격하여 놈들을 혼쭐내주자!"

맨 앞에서 알지도 못하는 소리를 외치는 자는 얼핏 봐도 허풍

선이가 분명했다. 그는 원술군의 장수 진익(秦翊)이었다. 원술이 다수의 장수들을 잃는 바람에 승진하여 장군이 됐지만, 본래 그만한 능력은 없는 자였다. 양수는 그를 선봉 겸 기습부대의 지휘관으로 임명했다. 영문도 모르고 신난 진익은 주변을 살피지도 않고 곧장 조조군 진채를 향해 진격해갔다.

원술군 병사들은 좁은 다리를 건너느라 길게 꼬리를 문 형태로 움직였다. 그들이 해자 위의 다리를 거의 다 지나간 뒤. 주변의 크고 작은 지형지물—바위와 구덩이, 눈 덮인 마른 풀더미 등— 주변에서 무수한 인영이 홀연히 나타났다. 웅크리거나 엎드린 채 이때만 기다리고 있던 우금의 결사대였다.

"모두 성안으로 진격하라!"

사사사사삭. 결사대원들은 다리를 향해 일제히 몰려왔다. 대열 뒤쪽에 있던 원술군 병사들이 뒤늦게 이변을 알아채고 비명을 질렀다.

"저, 적이다!"

그러나 그 소리는 조조군 진영에서 울려 퍼지는 북과 꽹과리 소리, 원술군 자신들의 함성과 발소리 등에 묻혀 앞쪽까지 전달되지 못했다. 그 결과, 앞은 그대로 진격하고 뒤는 다리 부근에서 갈팡질팡하는 기현상이 벌어졌다. 우금은 결사대 맨 앞에 서서 원술군 병사들을 가차 없이 도륙했다. 이게 마지막 기회임을 알기에 필생의 무공을 아낌없이 발휘했다. 그가 대도를 한 번 휘두르면 어김없이 병사 두셋이 쓰러졌다. 그런 그의 모습은 사람 잡는 백정과도 같았다. 흰 눈 위에 시뻘건 피가 흐드러지게 뿌려졌다. 흰 천을 두른 우금의 몸도 금세 붉게 물들었다.

"으아아아!"

"야, 야차….."

급기야 우금에 대한 공포심을 못 이겨 해자 아래로 뛰어내리는 자들이 속출했다.

"들어가서 성문을 확보하라!"

우금이 명하자 부장 몇 명이 서둘러 성문 안으로 뛰어들어갔다. 성문과 연결된 도르래를 담당한 자들은 아군이 아직 다리에 남아 있어 문을 못 닫고 있었다. 우금의 부장들은 그들을 베어버리고 도르래를 차지했다.

"장군, 어서 들어오십시오!"

부장들의 외침에 우금과 결사대원들은 즉시 성문 안으로 쏟아져 들어갔다. 이어서 다리가 올라가며 성문이 닫혔다. 다리 위에 있던 몇 안 되는 원술군 병사들은 비명과 함께 아래로 굴러떨어졌다. 대기하고 있던 결사대원들이 그들을 베어버렸다.

"음?"

신나서 진격하던 진익이 고개를 돌렸다. 그러나 대열이 워낙 긴 데다 눈보라에 가려 딱히 보이는 건 없었다.

"군사, 뭔가 이상한 소리가 난 것 같지 않소? 비명 같았는데….."

그의 옆에 있던 양수가 태연하게 대꾸했다.

"아마 장군의 출진을 축하하느라 함성이라도 지르는 거겠지요. 바람 소리일 수도 있고요. 눈보라가 워낙 거세니 말입니다."

"오, 그런가? 아무튼 고맙소. 주공께서 군권을 그대에게 일임하셨는데 대장으로 날 지목해줘서."

"이미 유주군에 몸담았을 때부터 장군의 위명은 익히 들었습니다. 장군이 아니고선 누가 이 중요한 임무를 맡겠습니까?"

"그렇소? 하하!"

그럴 리가 없었다. 딱히 한 일이 없기 때문이었다. 그래도 진익은 좋다고 헤벌쭉했다. 다른 의미로 양수의 말은 진실이기도 했다. 그러는 사이, 조조군 진영이 코앞에 다가왔다. 비로소 긴장되기 시작한 진익이 중얼거렸다.

"과연, 놈들. 설탑을 쌓기에 바빠서 우리가 진격해온 것조차 모르는군."

"눈치채기 전에 어서 들이치시지요. 저는 잠깐 후미 쪽을 확인하고 오겠습니다."

"알겠소."

고개를 끄덕인 진익은 양수가 뒤로 빠지자마자 벼락같은 고함을 질렀다.

"전군 돌격! 조조의 졸개들을 뭉개버려라!"

와아아아아! 원술군은 진영 앞에 세워둔 울타리며 죽창 따위를 기세 좋게 밀어버리고 돌격해갔다. 간혹 당황한 조조군 병사들이 사방팔방으로 흩어지는 꼴이 자신감을 더해주었다. 그러다 어느 순간, 진익은 이상함을 느꼈다. 아무리 갑작스러운 공격이라 해도 슬슬 막아서는 병력이 나올 때가 되었다. 하지만 눈에 띄는 건 가을 벌판에서 놀라 뛰는 메뚜기 같은 서넛의 병사들뿐. 전체적으로 진채 내부가 지나치게 잠잠했다.

"잠깐, 멈춰라!"

진익이 병사들을 멈추게 한 직후였다. 주위가 한층 고요해지며 그 적막을 뚫고 냉정한 사내의 목소리가 바람에 실려 들려왔다.

"설마설마했는데 정말 여기까지 밀고 들어오는군. 멍청해. 멍청해도 지나치게 멍청해."

"…누구냐? 모습을 보여라!"

"아까부터 네 앞에 있지 않나."

"헉!"

진익은 놀라서 숨을 들이켰다. 일시에 횃불과 화톳불이 켜지더니 조조군 정예가 모습을 드러낸 것이다. 여남으로 향한 호표기와 더불어, 조조군의 양대 산맥이라 일컬어지는 청주병. 그 청주병 가운데서도 용맹한 자들만 골라 뽑은 조조의 친위대였다. 그 보라색 갑옷은 이미 공포의 대상이 되었기에 한눈에 알아볼 수 있었다.

"어, 어떻게…. 탑, 탑을 쌓고 있는 게 아니었나?"

친위대 맨 앞 검은색 말을 탄 사내가 말했다.

"내 친위대에게 그런 공사를 시킬 것 같으냐?"

"내 친위대…. 헛, 그렇다면 네놈이!"

"그래."

조조는 경멸과 조롱을 담아 냉소했다.

"내가 바로 조조 맹덕이다."

진익은 허겁지겁 물러나면서 비명을 올렸다.

"구, 군사! 군사는 어디 있나!"

그러나 대답은 들려오지 않았다. 양수는 후미로 향함과 동시에 그대로 옆으로 빠져 달아난 것이다. 머릿수는 원술군이 더 많았으나, 그들은 이미 기세에서 눌려 있었다. 아무것도 모르고 유인당했다는 공포와, 조조의 친위대가 뿜어내는 위압감이 손발을 더욱 어지러워지게 했다.

"맹덕아, 맹덕아. 이런 놈들에게 일 년 넘도록 발이 묶여 있었다니."

기가 차다는 듯이 지켜보던 조조가 한탄했다. 그는 마침내 사형선고를 내렸다.

"나의 과오를 보는 것 같아 꼴 보기 싫으니 모두 쳐 죽여라."

파파파파팟! 어지간한 돌풍에도 영향을 받지 않는, 미리 준비되어 있던 노(弩)가 사방에서 일제히 발사됐다. 그게 시작이었다.

원술은 살찐 몸을 이끌고 황급히 달렸다.

"헉, 헉, 허억."

임성현의 성은 방어를 목적으로 임시로 만든 터라 따로 내성이나 궁이 없었다. 성벽과 해자를 제외하면 그 안쪽은 야전의 진채와 크게 다르지 않았다. 막사 사이에 초옥 여러 채가 지어져 있다는 게 눈에 띄는 차이점 중 하나였다. 원술은 그중의 초옥 하나로 구르듯이 달려들어갔다. 온몸에서 땀이 줄줄 흘렀다. 이 초옥은 그의 애첩이 기거하는 곳으로, 재물을 함께 숨겨둔 곳이었다. 이변이 일어났음을 감지하자 즉시 이리로 도망쳐온 것이다.

'내가 어떻게 여기까지 왔는데, 이대로 무너질 것 같은가! 이 재물이라면 다른 곳에서 다시 시작할 수 있다. 혹은 유주왕에게 적당히 쥐여주고 보호를 요청할 수도 있겠지.'

등 뒤에서 들려오는 함성과 비명이 그를 더욱 겁먹게 했다. 성벽 안쪽으로 들어온 적의 수는 불과 천여 명 남짓했으나 그 여파는 어마어마했다. 양수의 지휘에 따라 대부분 병력이 출진한 게 특히 뼈아팠다. 천 명의 적조차 막을 인원이 없었다. 게다가 우금은 원술군이 되돌아 들어올 수도 없게 성문을 올려 닫아버렸다. 남은 건 일방적이고 무자비한 살육이었다. 원술은 제 호위는 물론 문관들까지 모조리 내보낸 뒤 이리로 도망쳐온 것이다. 그는 양수에게 속았음을 아직까지도 모르고 있었다.

"혜, 혜민아! 어서 그걸 챙기거라! 여길 빠져나가야 한다!"

애첩의 이름을 부르면서 초옥에 뛰어든 원술이 그 자리에 굳어 버렸다. 몹시 피로한 표정에 수척한 얼굴과 남루한 옷. 거기에 머리를 풀어헤친 장년인이 피 묻은 검을 들고 서 있었던 것이다. 초췌한 외양도 장년인에게서 풍겨 나오는 특유의 기품을 감추진 못했다. 그를 본 원술이 신음하듯 중얼거렸다.

"자어….."

장년인은 바로 원술을 구원하러 여음까지 왔다가 도리어 그에 의해 옥에 갇혔던 화흠이었다. 화흠은 어디까지나 정중한 투로 말했다.

"강녕하셨습니까, 주공. 아아, 상황이 이러니 평안하시진 못하겠군요."

원술은 화흠의 발아래 쓰러진 여인을 보았다. 그의 애첩이자 재물을 관리하던 혜민이 분명했다. 절색은 아니지만 교활하여 아끼던 여자였다. 원술이 깊은 데서 우러나오는 노호를 내질렀다.

"네 이놈, 자어! 미쳤느냐!"

화흠은 그저 고개를 약간 숙였을 뿐이다.

"이 여인의 일은 송구하게 되었습니다. 주공께서 이리로 오실 줄 알고 와서 기다리려 했는데, 뭘 오해했는지 비수를 들고 달려들지 뭡니까. 제가 가뜩이나 옥에 오래 갇혀 있어서 힘이 없던 터라 살려면 벨 수밖에 없었습니다."

"네, 네놈… 네놈이…."

원술은 더 말을 잇지 못하고 푸들푸들 떨었다.

화흠이 그를 향해 쓱 고개를 돌렸다.

"그러게 왜 그러셨습니까?"

"…무엇을 말이냐."

"주공과 저, 이제까지 잘해왔지 않습니까. 저는 진정으로 주공의 세가 천하에 떨치도록 하는 게 목표였습니다. 한데 왜 갑자기 제게 누명을 씌워서 죽이려 드신 겁니까?"

원술은 이를 앙다물고 화흠을 노려보았다. 사람들이 모두 널 우러르는 게 질투 나서, 라는 말은 도저히 할 수 없었다. 그를 갉아먹은 것은 시기와 질투지만, 여기까지 키워온 것 또한 시기와 질투였다. 원소보다 잘되려고 기를 쓰고 노력했고, 그 결과 천하를 놓고 다투는 위치에까지 올랐다. 한데 이런 결말을 맞게 될 줄이야.

'아니, 아직 끝난 게 아니다. 나, 원공로다. 동탁도, 공손찬도, 원소도, 손견도… 다 제 잘난 맛에 사는 놈들이었지만, 난세를 버티지 못하고 죽었다. 하지만 난 어엿이 살아 있지 않은가.'

원술은 옆구리에 차고 있던 소검을 뽑아 들었다. 그의 나이 올해 쉰다섯. 나이 들고 둔중해진 몸이었지만, 비틀거리는 학사 하나쯤은 처리할 자신이 있었다.

화흠은 검을 늘어뜨린 채 그를 바라볼 뿐이었다.

"개 주제에 감히 주인을 물다니."

원술은 소검을 겨누고서 화흠에게 달려갔다.

"분수를 알게 해주마!"

퓨욱! 열심히 달려가던 다리가 몇 발을 더 내딛더니 나동그라져 허공에서 허우적거렸다. 원술은 잠시 무슨 일이 벌어졌는지 깨닫지 못했다. 배와 허리가 지독하게 차가운 것 같기도 하고 뜨거운 것 같기도 했다.

'음?'

쓰러진 그의 눈에 절단된 하체가 보였다. 잠시 후, 그는 그 하체가 제 것임을 알았다. 절단면에서부터 놀랄 정도로 많은 피와 내장이 김을 무럭무럭 뿜으며 쏟아져 나오고 있었다. 누군가가 단숨에 원술의 몸통을 양단해버린 것.

'누구냐….'

원술은 상대를 확인하려 했지만 눈앞이 흐려져 더 보지 못했다. 그는 마지막으로 힘없이 한 손을 들어 올려 주먹을 쥐려 했다.

'천하를….'

툭. 그의 손이 붉게 물든 눈 위로 떨어졌다.

'이 손에 쥘 수 있었는데….'

잠시 원술의 사체를 내려다보던 화흠이 말했다.

"그래도 오래 모시던 사람이 눈앞에서 죽는 꼴을 보니 썩 유쾌하진 않구려."

원술을 벤 자가 그의 말에 답했다.

"놔뒀다면 공을 해쳤을 겁니다."

"그게 아니라도 조조군의 손에 죽었을 거요. 뭐, 어쩔 수 없지…. 이제 조조군이 들이닥치기 전에 서둘러 피해야겠구려."

"제가 모시겠습니다."

"고맙소, 주동."

천강위 주동은 아름다운 수염을 어루만지며 가볍게 웃었다.

"아닙니다. 애초에 이러려고 조조군에 들어가 있던 거였으니까요. 공은 오래전부터 본교에 헌신하신 데다 뛰어난 학식은 앞으로도 대업을 위해 쓰여야 합니다."

옆의 초옥 방 안에도 여인 하나가 칼에 맞아 죽어 있었다. 그 초옥 문의 빗장에는 붉은 천이 묶인 채였다.

12

격변하는 정세

약 이 년 전.

하후돈이 이끄는 별동대는 신급현에서 원술군과 충돌하여 장군, 명군을 한 차례씩 주고받았다. 하후돈은 막강한 적장 무송과 노지심을 패퇴시켰지만, 새로 얻은 장수 장청이 중상을 입었다. 그사이 원술군은 아예 여남까지 후퇴하였다. 조조군을 더 깊이 끌어들이는 동시에 군량 문제도 해결한 한 수였다. 이것은 하후돈의 속셈을 역이용한 가후의 책략이었다.

"어차피 원래 목적지는 여남이었다. 거기서 끝장을 보자."

하후돈은 그대로 진격하여 여남 일대를 포위하고 장기전에 들어갔다. 이는 원술군 본진으로의 식량 공급을 차단하는 성과를 얻었으나, 전선이 고착화하는 원인이 되기도 했다. 작은 규모의 국지전이 몇 차례 벌어졌을 뿐, 가후는 여남의 곡창지대를 무기로 철통같은 방어를 펼치며 나오지 않고 있었다. 그렇게 또 해를 넘겼다.

장청은 물론 위원회 소속의 천강위, 그 장청이다. 그때 주동도 함께 하후돈을 지원했다. 원술을 돕고 있는 무송과 노지심 또한 천강위다. 그런데 어째서 송강은 아군끼리 싸우게 하는 것일까?

송강의 목표는 최대한 오래 난세와 혼란이 지속되게 하는 것이다. 그래야 성혼교 같은 단체가 활동하기 더 쉬울 뿐만 아니라 그 사이 익주에서 기반을 편하게 다질 수 있기 때문이었다. 정사에서 익주의 유언도 비슷한 식으로 세력을 크게 키웠다. 조조가 침공해오기 전까지는.

결정적으로 '강이 하나가 되어 흐른다'는 자허상인의 예언을 무위로 돌려야 했다. 강이 하나가 된다는 것은, 곧 '강'으로 경계지어진 각 세력들의 합일을 의미했다. 만약 강을 하나로 만드는 사람이 있다면 바로 송강 자신이거나, 최소한 그녀가 택한 '왕'이어야 했다. 원술에게 같은 천강위인 노지심과 원술이 가 있었음에도, 그와 싸우는 중인 하후돈한테 주동과 장청을 붙여준 건 그래서였다.

동료와 맞붙어야 하는 그들의 심정 따위는 신경 쓰지 않았다. 애초에 위원회의 약점 중 하나가 유대감이 부족하다는 것이기도 하지만. 이처럼 송강에게는 천강위 개개인에 대한 애정이나 사심은 거의 없었다. 충성을 기대하지도 않고, 심지어 배신한 자에게도 크게 분노하거나 증오하지 않았다. 그녀에게는 천강위도 그저 하나의 말일 뿐이다.

주동이나 시진처럼 송강의 복안에 찬동하는 부류는 여전히 회에 남았다. 하지만 반발하는 이들은 회를 떠날 수밖에 없었다. 그런 방식이 생리적으로 맞지 않았기 때문이다. 송강에게는 그것조차 상관없었다. 회를 떠난 자들이 적이 되는 것 또한 혼란의 일부였기에.

하후돈은 그런 속사정들은 고사하고 위원회 자체에 대해 아는 바가 거의 없었다. 그저 오용이 배신했다는 충격적인 소식만 접했을 뿐이다. 이제 누가 성혼교도와 위원회인지 경계하게 된 조조는 서신조차 극히 주의해서 썼다. 그 무렵 하후돈에게 보낸 서신도 마찬가지였다.

"장군, 절 찾으셨다기에…."

하후돈의 부름을 받아서 간 유엽은 주동과 함께 있는 그를 보았다. 장청은 아직 완전히 회복하지 못했다. 부상 자체도 심각했는데, 거기다 병마용군 '매드 크라운'이 파괴되면서 정신적 충격까지 더해진 게 컸다. 아무리 막 부리던 병마용군이라도 영혼이 연결되었다는 사실은 마찬가지였기 때문이다.

하후돈이 반색하며 유엽을 맞이했다.

"오, 왔소? 다름이 아니라 주공에게서 서신이 왔기에 그대를 호출한 것이오."

"주공께서요?"

"특별히 그대를 지목하셨소."

유엽은 하후돈에게서 서신을 건네받아 읽었다. 그의 안색이 조금씩 어두워졌다.

"주공께서 여러 가지로 어려움을 겪고 계시는군요. 역시 십만 대군이 만만한 상대는 아니지요. 그걸 지휘하는 자가 아무리 우둔한 원술이라 해도…."

"그대의 지략을 필요로 하시오."

"원술은 막대한 병력과 물자를 이용해서 단순히 버티고 있는 것인데, 여기에는 딱히 지략이 통용될 틈이 없습니다. 제가 간다고 도움이 될는지…."

"직접 가서 보면, 뭔가 변화나 방도가 나올 수도 있지 않겠소? 그쪽에 만성(曼成, 이전의 자)처럼 머리를 좀 쓰는 친구들이 있긴 해도 근본적으로 책사는 아니니까."

"으음…."

"진원룡(元龍, 진등의 자)은 떠났고 백녕(伯寧, 만총의 자)도 업성으로 돌아가 요양 중이니, 지금 주공 곁에는 함께 책략을 논할 사람이 없을 거요. 사실상 군략이 먹힐 틈이 없기는 여기도 마찬가지. 차라리 여음으로 가서 주공을 도와주시오."

유엽은 고심 끝에 수락했다.

"알겠습니다. 제가 가고 말고 할 문제가 아니지요. 주공께서 친히 부르시니 당연히 따를 터이지만, 그저 도움이 될지를 염려하는 것입니다."

"잘 생각하였소. 그대의 존재 자체만으로도 주공이 심적으로 안정된다는 얘기요. 아, 주동과 함께 가시오. 그대의 호위도 할 겸 주동의 무공이라면 분명 거기서도 공을 세울 거요."

그사이 하후돈은 주동과 많이 가까워져 있었다. 주동은 평소에는 온화하고 너그러우며 외모도 빼어난, 딱 이 시대에 어울리는 인물이었다. 오직 전장에서만 잔인한 성품을 드러냈는데, 그나마도 용맹으로 여겨졌다. 유엽은 못마땅한 심정을 얼굴에 드러내지 않으려고 애썼다. 여전히 주동에 대해 다소 꺼리고 의심하는 마음이 있었기 때문이다.

'음? 가만, 오히려 잘된 일이 아닌가.'

주동과 동행하면 그를 눈에서 떼어놓지 않을 수 있게 된다. 유엽은 온화한 미소를 떠올렸다.

"그래 주신다면야, 감사하지요."

그렇게 해서 유엽과 주동은 여음에서 원술과 대치 중인 조조에게로 향했다. 이는 양수가 합류하기 약 한 달쯤 전이었다. 유엽은 도착하자마자 나름 최선을 다했지만, 토성을 하나 완성시킨 것 외에는 큰 성과를 내지 못했다. 그런 와중에 주동은 무사답지 않은 중후한 외모와 행동거지로 조조의 호감을 샀다. 조조는 오용의 일로 위원회에 대해 각별한 경계심을 품고 있었다. 그러나 하후돈의 추천서까지 들고 온 주동을 의심하지는 못했다.

대치가 길어지던 중 뜻밖에도 양수를 붙잡으면서 조조군의 원술 공략은 급물살을 타게 되었다. 폭설을 예측한 양수는 크게 삼중의 책략을 짰다. 첫 번째는 무른 흙 대신 단단하게 굳히고 얼린 눈을 이용하여 공성탑을 쌓는 것. 이 공성탑은 실제 공격용으로 쓸 수 있음과 동시에 적의 시선을 끄는 역할도 할 것이었다. 두 번째는 동시에 그 공성탑으로 주의가 쏠린 원술군을 유인한 다음 섬멸하는 것이었다. 그러기 위해서는 보다 확실하고 강력한 유인책이 필요했는데, 양수는 스스로 미끼가 되어 출진을 종용하기로 했다. 원술에게서 전권을 위임받아 자연스럽게 무능한 자를 장수로 추천한 것은 덤이었다. 마지막 세 번째는 원술군을 유인해내는 데서 그치지 않고 성내로 진입하여 안에서부터 무너뜨리는 것이었다. 그 임무를 수행하기 위하여 추위에 강한 북부 출신의 병사들로 결사대가 조직됐다. 결사대의 통솔은 우직하며 용맹한 우금이 맡게 되었다.

'허허…. 대단하구먼.'

유엽은 양수의 책략을 들으면서 자괴감이 들지 않을 수 없었다. 이제까지는 그저 배신을 거듭한, 몰락한 가문의 타락한 선비 정도로 여겼다. 한데 날씨를 정확히 예측한 것부터 시작하여 양수의 책략은 이중, 삼중으로 빈틈을 보완하는 치밀함과 상식을 깨는 기이함이 혼재해 있었다.

'잠깐, 이것은….'

생각하던 유엽은 뭔가가 떠올라 멈칫했다. 이 방식은 마치 그가 전해 들은 유주왕의 그것과도 흡사했다. 곁에서 한때나마 보좌한 까닭에 영향을 받은 것인가. 아니면, 유주왕이 내놓았던 허를 찌르는 대담함에 치밀함이 더해진 책략 자체가 양수의 진언이었던가. 어느 쪽이든 그에게는 놀라움의 대상이었다.

'나는 아직 멀었구나.'

결사대 출진 이각(약 30분) 전이 되었다. 우금이 조조에게 물었다.

"주공, 주동도 참여하는 겁니까?"

출진 전, 간단한 열병식(부대를 정렬시켜 위용, 사기 등의 상태를 시찰케 하는 군 행사)을 하러 집결한 결사대의 대열 앞. 주동이 가벼운 차림으로 서 있었다. 늘 데리고 다니는 시중드는 소녀와 함께. 그 소녀의 무력이 우금 자신과 맞먹거나 그 이상이리라고는 당연히 짐작도 못 했다. 자수를 놓은 고급스러워 보이는 장포와 멋들어지게 기른 턱수염 등, 주동의 겉모습은 장수라기보다는 풍류객 같았다. 하지만 전신에서 잘 벼린 칼 같은 분위기가 풍겼다. 조조는 믿음직스럽다는 눈길로 주동을 보며 답했다.

"그렇다네. 주동의 검술이라면, 특히 이런 소수정예가 필요한 작전에서 큰 도움이 될 걸세."

"불만은 없습니다만, 차림이 너무 추워 보여서 그럽니다."

우금의 말에, 주동은 싱긋 웃어 보였다.

"걱정 마십시오, 장군. 나는 추위와 더위를 느끼지 않습니다."

"…그렇습니까."

우금은 어쩐지 주동을 대하기가 불편했다. 원래 대인관계가 원활한 편은 아니었지만, 주동에게서는 보다 근원적인 거부감이 느껴졌다. 정확한 이유는 우금 자신도 잘 알 수 없었다. 그러나 그런 사실을 내색하지는 않았다.

"자, 이번 전투의 중요성은 다들 잘 알겠지. 이 지역에 이렇게 큰 눈이 내리는 것 자체가 드문 일이네. 이번 기회를 놓치면 또 원공로와의 전쟁을 얼마나 더 끌어야 할지 알 수 없네. 부디 성공해서 이 지겨운 곳을 떠날 수 있길 바라네."

긴 전쟁에 지쳐 있기는 병사들도 마찬가지였다. 조조는 결사대원 한 명 한 명의 어깨를 친히 두드리며 격려했다.

"아 참, 문칙. 성안을 돌아다니다 보면, 빗장에 붉은 천을 묶어

둔 초옥이 있을 걸세. 그 집에 있는 사람, 특히 여인은 절대 해치
지 말도록 하게. 덕조의 모친이 기거하는 곳이라 하니. 이는 내가
덕조와 약속한 사안이므로 다들 명심하게. 부하들에게도 주지시
키고."

"알겠습니다."

우금은 고개를 끄덕이며 답했다.

그렇게 출격한 결사대는 몇 시간 후 마침내 성내에 진입하는
데 성공했다.

"내게서 떨어지지 말고 따라오너라."

우금이 결사대원들에게 명했다. 허를 찔렀다곤 하나, 그들은
여전히 소수였다. 자칫 각개 격파되어 이 천재일우의 기회를 날
릴 우려가 있었다. 그때 그는 문득 주동이 보이지 않음을 알아차
렸다.

"주동은 어디 갔는가?"

우금의 물음에, 부장 하나가 답했다.

"성문을 여닫는 도르래를 확보할 때는 분명 같이 있었는데, 그
후 갑자기 사라졌습니다."

"음… 알겠다."

주동이 비록 제 한 몸 건사할 실력은 충분하나, 군법을 중히 여
기는 원칙주의자 우금은 그의 개인행동 자체가 못마땅했다.

'그 부분에 대해서는 돌아간 뒤에 추궁하면 되겠지.'

우금과 결사대는 한 덩어리가 되어 원술이 있는 사령부를 찾아

달리기 시작했다.

같은 시각.

원씨 부인은 갑자기 집 안으로 뛰어든 사내를 보고 공포에 질렸다. 멋들어진 턱수염을 기른 잘생긴 사내였는데, 눈빛에서 흉흉한 분위기를 풍기고 있었다. 그녀는 혼비백산하여 손을 내저으며 말했다.

"저, 저는 아닙니다! 전 같은 편입니다. 빗장에 묶어둔 붉은 천을 못 보셨습니까?"

"봤지. 그것 때문에 들어왔는데."

"…당신, 조조군이 아닌가요?"

최악! 원씨 부인은 그 대답을 듣지 못했다. 사내가 검을 휘둘러 그녀를 벤 탓이었다. 그는 쓰러진 원씨 부인의 옷자락에 검을 문질러 닦았다.

"허허, 양수. 이걸로 장차 조조에 대한 태도가 어떻게 바뀔지 궁금하군. 역시 위원장님을 따르는 게 제일 재미있단 말이야."

그때 파란 옷을 입은 소녀가 문간에서 말했다.

"화흠을 찾아서 구출했어요, 선생님! 그가 원술이 어디로 올지 안대요."

"잘했다, 청청."

화흠은 몹시 피로한 기색으로 청청의 옆에 서 있었다. 주동을 본 그가 말했다.

"뉘시오?"

주동은 손목 안쪽을 보여주며 나직하게 답했다.

"별의 이름으로…. 교에서 당신을 구하러 온 사람이오."

지쳐 있던 화흠의 얼굴에 화색이 돌았다.

"오오, 그러셨구려. 고맙소."

"공은 이제 어쩔 수 없이 조맹덕에게 투항해야 할 거요. 그게 교의 뜻이기도 하고. 조맹덕은 이 사실을 모르는 데다, 본교에 대해 극심한 거부감을 갖고 있으니 각별히 유의하셔야 하오."

"오용 선생의 사건 때문인가 보군. 알겠소이다."

화흠은 고개를 끄덕인 다음 주동을 한 초옥으로 안내했다. 원술이 재물을 맡긴 애첩이 기거하는 집이었다. 주동은 먼저 애첩을 죽인 뒤, 청청을 시켜 재물을 빼돌렸다. 그리고 그 칼을 화흠에게 쥐여주어 원술의 눈이 뒤집히게 했다. 원술이 달려드는 순간, 잠복해 있던 주동이 튀어나와 그마저 베어버렸다. 시종일관 낮은 평가를 받긴 했으나, 그래도 한 시대를 풍미했던 군웅의 최후는 이렇게 이뤄진 것이었다. 조조와 원술의 긴 싸움은 표면적으로는 조조의 승리로 막을 내렸다.

"하하, 아주 큰 공을 세웠군! 사로잡지 못한 건 아쉽네만, 자어 공을 보호하기 위해서라니 어쩔 수 없지."

조조는 몹시 기분이 좋았다. 몇 년을 싸워온 앙숙이 드디어 최후를 맞이한 데다 여남이라는 너른 곡창지대도 곧 차지하게 될 터이니 유쾌하지 않을 수가 없었다. 게다가 가뜩이나 책사의 부족에 시달리던 터에 양수에 이어 화흠이라는 인물을 얻었다. 화흠은 사실상 원술을 이 자리까지 올렸다고 평가받는 걸출한 인재였다. 오용의 일 이후, 걸핏하면 그를 괴롭히던 편두통도 이날만큼은 거의 느껴지지 않았다. 조조는 친히 화흠의 손을 잡아 이끌어 그를 맞이했다.

"원공로를 섬기던 저를 이리 환대해주시니 감읍할 따름입니다."

사뭇 감격하는 화흠에게 조조가 말했다.

"마지막에는 옥에 갇혀 고초를 당하지 않았소. 원공로에게 그대 같은 인물은 과분했소"

또한 조조는 우금과 주동, 양수 등을 크게 치하하고 후한 포상을 약속했다.

"자, 오늘 하루는 다들 마음껏 먹고 마시게!"

원술군의 피로 물들었던 여음성은 역설적이게도 곧 축제 분위기로 바뀌었다. 모두가 기뻐하는 가운데 양수만은 구석에서 음울한 분위기에 잠겨 있었다. 다들 그 이유를 알기에 누구도 건드리지 않았다. 양수는 조금 전 우금이 찾아와서 직접 사죄했던 일을 떠올리고 있었다.

"안타깝게도 그대의 모친이 변을 당하셨네."

"…원술의 짓입니까?"

"아니, 내 부하 중 누군가가 흥분한 나머지 문의 표식을 미처 못 보고 뛰어들어가 사고를 친 것 같네. 지금 조사 중이네만 다들 모르는 일이라고 하는 통에…. 모친을 잃은 슬픔을 이런 말로 대신할 수는 없겠지만, 그대에게는 진심으로 미안하게 되었네. 사죄의 뜻으로 이번 전투에서 주공께 받은 전리품과 은상은 모두 그대에게 주겠네."

청렴한 성품에 원칙주의자인 우금다웠다.

양수는 좋은 말로 그를 위로하고 돌려보냈다. 어차피 혈육의 정은 거의 남아 있지 않았다. 이런 일로 분노해서 날뛰어봐야 힘들게 얻은 새 터전만 잃을 뿐이다. 다만 어쩐지 뭔가 몹시 거슬리고 불쾌했다. 어머니의 죽음이 우연한 사고가 아니라, 다른 뭔가가 개입한 듯한 기분이 들었기 때문이다.

'내가 알기로 결사대는 누구 하나 개인행동을 하지 않았고 우금과 함께 움직였다. 또한 전투와 피에 흥분해서 군령을 잊을 정도의 애송이도 아니다. 조조가 직접 우금에게 어머니의 일과 관련하여 당부하는 것도 보았다. 한데 정확히 알 수 없는 누군가가 사고로 어머니를 해쳤다고?'

조조가 원술과 연관된 피를 다 끊어놓으려고 뒤에서 수를 쓴 걸까? 그렇다면 그도 완전히 신뢰할 수 있는 주군은 못 된다. 아니면, 또 다른 누군가가….

'마음에 안 들어. 내가 모르는 변수가 있다는 게.'

양수는 좀 떨어진 곳에서 어두운 눈길로 조조와 화흠, 주동 등을 물끄러미 응시했다.

원술의 패망 소식은 곧 천하로 퍼져나갔다. 익주, 성도에 있는 송강의 귀에도 들어갔음은 물론이다. 주동에게 일러 기회가 되면 원술을 참살하도록 명한 게 그녀였으니 당연했다. 송강의 병마용군 가영이 물었다.

"그런데 굳이 제거할 필요까지 있었을까요? 혼란을 들불처럼 퍼뜨린다는 우리 전략과 어긋나는 게 아닌지⋯."

송강은 대리석과 화강암으로 만든 욕조 안에서 몸을 씻는 중이었다. 익주에는 질 좋은 온천물이 나오는 곳이 많았는데, 성도도 그중 하나였다. 그녀는 김이 피어오르는 온천물을 손으로 떠올려 어깨에 끼얹으며 말했다.

"이제 곧 한수의 부대가 중원으로 진출할 예정이라는 건 알지?"

"예."

"이르면 내년 봄, 늦어도 가을에는 시작될 거야. 한수와 우리 성혼군이 양 갈래로 중원을 친다. 그간 쌓아온 저력을 총동원해서 대대적으로 말이야."

그사이 한수는 강족을 규합하고 마등의 남은 세력과 서량의 군벌 등을 흡수하여 십오만 대군을 만들었다. 송강 또한 유언의 세력에다가 익주의 여러 호족을 끌어들여 십만이 넘는 병력을 확보했다. 거기다 한수에게는 충성스러우며 영리한 성공영(成公英), 정사에서 마초를 일방적으로 폭행하여 위독한 지경까지 가게 했던 맹장 염행(閻行) 등이 있었다. 송강은 천강위의 남은 인원들과 병마용군을 제하고서도, 냉포, 장임, 엄안, 법정 등 익주의 뛰어난 인재들을 다수 거느렸다. 또 송강 자신의 천기와 성수 등을 이용하여 강력한 정신적·육체적 무장을 갖추게 했다. 단순히 규모만 큰 무리가 아닌 것이다. 성혼군은 양과 질 모든 면에서 천하제일이라 할 만했다.

"그런데 그 입구이자 진군로인 장안, 홍농, 낙양 등은 원술의 손에 들어가 있었어."

"어차피 격파해야 할 세력이란 말씀인가요?"

"순순히 길을 열어주지 않는다면."

"그러지 않았겠지요."

"게다가 원술은 성혼교에 귀의한 화흠의 조언도 더 이상 따르지 않고 옥에 가두기까지 했다. 걸리적거리는 데다 통제도 안 돼. 그런 꼭두각시는 필요 없지. 또 조조와 원술이 예상 밖으로 오래 싸우게 되면서 진용운이 너무 순조롭게 세력을 키우고 회복하게 해주는 결과를 낳았어. 다 합쳐지게 만들지는 않겠지만, 이제는 선택과 집중이 필요해."

"그렇군요."

가영은 수긍하고 고개를 끄덕였다. 그는 병마용군이면서도 송강 특유의 책략과 심리전 등을 차근차근 흡수해가고 있었다. 그것이 가영의 특기이자 장점 중 하나였다. 일례로 사천신녀만 해도 책략적인 부분에 있어서는 전혀 소질이 없다. 가영처럼 참모나 책사 역할이 가능한 병마용군은 전무하다고 봐도 무방했다.

원술이 패망하여, 이제 천하는 4강(強)의 시대로 접어들었다. 북쪽의 진용운, 서쪽의 성혼교주, 중앙의 조조, 남쪽의 유표가 그들이었다. 그런 와중에 서쪽에서 은밀하게 자라난 성혼의 세력은 이제 용운은 물론 중원 전체에 최악의 위협이 되어 이를 드러내려 하고 있었다.

그 소식은 여남에서 힘겨운 싸움을 이어가던 가후에게도 전해졌다. 충격적인 급보였다. 눈을 감고 생각에 잠긴 그에게 정립이 찾아왔다.

"중덕(仲德, 정립의 자) 님, 여긴 어쩐 일이십니까?"

정립은 마르고 긴 얼굴이 창백해져 있었다.

"어쩐 일이긴 이 사람아. 큰 변고가 벌어졌으니 그러지. 소식 들었는가?"

"예….'

"설마설마했는데, 이건 우리 계산에 없던 일일세. 주공을 비롯하여 원씨 일가는 모두 참살…. 자어는 조조에게 투항했다고 하네."

"자어의 투항은 무리도 아니지요. 마지막에는 주공께서 그를 옥에 가두기까지 했으니까요."

"후우… 이제 조조는 곧 여남으로 들이닥칠 걸세. 그럼 우리가 패배할 것은 불 보듯 뻔하네. 자네는 앞으로 어찌할 생각인가?"

가후는 잠시 입을 다물고 침묵했다. 정립은 그런 가후를 가만히 바라보았다. 여러 가지로 수수께끼 같은 사내였다.

'나야 자어에게 설득되어 그렇다 치고, 이 가후 정도의 사내가 왜 여포를 떠나 원술에게 투항해왔는지 이해가 가지 않았지. 지금도 여전히.'

정립의 기준에서는 여포나 원술이나 비슷한 족속이었지만, 그나마 여포가 조금 더 나았다. 여포 자신이 쓸 만한 장기 말이었던 까닭이다. 반면, 원술은 아무짝에도 쓸모없는 방해물에 불과했다. 그게 늘 궁금했는데, 그 의문은 뜻하지 않게 이 자리에서 풀리게 되었다.

"매부, 있나?"

가후가 눈을 번쩍 뜨고 고개를 휙 돌렸다. 조심스러운 목소리와 함께 누군가가 가후의 막사로 들어왔다. 상대를 확인한 정립은 그 자리에서 굳어버리고 말았다.

"혁…."

그의 입에서 신음 같은 목소리가 새어 나왔다.

"폐… 폐하?"

"중덕…."

정립은 뒤늦게 결례를 깨닫고 황급히 부복하며 예를 표했다.

"신, 중덕이 폐하를 뵙습니다!"

"허허, 어서 일어나게. 이제 제대로 된 조정조차 없는 것을…. 신하의 예를 표할 필요도 없네."

"폐하…, 망극합니다."

찾아온 사람은 다름 아닌 후한의 마지막 황제, 헌제(獻帝) 유협(劉協)이었다. 정욱이 놀란 이유는 황제가 직접 찾아왔다는 사실보다 그가 가후를 부른 칭호 때문이었다.

'매부라고? 그렇다면….'

선황제, 그러니까 헌제의 부친인 영제에게는 장남이었던 소제 유변, 왕미인에게서 본 차남 헌제 유협 그리고 모친을 정확히 알 수 없는 두 공주가 있었다. 만년공주(萬年公主)와 내황공주(內黃公主)가 그들이다. 영제가 주색에 빠져 사망하고 장남 유변과 유협 사이에 황위 계승 싸움이 일어나면서 두 공주는 자연스레 잊혔다.

결국, 유변은 동탁에 의해 폐위되어 17세라는 어린 나이에 독살당했다. 폐위된 황제가 독살당한 마당에 공주 따위의 안위나 행방을 챙길 사람이 있을 리 없었다. 뒤를 이어 황위에 오른 헌제도 허울뿐인 황제이기는 마찬가지였다. 그는 동탁이 패퇴하고 여포의 수중에 들어갔다가, 다시 여포가 원술에게 패망하면서 그에게 보호받게 되었다.

말이 보호지 억류나 다름없었다. 그들에게 황제는 더 이상 충성의 대상이 아니라, 자신들의 명분을 공고히 해주기 위한 도구일 뿐이었다. 동탁에게서 여포 그리고 원술에게로 옮겨가는 동안, 옆에서 그를 비밀리에 보살펴준 사람이 없었다면. 헌제는 일찌감치 모든 걸 포기하고 제위를 그중 누군가에게 내주었을지도 몰랐다.

"그게… 그 보호자가 바로 자네란 말인가?"

정립은 벌어진 입을 다물지 못했다.

가후는 담담하게 고개를 끄덕였다.

"그렇습니다. 이리된 마당에 더 숨길 수도 없겠군요."

그는 박쥐니, 기회주의자니 하는 소리를 들어가면서도 늘 당대의 강자에게 붙었다. 처음에는 동탁의 사위 우보, 그다음에는 여포, 마지막에는 원술에게 투항하는 것도 서슴지 않았다. 이 모든 것은 황제를 보호하기 위한 것도 있지만, 그보다….

"상공!"

"어찌 그대까지 여기 왔소, 영."

황제의 등 뒤에 몸을 숨기듯 서 있다가 가후의 품에 안겨드는 이 아름다운 여인. 바로 가후의 아내이자 헌제의 배다른 여동생 내황공주 유영을 지키기 위해서였다. 그 광경을 지켜보던 정립의 입이 더 크게 벌어졌다. 가후가 혼인했다는 사실은 얼핏 들었으나, 그 상대가 설마 황가의 여인이었을 줄이야.

"미안하군. 너무 놀라운 소식을 들어서 곧바로 달려왔는데, 다른 사람이 있을 거라곤 생각을 못 했네."

헌제가 열없는 표정으로 말했다.

"아닙니다, 폐하. 어차피 중덕에게는 사실을 말하려 했습니다."

"그런가?"

"중덕 님, 보시다시피 저는 원공로에게 충성하던 것이 아닙니다. 그가 붙잡고 있던 폐하를 지키기 위한 것이었지요."

가후는 그러기 위해서 여포를 떠났을 뿐만 아니라, 성혼교의 존재를 알자 그것까지 이용했다. 이는 화흠이나 송강조차 꿈에도 모르는 사실이었다.

정립은 신음하듯 중얼거렸다.

"자네 참, 대단한 사람이로군. 여러 가지로."

"본의 아니게 숨겨서 죄송합니다."

"아니, 충분히 이해하네."

가후는 헌제에게로 시선을 돌리고 정중히 말했다.

"이제 원공로가 죽었으니 폐하께서는 자유로워지셨지만, 동시에 위험해지셨습니다. 곧 원공로보다 더한 야심가가 이리로 들이닥칠 것이기 때문입니다."

"조조 맹덕…."

"그렇습니다. 그는 지금까지처럼 자신의 명분을 위해 폐하를 이용할 수도 있고 혹은 스스로 만인지상의 자리에 오르려고 폐하를 해치려 할 수도 있습니다. 허나 확실한 것은, 결코 폐하와 황실의 부흥을 위해 충성하지는 않으리라는 것입니다."

"그, 그럼 어찌하면 좋겠나, 매부?"

"지금 그것을 고민 중입니다. 유경승이 황실의 친족이며 여기서 형주가 가깝긴 하나, 속내를 알 수 없기는 그나 조맹덕이나 매한가지이니 망설여지는군요."

장내에 잠시 무거운 침묵이 감돌았다. 그 침묵을 깨고 제일 먼저 입을 연 것은 의외로 황망해져 있던 정립이었다.

"그럼, 이렇게 하시지요. 폐하."

13

황제의 결심과 남부의 삭풍

"그럼 이렇게 하시지요, 폐하."

정립의 말에, 헌제는 옅은 경계심을 드러내며 물었다.

"어찌 말인가?"

헌제가 보기에 정립은 원술의 최측근, 화흠과 더불어 심복 중 심복이었다. 또한 가장 믿고 의지하는 가후 못지않게 뛰어난 책사이니 경계하지 않을 수 없었다.

'또 무슨 수를 써서 날 이용하려 들지 모른다. 원술이 그랬듯이.'

정립은 책사들 중에서도 성향이 특이한 편이긴 했다. 순욱처럼 황실과 유교적 가치를 중시하지도, 그렇다고 곽가처럼 자유분방하지도 않았다. 또 주유처럼 누구 한 사람을 혈육처럼 여기며 절대적 충성을 바치는 성격도 아니었다. 일단 자신이 택한 주인은 다소 불만스러운 부분이 있어도 최선을 다해 섬겼다. 그러면서도 제 살길과 실리는 확실하게 챙겼다.

원술이 사망했고 조조의 침공이 코앞에 다가왔다. 이제 정립에게는 세 가지 선택지가 남았다. 첫 번째는 원술의 유지를 이어,

여남의 풍부한 군량을 바탕으로 끝까지 항전하는 것이다. 이는 패배가 거의 확실시됨으로써 제외했다. 가후라도 남아주면 또 모르겠지만, 그는 이미 황제를 모시고 떠날 궁리를 하고 있었다. 하후돈이 이끄는 부대만 해도 만만치 않았는데, 조조의 본진까지 들이닥친다면 이기기란 불가능에 가까웠다.

두 번째는 조조에게 항복하는 방법이었다. 좀 다른 상황이었다면 상당히 구미가 당겼을 터. 하지만 정립은 비록 진류성을 빼앗기긴 했을망정 하후돈의 부대에 큰 타격을 주었다. 그 과정에서 조조의 아들 조창이 심한 화상을 입게 만들기도 했다. 이렇게 사고를 쳤으니, 아무리 조조가 인재를 아낀다는 평판이 있어도 무사하기 어려우리라는 게 정립의 생각이었다.

'보는 눈과 평판이 있으니 당장 죽이진 않더라도, 한직이나 떠돌다가 내쳐지기 십상이다. 벌써 그런 꼴이 되고 싶지는 않군.'

마지막 세 번째는 가후를 도와 헌제를 모시고 다른 세력에 투항하는 것. 현재로서는 가장 성공확률이 높으며 새로이 뜻을 펼쳐볼 수 있는 방법이었다.

'적어도 원공로보다는 나은 주인을 만나겠지.'

일단 황제를 보호한다는 명분이 있고 그 명분을 원하는 제후에게 받아들여지기도 쉽다. 또 가후라는 큰 강점이 있었다. 뿐만 아니라….

"뭐야, 벌써 누가 와 있었네."

"…정립 영감, 싫어."

정립이 막 입을 열려 할 때, 마침 그가 떠올린 두 사람도 가후의 막사를 찾아왔다. 무송과 노지심. 이 절대적으로 강한 여장수 둘은 분명 가후를 따르려 할 것이었다. 아니나 다를까.

"가형, 원술 그 너구리가 죽었다며?"

가, 가형?

정립은 내심 당황했지만 가후는 태연했다.

"그렇다고 하더군요."

"그럼 이제 어쩔 거야? 나도 딱히 내려온 말이 없어서…. 솔직히 조조한테 붙을까 하는 생각도 했는데, 그 수염 난 위선자 살인마와 팔매질 미치광이가 그쪽에 있다고 생각하니까 딱 싫네."

주동과 장청을 가리키는 것이었다. 가후가 고개를 끄덕였다.

"흐음, 알겠습니다. 노지심 님은 어쩌시겠습니까?"

"난 무송이 하는 대로 할 거야. 그리고 정립 영감은 싫지만 가후는 싫지 않아."

"이거 좋게 봐주셔서 고맙습니다. 그보다 두 분, 폐하께 인사는 하셔야죠."

가후의 말에, 무송과 노지심이 동시에 헌제에게 포권했다.

"오오, 황제도 오셨었네."

"안녕하세요, 황제 아저씨."

"그, 그래…."

헌제는 이전에도 가후를 통해 두 여장수를 잠깐 본 적이 있었다. 그때도 당황했지만, 이들의 이런 태도는 여전히 익숙해지지 않았다.

'아무리 이민족 출신이라 해도 예에 너무 어두운 게 아닌가.'

떨떠름하게 인사를 받은 헌제는 답답한 듯 정립을 재촉했다.

"하려던 말을 마저 해보라. 어찌하라는 건가?"

정립은 아무렇지 않은 표정으로 엄청난 소리를 했다.

"유주왕에게 의탁하십시오."

"뭐라?"

헌제는 물론이고 가후와 무송, 심지어 별생각 없는 노지심까지 놀랐다. 헌제는 약간 노한 투로 되물었다.

"그대는 날 위험에 빠뜨릴 셈인가?"

"망극합니다. 그럴 리가 있겠습니까, 폐하."

"유주왕은 황실을 가벼이 여겨 북쪽의 오랑캐는 물론이요, 심지어 고구려군까지 중원에 끌어들여 제 욕심을 채운다는 건 삼척동자도 아는 얘기다. 한데 날 맞아들일 리가 있겠는가?"

"그건 세간에 알려진 얘기와 좀 다릅니다."

"다르다니? 뭐가 어떻게 다르다는 건가?"

정립은 수염을 어루만지면서 천천히 설명했다.

"오래전 탁군에서부터 유주왕을 따라 업성까지 갔다가, 업성이 조조에게 함락될 때 도망쳐 나와 원공로에게 귀의한 자에게서 들은 얘기입니다. 애초에 유주왕이 처음 세력을 일으켰을 때는 황실의 부흥과 황제 폐하의 구출을 기치로 했다는군요."

"흥, 그럴듯한 말로 할거하는 데 필요한 인재들을 꼬이기 위함이었겠지."

"물론 그럴 수도 있습니다만, 노자간이나 순문약 같은 인물들이 애송이의 말에 그리 쉽게 속아 넘어갈 사람들은 아니지요. 당시 유주왕은 약관에 불과했으니까요."

"흐음… 차라리 조맹덕에게 의탁하는 것은 어떠한가? 난 그의 조부였던 비정후 조등과 부친인 태위 조숭도 기억한다. 그 정도면 황실과 깊은 인연이 있는 가문이 아닌가? 매부는 물론이고 중덕, 그대도 해치지 않도록 내가 친히 맹덕에게 일러두겠다."

정립은 고개를 저었다.

"폐하께서도 잘 아시다시피 조맹덕은 복양성에서 대학살을 저지른 전적이 있습니다. 제 목적을 위해서는 백성들의 목숨 따위는 파리 취급하는 데다 원공로와 오래 싸워왔으니 저는 물론이요, 문화(文和, 가후의 자)에게도 원한이 깊을 겁니다. 당장은 폐하의 말을 따르는 척하겠지만, 저희를 귀양 보내 죽이거나 사고로 위장하여 처리하는 것쯤은 식은 죽 먹기입니다. 그에게 항복한다면 폐하는 무사하실지 모르겠으나, 저희 둘은 죽은 목숨이나 마찬가지입니다. 폐하께서도 결국 조맹덕의 손아귀에 혼자 남게 되시고 말입니다."

그 말에 내황공주 유영이 가후의 팔을 잡은 손에 힘을 주며 외쳤다.

"폐하, 아니 오라버니! 조맹덕은 안 되옵니다!"

사실 가후의 생각은 정립과 조금 달랐다. 그는 조조를 가장 유력한 의탁 후보로 생각하고 있었다. 확실히 격정적인 면이 보이긴 하나, 때로는 놀라울 정도로 관대하기도 했다. 자신과 정립이 그에게 간다면 아마 쌍수를 들어 환영할 것이다.

'마침 조조는 이상할 정도로 만성적인 책사 부족에 시달려왔

으니까.'

문제는 복양성의 대학살 이후로 아내인 유영이 조조를 끔찍이 싫어한다는 것이었다. 방금 정립이 한 말로 가후 자신도 위험해질 거라 믿게 됐으니 혐오는 더욱 심해지리라. 유일하게 남다시피 한 혈육이라 그런지 몰라도 헌제는 유영에게 매우 약했다. 지금도 그녀가 거부감을 보이자, 바로 조조에게 갈 생각을 접는 기색이었다. 정립의 입에서 나온 '유주왕'이란 말에 가후는 가후대로 생각이 복잡해졌다.

'유주왕이라….'

그때의 여인 같던 소년이 천하를 놓고 패권을 다투는 군웅의 일인이 될 줄이야. 가후도 이제 와서 한 황실이 예전의 권위를 되찾으리라고는 생각하지 않았다. 천하는 돌이키기 어려울 정도로 갈라졌다. 그것을 하나로 합치는 일은 가장 힘 있는 제후에게도 쉽지 않았다. 하물며 이미 황군조차 동원하지 못하는 황실이 행하기란 요원했다. 가후의 목적은 황실 복권이 아니었다. 유영과 얽힌 인연, 그리고 당장 눈앞에 있는 헌제라는 존재 때문이다. 이는 불치병에 걸린 노모가 다시 회복할 수 없음을 알면서, 그저 자식으로서의 도리를 다함과 동시에 편히 눈감길 바라는 마음에서 봉양하는 것과 비슷한 감정이었다. 그것을 사람들이 효도라고 칭하는 격이었다.

'가장 이상적인 경우는 강력한 군사력과 인덕을 더불어 갖춘 새로운 주군이, 강압에 의한 것이 아니라 자연스럽게 우러나는 마음에서 폐하로부터 이양을 받는 것이다.'

그런 사람을 만나기 전까지, 혹은 헌제의 수명이 다할 때까지 보호하는 게 가후의 목표였다. 이는 그가 황궁에서 우연히 만난 유영을 사랑하게 된 순간부터 스스로에게 부여한 가치였다.

'확실히 유주왕이라면 그 일이 가능할지도 모르지.'

유주왕은 지나치게 감성적이라는 단점을 제외하곤 가장 이상적인 군주에 가까웠다. 어찌 보면 조조의 온건한 모습 같기도 했다. 단, 한 가지 걸리는 부분은….

'여포 봉선.'

유주왕의 밑에 있는 그가 어떻게 나올까 하는 것이었다. 가후는 여포가 가장 어려울 때 그를 저버렸다. 근거지였던 진류를 원술에게 내줌으로써 결과적으로 여포가 진용운의 밑에 들어가게 만들었다.

'그랬던 나를 여봉선이 과연 용서할 것인가?'

가후가 이런저런 상념에 잠겨 있을 때였다. 헌제는 정립의 말을 듣고 마음이 흔들렸다. 그가 가후에게 물었다.

"매부의 생각은 어떻소?"

"…한 가지만은 확실합니다. 유주왕은 최소한 폐하를 해치지는 않을 것입니다."

'자신이 가진 왕의 자질 속에 파묻을지언정.'

가후는 뒷말은 속으로 삼키고 내뱉지 않았다. 이제 해줄 말은 다 했다. 결정은 헌제의 몫이었다. 한동안 고심하던 헌제가 천천히 입을 열었다.

"좋소. 그럼 유주왕에게 내 신변을 의탁해볼까 하오. 수고스럽겠지만 매부와 중덕은 거기에 따른 일들을 좀 준비해주시오."

"알겠습니다, 폐하."

가후와 정립은 동시에 답했다.

무송과 노지심은 조금 떨어진 곳에 서서 돌아가는 상황을 지켜보고 있었다. 팔짱 낀 무송이 난처한 듯이 중얼거렸다.

"어쩌지? 진용운한테 간다는데?"

노지심은 그녀의 허리춤을 꼭 붙잡은 채 말했다.

"난 별로 상관없어."

"이봐, 노지심, 진용운은 위원회에서 지정한 우리의 주적이자 숙적이라고. 숙, 적. 몰라?"

"하지만 그런 것치곤 우리랑 싸운 적도 없잖아."

"어? 그건 그러네…."

"그리고 무송은 오히려 위원장을 더 싫어하잖아."

"싫어한다기보다 무슨 생각을 하는지 알 수가 없어서 꺼려지는 거지. 쩝."

"그게 싫은 거지. 관승 언니도 진용운에게 갔다고 들었어. 그 언니가 그랬다면 분명 그럴 만한 이유가 있을 거야."

"하긴…."

무송과 노지심은 소위 '안정적인 언랭커'였다. 언랭커의 다수가 정신적으로 불안정한 것과 달리, 둘은 함께 있다는 전제하에서는 상당히 온건했다. 이는 두 사람이 각자 상대에게 정신적으로 의지한 까닭도 있지만, 자신이 가진 힘에 휘둘리지 않는 법을 익힌 덕이기도 했다. 그 방법을 알려준 사람이 바로 관승이었다.

관승은 위원회에서는 드물게 과거가 범죄에 연루되지 않았고 정신 상태가 이상하지도 않았다. 또 자신보다 약한 사람을 곧잘 도와주었다. 그녀가 노준의 편에 서면서 갈라지게 됐지만, 존경하는 마음은 여전히 남아 있었다. 마침내 결심한 무송이 고개를 끄덕였다.

"좋아. 가형하고도 떨어지고 싶지 않고, 저 비리비리한 황제 아저씨도 어쩐지 보호해줘야 할 것 같으니까…. 함께 유주왕에게로 가자."

"응. 생각해보니까 만에 하나 수틀리면, 그러니까 진용운이 우리가 위원회라는 이유로 해치려고 하거나, 세간에 알려진 것처럼 백성들을 아끼는 마음이 거짓이라거나, 혹은 끔찍한 악당이라면 바로 해치워버릴 수도 있잖아? 그럼 위원장한테는 진용운을 잡으려고 거짓 투항한 거라고 말하면 되니까. 밑져야 본전이야."

무송은 노지심의 머리를 쓰다듬으며 탄복했다.

"오오, 우리 지심이 똑똑한데?"

"헤헤."

이렇게 해서 가후 일행은 헌제를 모시고 북쪽으로 떠나게 되었다. 쇠뿔도 단김에 빼라고, 가후와 정립은 그 자리에서 바로 계획을 짜기 시작했다.

"하후돈에게도 이 소식이 전해졌다면, 사기가 걷잡을 수 없이 오를 겁니다. 반대로 아군의 사기는 최악이 되겠지요."

가후의 말을 정립이 이었다.

"양쪽에서 공격받기 전에 하후돈에게 한 방 먹여서 추격해올 엄두를 못 내게 만든 다음 최대한 서둘러 이동해야 하네."

"목표는 기주, 조국이 좋겠군요. 진용운의 영토 중 가장 서남쪽에 치우쳐 있어 그나마 여남과 가깝습니다."

문제는 조조군의 손에 들어간 허창을 비롯해, 진류성, 복양성, 업성 등이 사이에 겹겹이 위치해 있다는 것이었다. 절로 한숨 나오는 여정이었다. 지도를 들여다보던 가후가 말했다.

"아직 조조의 손에 들어가지 않은 영천을 거쳐, 서북쪽으로 움직여 낙양을 지나 상당성으로 북상해야 할 듯합니다. 그러면 거기서 호관을 통과하여 동쪽으로 조금만 더 가면 조국으로 들어갈 수 있습니다. 미리 밀서라도 보내두면 조국에 주둔한 병력이 호위하러 와줄지도 모르고요."

정립이 기이한 웃음을 지으면서 말했다.

"허허, 그러고 보니 상당성에서 유주왕을 한 번 죽일 뻔한 적이 있었지…."

가후와 헌제는 어이없다는 눈길로 그를 보았다.

여정의 절반은 적진, 나머지 절반은 산이었다. 게다가 헌제가 달아났다는 사실을 눈치채면 조조는 전력을 다해 추격해올 터였다. 이래저래 쉽지 않은 길이 될 게 분명했다.

그 무렵 용운은 이미 발해성을 지나 평원성에 이르러 있었다. 초주검이 되다시피 한 흑영대원 2호 위연과 함께였다. 일단 결심하고 움직이자, 용운은 한시라도 빨리 형주에 닿고 싶었다. 이에 최소한의 수면 시간을 제외하곤 무조건 이동했다. 식사도 달리면서 할 정도였다. 말도 처음에만 탔을 뿐, 나중에는 순수한 경공을 이용했다. 위연의 입에서 절로 앓는 소리가 나왔다.

"전하, 잠시만 쉬었다 가면 안 되겠습니까?"

"안 돼요."

"허나 이러다가는 제가 낙오하겠습니다."

"내가 그럴 일 없게 할 테니까 걱정 말아요."

과연, 용운은 매일 잠을 자기 전에 위연의 등을 통해 기운을 불어넣어주었다. 신기하게도 그 과정을 거치면 그때까지 쌓인 피로가 풀리면서 활력이 솟았다. 눈 뜬 다음에는 다시 죽기 직전까지 달릴 수 있는 상태가 됐다.

'전하한테 이토록 악독한 면이 있을 줄이야. 어떻게든 달리게 하려고 강제로 치료해주시다니!'

위연은 치를 떨었다. 그는 달리느라 정신없어서 그 일을 반복할 때마다 자신의 잠력, 즉 기를 담아둘 수 있는 한계치가 조금씩 커짐을 미처 깨닫지 못했다.

'이상한데? 이것도 습관이 되는지 달릴 때마다 조금씩 덜 힘들어지는 것 같군.'

용운은 고개를 갸웃거리는 위연을 보면서 속으로 웃었다.

'이제 성격 문제는 어느 정도 해결된 듯하니 본래 소질을 북돋워줄 차례겠죠.'

위연은 용운이 《삼국지》를 접하면서 마속 등과 더불어 매우 안타까워한 장수 중 한 사람이었다. 마속(馬謖)은 정사에서 제갈량이 아끼던 참모다. 뛰어난 재능을 가졌지만, 말이 앞서고 자만심이 강했다. 제갈량은 유비 사후 228년경 위나라를 공격하면서 마속에게 선봉을 맡겼다. 그러나 마속은 제갈량의 지시를 따르지 않고 독자적으로 행동했다가 위의 장군 장합에게 대패했다. 몹시 중요한 전투였으므로, 마속은 패배와 군령 위반의 책임을 지고 죽임당했다. 이때 제갈량이 울면서 마속을 베었다고 하여 '읍참마속(泣斬馬謖)'이라는 고사가 생겼다.

위연 또한 장수로서의 능력과 용맹함을 갖춰 유비와 제갈량의 신임을 받았다. 그러나 주변과 잘 화합하지 못하고 지나치게 자부심이 강했으며 오만하여 기피 대상이었다. 이에《삼국지연의》에서는 그의 후두부에 반골이 돌출되어 반역자의 상이라 묘사함으로써 훗날의 모반에 대한 복선으로 삼기도 했다. 제갈량의 임종 후, 촉을 이끌어야 할 두 기둥이었던 위연과 양의(楊儀)가 서로 반역했다 주장하며 대립하니, 중신들 다수가 양의의 말을 보증하고 위연을 의심했다. 결국, 양의는 마초의 사촌동생 마대(馬岱)를 보내 위연을 참하고 삼족을 멸한다.

위나라의 국력이 워낙 강했던 데다 역사에 만약이란 없다고들 한다. 그래도 만약 마속이 제갈량의 명을 충실히 이행했으며, 위연과 양의가 서로 화합했다면 촉나라는 좀 더 오랜 세월을 버텨냈을지도 모른다.

'그래서 위연을 알아보자마자 흑영대에 배치하여 전예 밑에서 구르도록 했지.'

흑영대는 조직 특성상 개인 임무가 대부분이다. 또한 바로 위 서열과 최고 책임자 전예의 명에 절대복종하는 분위기였다. 위연은 용운이 기대한 대로 순조롭게 서열을 올리면서 승격했지만, 전예에게만은 꼼짝 못 했다. 그리고 요인 경호 임무를 자주 시키면서 사람을 보호하고 위하는 법과 인내심이 몸에 배도록 했다. 그 결과, 지금의 위연은 본래 역사보다 훨씬 유연하고 충성심도 강한 성격이 되어 있었다.

대신 그에 따른 부작용도 생겼다. 바로 위연의 가장 큰 강점들이라 할 수 있는 부대 지휘력과 통솔력, 용맹함 등의 특성이 상대적으로 약해진 것이다. 용운은 그가 그런 부분에 천부적인 재능을 타고났음을 이미 알고 있었다. 이제 성격적인 부분이 거의 교정됐음도 확인했다. 이에 이번 전투에서 본래의 소질을 각성시킬 생각이었다. 용운이 위연에게 천연덕스럽게 물었다.

"2호, 많이 힘든가요?"

"희한하게도 조금씩 견딜 만해집니다, 전하."

"그것참 다행이네요. 그럼 속도를 좀 더 올려도 되겠어요."

"예? 지금까지도 충분히…, 아니 말보다 더 빨리 달려오셨지 않습니까."

"그건 내가 최고로 빨리 달렸을 때의 십 분의 일에도 못 미쳐요. 덤으로 달리면서 병력의 운용과 지휘에 대해서 대화도 나누기로 하죠."

"…."

당분간 각성을 위한 위연의 고난은 계속될 듯했다.

한편, 양주와 형주 일대에는 유난히 혹독한 겨울이 왔다. 그래

봤자 0도에 가까운 온도였으나 그 지역 사람들에게는 살을 에는 듯한 추위였다. 이는 연주 쪽에 폭설이 내린 것과 마찬가지로, 중원 전체에 걸친 현상이었다. 그런 까닭에 유표와 연합군은 본의 아니게 살얼음판 같은 평화를 유지하고 있었다.

심양성 내의 연무장에서는 여포와 청몽의 수련이 한창이었다.

"더 강하게! 되겠나, 그래 가지고?"

"칫, 우쭐해선…."

말하는 두 사람의 입에서 흰 입김이 흘러나왔다. 여포는 주무기인 방천극을, 청몽은 사슬낫 대신 한 자루 단도를 썼다. 방천극의 자루와 긴 팔을 이용한 여포의 공격은 특유의 탄력이 더해져 강맹하기 그지없었다. 청몽 또한 빠른 움직임을 이용해 한 수 한 수가 치명적인, 날카로운 공격을 퍼부었다. 모르는 사람이 보면, 정인 사이가 아니라 사생결단 낼 원수라고 여길 지경이었다.

'확실해.'

뭔가 확인하기 위해 여포에게 먼저 대결을 청했던 청몽이 생각했다.

'봉선은 강해졌고 나는 약해졌어….'

물론 청몽은 사슬낫을 쓰지 않았다. 특기 발동도 스스로 금했다. 게다가 무기 또한 상대적으로 장병(長兵)인 방천극과 범위가 비교도 안 되는 비수를 썼다. 비무 장소는 은신술이 특기인 그녀에게 불리한 탁 트인 공터였다. 한마디로 그녀의 강점을 다 봉인한 상태에서 싸우는 것이었다.

'그렇다 해도….'

십 년 전만 해도 순수한 육체적 능력만으로 여포를 이길 자신이 있었다. 특히, 원소의 대군과 싸우던 때는 절정기였다. 검후가 살아서 정신적 지주가 되어주는 동시에 용운과의 혼의 연결도 굳건하던 때. 그게 바로 사천신녀가 가장 강력한 힘을 발휘할 수 있는 조건이었다. 그러나 검후가 죽고 용운의 마음에 다른 사람이 들어오면서, 지난 십 년 동안 사천신녀는 조금씩 꾸준히 약해져왔다.

 반면, 여포를 비롯하여 조운, 마초 등 유주군 소속의 장수들은 원래 역사보다 더욱 강해졌다. 특히, 조운과 여포는 일인군단이라 해도 손색이 없을 정도였다. 더욱 강해진 여포에게 유리하며, 약해진 청몽에게는 모든 게 불리한 조건. 그런 상태에서 대결했으니 청몽이 밀리는 건 당연했다.

 픽! 부웅, 픽! 여포는 특유의 탄력적인 내리치기를 연속해서 퍼부었다. 예전에 조운이 속수무책으로 당해 중상을 입었던 기술이다. 그는 그러면서 잔소리를 해댔다.

 "움직여라, 쉴 새 없이. 멍하니 서 있지 말고. 속도와 은밀함이다, 너의 최대 강점은. 그걸 살리지 못한다면, 죽는다. 강한 적장을 정면으로 만났을 때는."

 청몽은 울컥 짜증이 치밀었다.

 '이게 살살해줬더니.'

 아무리 정인이지만, 내심 자신보다 약하다고 여겨온 사람한테 지적을 당하자 뭔가 끓어올랐다. 지금 그 무식한 공격을 비수 한 자루로 흘리거나 막아내는 거 안 보이나? 연무장 주변에 둘러서서 구경하는 병사들이 다 입을 떡 벌리고 경악하는 거 안 보여?

결국, 참다못한 그녀는 특기를 발동하고 말았다. 그래도 다행히 한 가닥 이성은 남아서 암살지정(暗殺指定)이나 파멸암흑(破滅暗黑)을 사용하진 않았지만….

특기 발동, 허공참수(虛空斬首)

그래도 위험하기는 매한가지였다. 청몽이 허공으로 훌쩍 뛰어올랐다. 촤라라라락! 동시에 허리에 감아둔 사슬낫이 풀리면서 날 부분이 거대해졌다. 그녀가 쥔 사슬 가운데 부분을 축으로, 두 자루의 거대한 낫이 허공을 왕복하면서 그사이에 걸리는 모든 것을 절단했다. 심지어 지면조차.

"으헉!"

"피, 피해라!"

병사들은 혼비백산하여 사방으로 흩어졌다. 비무를 구경하다가 졸지에 날벼락 맞은 꼴이 됐다.

"에잇! 죽어버려, 여포!"

악에 받친 청몽이 외쳤다.

여포는 두 자루 낫이 교차하는 지점에서 씁쓸하게 웃었다.

"문제군. 저 성질이."

그 웃음을 본 청몽은 비로소 정신이 번쩍 들었다. 그녀는 다급히 사슬을 잡아당겨 낫에 걸린 원심력을 해소하려 했지만, 이미 늦은 후였다.

'안 돼!'

여포의 앞뒤에서 각각 거대한 낫이 날아들었다. 순간 여포는 방천극의 창대 가운데를 양손으로 움켜쥐고 자세를 낮췄다. 동시에 다리를 앞뒤로 벌리면서 무릎을 굽혀 다가올 충격에 대비했다. 그 직후. 쩡! 어마어마한 진동과 압력이 동시에 전해졌다. 여포를 중심으로 보이지 않는 파동의 동심원이 퍼져나갔다.

"크읏!"

앙다문 여포의 잇새로 신음이 절로 흘러나왔다. 버텨내지 못하면 팔이 뒤틀리면서 목과 상체가 잘려버린다. 지이익! 발바닥이 끌리면서 먼지가 피어올랐다. 그러다 겨우 낫이 힘을 잃으면서 아래로 축 늘어졌다.

"봉선!"

사슬낫을 회수한 청몽이 다급히 달려왔다.

"괜찮아? 그러게 왜 자꾸 약을 올려…."

여포는 달려온 그녀를 덥석 안아 들며 말했다.

"보고 싶었다, 이걸. 네가 얼마나 강한지."

"그러다가 죽어, 바보야."

"우리가 처음 싸웠던 때를 기억하나?"

"응, 내가 뒤에서 당신 목을 벨 뻔했을 때 말이지?"

"그렇지. 사로잡았을 때지, 내가 널."

"봐준 거다…."

입술을 삐죽이는 청몽을 보며 여포가 피식 웃었다.

"봐줬겠군, 잘도. 그때 자룡과 전하를 공격하던 중이었는데. 아마 내가 막아내지 못했다면 베었겠지. 망설임 없이."

"응, 솔직히 그래…."

"느낀 것이 있다, 그때. 난, 이미 깨달았다. 네가 나보다 강하다는 것을. 뒤에서 다가왔음에도 불구하고 전혀 못 느꼈으니까, 기척을."

"흐응."

"하지만 동시에, 이길 수 있겠다고도 생각했다."

"어째서?"

"묘하게 서툴렀다, 넌. 그런 강자치고는. 공격의 연계, 상대의 동작에 대한 반응, 돌발 사태에 대한 대응 등. 마치, 마부 같다고나 할까."

"마부?"

"최고의 준마를 가졌지만, 그저 일직선으로 달리는 법밖에 모르는. 그래서 구불구불한 길이나 장애물이 나타나면, 원래 실력을 다 못 내는."

당시 여포는 청몽의 암습에 가장 적절한 특기를 발동함과 동시에, 그녀의 특성을 순간적으로 파악하고 움직이지 못하도록 양팔을 묶었다. 또한 한꺼번에 서너 개의 특기를 중첩 사용해서 위기를 벗어났다.

"우리가 주력으로 참가했다, 이번 전투에는. 얼마 전, 우리 둘이서 적 부대를 몰살했듯. 또 닥칠 수도 있다, 그런 상황이. 그래서 실전 능력을 키워야 한다. 그 전에, 네가 어느 정도로 강한지 정확히 알아야 하고."

여포의 말에, 청몽은 고개를 끄덕였다.

"알겠어. 하지만 내가 진짜로 숨겨둔 한 수를 쓰면 적당히 할 수가 없어. 그러니까 실전에서 써먹을 수 있는 다른 기술이나 대처법을 알려줘."

"그래야겠군. 솔직히 아까 같은 건, 자신 없다. 두 번은."

대화하는 사이 둘의 얼굴이 점점 가까워졌다. 청몽이 양팔로 여포의 목을 끌어안았다.

"신기하네. 그때는 딱 죽이고 싶었던 사람인데 이제 이러고 있으니."

"난 알았다. 이렇게 될 줄."

이어서 이미 뜨거워져 있는 입술이 맞닿았다.

두 사람이 수련을 빙자한 연애질을 하는 사이. 육손과 사린도 성벽에 앉아 도란도란 대화하며 둘만의 시간을 즐기고 있었다.

"넌 참 신기한 사람이야."

육손의 말에, 사린이 뜨끔한 표정을 지었다. 그런 그녀의 양 볼은 입안에 든 고기로 불룩했다. 꿀꺽 삼킨 그녀가 물었다.

"너무 많이 먹어서…?"

"하하, 아니. 나한테 이렇게 편하게 대한 여자는 이제까지 한 사람도 없었거든."

"응? 왜? 백언은 착하고 얌전하고 자상한데."

"날 그렇게 봐주는 게 신기하다는 거야."

육손은 말하면서 사린의 콧등을 살짝 눌렀다.

사린이 부끄러운 듯 고개를 모로 꼬며 말했다.

"나도 마찬가지야…. 난 어린애 같고 멍청해서 이때까지 아무도 날 여자로서 사랑해준 사람이 없었어. 좀 좋아하나 싶었던 녀석은 나보다 더 어른스러운 여자한테 가버리고."

"그거 혹시 마맹기 얘기?"

육손의 물음에 사린은 놀라서 펄쩍 뛸 뻔했다.

"헉, 어, 어, 어, 어, 어떻게 알았어?"

"엄청 더듬네. 그 정도야 뭐. 약간의 소문과 두 사람이 마주칠 때 보이는 어색한 기류 등등을 종합해보면 알 수 있지."

그사이 동생의 죽음과 부상에서 어느 정도 회복한 마초도 일족들과 함께 심양에 와 있었다. 마초와 사린이 몇 번 마주쳤을 때, 육손도 그 자리에 함께 있었다. 그때 둘의 시선에서 육손은 많은 것을 읽어냈다.

"모른 척해주는 게 더 사내다운 건가 싶었는데…."

말끝을 흐리는 육손의 얼굴이 살짝 붉어졌다.

"질투가 나서 견딜 수가 있어야 말이지."

"…백언, 귀엽다고 하면 화낼 거야?"

육손은 기가 차다는 듯이 웃었다.

"그 말을 들으면 기절할 사람들이 많을 거다. 난 세 치 혀로 수천 명의 사람도 죽일 수 있는…."

"하지만 귀여운걸!"

육손의 말은 외침에 이어진 사린의 입맞춤에 가로막혔다. 둘이 한창 달콤한 기분을 음미하고 있을 때였다.

"저, 사부님….'

등 뒤에서 조심스러운 목소리가 들려왔다. 얼굴을 뗀 사린이 뒤를 돌아보며 말했다.

"에잇, 엄백호 아저씨! 아무도 못 올라오게 하라고 했더니 아저씨가 올라오면 어떡해요!'

"죄, 죄송합니다. 급하게 전해드리라는 전갈이 있어서….'

육손이 심상치 않은 분위기를 감지하고 물었다.

"뭡니까? 말씀해보세요.'

엄백호는 그를 보며 생각했다.

'휴, 얼핏 보기에는 사람 좋은 애송이 같은데, 저 말투와 표정하며, 언제 봐도 찬바람이 쌩쌩 분다니까. 사부님은 저런 자와 대체 어떻게 교제를….'

"엄백호?'

"아, 예, 말씀드리겠습니다. 그, 양양성 쪽에서 대군의 움직임이 감지되었다고 합니다. 하여 두 분도 즉시 회의에 참여하시라고….'

육손과 사린이 서로 얼굴을 마주 보았다.

"드디어 시작됐군, 유표의 반격이….'

육손이 나직하게 중얼거렸다.

14

제갈공명의 각오

육손과 사린이 대전에 들어서자 손가, 유주군, 유비 삼형제 그리고 육가에서 나온 주요 인사 대부분이 원탁에 앉아 있었다. 효율적인 의사 전달을 위해 유주의 방식을 도입한 것이다. 유비가 사린과 육손을 보고 싱글싱글 웃으면서 말했다.

"오오, 요즘 둘이 뜨거운가 보네? 늘 붙어 다니는 것 같던데. 맘 같아서는 그냥 시상에 쭉 눌러 있고 싶었겠어?"

"흥."

사린은 혀를 내밀어 보인 뒤 육손과 함께 빈자리에 앉았다.

상황을 설명하던 주유가 말을 이었다.

"그럼 계속 보고드리겠습니다."

잠깐 분산되었던 시선들이 다시 주유 옆의 커다란 지도로 향했다.

"양양성에서 삼만 명 규모의 첫 번째 부대가 출진한 것은 약 열흘 전. 제가 그 정보를 들은 건 어제입니다. 정보 입수가 늦은 이유는 앞서 말씀드렸듯…."

주유는 양양성에서 안륙성에 이르는 경로를 따라 붓으로 선을 그었다.

"이 사이에 배치해두었던 모든 정찰병과 간자들이 몰살됐기 때문입니다."

"허…."

누군가 나직하게 신음했다. 주유가 거기에 한마디를 덧붙였다.

"뿐만 아니라 형주에서는 드물게 철기 위주로 이뤄진 부대인데 진격해오는 속도가 무척 빠릅니다."

사마의가 주유에게 물었다.

"공근 님, 아까 첫 번째 부대라고 하셨는데 그럼 부대가 더 있다는 말씀입니까?"

"그렇습니다."

고개를 끄덕인 주유가 두 번째 선을 그었다. 이번에는 강릉성에서 안륙으로 이어지는 선이었다. 양양, 강릉, 안륙은 서로 비슷한 거리를 두고 삼각형을 이루고 있었는데, 양양이 제일 북쪽 위, 강릉성이 남서쪽 그리고 안륙은 동쪽에 위치했다. 안륙에서 동쪽으로 2~3일 가는 거리에 형주의 입구 역할을 하는 강하성이 있었다.

"강릉성에서도 마찬가지로 삼만 명 규모의 부대가 출진 준비 중이라고 합니다."

주유의 설명에, 좌중에 있던 이들 중 하나가 침음을 냈다.

"앞서 오만의 부대를 잃고 장수 여럿이 포로가 되었는데, 몇 달 만에 또 육만의 병력을…. 형주의 저력이 생각보다 대단하군요."

"뭐, 손가와의 전투 직전까지 십 년 가까운 세월 동안 힘을 비축해왔으니까요."

말하는 이들의 표정이 급격히 어두워졌다. 연합군의 다음 목표는 당연히 강하성, 그다음은 안륙이었다. 한데 이대로 가다가는 각각 삼만의 두 부대를 양쪽에서 맞이하게 된다. 연합군의 현재 병력 구성은 손가에 남은 부대 약 일만, 유비를 따라온 자들 백여 명에 그가 끌어들인 산적 오백, 유주군 이천여 명이 전부였다. 다 합쳐도 만오천이 채 안 되었다. 사망곡에서 항복한 적병을 포함하면 사만이 되지만, 곧장 전력으로 쓰기는 어려웠다. 전투가 한창일 때 배신하기라도 하면 돌이킬 수 없는 결과를 낳을지도 몰랐다. 이에 서주에다 원군을 요청하는 한편, 포로들을 완전히 전력화할 때까지 기다릴 셈이었다. 그런데 그 사실을 눈치채기라도 한 듯 한파에도 불구하고 유표 쪽에서 선수를 쳐온 것이다.

곽가가 옆에 있던 사마의에게 말했다.

"연이은 패배에 유경승이 단단히 마음을 먹었군. 이번 싸움으로 끝장을 보려는 게 분명하다. 그렇다면 저 두 개의 부대는 아마도 최정예겠지."

"제 생각도 그렇습니다."

사마의의 대답에, 곽가가 물었다.

"내가 했던 말을 기억하느냐, 중달?"

곽가는 다음 전투에서 사마의에게 전투 참모가 어떤 것인지 마지막 실전을 선보이겠다고 한 적이 있었다.

"예, 스승님."

"이제 그때가 된 것 같구나. 강하성 전투가 내가 나서는 마지막 싸움이 될 것이다."

"…눈 똑바로 뜨고 배우겠습니다."

"그래야지."

만족스러운 듯 고개를 끄덕인 곽가가 손을 들었다. 이를 본 주유가 말했다.

"말씀하시지요, 봉효 님."

"고맙소, 공근. 나, 유주의 총군사 곽봉효가 이 자리의 호걸들께 한 말씀 올리겠습니다. 유표의 부대를 격파하려면 필연적으로 강하성을 먼저 빼앗아야… 쿨럭!"

일어서서 지도 위의 강하성을 가리키던 곽가가 격한 기침을 토했다.

사마의는 깜짝 놀라 그를 부축했다.

"스승님! 괜찮으십니까?"

"후욱, 그래. 괜찮다. 다만, 시간이 별로 없구나…."

곽가의 나직한 중얼거림을 들은 사마의는 가슴이 철렁했다. 아버지의 비보를 들었을 때와도 달랐다. 이런 기분은 처음이었다. 딛고 선 바닥이 꺼지는 것 같은 이런 아득함. 사람들이 걱정스레 지켜보는 가운데 숨을 돌린 곽가가 천천히 말을 이었다.

"실례했습니다. 모두 아시다시피 적의 전력이 강대하므로 아군은 최대한 손실을 줄여야 합니다. 이에 제가 손백부께 한 가지 제안을 드리겠습니다."

형태는 연합이나 사공이 여럿이면 배가 산으로 가는 법. 이에

통합 총사령관은 손책이 맡고 있었다.

"그게 뭐요? 고견을 들려주시오."

"강하성은 제가 함락해볼 테니, 그사이 연합군은 면구로 가주십시오."

면구는 강하성과 안륙성 사이의 습지대로, 장강의 물줄기가 가운데로 지나는 동시에 무수히 갈라져 나간 곳이었다. 이에 모르는 사람들이 보기에는 마치 작은 섬들이 무수히 붙어 있는 것 같은 모습이었다. 손책은 예전에 강하성을 빼앗으려고 수차례 시도했으나 번번이 실패했다. 따라서 그 일이 얼마나 까다로운지도 잘 알았다. 그걸 곽가가 맡아준다니 듣던 중 반가운 소리라, 반색하며 물었다.

"오오, 그래 주시겠소? 허면 군사는 얼마나⋯."

"두 사람이면 됩니다."

곽가는 무슨 얘기가 오가는지 몰라 멍하니 앉아 있던 사린을 가리켰다.

"제 제자와 저 아이, 단둘만 제가 데려갈 겁니다. 애초에 둘 다 유주의 장수 자격이니, 제 마음대로 쓸 수 있겠지요?"

"헛⋯."

"웅?"

사마의가 움찔하고 사린은 고개를 갸웃거렸다. 장내에는 잠시 정적이 감돌았다. 그러다 손책이 가볍게 너털웃음을 지었다.

"하하! 총군사께서 농을 다 하시는구려."

"농이 아닙니다. 정말로 중달과 사린, 둘이면 됩니다."

자신만만한 곽가의 말투에, 손책이 슬슬 불쾌해지려던 차였다. 그때 육손이 자리에서 벌떡 일어서며 외쳤다.

"그건 안 됩니다!"

　그 덕에 손책의 불쾌감은 육손에게로 옮아갔다.

"그대는 육가의 가주가 아니오? 발언을 하려거든 제대로 된 절차를 거쳐서 해주시오."

"아, 죄송합니다. 제가 한 말씀 드리겠습니다. 사린을 혼자 보내는 건 안 됩니다."

　곽가는 가볍게 한숨을 내쉬었다.

"어허, 이런. 내가 설마 자살이라도 하려고 사린이와 중달만 데리고 가겠다는 거겠소? 다 나름의 책략이 있어서 이러는 것인데, 누구는 농으로 취급하고 또 누구는 안 된다고 막고 나서면 어쩌겠다는 거요? 아하, 그러고 보니…."

　곽가의 눈이 음흉하게 빛났다.

"육가 가주와 사린이가 정혼자 사이라는 말이 있던데, 혹 걱정돼서 그러는 거요? 하긴, 중달이 내 제자이긴 하나 꽤 괜찮은 녀석이지."

　당황한 사마의가 다급히 속삭였다.

"저, 스승님 무슨 말씀을…."

　곽가는 그의 속삭임을 무시하고 말을 이었다.

"정 그러면, 같이 가시는 건 어떻소?"

"네?"

　육손은 멈칫했다. 얼음 공자라 불리며, 이제까지 한 번도 당황하거나 허둥거린 적이 없는 그였다. 하지만 이번에는 놀라지 않을 수 없었다.

"왜, 무서우시오? 그럼 방해나 마시오."

육손은 잠깐 주저했다. 그는 별명처럼 일개 백면서생이 아니라, 사실상 육가의 모든 것이나 마찬가지였다. 만약 그에게 무슨 일이 생긴다면 동시에 육가의 미래도 잃게 된다. 그러다 그와 사린의 눈이 마주쳤다. 사린은 지금이 얼마나 위험한 상황인지도 모르는지, 눈을 반짝이면서 그를 올려다보고 있었다.

"우와, 백언도 같이 가는 거야? 신난다!"

너무나 예쁘고 귀엽다. 게다가 태어나 처음으로 진심을 다해 사랑하게 된 여인이었다.

'이 사람을 강하성에, 게다가 다 죽어가는 봉효와 중달이라는 참모만 딸려서? 둘 다 함께 싸우기는커녕 여차하면 사린이가 지켜줘야 할 위인들인데, 아무리 이 사람이 강해도 혼자서 성의 병력을 다 감당하긴 무리야. 그래, 설마 진심은 아니겠지. 뭔가 대비가 있을 것이다. 아니면, 나를 떠보려는 걸 수도 있고. 하지만 그렇다 해도 남자 둘과 함께?'

순간 육손은 의지와 다른 말을 내뱉고 말았다.

"알겠습니다. 저도 가지요."

"호오… 정말입니까? 설마 일가의 가주씩이나 되어서 허언을 하시는 건 아니겠지요?"

"진심입니다. 유주의 총군사께서는 과연 어떤 책략으로 달랑 두 사람만을 데리고 철벽같은 강하성을 함락하겠다는 것인지 가까이에서 지켜보고 싶군요."

곽가는 슬며시 올라가는 입꼬리를 억지로 내렸다. 중달은 의혹 어린 눈빛으로 그 모습을 봤다.

'이상하네. 스승님께서 육가 가주를 데려가려고 일부러 도발 하신 것 같은데…. 지략은 뛰어날지 모르나 저자의 무력은 사린 소저보다도 못하다. 아무리 하늘을 꿰뚫을 지략이라 해도 그것 을 실행할 힘이 없다면 무용지물. 저자의 다른 쓰임이 있단 말인 가?'

돌아가는 상황을 보던 손책의 표정이 더 나빠졌다. 앞서 언급 했듯 손가는 강하성 공략에 몇 차례 실패했었다. 그곳을 혼자, 아 니 단 셋이서 빼앗겠다고 말하고 있다. 더구나 유표가 진지해져 서 출격시킨 적들이 다가오고 있는 마당에. 손책은 으름장을 놓 듯 말했다.

"봉효 공은 일가의 가주가 허언을 해선 안 된다고 하셨는데…. 그보다 더 위험한 것이 군대의 일을 놓고 허언을 하는 것이오. 자 칫 무수한 생명이 날아갈 수 있으니 말이오. 예컨대 봉효 공의 말 만 믿고 면구로 진격했다가 앞에서는 유표의 본대가, 뒤에서는 강하성의 병력이 덮쳐오기라도 하면 아군은 옴짝달싹 못 하게 되오. 그 말, 책임지실 수 있겠소?"

곽가는 선뜻 대꾸했다.

"군령장을 쓰지요. 해내지 못하면 목을 내놓겠다고 말입니다."

"흠, 어차피 실패하면 무사히 돌아오기 어려울 것이지만, 봉효 공의 각오를 확인하는 의미에서 일단 받아두겠소. 나중에 내 형제인 유주왕이, 내가 아끼는 총군사를 어쩌다 잃었느냐고 추궁이라도 하면 곤란하니 말이오."

주유는 손책과 곽가보다는 유주의 다른 장수들, 특히 유주군 총대장격인 조운을 주의 깊게 살폈다. 그러다 조금도 당혹해하는 빛이 없는 조운의 얼굴을 확인했다.

'호오… 뭔가 믿는 구석이 있다는 건가? 아니면….'

주유는 곽가를 힐끗 쳐다보았다.

'그 정도로 저자를 믿는다는 건가?'

유주 총군사의 명성은 이곳 강남까지도 알음알음 전해졌다. 젊은 시절, 거대한 규모의 흑산적을 귀계로 격파하며 화려하게 등장한 그는 원소라는 막강한 적과 싸울 때 혁혁한 공을 세웠다. 특히, 마지막에는 용운을 수행하여 북쪽 끝까지 쫓아가 원가를 멸하는 집념을 보이기도 했다. 하지만 여기서 주유가 본 곽가는 명성에 미치지 못했다. 아니, 솔직히 좀 실망스러웠다.

'몸 상태가 나빠서 전투에 제대로 나서지도 못하고 딱히 한 일도 없다. 차라리 저 사마중달이라는 자가 훨씬 위협적으로 보이는군.'

그러나 무력뿐만 아니라 지략과 통솔력, 인덕까지 갖춰 유주 대장군이라 불리며 칭송받고 있는 조운이 여전히 그를 신뢰하고 있었다. 주유는 곽가에게로 시선을 옮기고 생각했다.

'군령장까지 썼으니 믿고 맡길 수밖에. 면구에서는 수군이 주력이 될 터이니, 만일의 사태에 대비해 내가 최대한 신경을 써야겠구나.'

이렇게 해서 유표의 본대에 대한 대비는 곽가가 강하성을 맡고, 나머지 연합군이 면구에 진을 치는 것으로 일단 정해졌다.

그 무렵, 제갈량과 연청은 강릉성 인근에 도착해 있었다. 강릉에 있다는 제갈량의 형, 제갈근을 만나기 위해서였다. 본래 제갈근의 근무지는 장사였는데, 도중에 그가 강릉태수로 부임했다는 얘기를 듣고 목적지를 바꿨다.

'형님이 강릉태수라….'

이례적인 출세였지만 마냥 기뻐할 수만은 없었다. 그럴수록 제갈근과 서령, 즉 성혼교와의 관계가 깊다고 여겨졌기 때문이다. 이제 형주의 인사권은 물론이고 군권도 거의 서령의 뜻대로라는 것은 대부분의 관료가 아는 사실이었다. 확실히 믿을 수 있는 이들로 요직을 채우고 있는 것이다.

오는 도중에 도적과 두 번, 맹수와 세 번 마주쳤지만 연청의 무력 덕에 어렵지 않게 처리했다. 전시인 까닭인지 경비가 삼엄한 성문에서도 쉽게 통과할 수 있었다.

"오, 태수님의 아우분 아니십니까! 태수님을 뵈러 오신 모양이군요."

"그렇소."

제갈량의 상관이던 유비가 배신했다는 소식은 아직 여기까지 닿지 않은 모양이었다. 호패를 확인한 경비대장은 제갈량과 연청을 흔쾌히 들여보내주었다.

성내로 들어온 제갈량은 어울리지 않게 먼저 객잔으로 향했다.

마음이 어지럽고 결심이 서지 않아서였다. 마주 앉아 잠시 술을 마시던 연청이 물었다.

"형님을 만났는데… 만약 성혼교가 맞다면 어쩔 거야?"

오는 길에 제갈량은 틈날 때마다 연청에게 많은 질문을 했다. 대부분 성혼교에 대한 것들이었다. 연청은 가능한 범위 내에서 충실히 답해주었다. 미래에서 역사를 바꾸기 위해 왔다거나 하는 부분을 제외하고. 노준의가 죽은 위원회는 그에게 아무 의미가 없었다. 또한 이미 제갈량을 위해 남은 생을 살기로 결심했기 때문이다. 그 덕에 제갈량은 자신이 알던 것보다 더 많은 정보를 얻게 됐다. 그 결과 내린 결론은 진용운과 마찬가지로 자신도 절대 성혼교와 손잡을 수 없다는 거였다.

성혼교의 고위 장로라는 오용이 자객을 보냈던 개인적 원한은 넘어갈 수도 있었다.

'어차피 워낙 어릴 때의 일이고 가족 중 죽은 사람도 없었으니까.'

그때 용운에게서 구명지은을 입었다는 빚이 추가됐을 뿐이다. 하지만 오용이 조조의 아버지를 살해한 뒤 조운에게 그 누명을 씌웠으며 그로 인해 업성 침공이 시작된 점. 그 과정에서 복양성의 대학살을 일으킨 것. 그리고 결국은 자신이 용운을 오해하여 갈라지게 만든 행위는 용서하기 어려웠다.

'게다가 성혼교 자체가 극히 위험한 사교 집단임이 분명하다. 교의 이름 아래 천하를 통일하고 자신들만의 역사를 쓰려는 게 목적이라니…. 이건 오래전 태평도(황건적)보다 더하지 않은가.'

한데 한 가지 풀리지 않는 의문이 있었다. 바로 제갈근이 어떻게 성혼교의 일원이 되었느냐 하는 것이었다. 제갈량이 아는 형은 공사를 엄격히 구분했으며 신중하여 그런 사교에 빠질 인물이 아니었다. 이에 도저히 믿기지가 않아서 먼 강릉까지 온 것이다. 직접 눈으로 확인하기 위해. 사마의와 연청은 아마 유표의 곁에 붙어 있는 성혼교 고위 장로, 즉 서령과 사마휘 등의 영향을 받았을 거라고 말했지만, 제갈근은 누군가의 말에 그리 쉽게 흔들릴 사람이 아니었다.

'그러고 보니 처음에는 분명 요녀가 주목님을 쥐고 멋대로 흔들어 권력을 장악하려 한다고 우려한 적도 있었는데, 어느 순간부터 오히려 칭찬하곤 했지. 틈만 나면 용운 님의 험담을 하기 시작한 것도 그때부터였고, 수경선생(사마휘의 별명)과 만나기 시작한 것도 그 무렵이었어.'

그때 한참 망설이던 연청이 술 한 잔을 쭉 들이켰다. 그리고 뭔가 결심한 듯 입을 열었다.

"사실 네게 하나 말하지 못한 게 있어, 공명."

"그게 뭔데?"

"교에 포섭하는 방법이 한 가지가 더 있다는 거."

"…어떤?"

"바로 세뇌야."

"그건 알고 있어. 중달 형이, 형의 선친도 성혼교에 세뇌당했다고…."

"오랜 시간 접촉하거나 교리에 설득당하여 넘어가는 그런 단순한 세뇌가 아니야. 내가 말하는 건 물리적인 세뇌, 그러니까 사람의 정신을 인위적으로 조종한다는 소리야."

제갈량은 그 말을 듣는 순간, 온몸이 차가워졌다.

"…그게 무슨 뜻이야?"

"성혼교에는 성수라는 특수한 물이 있어. 그걸 마시면 머리가 흐려지면서 마시게 한 사람의 말을 맹목적으로 따르거나, 성혼교에 충성을 다하게 돼. 앵속(아편)이 발전한 형태라고 생각하면 이해가 쉬울 거야."

"그런… 일이 가능해?"

"성혼교는 너의 기준으로 보면 사교지만, 그들이 가진 힘과 사술은 진짜야. 성수 또한 그 사술의 일부고. 평범한 물에 미약을 탄 다음 별의 힘을 더해서 사람을 조종하는 무서운 물질로 바꾼 거지. 네 형님이 그 물을 마셨다면, 본인 의지와는 다르게 성혼교도가 됐을 수도 있어."

한동안 침묵하던 제갈량이 입을 열었다.

"그 수법을 파훼할 방법은 없는 거야?"

"딱 한 가지 있어."

"그게 뭔데?"

"유주왕 휘하, 정확히는 여포 봉선의 휘하에 신의라 불리는 여의사가 있어. 안도전이라는 이름의…. 그 여자라면 세뇌를 풀어 낼 수 있을 거야."

"그렇군."

제갈량은 헛웃음이 나왔다. 결국, 답은 한 사람에게로 귀결되고 있었다. 마치 원래 그렇게 되기로 정해진 것처럼.

'난 무엇을 위해, 무엇 때문에 그 긴 세월을 낭비한 거지? 쭉 용운 님의 곁에 있었다면 훨씬 많은 일을 할 수 있었을 텐데.'

후회하던 제갈량은 천천히 고개를 저었다.

'아니다. 바로 이곳, 형주에서 모든 진실을 알게 된 데는 분명 이유가 있을 터. 내가 여기서 용운 님을 위하여 뭔가 할 일이 있음이 분명하다. 우선은 형님의 상태부터 확인해야겠다.'

연청은 연청대로 제갈량을 보며 생각했다.

'한데 이상한 점은, 어째서 공명에게는 성수를 먹이지 않았느냐는 것이다. 역사를 알았다면 당연히 제갈근보다는 제갈량을 더 탐냈을 텐데….《삼국지》는 잘 몰라도 제갈공명을 모르는 사람은 중국인 중에는 거의 없으니까. 아니면, 서령에게 뭔가 다른 계획이라도 있었던 건가?'

그날 저녁, 제갈량은 내성 안 제갈근의 거처로 향했다. 연청은 은신한 채로 그를 따랐다.

제갈근은 직접 나와 반갑게 동생을 맞이했다.

"어서 오너라. 안 그래도 네가 강릉성에 도착했다는 보고가 들어왔는데, 오후 내내 날 찾아오지 않기에 의아해하던 차였다."

"낮 동안에는 업무에 바쁘실 것 같아서 일부러 지금 왔습니다. 강릉은 처음이라 구경도 좀 했고요."

"하하, 그랬구나. 어쩐 일이냐? 이 먼 곳까지 기별도 없이."

"그야 형님께서 태수로 영전하셨다는 소식을 듣고 축하해드리러 왔지요."

제갈근은 제갈량의 어깨를 두드리며 기분 좋은 듯 웃었다.

"하하, 녀석. 나이 들더니 안 하던 짓을 하는구나."

인자하게 웃는 그는 늘 봐온 형의 모습 그대로였다. 형이면서
아버지와 같은 존재인 동시에 가장 가까운 벗이기도 했던.

'한데 정말 성혼교에 세뇌되어 주적인 용운 님께 적대감을 갖
고 나와 그분을 갈라놓으려 애썼단 말인가?'

제갈량은 형이 자신의 어깨를 두드릴 때 손목을 보려 했지만 뜻
을 이루지 못했다. 장포 안으로 양 손목에 천을 감아둔 탓이었다.

"들어가자. 시장하겠구나."

"네, 형님."

마침 제갈근이 손을 잡아끌었기에 제갈량은 그를 따라 관사 안
으로 들어섰다. 잠시 후, 형제는 방 안에서 저녁상을 사이에 두고
마주 앉았다.

"그래, 현덕 님을 보좌하는 일은 할 만하더냐?"

"네, 뭐…. 이해력이 빠르십니다."

"승전보를 듣지 못했는데, 여강에서의 싸움은 잘 끝난 모양이
구나. 갑자기 나타난 유주의 장수들이 끼어드는 바람에 쉽지 않
았을 터인데."

제갈량은 뜨끔했다. 그러나 곧 마음을 가다듬었다. 지금 그 결
과가 중요한 게 아니었다. 만약 제갈근이 정말 세뇌된 것이라면
형제는 성혼교에게 놀아난 꼴이 된다. 그 진실을 아는 것이 어떤
일보다 우선이었다.

"형님, 하나 여쭙고 싶은 것이…."

"이곳에 와서 다 만족한다마는."

젓가락을 든 제갈근이 제갈량의 말을 막았다.

"딱 하나, 음식이 적응되지 않더구나. 너무 맵고 짜. 오늘은 네가 왔다고 해서, 특별히 숙수에게 주문하여 업성풍으로 만들어봤으니 맛보거라."

"네."

그래, 일단 몇 숟가락 뜨고 나서 얘기하자. 사람은 배가 부르면 더 여유롭고 너그러워지지 않던가. 젓가락으로 생선요리를 한 점 집어 먹은 제갈근이 말했다.

"어떠냐?"

"맛이 좋습니다. 숙수의 솜씨가 훌륭하네요."

"그래도 업성만 못하지. 업성에는 다른 곳에는 없는 기이하고 맛있는 요리가 많았으니. 유주왕이 만들었다는 만두부터 시작해서 말이다. 하긴, 요리만 훌륭했던 게 아니었다. 내가 관청에서 종일 일하면서도 널 돌볼 걱정을 하지 않아도 되었으니까. 무상으로 모든 관리의 자식들을 교육해주는 기관이라니, 천하에 누가 있어 그런 제도를 시행하겠느냐?"

"…예, 그랬지요."

순간 제갈근의 눈빛과 어조가 돌변했다.

"그래서 배반한 것이냐? 업성에서의 생활과 유주왕이 그리워서?"

"형님…."

"이미 들었다. 네가 사망곡에서 주공의 오만 군사를 함정에 빠뜨리는 데 일조했다고. 그러고서 무슨 낯짝으로 내게 온 것이냐!"

"형님은 혹시 성혼교도이십니까?"

예상치 못한 물음에, 제갈근이 순간적으로 움찔했다. 그러다 곧 고개를 저었다.

"아니다."

지금 이 순간 제갈량은 누구보다 그 말이 사실이길 바랐다.

"그렇다면 증거를 보여주십시오."

"무슨 증거 말이냐."

"손목 안쪽을 저에게 보여주세요. 성혼교도들은 그곳에다 표식을 남긴다고 들었습니다."

"…얼마 전 강릉에 출몰한 수적들을 맞아 싸우다가 손목을 다쳐서 고약을 바르고 천으로 감아둔 상태다. 보기도 흉할뿐더러 상처가 악화될 수 있으니 굳이 드러내고 싶지 않다. 네가 지금 엉뚱한 소리를 하면서 말을 돌리는구나!"

"형님…."

제갈근은 은근한 어투로 말했다.

"공명, 난 네가 얼마나 뛰어난 인재인지 잘 안다. 또 그만큼 마음이 여리다는 것도 말이다. 아마 분명 먼저 배신한 현덕을 차마 저버릴 수 없어서 거기 가담했던 것이겠지. 유현덕 그자는 처음부터 믿을 수 없었다."

"…."

"늦지 않았으니 지금이라도 돌아와라. 주공과 총관께는 내가 잘 말씀드리겠다."

"용서하십시오, 형님."

"응? 무슨 소리냐."

"연청, 부탁해."

슉! 그 말이 떨어지자마자 연청이 홀연히 모습을 드러냈다. 그는 놀라서 고함을 지르려는 제갈근의 뒷목을 쳐서 단숨에 기절시켰다. 정신을 잃은 제갈근을 잠시 내려다보던 제갈량은 그의 팔목을 감싼 천을 풀었다. 드러난 손목에는 별 모양의 문신이 선명했다.

"결국 우려하던 바대로 되었군."

연청이 중얼거렸다.

제갈량은 입술을 질끈 깨물었다.

"아니라고 했어."

"응?"

"내가 성혼교도냐고 물었을 때, 형님은 아니라고 했어. 만약 몸담을 만하다고 생각되어 형님 스스로 성혼교도가 되었다면, 절대 부인하지 않았을 거야. 오히려 그렇다고 인정하고 내게 장점을 설파했겠지. 형님은 그런 분이었으니까."

"으음."

"한데 저도 모르게 거짓말을 했다는 건 드러나서는 안 될 뭔가가 거기에 있다는 거야. 이렇게 된 이상 형님을 모시고 안도전이라는 사람을 찾아갈 수밖에 없어."

"마음을 정했나."

제갈량은 고개를 끄덕였다.

"그래. 면목 없지만, 돌아가야겠어. 유주왕… 아니, 전하께. 예전에 전하를 해치려 했던 일에 대한 벌로 극형을 받는다 해도 돌아가서 용서를 구하고 형님을 원래대로 돌아오게 할 거야."

"네가 택한 길이라면 따라야지. 그리고 널 해치게 두지 않는다. 아무리 유주왕이라 해도."

그때 문밖에서 무수한 발소리가 들려왔다. 이 자리 또한 감시받고 있었던 모양이었다. 역시 제갈근은 정상이 아니었다. 제갈량은 쓴웃음을 지으며 말했다.

"전하한테서 날 구하기 전에 여길 무사히 빠져나가는 게 급선무겠는데? 그리고 그 뒤에도 아주 멀고 어려운 길이 될 거야, 연청. 무려 태수를 납치해서 달아난 셈이니까."

연청은 제갈량을 지그시 바라보며 대꾸했다.

"상관없다. 가는 데까지 가보자, 같이."

말을 끝내자마자 문을 부수며 뛰어든 사내들을 향해 연청은 소검을 빼든 채 몸을 날렸다. 자신의 새로운 주인이자 마지막 주인이 될 사내. 아직 날아오르지 못한 젊은 용을 위해서.

15

젊은 용, 눈을 뜨다

강릉성이 발칵 뒤집혔다. 태수가 납치되는 엄청난 사건이 벌어졌기 때문이다. 게다가 납치범은 다른 사람도 아닌, 태수 제갈근의 친동생 제갈량 공명이었다. 그는 엄청난 솜씨의 소년—사실 겉모습만—호위무사를 데려와서 형을 기절시킨 다음 막무가내로 끌고 갔다고 했다. 그 일로 인해 강릉성 내에는 확인되지 않은 온갖 소문이 떠돌았다. 유주에서 보낸 자객의 짓이라고도 하고, 사실은 제갈근의 자작극이라고도 했다.

가장 난감해진 것은 가신이 되어 제갈근 밑에 있던 성혼교인들이었다. 그 무리의 우두머리 격인 강릉주부(主簿, 태수를 보좌하는 관직)가 모두를 모아놓고 준엄하게 말했다.

"이게 어찌 된 일인가? 유현덕이 유경승을 따르고 제갈공명은 그 유현덕을 보좌하는 터. 한데 서로 아군이 아니었나?"

"설령 진심으로 따른 게 아니었다 해도 동생이기에 별일 있을까 싶어 들여보내줬습니다."

"제갈공명은 그렇다 치고, 호위무사는 왜 아무도 신경을 안 쓴 건가?"

"호위무사라기보다 시종, 아니 시동(侍童)으로밖에 안 보여서 그만…."

"그 시동처럼 보이는 자가 태수를 경호하고 감시하던 우리 측 무사 여덟을 어린아이 손목 비틀듯 도륙했네. 절대 방심하지 말고 현재 강릉에 있는 교인 중 선택받은 자를 모두 동원하여 추격하도록 하게!"

성혼교도가 멈칫했다.

"서, 선택받은 자들을 말입니까?"

"허면 일반 교도 중에 태수를 경호하던 무사 여덟보다 강한 자가 있던가?"

"송구합니다. 바로 시행하겠습니다."

대전 밖으로 뛰쳐나가려던 성혼교인이 멈칫하더니 물었다.

"한데 양양성의 군사와 호응하기로 한 부대는 어찌할까요? 출격 준비를 마치고 대기 중인데…."

잠시 고심하던 주부가 말했다.

"일단 그대로 대기시켜 두도록. 원래부터 태수가 직접 지휘하게 한 다음, 그가 전장에서 연합군의 손에 죽게 만드는 게 목표였다. 일, 이천도 아니고 삼만에 달하는 대군이다. 우리가 멋대로 출병해봐야 효용이 떨어진다."

"알겠습니다."

수하들이 나간 뒤, 혼자 남은 강릉주부는 이해하기 어렵다는 얼굴로 생각했다.

'정말로 알 수 없는 일이구나. 예전부터 평소에도 한 번씩 성수를 마시게 했는데, 공교롭게 그걸 다 피해갔다손 쳐도….'

그는 죽은 호위무사들 외에도 시비들이 해온 보고를 떠올렸다.

'당장 어제저녁 상에도 성수를 넣어서 만든 음식이 포함됐으며 제갈공명이 그걸 확실히 먹은 것까지 확인했다. 그다음 제갈근이 암시를 하는 것까지도. 한데 어째서 효력이 없단 말인가?'

얼마 전, 성혼교는 사마 가문에 성수를 사용한 적이 있었다. 그 작업을 위해 교인을 상단에 투입하여 최대한 진용운의 눈에 띄지 않게 하면서 오랜 시간에 걸쳐 신용을 쌓았다. 확실한 정보는 아니지만, 진용운이 뭔가 '성혼교인을 알아보는' 능력을 가진 듯하다는 짐작 때문이었다. 전예가 이끄는 흑영대도 성혼교를 부지런히 색출했는데, 간혹 실수할 때도 있었다. 예컨대 누군가가 성혼교도라고 모함한 말을 믿고 무고한 자를 체포했거나, 아주 가까이에 있었던 성혼교도를 오랫동안 눈치채지 못한 식이다.

하지만 그런 자들도 결국 진용운에게 모두 발각됐다. 정체가 탄로 난 자들의 공통점은 진용운의 시야에 들어왔다는 것. 아무리 발뺌하고 연기를 해도 진용운은 확신했다. 그리고 그 확신은 한 번도 틀리지 않았다. 마치 성혼교인에게는 그에게만 보이는 낙인이라도 찍혀 있는 것처럼. 그런 일이 반복되자, 결국 진용운에게 최대한 접근하지 말고 눈에 띄지도 말라는 내부 명령이 떨어진 것이다.

그렇게 몇 년을 공들인 끝에, 마침내 가주 사마방과 삼남 사마부에게 성수를 먹이는 데 성공했다. 유주는 워낙 감시가 철저하여 반입이 어려웠지만, 그만큼 톡톡히 효과를 봤다. 원래 계획대로 순욱과 전예까지 제거했다면 더 좋았겠지만, 사마 가문이라는, 유주왕에게는 든든한 아군이며 적에게는 높고 두터운 벽이었던 존재를 무너뜨린 것이다.

'성수의 효과를 확실하게 입증한 일이었다. 따라서 성수가 효력이 없어서 그런 건 아닐 터.'

주부는 이 의문을 해결하기 위해서라도 제갈량을 반드시 붙잡아야겠다고 마음먹었다. 그에 따라 아직 불안정한 상태이던 '선택받은 자' 백 인이 모조리 강릉성을 나섰다.

"헉, 헉."

연청은 숨이 턱에 닿았다. 제갈량은 그가 이토록 힘들어하는 모습을 처음 보았다. 무리도 아니었다. 연청은 강릉성을 탈출한 순간부터 제대로 휴식도 취하지 못하고 제갈근을 업은 채 끊임없이 달렸던 것이다. 제갈근은 몸이 조금만 자유로워지면 덤벼들거나 달아나려 했다. 제갈량의 설득도, 연청의 위협도 소용없었다. 그렇다고 계속 기절시켜둘 수도 없는 노릇이라 포박한 게 전부였다.

연청이 그저 제갈근을 업고 뛴 것만으로 이토록 지친 건 아니었다. 제갈량이 보기에 연청의 체력과 순발력, 완력 등은 경이로울 정도였다. 그간 강릉에서 추격해온 적병들이 끈질기게 그들을 따라붙었다. 태수가 납치당했음을 감안해도 광기에 가까운 집요함이 느껴졌다. 이에 제갈량은 그들의 집착이 성혼교와도 관계가 있음을 어렴풋이 눈치챘다. 제갈량은 병사 한두 명도 겨우 감당할 정도였으므로, 연청이 도맡아 처리할 수밖에 없었다.

이들이 더욱 힘들어진 것은 바로 사흘 전부터였다.

"또 왔군."

연청이 뿌드득 이를 갈았다.

"망혼병(忘魂兵) 놈들이."

망혼병이란 연청이 그들에게 붙인 별명이었다. 연청보다는 못했지만 일반 병사보다 훨씬 강한 힘과 근력, 빠른 움직임을 가졌다. 하지만 그보다 더 무서운 점은 따로 있었다.

"끄륵!"

연청이 맨 앞에서 달려드는 망혼병 하나의 목젖을 벴다.

"그만 뒈져라."

천강위인 그도 슬슬 지치기 시작했다. 이에 평소보다 더욱 절제된 동작으로 대상을 죽이는 공격을 하고 있었다. 한데 망혼병은 목젖이 쩍 벌어진 채로 피를 철철 뿜으면서 끝까지 연청에게 검을 휘둘렀다.

"또! 이 지긋지긋한 것들."

팟! 파팟! 검광이 번득이고 망혼병의 팔다리가 날아갔다. 놈은 그제야 움직임을 멈췄다.

"천괴성(天魁星)에게 영광을…."

이런 마지막 말을 남기고. 천괴성은 회의 위원장 송강의 수호성이었다. 연청은 그 말을 들을 때마다 치를 떨었다.

'대체 무슨 짓을 한 거야, 위원장….'

그의 검술은 기본적으로 힘보다는 속도와 기교를 바탕에 두었다. 날렵한 움직임으로 정확히 급소를 베어서 쓰러뜨리는 식이었다. 따라서 이들처럼 어지간한 상처는 무시하고 끈질기게 덤벼드는 적은 상극이었다. 이제까지는 한 번 베어서 안 되면 두 번, 두 번으로 안 되면 세 번 베는 식으로 처리해왔다. 하지만 연청의 체력이 떨어지자 그런 방식에도 한계가 왔다.

"연청, 뒤!"

가슴 졸이며 지켜보던 제갈량이 다급히 외쳤다.

"칫!"

연청은 팽이처럼 회전하면서 검을 휘둘렀다. 가가각! 검이 살을 베고 뼈에 닿아 긁히는 소리가 났다. 망혼병, 강릉주부가 '선택받은 자'라 부른 성혼교도는 왼쪽 손목을 내주고도 아무렇지 않은 얼굴로 바닥을 쓸듯 연청의 다리를 걷어찼다.

"크악!"

연청의 작은 몸이 허공에서 한 바퀴 돌아 추락했다. 묶여서 누워 있던 제갈근이 이죽거렸다.

"잘했다. 죽여버려라!"

"연청!"

달려오려는 제갈량을 향해 연청이 소리를 질렀다.

"오지 마!"

망혼병은 남은 한쪽 손으로 검을 쥐고 쓰러진 연청을 향해 내리치려 했다. 순간, 그는 의아함을 느꼈다.

"…검이?"

분명 걷어차 쓰러뜨릴 때까지만 해도 연청의 손에 들려 있던 소검이 보이지 않았다. 뿐만 아니라 자신의 몸도 더 이상 앞으로 나아가지 않고 멈춰 있었다. 망혼병은 뒤늦게 명치 어림에서 아픔을 느끼고 고개 숙여 아래를 내려다보았다. 소검이 명치를 꿰뚫고 깊숙이 박혀 있었다. 어느 틈에 검을 양발 사이에 끼운 연청이 누운 채로 다리를 내뻗어 그를 찌른 것이다. 심장이 관통되자 아무리 고통에 둔감한 망혼병이라도 더 버티기 어려웠다.

"천괴성의… 이름… 으로…"

연청이 다리를 치우자 망혼병은 앞으로 털썩 엎어져 미동도 하지 않았다. 그의 몸 아래에서 놀라울 정도로 많은 양의 피가 쏟아져 나와 주변으로 번져갔다.

"휴…. 오늘은 다섯인가?"

연청은 누운 채 한숨을 내쉬었다. 오전에 셋, 방금 둘을 더 처치했다. 그런데 마치 오백 명과 싸우기라도 한 것처럼 피곤했다.

"고생했어…."

다가오던 제갈량의 목소리가 기어들어가더니 그가 도중에 멈춰 섰다. 무슨 일인가 하고 고개를 든 연청이 욕설을 내뱉었다.

"이런, 빌어먹을."

열 명에 이르는 망혼병이 마른 나무 사이에서 눈을 번들거리며 걸어 나왔다. 처음에는 제갈량 일행의 속도를 따라잡지 못해서 좀 더 빠른 자들이 먼저 나타났는데, 이제 본대에도 거의 따라잡힌 모양이었다.

"쉴 틈을 안 주는군."

연청은 힘겹게 일어섰다. 그의 작은 몸은 이미 여기저기 멍과 상처투성이였다.

"연청…."

제갈량은 비교적 어릴 때부터 자신이 범상치 않음을 알고 있었다. 주변에서 천재 소리도 심심치 않게 들었다. 한데 돌이켜보니 자신은 정작 늘 무력했다. 부모님이 돌아가셨을 때도, 오용이 자객을 보냈을 때도, 업성이 침공당했을 때도, 형이 성혼교에 세뇌당하는 동안에도…. 그리고 지금, 그 무력함으로 인해 유일한 친구를 잃을 위기에 처해 있었다.

'나 때문에….'

촤악! 퍼억! 연청은 용수철처럼 튀어 올라 맨 앞에 선 망혼병의 목덜미를 베었다. 피가 튀어 그의 얼굴을 온통 적셨다. 그자는 목이 베이면서도 손을 내밀어 끝내 연청의 어깨를 움켜잡았다. 엄청난 악력에 연청은 눈살을 찌푸렸다.

"큭!"

연청이 붙잡힌 사이, 다른 자가 뒤에서부터 등을 찔러갔다. 연청은 제 어깨를 붙잡은 자의 턱을 걸어차면서 몸을 튕겨 위로 회전하여 검을 피했다. 그리고 그대로 한 바퀴 돌아 내려옴과 동시에 등을 찌르려 한 자의 뒷목에다 검을 내리꽂았다. 그자는 목 뒤에 검이 꽂혔음에도 불구하고 양팔을 뒤로 뻗어 연청을 붙잡았다. 그리로 나머지 망혼병들이 일제히 달려들어 동료와 연청을 한꺼번에 찔러갔다.

제갈량은 눈을 부릅뜨고 소리 없는 비명을 질렀다.

'안 돼!'

지잉! 순간 제갈량의 눈앞이 잠깐 완전히 캄캄해졌다가 다시 확 밝아졌다. 머릿속에 천둥과 번개가 치는 듯하더니 뭔가가 그 번개에 타버리는 것 같기도 했다. 언제부터인지 머릿속에 계속 감돌고 있던 뿌연 안개 같은 것들. 그게 타버린 것이다. 휘이잉— 코를 통해 들어온 공기가 바람이 되어 연기를 날려버린 듯 시원하고 상쾌해졌다.

'아!'

뒤이어 여자의 목소리가 들려왔다. 이전에도 가끔 한 번씩 들은 적 있는 목소리였다. 다정하고 따뜻하지만 슬픈 목소리. 그 목소리의 주인과 제갈량 자신이 대화하고 있었다.

— 나의 공명, 나쁜 바람을 느낀다는 것은 곧 사물과 세상의 본질을 보는 힘이에요. 지금은 냄새나 촉각처럼 느껴지지만….

— 이걸 마시라고? 이게 무슨 차야, 월영?

— 머지않아 그 바람이 눈에도 보이게 되면, 그 힘으로 말미암아 고통받다가 미쳐버릴지도 몰라요. 원래 이렇게 빨리 힘에 눈뜨진 않았을 텐데, 이 또한 어쩌면 나의, 우리의 영향일지도 모르죠. 이 차는 그 시간을 좀 늦춰주는 약이에요.

— 무슨 말 하는지 모르겠어. 아무튼 약차라는 거지? 이것도 월영이 가르쳐준 그 신기한 학문들과 관계있는 거야?

— 그래요. 또 '나쁜 벌레'들로부터 당신을 보호해줄 거고요.

제갈량은 눈을 크게 부릅떴다. 왜, 어떻게 그 이름을 잊을 수 있었던 거지?

'월영!'

잊고 있던 모든 것들이 떠올랐다. 분명 지나간 시간이었는데, 같은 시간대에 해당하는 기억이 세 종류였다. 제갈량은 그것들이 모두 실제 있었던 일임을 깨달았다. 일찍이 용운이 두 차례에 걸쳐 시간을 되돌렸으나, 제갈량은 월영이 심어둔 특수 나노머신이 재생되면서 거기 기록된 기억까지 모조리 되살아났다.

휘이잉— 그리고 그의 눈에 이제까지 보이지 않던 것들이 보이기 시작했다. 이는 시간의 힘을 거스른 자들만이 얻는 특권. 아득한 과거를 거슬러온 용운이 천기를 가졌듯, 같은 시간을 세 번 반복해 살면서 그 기억을 되살려낸 제갈량은 심안을 얻었다. 마치 미간에 새로운 눈이 하나 생겨나서, 원래 보이던 풍경에다 그 눈에만 보이는 것을 덧씌운 느낌이었다. 아니, 실제로도 눈이 나타났다. 용안(龍眼)이라 불리는, 세로로 갈라진 제3의 눈이었다. 천안통 또는 심안이라 불리는 힘이 너무도 강력하게 발현하여 실체화한 것이다.

용의 눈을 통해 바람의 결이 보였다. 망혼병들의 몸 주변에서는 거무튀튀한 기분 나쁜 색의 바람이 불고 있었다. 그 바람은 놀랍게도 그들의 머릿속에 있는 지극히 미세한 벌레 같은 것들로부터 불어 나와 전신을 감쌌다.

'저것은…'

너무도 작았기에 육안으로는 결코 볼 수 없는 벌레였다. 연청을 감싸고 있는 바람은, 색깔은 그들과 비슷했으나 훨씬 맑고 투명한 느낌이었다. 이에 제갈량은 연청과 망혼병들, 즉 성혼교가 가진 힘의 원천이 비슷한 것임을 알 수 있었다. 가장 놀라운 점은 형 제갈근의 머릿속에 망혼병들의 그것과 같은 벌레가 들어 있다는 사실이었다.

'형님과 저자들의 이상한 행동은 저 벌레들 탓이었구나.'

그게 전부가 아니었다. 제갈량 자신의 주변에 있는, 멀게는 이 산에 있는 모든 살아 있는 것과 죽어 있는 것들에게서 흘러나오는 바람이 보이고 느껴졌다. 그것은 경이로우면서도 공포스러운 광경이었다. 제갈량은 비로소 월영이 했던 말을 이해할 수 있었다. 소년 시절, 이미 이와 비슷한 것들이 조금씩 보이기 시작했었다. 그것이 지금과 같은 정도였다면, 아마 현실과의 괴리에 더해 과도한 정보의 폭주로 미쳐버렸을지도 몰랐다.

지금만 해도 그랬다. 제갈량이 이 모든 것들을 보고 느낀 시간은 촌각의 촌각에 불과했는데도, 용안을 제외한 원래의 두 눈에서 피가 흘러나왔다. 제갈량이 보는 앞에서 옴짝달싹 못 하게 붙잡힌 연청의 몸으로 아홉 개의 검날이 동시에 각기 다른 곳을 찔러갔다. 아주 느린 움직임이었지만, 가서 막을 자신이 없었다. 초인적인 눈이 생긴 것이지 초인이 된 건 아니었기 때문이다. 대신 그 움직임들의 흐름은 알 수 있었다.

"탓!"

제갈량은 아홉 갈래의 바람들이 만나는 지점을 향해 발밑의 돌을 걷어찼다. 쩡! 날아간 돌이 한 명의 검날을 때렸다. 그 검이 빗나가면서 옆의 검을, 그 옆의 검은 위로 튕겨 나가 또 다른 검을 때렸다. 결과적으로 아홉 개의 검이 모두 연청을 정통으로 찌르지 못하고 훑고 지나갔다.

"뭐 하는 짓이냐."

"서두르지 말고 정확히 공격해라!"

망혼병들은 잠깐 주춤했다가 이번에는 두세 명씩 차례로 연청을 공격하려 했다. 아주 짧은 시간을 벌었을 뿐이지만, 그사이 제갈량은 바람 하나를 읽어냈다. 자신과 연청을 도와줄 강력하고 투명한 바람을. 그리고 그 바람을, 불렀다.

픽! 둔탁한 소리와 함께 망혼병 하나가 사라졌다. 실은 맞아서 튕겨 난 것인데, 그 날아가는 속도가 너무도 빨라 사라진 듯 보인 것이다.

"응?"

뻑! 고개를 돌리기 무섭게 또 다른 망혼병 하나가 위로 솟구쳤다. 얼마나 세게 턱을 맞았는지 수직으로 치솟아 한참이나 올라가다가 떨어져 내렸다. 턱과 입은 당연히 형체를 알아보기 어려울 정도로 박살이 났다. 두 눈도 튀어나왔을 정도였다. 순식간에 두 명이 절명하고서야 망혼병들은 새로운 적의 존재를 깨달았다.

"…!"

그것은 말 그대로 거인이었다. 너무도 덩치가 커서 오히려 바로 옆에 다가올 때까지 깨닫지 못했다. 키가 족히 십 척(약 3미터)은 되어 보였다. 그가 손에 든 것을 보고 망혼병들은 동료가 뭐에 맞아서 날아갔는지 깨달았다. 거인은 고목나무를 통째로 뽑아 한 손에 들고 있었다. 그 위용에 두려움이 거세된 망혼병들조차 위축되었다. 거대한 덩치에 비해서 거인의 얼굴은 어딘지 모르게 순진무구한 느낌을 주는 어린애 같았다. 또한 머리는 옅은 노란색이 도는 금발에, 눈은 새파랗게 빛나서 몹시 기이한 느낌을 주었다.

망혼병 중 하나가 거인을 향해 말했다.

"네놈은 뭐냐!"

"나?"

거인은 머리를 긁적이며 대꾸했다.

"난 마충(馬忠)이에요."

"마, 마충?"

"응, 그거, 내 이름."

"우리는 별을 섬기는 성혼교인들이다. 태수님을 납치해간 악적들을 처단하려는 참인데, 일면식도 없는 네가 어째서 우리를 공격하는 거냐?"

"나, 나는 문규(文珪, 오의 장수 반장의 자) 형한테 가는 거야. 문규형은 무섭지만 착해요."

"그럼 그 착한 형한테 가던 길이나 가지, 왜 우리를 공격하느냔 말이다!"

자신을 마충이라 밝힌 거인의 시선이 제갈량을 향했다. 그 눈빛에는 두려움과 존경이 동시에 담겨 있었다.

"용(龍)님이 불렀어. 용님의 말은 들어야 하는."

"뭐? 무슨 개소리냐!"

거인의 말은 내용이 이상한 데다 말투도 기묘했다. 그게 망혼병들의 짜증을 불러일으켰다. 그때 망혼병 중 하나가 고개를 갸 웃거렸다.

'문규? 어디서 들어본 이름인데…. 아!'

문규는 손책의 아우, 손권과 친한 장수의 이름이었다. 비교적 최근에 손가 진영에 합류했는데 난폭하고 성질이 더럽기로 유명 했다. 그 문규에게 간다는 것은 저 거인 또한 연합군의 일원이 된 다는 뜻. 곧 적이라는 의미였다.

"저놈, 손가의 장수다. 어차피 적이야."

"제갈량의 호위는 이제 언제라도 처리 가능하다. 저놈부터 처 치한다."

망혼병들의 살기가 마충이라는 거인에게 향했다. 마충이 어리 둥절해서 말했다.

"적? 적은 나쁜 거. 마충은 착한이예요."

"…죽어랏!"

망혼병들이 일제히 마충에게 달려든 순간, 마충은 나머지 한 손으로 옆의 고목 하나를 더 뽑아 들었다. 그리고 두 그루의 고목 을 양팔에 낀 채 회전하며, 오히려 망혼병들 쪽으로 쇄도했다. 그 모습은 마치 살아서 움직이는 맹렬한 용권풍(龍捲風, 회오리바람) 과 같았다. 도는 속도가 너무도 빨라, 그의 말이 한 박자씩 늦게 띄엄띄엄 끊겨서 들렸다.

"한꺼번에, 덤비면, 이렇게, 하랬다. 문규 형이."

퍼퍼퍼퍼퍽!

"으악!"

"크어어억!"

거기 부딪힌 망혼병들은 팔이 으스러지거나 피떡이 되다시피 하여 날아갔다.

"으, 으으. 괴물이…."

살아남은 망혼병 둘은 성수의 통제가 깨졌다. 압도적인 힘과 죽음의 위기 앞에 너무도 큰 두려움을 느껴서였다. 그들은 무기도 팽개치고 왔던 방향으로 허겁지겁 뛰어 달아났다.

"으아아, 마충, 눈이 돌아."

회전을 멈춘 마충은 연청에게 다가가 그를 조심스레 들어 올렸다.

"작은 친구, 괜찮은?"

"뭐야, 산만 한 게…. 누가 작은 친구냐. 아무튼 구해줘서 고맙다."

연청의 인사에 마충은 입이 헤벌쭉해졌다.

"헤헤, 인사 들었어. 착한 일한 마충!"

마충은 연청을 양손으로 받쳐 든 채 제갈량에게 다가와 그 앞에 무릎을 꿇었다.

"산 뛰어넘어 가는데, 멀리서 용님, 불러서 왔어요."

"그래, 고마워. 마충."

제갈량의 미간에 나타났던 용안은 이미 사라진 후였다. 그래도 마충은 그에게서 희미하게 그때의 기운을 느끼는 모양이었다.

"나, 어디 부러진 거 아니다. 이제 내려놔도 돼."

마충의 손에서 내려와 선 연청은 제갈량의 눈 주변에 남은 피

눈물 자국을 보고 깜짝 놀랐다.

"공명! 눈이 왜 그래? 다쳤어?"

"아, 아무것도 아냐."

제갈량은 옷소매로 눈을 쓱쓱 문질러 닦았다.

"문규 형이 불러서 가는 중이라고 했지, 마충?"

"웅! 나, 땅을 일구고 있었어요. 봄 되면 농사지어야 하니까, 미리 일궈놔야 하는. 비 안 오면 농사 망해요. 용님은 비 오게 하는 이예요. 그러니까 용님 말, 잘 들어야지."

"문규 형이 모시는 높은 분이 누구지?"

"음, 음, 음…."

한동안 머뭇거리던 마충이 손바닥을 짝 마주쳤다. 그 풍압만으로도 연청이 휘청할 정도였다.

"알았다! 중모. 손중모입니다!"

"손권 중모."

이름을 중얼거린 제갈량이 싱긋 웃었다.

"문규 형이 모시는 중모 님은 백부 님의 동생이야. 우리는 백부 님과 한편이고."

"어? 어어… 그러니까."

마충은 손가락으로 이리저리 꼽아보다가 곧 얼굴이 환해졌다.

"그럼 용님은 중모 님의 형과 한편이니까 중모 님하고도 한편이고 문규 형하고도 한편이에요. 그러면 마충하고도 한편이에요!"

"그래, 맞아."

"와! 나는 용님이랑 한편이에요!"

마충은 신나서 덩실거렸다. 제갈량이 그를 진정시키며 말했다.

"그런데 보다시피 연청은 많이 다치고 지쳤어. 저기 있는 사람은 내 형인데, 정신이 좀 이상해져서 묶어놨고."

마충이 제갈근 쪽을 힐끔거리며 중얼거렸다.

"정신, 이상한? 미친은 무서운."

누가 미쳤냐, 이 괴물 놈아! 제갈근은 마음속으로만 그렇게 외쳤다. 그 괴물이 얼마나 무지막지하게 강한지 눈앞에서 봤기 때문이다.

"그래서 말인데, 마충은 힘이 세지?"

"네, 헤헤. 마충은 힘센이예요!"

"그럼 나와 연청 그리고 저 미친 사람까지 다 들고 문규 형한테 갈 수 있겠어? 아니, 산을 내려갈 때까지만이라도."

그 말이 떨어지기가 무섭게 마충은 왼팔로 연청을 안고 오른팔로는 제갈근을 옆구리에 꼈다. 그리고 제갈량의 앞에 앉아 목을 길게 뺐다.

"용님은 타요. 여기, 마충의 목. 무등인."

"정말 할 수 있어?"

"마충, 물소 두 마리 들고 해질 때까지! 이쪽 어깨에 하나, 저쪽 어깨에도 하나! 이웃 마을까지 가요! 뛰어서 가요!"

그 말에 제갈량은 안심하고 마충의 목에 걸터앉았다.

"대단하구나, 마충."

"헤헤, 마충은 대단한이예요!"

물소 한 마리의 무게는 대략 1,200근(약 720킬로그램)이 넘는다.

그 한 마리만 해도 제갈량과 연청, 제갈근의 몸무게를 다 합한 것보다 몇 배는 무거웠다. 그런 물소를 두 마리나 들고 해질 때까지 달린다니, 사람 셋 정도는 거뜬할 게 분명했다.

'착각이라면 몰라도 아예 거짓말을 모르는 성품이 분명하니.'

마충에게서는 힘과 순수함이 느껴지는 적색 바람이 쉴 새 없이 휘몰아쳐 나왔다. 이는 그만큼 그의 기가 풍부하고 강함을 뜻했다. 어눌한 말투 탓에 일견 지능이 낮아 보이지만, 제갈량 자신을 '용님'이라 부르는 걸로 보아 의외로 직관력도 있는 듯했다.

'내 용안을 느낀 거겠지.'

제갈량은 자신의 심안을 용안이라 부르기로 했다. 바람의 형태로 본질을 보는 데서 착안한 이름이었다.

'위험에서 벗어나기 위해 부른 바람이었는데, 어쩌면 강력한 아군을 얻은 걸지도 모르겠구나.'

일어선 마충이 힘차게 외쳤다.

"용님, 꽉 잡아! 마충, 달린이예요!"

쾅쾅쾅쾅쾅! 마충은 엄청난 기세로 산을 달려 내려가기 시작했다. 연청이 노래진 얼굴로 중얼거렸다.

"아, 씨. 멀미나⋯."

정사의 기록에는 두 명의 마충이 존재한다. 이 둘은 한자까지 똑같은 동명이인이다. 첫 번째는 촉나라의 마충으로, 자는 덕신(德信). 유비가 이릉대전 패배 후 영입한 장수로, 제갈량이 승상이 된 뒤에도 중용하였다. 장가군의 반란을 평정하고 문산군의 강족을 토벌하는 등 제법 굵직한 공적을 남겼으며, 진남대장군(鎭南大將軍), 평상서사(平尙書事)의 관직에까지 올랐다. 《삼국지연의》에서는 맹획의 아내 축융에게 사로잡히는 등 허술한 모습을 보이지만, 위나라의 장합을 활로 쏴 죽인 장본인으로도 묘사된다.

또 다른 사람은 오나라의 마충인데, 큰 공적을 세운 데 반해 흔적은 촉의 마충과 사뭇 대조적이다. 그에 대해 적힌 기록은 단 한 줄에 불과하다.

반장(潘璋) 휘하의 사마로서 건안 24년(서기 219년) 음력 12월, 형주 공방전 끝에 장향(鄣鄕)에서 관우, 관평, 조루를 사로잡았다.

그러나 《삼국지》를 조금이라도 아는 이라면, 이 한 줄의 기록에 전율을 느낄 것이다. 형주를 다스릴 당시의 관우는 조인을 물리치고 우금의 항복을 받아냈으며 방덕을 죽이는 등 노쇠했다고 해도 여전히 엄청난 무위를 자랑했다. 관평 또한 아버지의 피를 이어받아(《삼국지연의》에서는 양자로 묘사되나 실제로는 친자식), 상당한 무예 실력을 가졌을 가능성이 높다. 그 부자에 더해 뛰어난 부관 조루까지, 갑자기 등장한 무명에 가까운 장수가 죽인 것도 아니고 사로잡아버린 것이다. 결코 촉의 마충 못지않은 공적인데 기록은 너무도 부실했다. 그에 대한 기록이 너무 없기에 오히려 의혹을 자아내는 인물이기도 하다.

16

그분을 뵙고 싶구나

늦은 밤, 곳곳에 화톳불을 밝힌 강하성은 긴장된 분위기에 휩싸여 있었다. 양양에서 대규모의 군사가 출발했다는 소식 때문이었다. 당연히 손가 유주 연합군 쪽에서도 대응할 터. 그렇다면 이 강하성이 전장이 될 가능성이 높았다. 아니, 거의 확실했다. 강하태수 황조는 직접 성벽을 돌아보며 생각했다.

'이번에 또 패한다면 주공께서 날 용서하지 않을 것이다.'

그는 지난 전투의 패배로 하마터면 처형당할 뻔했다가, 다른 가신들이 변호해준 덕에 겨우 목숨을 건졌다. 사실상 이번 전투가 마지막 기회가 될 것이다. 강하성은 위치로 보나 주변의 지형으로 보나, 형주의 관문이나 다름없었다.

'적은 반드시 이리로 온다.'

황조는 병사들에게 교대로 보초를 서도록 지시하는 한편, 장호(張虎)와 진생(陳生)에게 배와 병력을 내주어 수군을 맡겼다. 장호와 진생은 둘 다 형주 지역의 호족이었다. 190년경 황건적의 난에 이은 동탁의 전횡 등으로 중앙 조정의 힘이 약해지자 천하가 혼란스러워졌다. 그 무렵 손견은 장사태수 자리에 있었는데, 형주자사 왕예(王叡)와 함께 영릉과 계양 일대의 도적을 토벌한 적이 있었다. 그때, 왕예가 지방 토호 출신의 무관이라는 이유로 손견을 무례하게 대하여 원한을 샀다. 훗날 왕예는 손견의 공격을 받아 궁지에 몰리자 자결했는데, 그 바람에 고삐가 풀린 형주의 호족들이 저마다 할거하였다. 진생과 장호는 그중에서도 강하를 근거지로 활동하다가, 왕예의 후임으로 온 유표에게 항복한 자들이었다. 그런 내력이 있으니 두 장수가 강하의 지형에 밝으리라는 게 황조의 계산이었다.

과연 장호와 진생은 선단을 몰고 유유히 장강을 따라 면구로 향했다.

"적군이 성을 곧장 공격해오지 않는다면 반드시 면구를 지나야 하니, 배를 이용하든 육로를 이용하든 이곳을 틀어막고 있으면 운신이 어려울 걸세."

장호의 말에, 진생이 맞장구를 쳤다.

"손가 놈들이 배를 좀 다룬다곤 하나 수전의 승패는 자리싸움이 팔 할. 물길의 흐름에 맞춰서 미리 유리한 곳을 점한 우리를 이길 순 없지."

"육로를 택하여 보병이나 기병으로 공격해온다면 그거야말로 자살행위고 말일세."

하구와 면구 일대는 광범위하게 퍼져 있는 물줄기의 영향으로 대부분 강과 연결된 늪지대였다. 기병이나 보병이 그리로 진입했다가는 좋은 과녁이 되기 십상이었다. 늪에 빠져 꼼짝도 못 하는 상태로, 배에서 쏴대는 노의 집중 공격을 받게 되는 것이다. 장호와 진생은 특별히 큰 배 몇 척을 골라 궁수와 화살을 가득 실었다. 그런 뒤 강물의 흐름이 완만해지고 물결이 거의 없는 곳에 닻을 내렸다. 안정적인 상태에서 강을 따라 거슬러오는 적 함대를 향해 집중사격을 퍼부을 셈이었다.

그러나 주유가 누구인가. 원래 역사에서는 조조라는 가장 큰 위협을 적벽에서 격파하여 오나라의 기틀을 다진 도독이다. 유표는 천하가 환란에 빠진 가운데서도 십 년 가까이 힘을 고스란히 비축해왔으며 서령까지 가세해 있었다. 손가는 그 유표에게 맞서 압도적으로 불리해진 전황에서도 전투를 잘 이끌어왔다. 심지어 한때는 강하성을 턱밑에서 압박하기도 했다. 거기에는 주유의 병력 운용과 전술이 큰 역할을 했다. 당연히 면구의 지형적 특성도 파악하고 있었다.

강하성을 맡은 곽가가 육손과 사린, 사마의만 데리고 유유자적 떠난 뒤.

'정말 그 인원만으로 갈 줄이야. 누구도 강요하지 않은 본인의 선택이다. 알아서 하겠지. 나에게는 내가 해야 할 일이 있다.'

주유는 그에 대한 생각을 떨치고 면구 확보를 위한 준비에 들어갔다.

손가는 어려움 속에서도 유주군의 도움 덕에 꾸준히 세력을 회복해왔다. 이는 동오 지역에서 손가가 대를 이어 얻은 민심과, 진한성의 가르침을 잊지 않은 손책이 사람을 얻는 데 치중한 덕이 컸다. 그 결과, 손책에게 보호받던 게 엊그제 같은데 이제 어엿한 청년이 되어 전장에 합류한 아우 손권(孫權), 그 손권이 등용하여 데려온 충직한 장수 서성(徐盛), 난폭하고 술을 좋아하는 게 흠이나 대담무쌍하고 용맹한 반장(潘璋) 등 젊은 피를 다수 영입했다. 그들은 대개 따르는 무리를 적게는 수십에서 많게는 몇 백씩 거느리고 있었으므로, 자연스럽게 세력의 강화로 이어졌다.

"자, 적은 이미 강하성의 병력을 보내 면구를 점령하고 있을 가능성이 높다. 어떤 방법으로 그곳을 빼앗으면 되겠는가?"

주유의 물음에, 장수들은 잠시 의견이 분분했다. 여러 명이 의견을 내놓았으나 주유는 고개만 끄덕일 뿐 말이 없었다. 그러다 숙고하던 주연(朱然)이 입을 열었다.

"제가 한 말씀 올리겠습니다."

"오, 의봉(義封, 주연의 자)인가. 말해보게."

주연은 올해 스물일곱 살로 원래 성은 시씨였지만, 열세 살 때 주치의 양자가 되면서 성을 주로 바꿨다. 어릴 때부터 손권과 가까이 지내면서 정을 쌓아 손책과 주유의 사이 못지않았다. 정사에서는 번성 전투에서 반장과 함께 싸워 관우를 격파하는 데 큰 역할을 했으며, 이릉 전투에서는 유비의 선봉대를 공격해 격파하는 등 공을 세웠다. 특히, 강릉성 전투 때는 고립된 채 고작 오천의 병사로 위의 대군을 맞아 싸워, 장장 6개월 이상을 버팀으로써 오나라를 대표하는 도독의 계보를 잇게 된다. 주연은 차분한 어조로 자신의 생각을 말했다.

"면구로 이어지는 물길은 모두 좁고 유속이 빠르니, 거슬러 올라가기가 쉽지 않습니다. 적은 반드시 안정적인 곳에 배를 대고 물길을 막은 다음 아군을 맞아 싸우려 할 것입니다. 또 강하성의 수군은 크고 높은 배를 보유한 반면, 아군에게는 그런 배가 없습니다."

"말대로 모두 불리한 상황이네."

"그 불리함을 반대로 이용하면 됩니다."

"어떻게 말인가?"

"큰 배는 위에서 아래로 공격하기에 유리하나, 움직임이 느리고 근접한 적에 약합니다. 아군은 낮고 속도가 빠른 배 위주로 선단을 꾸려 적의 배 아래쪽을 충돌하는 겁니다."

주유는 비로소 흡족한 듯 입을 열었다.

"바로 내 생각과 같네. 거기다 뱃머리 부분에 잘 타는 짚더미 따위를 실은 다음, 충돌 직전 불을 붙이는 것도 괜찮겠지."

서성이 특유의 씩씩한 목소리로 한마디를 거들었다.

"부딪치자마자 밧줄을 걸고 올라가 도륙하면 놈들이 어찌 버티겠습니까? 자고로 배 위에서 치고받는 싸움은 우리 손가 군이 최고가 아닙니까?"

"그 말이 맞네. 하하!"

조운은 그 모습을 지켜보며 생각했다.

'나이가 젊어서인지 우리 유주와는 또 다른 자유로움이 느껴지는구나.'

이번 전투에서 유주군은 보급 및 후방지원과 같은 보조 임무를 맡게 되었다. 북쪽 출신이라 물과 기후에 익숙지 않은 병력이 다수였기 때문이다. 소수의 장수만이 선상에서 벌어질 백병전 등에 대비하여 참전키로 했을 뿐이다. 조운도 그런 장수 중 하나였다.

'그나저나 총군사님이 걱정이다. 물론, 그분의 귀계를 믿긴 하나, 고작 넷이서 뭘 할 수 있단 말인가? 그나마 사린 소저가 붙어 있긴 하지만….'

조운은 나직하게 한숨을 내쉬었다.

한편, 곽가는 강하성을 향해 가는 도중 잠시 수레를 멈추고 휴식을 취하는 중이었다. 창백한 얼굴로 앉아 있던 그가 일어서며 말했다.

"잠시 근처에 소피 좀 보러 다녀오겠다."

"조심하십시오, 사부님."

사마의는 걱정스러운 표정으로 그를 바라보았다.

곽가는 조금 떨어진 바위 뒤로 향했다. 그리고 일행의 눈에서 멀어지자마자 흰 천으로 입을 틀어막고 소리 죽여 기침을 했다.

"쿨럭! 컥…."

잠시 후, 입을 막았던 천은 선혈로 흠뻑 젖어 있었다. 곽가는 며칠 전 화타와 나눈 대화를 떠올렸다.

"지금이라도 늦지 않았습니다. 서주로 가서 요양하십시오. 유주의 찬 기온도, 이곳의 지나치게 습한 날씨도 좋지 않으니까요. 서주에서 몸을 보하는 음식과 탕약을 드신다면…."

"몇 년 더 살 수 있다는 말이오?"

"…그렇습니다."

"허허, 그렇게 몇 년을 더 살아서 무엇 하겠소?"

"목숨을 중히 여기십시오. 공께 좋지 않은 일이라도 생긴다면 전하께서 크게 상심하실 겁니다."

"그것이 내가 유일하게 마음에 걸리는 일이오. 혁(奕, 곽가의 아들)과 남은 식솔들이야 나라에서 어련히 잘 보살펴주겠소. 생각해보면 이렇게 마음 편히 죽을 수 있는 곳도 많지 않소."

"봉효 공…, 송구합니다. 저의 능력이 부족하여 폐 손상의 진행을 막지 못했습니다."

"그게 어디 선생의 탓인가. 그저 감기가 길어지는 줄만 알고서 치료도 받지 않고 활개 친 내 탓이지. 그래서 앞으로 얼마나 더 버틸 것 같소?"

"사실…."

잠깐 망설이던 화타가 입을 열었다.

"내일 당장 일이 생겨도 이상하지 않을 정도입니다."

"그런가…."

"아무쪼록 무리하지 마십시오."

화타는 대화 끝에 약한 마비산을 쥐여주었다. 폐가 침식되면서 발생한, 가슴을 쥐어짜는 듯한 고통을 줄여주기 위해서였다.

'어차피 곧 죽을 목숨이라면, 중달 녀석에게 한 수 가르쳐주고 전장에서 죽을 수 있기를. 이제 조금만 더 버텨라, 내 몸아.'

곽가는 간절히 기원하며 마비산을 입안에 털어 넣었다. 그리고 소매로 입가의 피와 이마의 땀을 꼼꼼히 닦은 후, 아무 일도 없었다는 듯 돌아왔다.

"자, 쉬었으면 이제 다시 움직이자. 갈 길이 머니."

"좀 더 쉬시지 않아도 되겠습니까?"

"괜찮다. 봐라, 멀쩡하지 않느냐."

곽가의 상태가 한층 좋아진 듯 보였으므로 사마의는 고개를 끄덕였다.

가는 도중 곽가는 육손과 사마의, 사린에게 앞으로 할 일과 그들의 역할에 대해 알려주었다. 얘기를 듣고 난 육손은 경악을 금치 못했다.

"이건… 미친 짓입니다."

"적도 아마 그런 미친 짓을 하는 놈이 있으리라곤 생각지 못할 거요."

"왜 하필 저입니까?"

"냉정하면서도 담대한 데다 무엇보다 유표군에 아직 얼굴이 알려지지 않았으니까."

곽가는 황조가 연이은 패전으로 인해 실각되리라 예상했었다. 그러나 그는 다시 강하성의 수비를 맡으러 돌아왔다. 자연히 각오가 남다를 것이며 강하성에 대해서도, 손가 군에 대해서도 잘 아는 만큼 결코 쉽지 않은 상대가 되리라 보았다. 게다가 강하성에 의지하여 수비에만 전념한다면 연합군이 성을 함락하기란 매우 어려워질 터. 그렇게 시간을 끌다가 양양성에서 출진한 본대가 도착하면, 그야말로 사면초가의 상황에 빠지고 말 것이다. 이에 곽가는 황조의 그런 각오와 유표에 대한 두려움을 이용하기로 했다.

"이제 슬슬 준비해야겠소. 혹 정찰병의 눈에라도 띄면 안 되니까."

곽가의 채근에, 육손은 마지못해 의복을 갈아입었다. 옆에서 사린이 그런 육손을 위로했다.

"괜찮아, 백언. 무슨 일이 있으면 내가 지켜줄게."

"하하, 고마워."

그가 입은 옷은 형주 관리들의 정복이었다. 그중에서도 감찰을 나올 때 입는 옷이었다. 사린은 시녀로, 사마의와 곽가는 수행원으로 위장했다. 그런 뒤, 육손은 사린과 함께 수레에 올랐다. 두 마리 말은 각각 사마의와 곽가가 몰았다. 육손은 적당히 의관을 풀어헤친 다음 한 팔로 사린의 허리를 감았다. 그러고 나자 그는 신분이 높은 덕에 젊은 나이에 관직에 오른 방탕한 유생처럼 보였다.

곽가는 수레 안의 육손에게 마지막으로 당부했다.

"명심하시오. 난 그사이 유경승과 서령이라는 자들에 대해 철저히 조사했소. 나서서 말하는 일은 내가 다 할 테지만, 가장 중요한 것은 그대의 당당함이오. 자신이 진짜 감찰관이 됐다 생각하고 황조를 인정사정없이 핍박하란 말이오. 거기에 조금도 망설임이 있어서는 아니 되오. 아시겠소?"

그랬다. 곽가는 형주의 감찰관 일행으로 분하여 직접 강하성 안으로 들어가려는 것이었다. 육손은 죽음을 앞둔 자 특유의 묘한 광기와 열의에 기가 눌렸다. 그는 순순히 고개를 끄덕였다.

"알겠습니다."

"좋소. 자, 저쪽에서 마중을 나온 듯한데 연습 삼아 해봅시다."

마침 수레를 본 정찰병 둘이 다가오고 있었다. 강하성 근처에 도착하고 나서부터는 당당히 대로를 이용하는 등 딱히 잠행을 하지도 않았으므로 쉽게 발견된 것이다.

"멈추시오! 누구…."

정찰병들은 상대의 차림새와 외모가 예사롭지 않음을 보고 말 끝을 흐렸다.

곽가가 채찍을 휘둘러대면서 두 병사에게 호통을 쳤다.

"이놈들! 감히 이분이 누군 줄 알고…. 이분은 괴씨 가문의 선비로, 주공의 명을 받아 강하성에 시찰을 나오신 길이다. 어서 성으로 안내해라!"

두 정찰병은 빠르게 눈짓을 주고받았다. 괴씨 가문이라면, 형주를 대표하는 호족 가문의 하나. 그 일원인 괴량, 괴월 형제가 일찌감치 유표를 따라 형주 장악을 도움으로써 현재 채씨와 더불어 가장 위세가 큰 가문이었다.

"송구하지만 전시 상황이라, 잠깐 확인하겠습니다."

병사들은 수레 안을 기웃거렸다. 제일 먼저 한쪽 어깨를 드러낸 사린이 보였다. 육손은 두 병사에게 눈길도 주지 않고 비스듬히 허공을 올려다보며 나른한 어조로 중얼거렸다.

"어처구니가 없구나. 내가 왜 이런 위험천만한 전선까지 와서 감찰을 하고, 병사 나부랭이들에게 확인까지 받아야 하는지."

정찰병들은 즉각 허리를 굽혔다.

"귀인을 몰라뵙고 큰 실례를 저질렀습니다! 지금 바로 성으로 모시겠습니다."

곽가는 가는 길에도 내내 잔소리를 퍼부어 두 병사의 혼을 쏙 빼놓았다. 이에 둘은 일행을 의심하기는커녕 비위를 맞추기에 바빴다. 정찰병을 거느리고 워낙 당당히 들어선 까닭에 성문에 서도 얼결에 곽가 일행을 통과시켰다.

한편, 한창 작전 회의 중이던 황조는 감찰관이 왔다는 말에 눈살을 찌푸렸다.

"뭐? 갑자기 웬….”

짚이는 것은 있었다. 그는 최근에 연달아 전투에서 졌다. 그럼에도 가신들의 탄원으로 구사일생하여 다시 강하성을 맡게 되었다.

'미덥지 못하다는 뜻이겠지, 이건.'

강하성은 규모에 비해 매우 중요한 요지였다. 아마 전투 준비가 잘되어가고 있는지 직접 눈으로 확인하려는 것이리라. 여기에 주군 유표의 의중이 묻어나는 듯하여 황조는 입맛이 씁쓸했다.

"괴씨 가문에서 나온 분이라 합니다.”

아니나 다를까, 심복인 두 책사의 가문에서 일부러 사람을 골라 보낸 것만 봐도 알 수 있었다.

"안으로 모셔라.”

"그 전에 성내를 돌아보면서 점검부터 하시겠다고 합니다.”

"이런….”

제법 깐깐한 자가 감찰관으로 온 게 분명했다.

'그게 아니면, 내게 뭔가 불만이 있다는 뜻.'

대비를 한다고 했지만 흠은 만들기 나름이었다. 황조는 서둘러 집무실을 나와 젊은 감찰관이 있다는 곳으로 향했다.

육손은 성을 돌아볼수록 내심 놀라움을 금치 못했다. 성벽의 유지 보수 상태, 감시병들의 위치, 비축해둔 무기와 식량 등 어느 것 하나 수성전에 소홀함이 없었다.

'황조는 생각보다 훨씬 뛰어난 자였구나. 과연, 전면전을 시작 했다가는 득보다 실이 많았겠다.'

뒤에서 그를 따르던 성의 관리가 조심스레 물었다.

"어떠십니까?"

육손은 여전히 귀찮다는 듯한 표정을 유지하면서 냉랭하게 내뱉었다.

"흥, 병사들을 이리 늙고 약한 자들로만 꾸려서야 어찌 적을 맞아 싸우겠는가?"

거기에 대한 답은 마침 현장에 도착한 황조가 대신했다.

"최근 이 지역에서 전투가 계속되어 장정들이 많이 죽어 나가서 그렇소."

"…그대는 누군가?"

"본성의 책임자인 강하태수 황조요."

거만하던 육손은 태도를 바꿔 정중히 포권하며 말했다.

"오, 이거 실례했습니다. 저는 감찰관으로 온 독우 괴손이라고 합니다."

"괴손?"

황조는 고개를 갸웃거렸다. 괴씨 가문의 인사라면 대충 아는데, 손은 처음 듣는 이름이었다.

"실례지만 부친의 성함이 어찌 되시는지…."

육손의 얼굴이 급격히 일그러졌다. 그 빠른 변화에 옆에서 보던 사마의도 감탄할 정도였다. 육손은 한 마디, 한 마디 억누른 듯한 말투로 대꾸했다.

"왜, 내가 너무 젊어서 감찰받기가 아니꼽다 이거요? 잘난 아버지께 따지기라도 하시려고?"

예상치 못한 반응에 황조가 당황했다.

"아니, 그게 아니라…."

"나는 주목님도, 가문도 따르지 않소. 내가 모시는 사람은 오직 서총관님 한 분뿐이오. 이 감찰 또한 주목님의 지나치게 너그러운 처분에 의구심을 품은 총관님의 명으로 이뤄진 것. 그대가 당당하다면 괜한 트집 잡지 말고 순순히 감찰을 받아야 할 거요."

황조는 금세 벌레 씹은 듯한 표정이 되었다. 이제야 이 애송이가 이토록 거만하게 구는 이유를 알 것 같았다.

'뭔가 했더니 서총관 쪽 사람이었군. 그럼 괴씨 가문의 일원 중에서도 양자거나 후처의 자식일 가능성이 높다. 그러니 아버지를 묻는 말에 저리 껄끄럽게 나오는 거겠지.'

괴씨 가문과 채씨 가문은 유표에게는 순종했으나 서령은 경계했다. 유표를 도와 형주를 평정한 건 자신들인데, 뒤늦게 나타난 그녀가 실권을 장악했기 때문이다. 말 그대로 죽 쒀서 개 준 꼴이었으니 달가울 리 없었다.

반면, 두 가문 내에서도 출세에서 멀어진 자들, 즉 천출이나 서자 등은 어떻게든 서령 쪽에 줄을 대려고 안간힘을 썼다. 서령 또한 그들을 통해 자신에게 적대적인 호족 가문의 정보를 얻어내고 견제하는 효과가 있었으므로 심심치 않게 맞아들이는 편이었다. 그렇게 서령 밑으로 들어간 자들은 두려움과 멸시의 의미를 함께 담아서 '서위대'라 불렸다. 서령의 친위대라는 뜻이었다. 서위대는 그 특성상 대부분 이십 대 초·중반의 젊은이들로 이뤄졌으며 주로 문관이 많았다. 이에 황조는 육손이 그런 서위대 중 하나라고 여겼다.

"무슨 말씀인지 알겠습니다. 원하는 만큼 확인하시지요."

"좋소. 그럼, 군량 장부를 가져오시오."

군량은 일선의 장수들이 부정을 저지르기에 제일 좋은 대상이었다. 화폐를 사용했다곤 하나, 관료들의 봉급은 여전히 군량과 식료품 등의 녹으로 지급되는 경우가 많았다. 이에 현지 백성들에게서 군량이라는 명목으로 대량의 곡물을 조달한 다음, 이후 중앙에서 보급되는 군량은 자신이 슬쩍하는 것이다. 황조는 티끌 하나 없을 정도로 청렴하진 않아도 그런 부정을 저지르는 탐관오리는 아니었다. 또 제 수하들을 아껴서 제법 인망도 있었다.

'감히 태수님께 다른 것도 아니고 군량 장부를 대령하라고 하다니!'

주변에 있던 부하들이 노한 기색을 드러내자, 황조는 고개를 저어 그들을 말렸다.

육손은 콧방귀를 뀌면서 어디 두고 보자는 식으로 대응했다. 그의 이런 오만방자한 태도가 역설적으로 옅게나마 남아 있던 의심을 거두고 있었다. 가짜 감찰관으로 와서 감히 이토록 무도

한 행동을 하리라곤 생각하기 어려웠던 까닭이었다.

잠시 후, 육손은 황조의 수하가 가져온 군량 장부를 뒤적였다. 그 앞에 선 황조가 말했다.

"귀인을 위해 조촐하게나마 연회를 준비하라고 일렀습니다. 비록 전시이긴 하나, 먼 길을 오셨을 터이니 잠깐 여독을 푸시는 게 어떻습니까?"

잔뜩 찌푸리고 있던 육손의 얼굴이 급격히 밝아졌다.

"오, 그거 좋습니다! 태수께서 뭘 좀 아시는구려. 이 장부도 이 이상 깨끗할 수가 없소."

"그렇다니 다행입니다."

황조는 그에게 웃어 보이며 속으로 생각했다.

'서위대 놈들은 대개 자신을 인정해주고 대접해주는 데 목말라 있기 마련이지.'

식사와 주연을 겸한 연회였다. 태수와 감찰관이 서로 적당히 타협하기 위해 술잔을 기울이는 자리에 말단 장수까지 참여하지는 않는다. 시중드는 시녀들을 제외하면, 연회에 참석한 사람은 열이 채 못 되었다. 그나마 열에 아홉은 서기와 행정관 등의 문관이었다.

"하핫, 과연. 감찰관께서 이 황 모의 고충을 알아주시니 다가올 싸움이 훨씬 수월해질 듯합니다."

황조가 기분 좋게 웃었다. 일단 연회가 시작되자, 육손은 이제까지와는 달리 황조를 적당히 치켜세워주면서 노고를 치하했다. 그는 은근한 태도로 말했다.

"아까는 보는 눈들이 있어 감찰관으로서 엄격한 태도를 취했지만, 형주의 사람이라면 누가 있어 태수님을 공경하지 않을 수 있겠습니까?"

"과찬이십니다. 하하!"

그러면서 육손은 품에 넣은 단도의 손잡이를 만지작거렸다. 적당한 틈을 보아 황조를 벨 생각이었다. 마침 육손에게 술을 따르려던 황조가 실수로 잔을 떨어뜨렸다.

"어이쿠, 이런!"

그는 허리를 굽혀 술잔을 주우려고 했다. 그 바람에 무방비 상태인 등과 뒷목이 훤히 드러났다.

'이때다!'

육손은 기회가 왔다고 여기고, 단도를 꺼내 황조의 뒷목을 찌르려 했다. 그런데 육손은 저도 모르게 긴장한 나머지, 곽가가 다급히 눈짓하는 걸 미처 보지 못했다.

그때, 은으로 된 술잔에 육손의 모습이 비쳤다. 크게 놀란 황조는 다급히 몸을 비틀었다. 그 바람에 단도는 목표를 빗나가 그의 어깨를 살짝 스치는 데 그쳤다. 황조는 즉각 큰 소리를 질렀다.

"자객이다!"

"이, 이런…."

육손이 어쩔 줄 몰라 당황하는 사이, 사린이 그의 손에서 단도를 가로챘다. 이어서 소리 지르는 황조의 입에다 단도를 꽂아 넣어버렸다. 그는 그대로 절명했다. 손가의 폭풍 같은 공격 앞에서도 꿋꿋이 버텨내던 노장은 봉변당하듯 숨을 거두었다.

"…."

아직 소녀로밖에 안 보이는 시녀가 너무도 빠르고 단호하게 살인을 행하는 바람에 좌중은 일순 정적에 휩싸였다. 겨우 정신이 든 황조의 가신들이 외쳐댔다. 시녀들도 비명을 질렀다.

"아악! 사, 살인이다!"

"간자가 태수님을 해쳤다!"

픽! 콰직! 어느새 망치를 꺼내 확대한 사린은 그런 가신들마저 내리찍어 죽여버렸다.

"사, 사린…."

당황하는 육손을 향해 피가 튄 얼굴의 사린이 해맑게 말했다.

"뭐 하는 거야, 백언? 지금 머뭇거리면 나는 살지만, 백언과 봉효 그리고 중달은 죽어."

육손은 신음을 삼켰다.

그사이, 비명을 들은 무관과 병사들이 연회장 안으로 뛰어들어왔다. 사린은 그들을 사정없이 쓰러뜨렸다. 이를 악문 육손도, 사린이 으스러뜨린 병사 중 하나의 검을 주워 들고 싸우기 시작했다.

그 소란의 와중에서 곽가와 사마의는 구석으로 비켜나 있었다. 가만히 눈을 감았다가 뜬 곽가가 말했다.

"보았느냐, 중달?"

"예. 진행 과정을 옆에서 똑똑히 지켜봤습니다."

"아군의 전력은 거의 손상하지 않고 강하성을 지키는 백전노장 황조를 없앴다. 이로써 강하의 수비력은 본래의 삼 할에도 채 못 미칠 것이다."

"뿐만 아니라 유표와의 싸움이 끝난 뒤에 잠재적으로 가장 큰 적이 될 육가의 가주를 이 자리에서 제거할 수 있겠군요. 저자는 위험합니다."

곽가는 흡족한 기색으로 미미하게 웃었다.

"그렇다. 남부의 패자가 될 손가와, 걸핏하면 위협적인 발언을 해대는 주유 공근을 더 위험하게 볼 수도 있겠지. 허나 그들은 전하께서 건재하시는 한 결코 딴마음을 먹지 못한다. 그저 남부의 든든한 동맹이 되는 데 만족할 것이다. 어째서 그런지 답해보아라."

"전하의 선친이신 진한성 님이 그 둘의 사부인 동시에, 진한성 님의 시녀이자 현재는 전하의 호위인 이랑을 손백부가 사랑하고 있으며, 형주 및 양주 일대를 평정하는 데만도 바빠질 것이기 때문이지요."

"바로 맞혔다. 자신은 늘 전장의 한가운데 있되, 직접 손에 피를 묻히지는 말고 전장을 뜻대로 움직인다. 그 과정에서 지형, 날씨, 적의 신상 등 사전에 입수한 모든 정보를 이용한다. 사람의 특성과 사람 사이, 관계의 특성을 파악하고 활용한다."

말하던 곽가의 입가로 선혈이 흘러내렸다.

"이것이… 전투참모다."

"스승님!"

사마의는 무너져내리는 곽가를 다급히 부축했다.

"스승님, 정신 차리십시오!"

"중달, 이제… 마지막 시험이다."

"말씀하지 마세요, 스승님."

"나를 버리고… 사린이를 설득하여 이 자리에서 무사히 몸을 빼내는 것…. 그걸 해내야 내 뒤를 이어 총군사의 자리에 오를 수 있을 것이다. 진정한 군사는 필요하다면 피도 눈물도 없이 냉정해질 수 있어야 하기 때문이다."

"스승님…."

맹렬히 싸우고 있는 사린은 아직 여유로운 기색이었다. 마음만 먹으면 이곳을 탈출하기란 쉬워 보였다. 그러나 사마의는 망설였다. 가문의 비보를 들었을 때조차 꿈쩍하지 않았건만, 한눈에 보기에도 죽기 직전인 곽가를 두고 가지 못하고 있었다. 어쩌면 그래서 더욱 망설였는지도 몰랐다. 조금만 더 버텼다가 스승의 임종을 지키고 싶었기 때문이다.

"스승님, 잠시만 더 여기 있겠습니다. 아주 잠시만요."

그의 마음을 알아챈 곽가가 힘없이 웃었다.

"녀석, 넌 불합격이다. 못난 제자를 살리기 위해서라도 내가 빨리 명이 끊어져야겠구나."

사실 겉보기와 달리 사린은 그리 여유롭기만 한 건 아니었다. 얼핏 멋대로 움직이는 것 같았지만, 실은 교묘하게 곽가와 사마의를 지켜가면서 싸우는 중이었다. 동시에 함께 싸우는 육손까지 지키려니 몇 배나 힘이 들었다.

'에잇, 차라리 여기가 성안이 아니라 밖이었다면 닥치는 대로 망치를 휘둘러서 모조리 박살 낼 텐데. 성까지 무너져버려서 백

언과 중달이 깔릴까봐 그러질 못하겠어.'

그런 사린의 이마와 관자놀이에 구슬땀이 맺혔다. 이는 신병마용의 내부에 과부하가 걸리기 시작했음을 의미하는 일종의 냉각수였다.

곽가는 사마의의 어깨에 머리를 기대고 말했다.

"전하를 뵙고 싶구나."

사마의는 이상하게 눈시울이 뜨거워지고 콧날이 시큰했다. 태어나서 한 번도 울어본 적이 없는 사마의는 이게 무슨 현상인지 당황스러웠다.

곽가는 꿈결처럼 순욱의 천거로 용운과 처음 만났던 순간을 회상했다.

'더럽게 예뻐서 놀랐지. 크큭.'

사실은 처음 본 순간부터 반해버렸다. 같은 사내에게 이런 말을 쓰긴 이상하지만, 그것 외에는 다른 표현을 찾을 수가 없었다. 그 아름다운 생김새에, 눈빛에, 목소리에, 마음씨에, 총명한 머리에. 모든 것에 반했다. 이제껏 방탕하게 살아온 것이 이 사람을 만나지 못해서 그랬던 것처럼 여겨졌다. 그리고 한눈에 반한 그 대상을 위하여 온갖 무시무시한 적들과 맞서 싸웠다. 원래 체질적으로 연약했던 몸을 이끌고 생명을 연료 삼아 태우면서 버텨왔다. 거기에 드디어 한계가 온 것이다.

"오기로 버텼지, 킬킬. 쿨럭!"

"스승님!"

피를 한 되나 더 토해낸 곽가가 힘없이 말했다.

"마지막으로… 그분을 볼 수만 있다면….'

쓸쓸했다. 막상 죽음이 다가오자 이리도 쓸쓸한 것은 그 길을 혼자 가야 함을 아는 까닭인가.

그때였다, 그의 귓가에 너무도 그립던 그 목소리가 와 닿은 것은.

"그렇게 내가 보고 싶었으면 바로 돌아왔어야죠. 천재 군사라더니, 멍청이같이.'

잠깐 멍해졌던 곽가가 중얼거렸다.

"…이건, 꿈인가?'

"꿈이 아니에요, 봉효.'

크게 놀란 사마의가 나직하게 전하, 하고 부르는 소리가 들려왔다. 곽가는 눈을 부릅떴다.

"전하, 어찌 이곳에….'

"약 한 시진 전 아군 진영에 도착했어요. 주유의 말로는 그대가 강하성을 함락하겠다며 그리로 향했다고 하더군요. 그 말을 듣자마자 온 겁니다.'

용운은 조심스럽게 사마의로부터 곽가를 건네받아 안았다. 그 몸이 너무도 마르고 가벼워 가슴이 아팠다.

"내가 너무 늦었죠?'

"아니, 아닙니다, 전하.'

예상하고 있었다. 어떻게든 품에 가둬 더 살리려고 애썼으나, 그런 행동들은 오히려 이 남자를 안에서부터 시들어가게 만들었다. 이에 눈물을 머금고 전장으로 보내주었다. 곽가는 자신이 바라던 대로 용운을 위하여 남은 모든 걸 태워버리고 쉬고 싶어 하고 있었다. 용운은 울음을 참으며 말했다.

"그동안… 정말 수고했어요, 봉효. 고마워요. 그대가 아니었다면… 난 오래전에 원소에게 패해서 지금의 유주국은 없었을 거예요."

"전… 하…."

"그대는 내 최고의 군사이자 참모였고 가장 소중한 벗이었어요."

아, 이 말이 듣고 싶었다. 막사 안의 침상에 누워 있던 곽가는 갑자기 온몸이 얼어붙는 것처럼 추워졌다. 막사? 침상? 아아, 그랬지. 원소를 추격하여 북부로 와 있었어.

'와, 제기랄. 더럽게 춥네. 원소 놈 잡기 전에 얼어 죽겠어.'

장난처럼 투덜거렸지만, 이 추위가 자신의 몸을 꾸준히 갉아먹고 있음을 그는 깨닫고 있었다. 그러다 깜빡 잠이 들었다. 어느 틈에 추위가 가셔서 모처럼 만에 푹 단잠을 잤다. 아무리 털가죽을 두껍게 덮어도 추웠었는데. 곽가는 곧 그 이유를 알 수 있었다. 자신의 침상에 파고들어 행여 추울까 뒤에서 꼭 끌어안고 있던 주군, 바로 이분의 체온 덕이었다.

어느 틈에 추위와 고통이 가시고 포근해졌다. 곽가는 희미하게 짓궂은 미소를 떠올리며 중얼거렸다. 젊은 시절 그랬던 것처럼.

"주공, 이러다… 오해받습니다. 누구 앞길을… 막으시려고…."

툭. 곽가의 고개가 떨어졌다. 이 세계로 온 직후부터 늘 용운을 든든하게 받쳐왔던 별 하나가 진 것이다.

"봉효⋯. 봉효!"

대답이 없었다. 분명 아직도 웃고 있는데.

그사이 연회장으로 난입한 적들은 사린과 2호 위연이 대부분 처리한 후였다. 용운은 그것조차 몰랐다. 그는 이곳이 적진이라는 것도 잊고 아이처럼 울었다.

"아아, 봉효⋯. 일 년만 더⋯ 하다못해 불혹까지만이라도 살게 해주고 싶었는데⋯."

그 모습을 바라보던 사마의는 태어나서 처음으로 눈물을 흘리고 있었다.

'스승님, 편히 쉬십시오.'

곽가 봉효.

늘 입버릇처럼 말하던 대로 전장, 강하성 한가운데서 눈을 감으니 향년 39세였다.

용운은 기이한 현상을 보았다. 곽가의 죽음으로 잠깐 통제력을 상실하면서 무의식중에 천기라도 쓴 걸까. 곽가의 몸 위에 정보창이 나타나더니 그것이 점차 옅어져갔다.

"아…."

마치 게임 속에서 데이터가 지워지듯.

'안 돼!'

용운은 허공을 향해 손을 뻗었지만, 정보창은 허망하게 사라지고 말았다. 우습게도 그제야 제대로 실감이 났다. 곽가가 이 세상을, 이 세계를 떠났다는 사실이. 울음이 그치고 흐르던 눈물조차 말라버렸다.

용운과 사마의가 곽가의 죽음에 망연자실해 있을 무렵.

"휴, 이제 다 끝난 건가."

연회장으로 밀려 들어오는 병사들을 처치하기에 바빴던 위연은 이마의 땀을 훔쳤다. 그러다 이상한 눈길을 느끼고 고개를 돌렸다. 사린이 그를 물끄러미 응시하는 중이었다.

"어찌 그리 보십니까, 소저."

"아저씨는 누구세요?"

"…저 2호입니다."

"엥, 정말요? 뭔가 얼굴이 달라져서 못 알아봤어요."

"그전에는 주로 복면을 쓰거나, 최대한 평범한 인피면구(人皮面具, 사람 혹은 그와 흡사한 질감의 가죽으로 만든 얼굴 모양의 가면)를 썼으니까요."

"그랬구나. 헉?"

싸우는 데 몰입하여 한발 늦게 용운을 본 사린이 깜짝 놀랐다. 그녀는 얼른 그리로 달려갔다.

"주구우우운!"

아니, 달려가려다 멈춰 섰다.

"주군…? 왜 무서…?"

지쳐서 검을 늘어뜨렸던 육손은 무의식중에 다시 자세를 취했다. 갑자기 나타난 은발 사내에게서 풍겨 나오는 무서운 살기 때문이었다.

'윽! 저자는 누구지?'

그때, 위연이 다급히 외쳤다.

"적이 더 옵니다!"

콰직! 쿠콰쾅! 연회장의 문과 벽을 박살 내며 놀랍게도 군마에 탄 적들 수십여 기가 들이닥쳤다. 군마는 급소마다 철판을 덮어 보호하고 있었다. 위에 탄 자들도 전신을 금빛 철편 갑옷으로 가렸다. 말 그대로 철기(鐵騎). 금빛의 철기였다.

이들이 가진 무기 또한 특이했는데, 끝이 세 갈래로 갈라진 삼지창 형태의 창이었다. 다만 창날의 폭이 삼지창보다 훨씬 좁고 길었으며 창대가 굵었다. 이는 서령이 최근 창설하여 그 일부를 강하성에 주둔시킨 형주의 정예부대, 황금철기대였다.

"쳐라!"

황금철기대의 일원들은 세 갈래로 갈라져 각각 2호 위연, 사린, 육손을 공격하기 시작했다. 그 움직임이 물 흐르듯 하는데 일언반구도 없었다.

'크윽?'

위연은 속으로 적지 않게 놀랐다. 용운을 따라오는 동안, 진심으로 뛰다가 죽을지도 모르겠다고 생각한 고비를 몇 번이나 넘겼다. 한데 막상 형주에 도착했을 무렵에는 힘도 체력도 몇 배나 강해져 있었다. 이에 내심 무력에 자신감이 생겼는데, 이 황금철기대 두세 명을 상대하자 금세 손발이 어지러워지는 게 아닌가.

사린도 마찬가지였다. 그녀는 적의 강함에 놀랐다기보다 자신이 약해졌음에 당황했다. 처음 연회장에서 싸울 때부터 느꼈던 현상이었다. 예전의 그녀였다면 병사들을 하나하나 상대할 것도 없이 이 성 자체를 날려버릴 수도 있었다.

'왜지?'

황금철기대 하나를 힘겹게 쓰러뜨린 사린의 시선이 궁지에 몰려 금방이라도 죽을 듯한 육손에게로 향했다. 그의 위기를 보자 심장박동이 터질 듯 빨라졌다. 순간, 그녀는 자신이 약화된 이유를 본능적으로 깨달았다. 직전에 용운을 본 덕이기도 했다. 사천신녀, 곧 병마용군들의 힘의 원천은 본래부터 강하게 만들어진 육체지만 그 동력원은 정신, 곧 주인과의 혼의 연결이다. 그런데 지금 사린의 마음에는 용운보다 육손이 더 커져 있었다. 둘을 함께 놓고 보자 느껴졌다.

청몽도, 성월도, 마지막으로 합류한 이랑도 마찬가지였다. 어느새 그녀들은 모두가 용운이 아닌, 다른 사랑하는 사람이 생겨버렸다. 그러면서 자연히 용운과의 혼의 연결이 약해졌고 그만큼 힘도 줄어들었다. 병마용군이라는 육신 자체가 약해진 건 아니지만, 거기에 힘을 공급하는 연료가 감소한 것이다.

'하지만 백언이 좋은걸. 주군… 용운 오빠를 좋아하는 감정하고는 다르게.'

사린이 육손을 구하려고 온몸을 날린 직후였다. 쾅! 굉음과 함께 육손을 찌르려던 황금철기대원 하나가 화살처럼 수평으로 날아갔다. 놀랍게도 말과 사람이 한꺼번에 날아간 것이다. 그는 반대편 연회장 벽을 뚫어버리고 튀어 나가더니 잠잠해졌다. 그 서슬에 사린은 또 멈춰 서버렸다.

그 자리에 용운이 서 있었다. 방금 철기병 하나를 맨몸으로 날려버리고선 마치 아무 일도 없었다는 듯 고요하게. 잠시 장내에 침묵이 감돌았다. 덕분에 용운의 낮은 목소리가 또렷이 들렸다.

"봉효의 휴식을 방해하지 마세요."

그 틈에 엉거주춤 눈치를 보던 사린은 얼른 육손을 데리고 사마의의 옆에 와서 섰다. 당황한 사마의가 사린에게 말했다.

"사린, 여기로 오면 어떡합니까! 전하를 도와야지요. 저분은 어

떻게 갑자기 오셨는지….'

사마의는 곽가의 죽음에 이어 연달아 나타난 용운으로 인해 잠시 혼란에 빠져 있었다. 그러다 용운이 강하성으로 원군이라도 이끌고 온 거라고 짐작했는데, 달랑 위연이 전부임을 알고 안절부절못했다.

'대체 무슨 생각으로 적진 한복판에…. 전하께 무슨 일이라도 생기면 모든 게 끝장이다.'

사린은 고개를 갸웃하며 물었다.

"중달은 전하께서 싸우는 것 직접 본 적 있어?"

"아직 못 봤습니다."

"그럼 이제 알게 될 거야. 전하의 싸움에는 내가 필요 없다는 걸."

"옛…."

사마의는 반신반의하는 표정으로 용운을 보았다.

같은 시각, 연회장에서 제법 떨어진 외성 성벽. 성벽을 지키던 병사 두 명이 두런거렸다.

"안에 뭔가 일이 생긴 모양인데? 소란스럽네."

"신경 꺼. 우리는 맡은 자리나 잘 지키면 돼."

"하긴, 밖에서 쳐들어온 적이 없으니. 연회를 즐기다가 취해서 싸움이라도 났나?"

말하던 병사가 눈을 둥그렇게 뜨더니 위를 올려다보았다.

"눈이 오네!"

"눈을 처음 보나? 며칠 전에도 한 번 왔지 않나. 쯧, 날씨가 점점 이상해지는군. 겨울이라고 이곳 형주에 눈이 다 오고. 진짜 말세인가…."

잠시 침묵을 지키던 둘의 표정이 점점 굳었다.

"이봐, 이거 뭔가…."

"어…."

눈을 처음 보느냐고 동료에게 핀잔을 쳤던 병사도 그때쯤에는 이상을 느끼기 시작했다. 그냥 눈이 아니었다. 눈보라였다. 엄청난 양의 눈이 살을 에는 듯한 폭풍에 섞여 쏟아져 내리기 시작했다. 서양의 말로 블리자드라고도 하는, 초저온의 강력한 눈보라를 동반하는 태풍이었다. 형주에서 나고 자란 이 병사들에게는 당연히 평생 겪어본 일이 없는 괴사였다.

"으악! 갑자기 이게 무슨…."

혼비백산한 초병들이 비명을 질러댔다. 더 기이한 점은 그 눈보라의 진원지가 내성 안쪽이라는 것이었다. 성안에서부터 눈보라가 휘몰아쳐 나오고 있는 것이다. 정확한 진원지는 내성의 대전, 연회장이 있는 건물이었다. 그 주변으로 공기가 거세게 회오리치나 했더니, 곧 돌풍이 되어 몰아쳤다.

하지만 정작 연회장 안은 고요했다. 그저 가운데 선 용운에게서 서릿발 같은 냉기가 끝없이 흘러나올 뿐이었다.

"네놈은 뭐냐!"

용기를 낸 황금철기대원 하나가 말을 몰아 달려와 그 기세 그대로 용운을 찌르려 했다. 황금철기대의 전투마들은 짧은 거리에서 폭발적으로 속도를 올리는 특유의 주법을 사용할 줄 알았다. 그런 만큼 오래 달리지는 못했지만, 일반적인 기병에 비해 훨씬 짧은 거리에서 돌진력을 얻을 수 있었다. 은발의 사내는 그 초단거리 질주에 당황했는지 미동도 않고 서 있었다.

'잡았다!'

황금철기대원은 회심의 미소를 지으며 창을 찔렀다. 하지만 그 자리에는 아무것도 없었다. 그의 창은 허무하게 허공을 갈랐다.

'사, 사라졌어?'

그가 다급히 주위를 두리번거리는 순간.

"방해하지 말라고…."

바로 옆에서 서늘한 목소리가 들려왔다. 쾅! 거기 미처 반응하기도 전에 그 또한 전투마와 함께 날아가버렸다.

"했지 않습니까."

황금철기대원들은 그제야 용운의 공격을 봤다. 오른쪽 정권을 짧게 내질렀다가 바로 회수하는, 툭 치는 듯한 주먹질. 하지만 거기에 맞으면 말과 사람이 한꺼번에 허공을 날고 그걸로도 모자라 대전 벽을 부수고 튀어 나가버리는 위력이었다. 황금철기대원들은 아연실색했다.

긴 은발을 휘날리는 사내는 키가 후리후리하게 크긴 했지만, 몸이 우락부락하지 않고 낭창했다.

'대체 저 몸의 어디에서 그런 위력이 나온단 말인가?'

심지어 진각(震脚, 발을 내디디며 지면을 굴러 주먹이나 장권에 힘을 싣는 동작)을 밟지도 않고 제자리에 서서 팔만 살짝 움직였을 뿐인데! 그들은 비로소 눈앞의 상대가 예사 사람이 아님을 눈치챘다.

"이익, 한꺼번에 덤벼라!"

위연을 맡았던 자들까지 모두 한꺼번에 몰려와 용운을 둘러싸고 사방에서 일제히 창을 찔렀다. 그 모양새가 마치 용운이 중심이 된 하나의 거대한 꽃처럼 보였다. 그 꽃 가운데서 푸른 나비 한 마리가 표홀히 날아올랐다.

차라라라라라락! 중심에서 일제히 맞부딪쳐 원형을 이룬 창날들 위에 슬쩍 뛰어올랐던 용운이 내려섰다.

"으윽!"

황금철기대의 균형이 일제히 무너졌다. 동시에 다시 한 차례 도약한 용운의 입에서 나지막한 목소리가 새어 나왔다.

"시공질풍각(時空疾風脚)."

적에게 어떤 공격인지를 알리려는 것도, 멋을 부리려는 것도 아니었다. 수련하다 얻은 동작을 연상하고 그것을 입에 담는 순간. 한 치의 오차도 없이 그것이 펼쳐지기 때문이다. 천기라는 이름으로.

꽝!

목표는 여덟이었는데 소리는 한 번만 울렸다. 동시에 여덟 명의 황금철기대원이 사방으로 튀어 나갔다. 그들의 가슴에는 철편으로 된 갑옷을 우그러뜨린 발자국이 깊숙이 찍혀 있었다. 날아가 나뒹군 철기대원들은 그대로 움직이지 않았다. 단 한 수에 여덟 명이 한꺼번에 절명한 것이다.

'앞으로 서른.'

용운은 여전히 원래 있던 곳에 착지하며 남은 적의 수를 파악했다. 싸울수록 오히려 머리는 점점 더 차갑게 식어갔다.

저들이 곽가를 직접 죽인 건 아니었다. 오히려 곽가 자신이 죽을 자리를 찾아 나섰다고 하는 게 옳았다. 그런데도 분노가 치솟아 올랐다. 기어이 그를 싸우게 한 적들에 대한 분노가. 끝내 완전히 운명을 바꾸지 못한 자신에 대한 분노가. 그리고 곽가의 시신이 있는 자리에서, 그의 죽음 직후에조차 조용히 쉬지 못하게 하는 무도한 자들에 대한 분노가 눈보라가 되어 휘몰아쳤다.

기의 유형화 현상 앞에 육손은 차마 큰 목소리를 내지도 못하고 중얼거렸다.

"맙소사."

그때쯤 그는 은발 사내의 정체를 파악했다. 말로만 듣던 생김새를 알아보고 설마 했는데 옆에서 사린이 확신을 주었다.

"저게… 유주왕…."

아끼던 수하의 죽음에 분노해 단신으로 직접 뛰어들어 적들과 싸우는 왕이라. 책사의 입장에서 평하자면 무모하다 하겠으나, 그렇다고 하기에는 너무도 강했다. 장수의 입장에서 보기에도 무모하고 위험하긴 마찬가지였지만, 묵혀두긴 아까운 전력이었다. 육손은 육가의 무사들을 잠깐 떠올려보았다. 그들 모두가 합세하여 덤벼도 저 유주왕 한 사람을 감당하기 어려울 듯하였다.

'저토록 강한….'

육손은 사린을 만났을 때와는 또 다른 감정에 조금씩 설레기 시작했다.

'그리고 슬픈 왕이라니.'

사린은 그런 육손을 빤히 쳐다보았다.

'뭐야, 눈을 왜 저렇게 떠?'

그날, 강하성은 함락되었다.

갑자기 나타난 유주왕은 전사한 곽가의 책략으로 강하성을 무너뜨렸다고만 공표했다. 성을 지키던 황금철기대를 비롯, 제대로 된 무력을 가진 병력이 몰살한 데다 황조의 죽음까지 알려졌다. 이에 남은 병사들은 전의를 잃고 항복하고 말았다.

용운이라고 자신의 무력 하나만 믿고 무모하게 뛰어든 건 아니었다. 곽가와 사린, 육손 등이 위험해질까 서두른 것뿐.

사실 성벽 바깥쪽에는 만일의 사태를 대비해 대기하던 원군이 있었다. 원군이라고는 하나, 그 수는 단 네 사람. 곽가가 미리 불러뒀고 용운이 대기를 명한 자들로서, 남자 둘과 여자 둘로 이뤄졌다. 그중 한 사내가 중얼거렸다.

"이거, 분위기 보니까 우리 없이도 다 끝난 것 같은데."

그는 한쪽 소매가 펄럭거리는 외팔이였다. 등 뒤에는 소녀 하나가 그를 호위하듯 서 있었다.

"그래 봐야 이게 시작일세."

외팔이의 말에 답한 다른 한 사내는 머리가 유난히 크고 키가 작은 추남이었다. 한데 신기하게도 엄청난 미녀가 추남의 한 팔에 꼭 붙어 애정이 듬뿍 담긴 눈으로 그를 바라보고 있었다. 미녀는 얼굴도 몸매도 흠잡을 데가 없었지만, 애꾸눈이라는 게 옥의 티였다. 등에 두 자루의 철편을 찬 애꾸눈의 미녀가 추남의 말에 호응했다.

"그럼요. 가가의 말씀이 다 옳고 진리예요."

"…그 가가란 호칭 좀 그만두게."

추남은 말끝에 미녀의 이름을 덧붙였다.

"작(灼)."

용운의 활약으로 강하성이 떨어질 때쯤.

남서쪽으로 약 백 리(40킬로미터가량) 떨어진 면구에서도 격렬한 전투가 막 시작되려 하고 있었다. 대장선 뱃머리에 선 주유는 좀 전 잠깐 들렀다가 사라진 용운을 떠올리며 의구심을 떨치지 못했다.

'곽봉효가 강하성으로 간 걸 알았다고 해도 이미 늦은 후인데, 혼자 거길 가서 어쩌겠단 말인가?'

두 시진쯤 전.

손가 부대는 강을 따라 이동, 면구 근처에서 잠깐 멈춰 진형을 가다듬고 있었다. 거기에 용운이 예고도 없이 홀연히 나타났다. 주유는 놀라서 하마터면 주저앉을 뻔했다. 한 세력의 왕 정도 되는 이가 이처럼 아무 기별조차 없이 찾아오고 나다닌 예는 전무했다. 적어도 주유가 알기로는 그랬다. 천하의 주유도 당황하여 말을 더듬었다.

"유, 유주왕 전하?"

황망해하는 주유에게, 용운이 웃으며 말했다.

"이런, 내가 놀라게 했나 보네요."

"…아니, 진짜 전하이십니까? 여긴 대체 어떻게…. 아, 이럴 게 아니라 주공을 부르겠습니다."

마침 손책은 물길 아래쪽의 언덕을 살펴보러 자리를 비운 상태였다. 유주의 장수들도 자신들의 왕이 왔다는 사실은 꿈에도 모른 채 각자 탄 배에 머물러 있었다. 용운은 주유의 말에 고개를 저었다.

"아니, 그럴 필요 없어요. 한창 전투 준비 중인 것 같은데 괜히 방해될 것 같네요. 전투가 시작되면 내가 알아서…. 응?"

말하던 용운이 주위를 두리번거렸다.

"그런데 봉효는 어디에 있죠? 가까이에서 기운이 느껴지질 않네요."

책임자로서 용운을 맞이한 주유는 곽가의 행방을 묻는 그에게 답하길 망설였다. 이러니저러니 해도 유주왕은 손가의 강력한 혈맹이었다. 그에게 무슨 일이라도 생긴다면 가장 곤란해질 사람은 손책이었다.

"전하, 그것이…."

"설마 몸이 안 좋아서 쓰러진 건 아니죠?"

"그건 아닙니다만."

"그럼 어디에 있어요?"

유주왕은 막무가내였다. 결국, 곽가가 강하성을 함락하러 떠났다는 사실을 알려줄 수밖에 없었다. 그 말을 듣자마자 용운은 안색이 변해서 다시 사라져버린 것이다. 마치 허깨비라도 본 것 같은 기분이었다.

'억지로 등 떠민 것도, 거짓말을 한 것도 아니고… 묻는 말에 사실대로 답했을 뿐이다. 그래도 유주왕에게 변고가 없었으면 좋겠군.'

"장군님, 거의 다 왔습니다."

수하의 보고에, 주유는 짧은 상념에서 깨어났다. 과연, 상류 쪽 전방에 커다란 배 몇 척이 보였다. 물길이 안쪽으로 휘어들어가면서 유속이 약해지는 장소였다.

'이제부터는 나의 전투에 집중할 때다.'

주유는 준엄한 목소리로 말했다.

"온 힘을 다해 노를 저으라고 해라. 화살에 맞아 죽기 싫으면."

"옙!"

전령은 주유의 명에 따라 깃발을 휘둘러댔다. 그러자 대장선을 중심으로 앞과 옆에서 호위하듯 따르던 배들이 일제히 속도를 올렸다. 돛을 달아 쓸 수도 있는 배들이었지만, 좁은 물길을 거슬러 올라가야 하기에 일부러 노를 이용하고 있었다. 주유는 적선을 바라보면서 상대를 비웃었다.

'먼저 왔다면, 강을 가로질러 줄을 치거나 사슬을 이어 우리 진입을 방해했어야지. 보아하니 적장은 이 근방의 지형에는 익숙하나 지략에는 뛰어나지 않은 자가 분명하다.'

만약 황조가 직접 나섰다면 귀찮아졌을 것이다. 그때쯤에는 황조군 쪽에서도 손가의 수군을 눈치챘다. 높은 누선(樓船, 다락이 있는 형태의 높은 배) 위에서 화살이 빗발치듯 쏟아지기 시작했다.

"몸을 낮춰라!"

낮은 배에 탄 손가 병사들은 잔뜩 웅크리고 방패를 머리 위로 올렸다. 노를 젓는 병사들에게는 방패병이 하나씩 붙어서 보호했다. 파파파파팟! 슈르르르륵! 허공으로 포물선을 그리며 높이 치솟았던 화살이 배 위로 떨어져 내렸다.

"윽!"

"아악!"

화살에 맞아 쓰러지는 인원들이 상당수 발생했다. 그런 배 한 척의 뱃머리에 서 있던 손가의 젊은 장수, 진무가 화살이 두렵지도 않은지 고래고래 소리를 질러댔다.

"더 빠르게! 서둘러라!"

평소에는 진중하나 전장에서는 누구보다 난폭한 진무였다. 상급 고무(鼓舞) 효과 발동! 거기에 용기를 얻은 병사들은 죽음의 공포마저 잊었다. 그들은 우렁찬 함성과 함께 죽어라 노를 저어댔다.

"나도 뒤처질 수는 없지."

"유주군한테 손가 장수들의 수전 솜씨를 보여주자고."

서성, 반장, 능통, 주연, 주환 등 손권이 애써 영입한 젊은 피들은 능숙한 솜씨로 배를 지휘하며 연이어 적선과 격돌했다.

유주군 장수들도 배 몇 척에 나눠 타고 있었는데, 주로 무력이 뛰어나고 몸이 날랜 자들이었다. 그중 커다란 방울을 달고 까마귀 깃털로 장식하여 유독 눈에 띄는 자가 있었다. 바로 감녕이었다. 감녕은 뒤에 선 기수(旗手, 깃발을 드는 병사)에게 말했다.

"어쩐지 오랜만에 내가 등장하는 기분이야."

기수는, 이놈은 뭐지? 하는 표정으로 떨떠름하게 대꾸했다.

"전 처음 뵙습니다."

"너, 내 진짜 특기가 뭔지 아냐?"

"아니요, 모릅니다만."

"바로 수상전. 그중에서도 배 위에서 싸우는 백병전이야. 원래 물에서 좀 놀았었거든. 물론, 땅 위에서도 난 최강이지만."

"아, 그러시군요….'

기수는 유주군이 온 뒤로 손가 내에 유행하기 시작한 단어를 떠올렸다.

'또라이다. 그 말은 바로 이럴 때 쓰는 거였군.'

촤악! 그때 갑자기 감녕이 눈앞으로 주먹을 뻗는 바람에 그는 화들짝 놀라 깃발을 떨어뜨릴 뻔했다.

"헉! 아닙니다!"

"뭐가 아니야?"

되묻는 감녕의 손에는 화살 하나가 잡혀 있었다. 화살촉이 기수의 눈 한 치 앞에서 바르르 떨렸다. 기수는 침을 꿀꺽 삼켰다.

"혹시 내 욕했냐?"

"아닙니다! 그럴 리가….'

"넋 놓고 있지 마라."

"아아, 예. 고, 고맙습니다."

"자, 이제 깃발을 휘둘러봐."

퍼뜩 정신을 차린 기수가 보니, 어느새 적의 누함과 몽충선(蒙衝船, 거북선과 흡사하게 가죽 장갑 등으로 천장을 덮어 견고하게 만든 배)

이 코앞에 다가와 있었다. 기수는 허겁지겁 깃발을 휘둘렀다. 충격에 대비하고 백병전을 준비하라는 의미였다. 쾅! 잠시 후, 감녕이 탄 배가 적 누선의 아랫부분을 직격했다. 감녕은 환호성을 질렀다.

"히얏— 호! 왔구나!"

그런 그를 보던 기수의 눈이 이채를 발했다. 수상전에 익숙한 손가의 장수들조차 배끼리 충돌하는 순간에는 비틀거리곤 했다. 한데 저 감녕이라는 자는 아무 일도 없었던 것처럼 조금도 흔들리지 않았다.

'말만 그럴싸한 허풍쟁이는 아니라는 건가? 하긴, 유주군 장수들은 모두 일당백이라 했으니.'

비슷한 때 여기저기서 육중한 충돌음이 울려 퍼졌다. 벌써 불길과 연기가 피어오르는 배도 있었다. 손가 병사들은 일제히 노를 버리고 고리 달린 줄이나 사다리 따위를 뱃전으로 던져 걸었다. 그리고 누선 위로 꾸역꾸역 올라가기 시작했다. 당연히 황조군 병사들도 구경만 하고 있진 않았다.

"놈들을 막아라!"

그들은 올라오는 손가 병사들을 치거나 줄을 끊어버리기도 했다. 그렇게 당한 손가 병사들은 비명과 함께 떨어져 물에 빠졌다. 으아악! 첨벙! 비교적 좁고 얕은 강이 곧 붉게 물들어갔다. 하지만 동료가 당하는 사이 이를 악물고 배 위에 오르는 데 성공한 자들도 있었다. 곧 일대에서는 처절한 선상 백병전이 벌어졌다. 황조군 병사와 손가 병사가 뒤얽혀, 서로를 베고 찌르고 후려쳤다.

아수라장이 따로 없었다.

잠시 누선을 올려다보며 입가를 혀로 핥은 감녕이 말했다.

"흥분되는군. 이게 얼마 만이야?"

기수는 그의 눈치를 보며 조심스럽게 물었다.

"백병전이… 말입니까?"

"응, 그것도 그런데."

감녕은 줄 하나를 붙잡고 몸을 가볍게 튕겨 올렸다.

"사람 죽이는 손맛을 느껴보는 것 말이다."

배에 혼자 남은 기수는 멍하니 생각했다.

'역시 또라이 맞네….'

감녕은 한 손으로 줄을 타고 빠르게 올라갔다. 그리고 몸을 뒤집으면서 누선의 갑판에 착지함과 동시에 적 병사 셋을 베었다. 아니, 그중 하나는 교전 중이던 손가 병사였다. 한발 늦게 그 사실을 깨달은 감녕이 중얼거렸다.

"어이쿠, 이런. 실수."

감녕 외에 다른 장수들도 앞다퉈 적의 배 위로 올라갔다. 조운, 여포, 장합, 장료, 마초, 방덕까지. 장연을 제외한 거의 원정군 전원이었다. 하나같이 둘째가라면 서러울 맹장들이지만, 배 위에서의 싸움은 처음이라 조금 당황하는 기색도 보였다.

"차앗!"

마초는 창을 휘둘러 적병 하나의 숨통을 끊으며 생각했다.

'배를 타고 올라오는 길에 계속 갑판이며 뱃전에 서서 연습하

긴 했는데…. 역시 실전하고는 다르군.'

당장 그와 등을 맞대고 선 조개만 해도 그랬다. 호흡이 미묘하게 흐트러지는 게 느껴졌다. 그저 균형만 잡으면 되는 게 아니었다. 적의 공격을 피하고 막으면서 발치도 살펴야 했다. 균형 감각이 뛰어난 편인 마초 자신도 이럴진대 다른 장수들은 괜찮을지 조금 걱정이 되었다. 하지만 그는 곧 피식 웃으며 고개를 저었다.

'뭐, 다들 한가락씩 하는 위인들이니….'

옆 배에서 여포가 적병을 닥치는 대로 붙잡아 배 밖으로 던져버리는 걸 본 것이다. 청몽은 그런 여포를 호위하며 배 위를 거의 날아다니듯 싸우고 있었다.

'신났네, 둘이 아주.'

덩달아 사기가 오른 마초는 조개에게 외쳤다.

"우리도 날뛰어보자고, 조개!"

"조심해, 애송이."

그런 마초를 물속에서 수면 위로 머리를 반쯤만 내밀고 응시하는 자가 있었다. 그는 마치 물속이 지상인 것처럼 편안해 보였다. 스윽— 그는 물 위로 떠오르며 중얼거렸다.

"우선 저놈으로 할까?"

면구 전투

물 밑에서 마초를 노리는 자의 정체는 바로 위원회의 천강육수 신 중 하나. 천강 제26위인 혼강룡 이준이었다.

얼마 전, 그는 관승의 병마용군이자 아버지인 궁기를 소멸시켰 다. 거기에 분노한 관승의 일격으로 물 분신이 산산조각 나면서 기력을 잃었다. 본체를 액체 형태로 바꿔 간신히 목숨은 건졌으 나, 강물에 섞인 채 속절없이 흘러가야 했다. 그러다 급기야 바다 로 들어가 산둥반도 북쪽까지 떠내려갔다. 겨우 육체를 재구성 할 수 있게 된 이준은 자신이 청주, 동래군 해변에 닿았음을 깨달 았다.

"제길, 멀리까지도 떠내려왔네."

그는 알몸으로 우두커니 서 있었다. 여전히 몸에 기운이 없고 몹시 허기가 졌다. 무엇보다 병마용군이 파괴된 게 타격이 컸다. 그의 병마용군은 바로 물 분신 그 자체였다. 따로 이성이나 지능 이 없어 이름도 짓지 않았다. 그래도 물 입자가 이준과 똑같은 형 태를 구성하여 여벌의 목숨을 갖는 효과를 주었다. 또 분신이 아닐 때는 저절로 의복과 무기 등으로 변해 있기도 했다. 그게 깨져 버렸으니 알몸이 된 것이다.

"난감하군. 이러다 얼어 죽거나 굶어 죽겠다."

중얼대던 그는 누군가의 인기척을 느끼고 고개를 돌렸다.

"다, 당신 뭐요?"

어부로 보이는 한 사내가 해변에서 조개를 캐다 말고 놀라서 물었다. 이준은 그를 보고 히죽 웃었다. 잘생긴 얼굴이지만 하관이 좁아 섬뜩해 보이는 웃음이었다.

"역시 죽으라는 법은 없어."

어부에게 성큼성큼 다가간 이준이 손으로 그의 안면을 움켜잡았다. 눈을 휘둥그레 뜬 어부는 비명조차 지르지 못하고 순식간에 오그라들기 시작했다.

천기 발동, 체액흡수

'체액흡수'는 이름 그대로 생물, 대개 인간의 몸에 있는 수분을 모두 흡수하여 제 양분으로 삼는 무서운 천기였다. 다만, 반드시 얼굴을 통해서만 가능하다는 제한이 있었다. 관승 같은 고수에게는 얼굴을 붙잡기는커녕 다가가기조차 쉽지 않았다.

'관승…….'

이준은 관승을 떠올리며 부드득 이를 갈았다. 구애했다가 거절당한 뒤, 액체 형태가 되어 강제로 그녀를 취하려다 죽을 뻔했다. 그 후부터 비뚤어진 연모의 감정은 증오가 됐다. 힘으로도 이길 수 없다는 게, 또 그녀에 대한 두려움이 남았다는 게 너무도 분했다. 물 분자조차 박살 내는 위력이라니, 대체 얼마나 강하단 말인가?

'이제 어쩐다.'

원래대로라면 다시 돌아가서 관승과 끝장을 봐야 하지만 도저히 그럴 마음이 들지 않았다. 분신의 정수리로 관승의 참천언월도가 떨어져 내리던 그 순간을 잊을 수가 없었다. 존재 자체가 소멸될지 모른다는 극한의 공포. 만약 재빨리 액체화하여 분신과 나뉘지 않았다면, 소멸된 건 이준 자신이었을 것이다. 단 일격으로 트라우마가 생겨버린 것이다. 그사이 어부의 체액은 모조리 그에게 흡수되었다. 평범한 사람이라 그런지 피로가 좀 가시는 정도가 다였지만 그래도 큰 도움이 되었다.

"오랜만에 천으로 된 의복을 입으니까 어색하군. 게다가 이 시대의 질 떨어지는 옷이라니…."

이준은 흘러내려 땅에 떨어진 어부의 옷을 주워 입었다. 소금과 땀으로 전 내, 생선 비린내가 코를 찔러 눈살이 찌푸려졌다. 하지만 알몸으로 돌아다닐 순 없으니 선택의 여지가 없었다. 그는 체액이 다 빨려 껍질만 남은 어부의 시신을 바다로 획 던져버렸다.

"잘 먹었다. 내 몸의 일부가 된 걸 영광으로 알도록."

어부의 옷을 입은 이준은 동래성 안으로 들어가 표식을 남겼다. 성혼교인들, 그중에서도 고위급 신도들만이 알아볼 수 있는 특별한 표식이었다. 그런 다음 객주에 앉아 있으려니 얼마 지나지 않아 교인 하나가 접촉해왔다. 동래성은 아직까지 특별히 성혼교를 박해하는 분위기는 아니었으나, 유주와 비교적 가까운 만큼 조심해야 할 필요가 있었다. 교인은 손님인 척 이준과 등지고 앉아 말했다.

"높은 별, 수룡의 별을 뵙습니다."

이준은 그의 인사를 받자마자 물었다.

"바람의 별과 접촉할 수 있나?"

'수룡의 별'이란 이준, '바람의 별'이란 천강 제20위, 천속성(天速星) 신행태보(神行太保) 대종(戴宗)을 가리켰다. 대종은 '속' 자가 들어간 별의 이름에서도 알 수 있듯 속도가 특기인 자였다. 그의 천기, 신행법을 발동하면 물리 효과를 무시하고 음속을 초월하는 속도로 달릴 수 있었다. 또한 최대 세 명까지 접촉한 상대와 동시에 이동 가능했기에 위원회의 살아 있는 이동 및 연락수단으로 쓰이고 있었다. 단, 함께 이동하는 인원이 많아질수록 달릴 수 있는 시간은 짧아졌다.

대종은 싸움을 싫어하고 분쟁을 꺼리는 성격이었다. 그런 까닭에 언뜻 소심해 보였지만, 송강파, 노준의파를 가리지 않고 오직 회 자체를 위한 일이라고 판단이 설 때만 움직이는 일면도 있었다. 이에 송강도 대종을 함부로 다루지 못했다. 그가 딴마음을 먹어버리면 골치 아픈 까닭이었다.

이준의 물음에, 성혼교인이 답했다.

"어디 있는지 확실하게 파악하긴 어려우나 바로 불러드리겠습니다."

"부탁하네."

대종을 부르기 위해서는 특수한 방식으로 만들어진 봉화나, 그의 병마용군 백서랑이 반응하는 향료를 이용했다. 백서랑은 흰색 족제비 형상의 병마용군으로, 본래 대종의 애완 족제비였다. 녀석은 수십 킬로미터 밖에서도 특수한 향료에 반응했는데, 해당 향료는 이 시대에는 아예 존재하지 않았던 화학물질이었다. 또한 각 지역에서 연락을 담당한 성혼교인들이 극소량만 소지했기에 대종이 헛걸음할 일은 없었다.

"그럼, 적향을 이용한 비상 호출을 하겠습니다."

향료는 색이 붉어 적향이라고 불렸다. 평소에는 평범한 빨간색 가루지만, 물을 만나면 백서랑만이 맡을 수 있는 강렬한 향취를 뿜는다고 했다.

"고맙네."

"천만의 말씀. 별의 영광을 위하여."

반 시진쯤 후, 이준은 교인이 알려준 접선 장소로 향하며 중얼거렸다.

"별의 영광은 개뿔. 어휴, 소름. 저거 들을 때마다 간지러워 죽겠네."

그곳은 낮은 언덕 꼭대기의 텅 빈 공터였다. 공터 가운데에 있는 썩은 그루터기에 적향을 발라놓은 모양이었다. 거기서 하릴없이 얼마간 기다리자니 멀리서부터 바람이 몰아쳤다. 모르는 사람에게는 갑작스러운 돌풍처럼 느껴지겠지만, 이준은 바람의 정체를 알 수 있었다.

"왔군."

잠시 후. 후우우웅! 이준이 휘청거릴 정도로 한바탕 강력한 바람이 일대를 휩쓸었다. 그 바람이 지나간 자리에 비니를 쓴 작은 체구의 청년이 서 있었다. 신행태보 대종이었다. 특수 소재로 만들어진 비니는 공기저항을 줄여주어 대종의 속도를 더욱 빠르게 해주었다. 하지만 정작 본인은 달리면서 머리 모양이 망가지지 않게 하기 위한 거라고 우겼다.

"끽끽!"

대종의 어깨에 앉아 있던 백서랑이 냉큼 뛰어내리더니 흥분한 기색으로 그루터기를 향해 달려갔다. 이준은 대종을 향해 손을 흔들어 보였다.

"여어."

"뭐야, 너였냐."

대종은 못마땅한 기색을 노골적으로 드러냈다.

"쯧."

그는 약간의 결벽증이 있었는데, 그런 까닭에 관승 등의 여자에게 치근대는 이준을 별로 좋아하지 않았다.

"너무 그러지 말자고. 동지끼리."

"무슨 일인데? 가만, 너 대능하에서 고구려 사신단을 몰살하는 임무를 맡지 않았었나?"

"그랬지."

이준은 무슨 일이 있었는지 간단히 설명했다.

듣고 난 대종이 고개를 끄덕였다.

"그럼, 임무는 완전한 실패로군. 지금쯤 위원장에게도 그 소식이 들어갔을 테고."

"그렇겠지…."

"만회할 기회를 잡고 싶다는 거야?"

"응. 부끄럽지만 관승하고는 도저히 다시 싸울 엄두가 안 난다. 가뜩이나 강한 년이, 내가 병마용군을 부수는 바람에 더 독이 올랐어. 어차피 사신단도 유주국에 들어간 지 오래겠지만. 그렇다고 빈손으로 위원장에게 돌아가자니 문책이 두렵고."

대종은 고개를 끄덕였다.

"관승이 무섭긴 하지. 거기다 화난 관승은 생각하기도 싫네. 하필 그녀가 회를 배신할 줄은…. 아무튼 그래서 어디로 갈 건데?"

이준은 미리 생각해뒀던 말을 꺼냈다.

"형주로 갈까 한다."

"형주?"

"현재 진용운과 싸우고 있는 세력은 거기가 유일하다며?"

"그렇긴 한데 형주 쪽에 나가 있는 천강위의 태도가 좀 미묘해서…."

"그건 내가 알 바 아니고, 난 진용운에게 타격만 입히면 돼. 고구려 사신단을 궤멸한 거에 버금가는 타격 말이야."

"흐음…."

"천강육수신도 다 죽고 아마 장순과 나밖에 안 남았을 테니, 회에 체면이 설 방법은 이것뿐이다. 이렇게 부탁한다."

이준은 양 손바닥을 붙이고 고개를 숙였다.

잠시 생각하던 대종이 고개를 끄덕였다.

"좋아. 네가 그렇게까지 말하니 데려다주지."

"오오, 정말? 고마워. 넌 내 은인이야."

"오버하지 말고. 마침 그쪽에서 좀 알아볼 것도 있으니까."

대종은 형주로 가서 서령의 동태를 확인해보기로 결심했다. 그 결과, 그의 행동이 회에 도움이 된다고 판단되면 그대로 방임. 그게 아니라면 송강에게 보고하여 적절한 조치를 취할 참이었다. 회의 작전에 일절 협조도, 그렇다고 방해도 하지 않는 서령을 너무 오래 방치해두었다. 마음을 정한 대종이 말했다.

"이리 와서 날 꽉 잡아."

"응? 지금 바로 가게?"

"시간 끌 필요 없잖아. 가자, 백서랑!"

백서랑은 대종과의 접선을 위한 역할도 했지만, 또 다른 중요한 임무도 맡고 있었다. 바로 접촉한 동행인이 이탈하지 않게 돕는 임무였다.

"여, 여기 잡으면 되나?"

"아무 데나 편한 곳 잡아."

이준이 대종의 왼팔을 잡자, 백서랑은 그 부위를 고치처럼 휘감았다. 이어서 둘의 몸 전체를 감싸는 투명한 막이 생겨났다.

"오오, 이게 뭐야."

"간다."

콰앙! 출발과 동시에 땅이 푹 파였다. 그리고 음속을 돌파할 때 일회성으로 나타나는 굉음, 소닉 붐이 터졌다. 먼지가 걷혔을 때,

이미 둘의 모습은 그 자리에 없었다.

그렇게 해서 대종의 도움을 받아 형주로 들어온 게 몇 주 전이었다. 불행 중 다행으로, 회에 있을 때부터 서령과 이준의 사이는 크게 나쁘지 않았다. 적어도 찾아온 그를 내치지 않을 정도로.

"이준, 오랜만이네."

"형주에서 세력을 크게 키웠군요, 서령 누님."

"호호, 바쁘게 살다 보니 이렇게 됐어. 넌 여기까지 어쩐 일이야?"

"그게, 위원장의 임무를 제대로 수행 못 하고 사고를 쳐서 말이죠. 여기서 공이나 좀 세워볼까 하고…."

"그래? 그래 주면 나야 고맙지. 안 그래도 물에서 싸울 일이 있었거든."

마침 강하성 인근의 수전을 준비하고 있던 서령은 쌍수를 들고 이준을 환영했다. 또한 잃어버린 병마용군 대신 특수한 장비를 만들어 선물해주었다.

'이게 말로만 듣던 서령의 천기…. 대단하군.'

이준은 고개를 숙이고 제 몸을 이리저리 살폈다. 그녀가 만들어준 것은 몸통을 감싸는 형태의 갑옷인 녹색 호심갑이었다. 강력한 방호력을 가진 갑옷임에도 불구하고 무게가 거의 느껴지지 않았다. 또한 물속에서 이준의 움직임을 더욱 빠르게 해주고 잠수 시간도 늘려주는 역할을 했다.

이런 연유를 거쳐 이준은 연합군과 유표군의 싸움에 참전하게 된 것이다. 그런 이준의 눈에 제일 먼저 띈 게 마초였다. 이것은 우연이 아니라, 마초가 싸우는 방식 때문이었다. 여포를 제외한 유주군을 대표하는 장수 중에는 창을 주 무기로 쓰는 달인이 셋 있었다. 각각 조운, 마초, 장합이었다.

조운의 창술은 소위 공방일체였다. 공격과 동시에 방어하고 방어하는 듯하면 공격으로 이어졌다. 또 힘과 속도가 적절히 균형을 이뤘으며, 창이 몸에 붙어 다니는 것 같은 착각을 일으켰다.

장합의 창술은 가장 긴 공격 거리를 활용했다. 말과 함께 질주하여 원거리에서부터 단숨에 목표를 내찌르는 일격필살의 느낌이 강했다. 실제로 그는 상대와 다섯 합 이상 대결하는 적이 드물었다.

마초는 유연성과 순발력이 특징이었다. 묘기 부리듯 창을 다루면서 공중으로 뛰어오르기도 하고 바닥에서 솟구치기도 했다. 그를 상대하다 보면 무공이 뛰어난 자도 정신이 쏙 빠졌다. 강력하고 화려한 창술이었다. 게다가 갑옷 자체도 은빛에다 정교한 장식이 들어간 투구를 고집해 더욱 이목을 끌었다.

"우선 저놈으로 할까? 어쩐지 거슬린단 말이야."

수면으로 떠오른 이준은 마초를 향해 은밀히 다가갔다. 액체화되는 사실상 무적에 가까운 능력에다 서령의 호심갑까지. 비록 병마용군은 잃었지만, 이 시대의 장수 하나쯤 처리하는 건 문제도 아니었다. 적어도 이준은 그렇게 생각했다.

스릉. 조용히 배 위로 올라간 이준이 검을 빼들었다.

'누군지는 몰라도 쓸데없이 설친 걸 후회해라.'

그리고 등 뒤에서부터 마초를 덮쳐간 순간이었다. 휘리리리릭!
쩌엉! 마초가 맹렬히 회전하더니 그 반동으로 애창, 탁탑천왕을
이준의 명치에다 찔러 넣었다.

"크헉!"

이준은 액체화할 새도 없이 뒤로 튕겨 나갔다.

"응?"

마초가 눈에 이채를 발했다.

'내 창에 정통으로 맞고도 안 뚫렸어? 뭐지, 저 갑옷은?'

튕겨 나가는 이준의 등을 한 검수가 사정없이 찔렀다. 마초와
함께 싸우고 있던 조개였다.

"크헉!"

순식간에 앞뒤로 공격받은 이준이 갑판에 엎어졌다. 그는 엎어
지자마자 치욕으로 몸을 떨면서 용수철처럼 튕겨 일어났다.

'이럴 리가 없어. 내가 이 시대의 무인 따위에게!'

그 생각을 한 직후였다. 쩡! 눈알이 튀어나오고 골이 울리는 것
같은 충격이 이준을 강타했다. 본래 있던 자리에서 훌쩍 뛰어오
른 마초가 낙하하면서 그대로 정수리를 내리친 것이다. 여기에
는 절로 비명을 지를 수밖에 없었다.

"으아악…!"

마초는 머리를 싸쥐고 어쩔 줄 몰라 하는 이준을 보며 혀를 찼다.

"또 멀쩡하네. 대가리가 무쇠로 만들어지기라도 했나. 너, 유표
의 장수냐?"

고개를 든 이준은 눈물이 그렁그렁한 눈으로 대꾸했다.

"난 위원회의 천강위 이준이다!"

홧김에 무심코 말한 직후, 그는 오한을 느꼈다. 앞뒤에서 갑자기 어마어마한 살기가 풍기기 시작했기 때문이다.

"호오, 그래?"

마초는 안 그래도 동생의 복수를 하겠다는 생각으로 독기를 품고 있었다. 이준의 말은 거기에 더욱 부채질을 했다. 이제 완전히 마초의 여자가 된 조개도 위원회란 말에 적의를 드러내기는 마찬가지였다. 심상치 않은 분위기를 감지한 이준이 입을 열었다.

"아니, 저기…."

쩽! 까앙! 콰득! 쩽! 쩽! 이준은 정신을 차릴 틈도 없이 앞뒤로 신나게 찔리고 맞았다. 그나마 서령이 만들어준 호심갑이 아니었다면 한참 전에 너덜너덜해졌을 것이다.

"으으, 이 연놈들이!"

그러다 문득 정신없는 와중에 마초를 도와 싸우는 여인에게서 익숙한 기운을 감지했다. 이준은 아연한 얼굴로 중얼거렸다.

"장로…?"

콱! 그런 그의 입에 조개가 사정없이 대검을 쑤셔 넣었다.

'오래전에 버린 과거를 입에 담지 마라.'

결정타를 날렸다고 생각한 조개의 표정이 이상해졌다. 이준의 얼굴이 흐물흐물해지더니 그대로 흘러내렸기 때문이다. 조개는 황급히 뒤로 물러나며 말했다.

"뭐, 뭐야, 이 녀석!"

천기 발동, 혼강룡(混江龍)!

궁지에 몰리자 이준이 액체 상태로 변하는 천기를 발동한 것이다. 이 괴사에는 이미 위원회가 사술을 쓰는 집단이라는 사실을 아는 마초도 크게 놀랐다.

주르르륵. 액체가 되어 갑판을 따라 흐르던 이준이 좀 떨어진 뒤쪽에서 뭉쳤다. 직후, 몸 전체가 꼬이더니 끝이 뾰족하게 변했다.

본능적으로 위험을 감지한 마초가 외쳤다.

"피해, 조개!"

천기 발동, 혼강수룡탄(混江水龍彈)!

투콰콰콱! 궁기를 소멸에 이르게 한, 강력한 물의 드릴이 조개를 향해 돌진했다. 조개는 눈을 크게 떴다. 피하기에는 이미 늦은 후였다.

'빌어먹을!'

마초가 이를 악물고 몸을 날리려 할 때였다. 슈르르르. 퍼석! 어디선가 날아온 거대한 화살 한 대가 물 송곳의 옆면을 정통으로 꿰뚫고 지나갔다. 그 바람에 물 송곳은 둘로 나뉘면서 회전력과 힘을 크게 잃었다. 퍼뜩 정신이 든 조개는 얼른 대도를 앞에 세워 공격을 막으려 했다. 쩡! 굉음과 함께 대도가 산산조각으로 깨졌다. 조개는 비명을 지르며 나가떨어졌다.

"조개!"

마초는 황급히 달려가 그녀를 안고 상태를 살폈다. 그런 마초의 얼굴이 창백했다.

"조개, 괜찮아?"

조금 감동 받은 조개가 퉁명스레 대꾸했다.

"괜찮으니까 호들갑 떨지 마, 애송이."

조개는 몸 여기저기에 부러진 대도 파편이 박히고 가슴 부근의 갑옷이 살짝 찌그러져 있었다. 그래도 다행히 목숨이 위험한 부상은 아니었다. 마초는 안도의 한숨을 내쉬었다. 정말 다행이다. 마지막 순간 날아온 화살이 아니었다면, 눈앞에서 조개를 잃었을지도 몰랐다. 화살의 주인공은 이미 짐작 가는 바가 있었다.

'고맙다, 성월. 이 신세는 꼭 갚을게.'

성월은 황조군의 몽충선 위에서 상황을 관조하다가 중얼거렸다.

"저쪽 배에 갑자기 천강위가 나타났네요."

그 말에, 함께 싸우던 장합이 깜짝 놀랐다.

"뭐? 그쪽은 괜찮소?"

"조금 위험할 뻔했는데, 제가 도와줘서 괜찮아요."

"다행이군…. 정말 잘했소. 혹 다른 천강위는?"

"저자밖에 없는 것 같아요. 무슨 깡으로 혼자 들이닥쳤지?"

"그러게 말이오."

천강위는 여전히 경계의 대상이었다. 그러나 더 이상 두렵기만 한 미지의 존재는 아니었다. 장합과 성월은 다시 몽충선 위의 적병을 쓰러뜨리기 시작했다.

'이상하다.'

이준은 갑판 구석에 기대앉아 멍하니 생각했다.

'이럴 리가 없다. 뭔가 이상해.'

그는 다시 원래 모습으로 되돌아온 상태였다. 하지만 옆구리에 큰 구멍이 뚫려, 거기서 물과 피가 줄줄 흘러내렸다. 가뜩이나 마초와 조개에게 당해 충격이 잔뜩 누적됐었는데 그 위에 성월의 화살로 치명상을 입은 것이다. 액체 상태라고 해서 충격 에너지가 사라지는 건 아니었다. 그릇에 든 물을 칼로 베면 별문제 없이 쪼개졌다가 다시 합쳐진다. 하지만 커다란 돌을 던져 넣거나 넓적한 뭔가로 내리치면, 그릇 밖으로 많은 양의 물이 튀어 나간다. 말하자면 이준은 그런 상황이었다. 성월의 화살에 맞아 쪼개졌을 때, 몸을 구성하는 액체의 상당 부분이 튀어 나가고 증발해버린 것이다. 아무리 예전의 힘을 못 쓰는 사천신녀라 해도 단일 적을 상대로는 여전히 무적에 가까웠다.

'이대로 쓰러질 수는 없다, 이 이준 님이!'

이준은 용을 쓰며 자리에서 일어섰다.

"끄으으."

그런 그의 앞에 어느새 창을 비껴든 마초가 와서 서 있었다.

"역시나 괴상한 사술을 쓰는 놈인 듯한데."

마초의 허리가 크게 휘었다. 탁탑천왕이 그의 손안에서 맹렬히 회전하기 시작했다.

"압도적인 힘 앞에서는 사술도 소용없는 법!"

이준은 다급히 뭔가 말하려 했다.

"잠깐…."

촤아악! 그때, 마초의 회전격이 이준의 상체를 사방으로 흩어 버렸다. 물과 피가 어지러이 갑판 위로 흩어졌다. 반만 남은 하체는 잠시 꿈틀거리더니 곧 스르르 흘러내려 사라졌다. 그 광경을 내려다보던 마초가 내뱉듯 말했다.

"흥, 기분 나쁜 놈이로구나."

이준을 구성하던 액체는 커다란 의문을 품은 채 강물 속으로 흘러들어갔다. 도대체 어떻게? 이 시대의 장수들이 이 정도로 강해진 거지? 이 사실을 송강에게 알린다면 용서받을 수 있을지도 몰랐다. 단, 돌아갈 수 있다면 말이다.

한편, 면구를 방어하던 두 장수, 장호와 진생은 황망할 따름이었다. 선상 백병전이 벌어졌는데, 쓰러지는 건 열에 여덟이 황조군 병사였다.

'어쩌다 이런 난전이 됐지?'

분명 유리한 장소를 선점했고 적의 배보다 훨씬 크고 높은 몽충선으로 화살 공격을 가했다. 한데 손가의 함대는 이를 무시하고 돌격해와 충돌을 감행했다. 낮고 작은 배가 무수히 강을 거슬러 올라오니 화살로 그 모두를 감당할 수가 없었다.

"놈들은 죽는 게 두렵지도 않은 건가!"

장호의 탄식에, 누군가가 대꾸했다.

"응, 맞아."

깜짝 놀라 돌아보는 순간, 그의 머리가 허공을 날았다. 재빨리

다가와 단숨에 목을 베어버린 감녕이 혀로 입술을 핥았다.

"아자. 1급 전공, 예약 완료."

"장호! 네놈이…."

분노한 진생이 덤벼들었으나 감녕의 적수는 못 되었다. 그는 몇 차례 무기를 부딪쳐보지도 못하고 감녕의 대도 아래 고혼이 되었다. 여포 아래에서 비교적 무명에 가깝던 감녕이 소위 전국구 장수로 발돋움하는 순간이었다. 감녕은 진생의 목마저 자른 후, 피가 뚝뚝 떨어지는 두 개의 수급을 들고 소리를 질렀다.

"이 감홍패(興覇, 감녕의 자)가 적장을 베었다!"

그 소리에 남아 있던 황조군 병사들의 사기마저 급격히 떨어졌다. 결국, 여기저기서 무기를 버리고 항복하는 자들이 속출하기 시작했다.

감녕 쪽을 바라본 여포가 쯧 하고 혀를 찼다.

"놓쳤군, 대어를."

여포에게 다가온 청몽은 그의 어깨에 박힌 화살을 쑥 뽑아내며 말했다.

"어차피 공을 세운 건 네 부하잖아. 배 위에서 제대로 걷질 못해서 덤벼드는 적들을 집어던지기만 한 주제에 큰소리는."

"…아니다, 그런 거."

"이리 와. 화살을 세 대나 맞았네. 속상하게…. 덧나지 않게 약 바르자."

여포의 입꼬리가 슬며시 올라갔다.

"속상한가? 다쳐서, 내가?"

"당연하지, 멍청아."

치열하던 전투가 끝나가고 있었다. 이제 남은 건 잔당 처리와
뒷수습 정도였다. 대장선의 뱃머리에 선 주유는 불타는 적선을
보며 큰 소리로 호쾌하게 웃었다.

"하하하! 이로써 면구는 우리 손가의 손에 들어왔다!"

그때였다. 항복하지 않고 끝까지 저항하던 적병 하나가 이를
악물고 주유를 향해 노를 쏘았다. 바람을 가르고 날아온 화살이
주유의 목젖을 맞혔다.

"큭!"

주유는 피를 뿜으면서 뒤로 쓰러졌다.

"공근!"

근처에 있던 손책이 혼비백산하여 그에게 달려왔다.

19

형주의 인재들

손가 유주 연합군은 곽가의 기책과 용운의 용맹으로 강하성을
빼앗았다. 또한 손가 부대의 분전으로 면구에서도 대승을 거뒀
다. 적장 황조와 장호, 진생 등은 모두 전사했다. 이는 장수들 개
개인의 용맹 덕도 있었지만, 상대적으로 적은 수의 병사를 모두
면구에 집중했기에 가능했다. 적어도 면구에서만은 머릿수가 크
게 뒤지지 않았던 것이다. 적이 강하성과 면구에 병사를 적절히
나눠 투입하리라는 황조의 예상은 보기 좋게 빗나갔다.

또 연합군은 필연적으로 하류에서부터 강을 거슬러 올라가야
했다. 이것을 알고 있었던 장호와 진생은 상류의 유리한 위치에
자리를 잡고 화살을 퍼부었다. 이에 주유는 노 젓는 낮은 배로 적
함에 돌격, 배를 부숨과 동시에 백병전으로 끌고 가는 작전을 썼
다. 그러기 위해서는 노를 저을 일정 수 이상의 병사가 필수였다.
즉 곽가의 대담한 작전이 승리의 열쇠가 된 것이다.

강하성을 함락했다는 낭보는 면구에도 전해졌다. 손가의 장수
들은 믿기 어렵다는 표정을 지었다.

'설마 단 넷이서 정말 성공했단 말인가? 대체 곽봉효 그자가 어떤 수를 썼기에….'

한편, 유주군에는 또 다른 소식도 전해졌다. 바로 용운이 강하성에 나타났다는, 믿기 어려운 얘기였다. 전장을 수습한 연합군은 수비를 위한 병력을 일부 남겨둔 다음, 모두 강하성으로 이동했다. 휴식하기에도 적을 맞아 싸우기에도 그편이 훨씬 유리했다. 성내로 진입하던 병사들이 고개를 갸웃거렸다. 성 곳곳에 채 녹지 않은 눈이 쌓여 있었기 때문이다.

'여기에만 눈이 왔었나?'

강하성의 유주군 진영에는 묘하게 흥분된 분위기가 감돌았다. 이윽고 그곳으로 용운이 들어서자, 전 무장이 일제히 한쪽 무릎을 꿇으며 고개를 깊이 조아렸다.

"전하를 뵙습니다!"

우렁찬 인사 소리가 일대를 울렸다.

"일어서세요, 여 대공."

용운은 자신과 거의 동등한 지위의 여포에게 일어설 것을 허락했다. 여포가 살짝 고개를 숙여 보이며 순순히 일어섰다. 뒤이어 용운은 장수들 한 사람 한 사람의 어깨를 일일이 짚으면서 노고를 치하했다. 특히 마초 앞에서는 더 긴 시간을 보냈다.

"얘기는 들었습니다, 맹기."

"전하."

"동생을 잃은 마음, 그 애통함을 짐작조차 하기 어렵군요. 이 전투가 끝나면 본성(유주성)에서 반드시 성대하게 장례를 치르도록 하겠습니다."

"…황공합니다, 전하."

간단한 열병식을 마친 용운이 손짓하자, 병사들이 수레 한 대를 끌고 왔다. 수레를 본 장수들은 경직되었다. 그 위에는 잠든 듯 눈을 감은 곽가가 누운 관이 실려 있었다. 조운은 입술을 질끈 깨물었다. 그의 눈가가 붉어졌다.

'봉효….'

최근 들어 곽가의 건강이 나빠지고 있다는 건 알았지만, 강하성을 차지했다기에 무사하리라 생각했다. 그러나 그를 떠나보낼 줄 알았다면 차라리 성을 포기하는 게 나았다고, 조운은 생각했다. 오래전, 업성 시절부터 함께해온 가신들 사이에는 특별한 유대감이 있었다. 그중 한 사람이 또 떠나갔으니 절로 비감(悲感)이 일었다. 장료와 장합, 여포 등 다른 장수들도 비통한 표정이 되었다. 수레 옆은 무표정한 얼굴의 사마의가 지키고 서 있었다. 한데 희한하게도 그 무표정한 얼굴이 그렇게 슬퍼 보일 수가 없었다. 하늘도 이 천재 군사의 죽음을 슬퍼하는지, 조금씩 흩날리던 눈이 비로 바뀌어 부슬부슬 내리기 시작했다.

"총군사는 강하성에서 싸우던 중 기력이 다하여 눈을 감았습니다. 다행히 과인과 제자 사마중달이 임종을 지켰으므로 가는 길이 쓸쓸하지만은 않았을 것입니다. 이제 여기서 봉효를 보내주는 자리를 가지려고 합니다."

용운의 말에 진영의 분위기가 일순 숙연해졌다. 용운은 살짝 떨리는 목소리로 추도사를 읊었다.

"봉효, 처음 꽃다운 나이에 그대를 만났을 때, 이미 그 지략과 배포의 크기가 남달라 십만 흑산적을 물리쳤네. 강대한 원소의 세력을 맞아 모두가 두려워하고 우려를 표할 때도, 그대는 한 점 두려움 없이 언제나 전장에 나서서 아군을 이끌었네. 지략으로 가히 장량(張良, 한 고조 유방의 책사)에 비견되며, 충성으로는 개자추(介子推, 춘추시대 진나라의 신하로, 진나라 문공이 망명 생활로 어려움을 겪을 때 자신의 허벅지 살을 베어 허기를 면하게 했을 정도의 충신)에 비견할 만하였네. 이제 그 헌헌한 모습을 다시 볼 수 없으니, 과인은 누구를 믿고 의지하며 살아간단 말인가…."

장수들은 모두 눈물을 삼켰다. 병사 중에는 못 참고 울음을 터뜨리는 자들도 있었다. 사린 또한 눈물 콧물이 뒤범벅되어 흘러내렸다. 육손은 옆에서 그런 그녀를 달래기에 바빴다.

둥― 둥― 느리고 조용하게 울리는 추도의 북소리가 구슬픈 용운의 목소리를 더욱 처연히 느끼게 했다.

유주군은 하나가 되어 곽가의 죽음을 마음껏 슬퍼했다. 아무리 가까운 이가 죽어도 산 사람은 살아야 한다. 게다가 곽가라는 거물의 죽음은 자칫 부대 전체의 사기를 떨어뜨릴 위험도 있었다. 그렇기에 오히려 이런 자리를 마련한 것이다. 다 같이 한바탕 슬퍼하면서 그를 가슴에 묻는 시간을. 용운은 한 번 본 것은 결코 잊지 않기에, 언제든 곽가의 생전 모습을 회상할 수 있을 것이다. 그게 오히려 고통이 될 때도 있긴 하지만.

용운은 하늘을 우러러보며 곽가의 얼굴을 떠올렸다. 그의 목소리까지 생생하게 들려오는 듯했다.

— 전하, 이제 됐습니다. 저 같은 주정뱅이 하나 죽었다고 뭐 이렇게까지 거창하게 일을 벌이십니까? 대충 염해서 묻어주면 되지요. 이제 중달 녀석이 전하를 보필할 겁니다. 부디 옥체 보전하시고 꼭 천하를 손에 넣으십시오.

벌써 그립구나. 곽가여, 곽가여.

큰 슬픔을 겪었지만 기쁜 일도 있었다. 그중 으뜸은 바로 이 남자.

"오랜만에 뵙겠습니다, 전하."

서서 원직을 손에 넣은 일이었다. 유비 밑에 들어갔을 때는 인연이 없어졌다고 여겨 반쯤 단념했기에 기쁨이 더 컸다.

'그래도 끝까지 포기하지 않고 그의 어머니를 돌보길 잘했어.'

장례식 뒤, 조촐한 연회가 벌어졌다. 이제까지 힘겹게 싸워온 유주군을 위로하는 자리였다. 거기로 조운이 서서를 데려온 것이다. 용운은 서서를 보자마자 자리에서 일어나 그의 손을 덥석 잡았다.

"그대가 내 사람이 됐음을 확인했으니, 이것만으로도 여기까지 직접 온 보람이 있군요."

"전하…."

서서의 마음이 결정적으로 변한 것은 유비가 그를 소홀히 대한 탓이었다. 이는 유비의 잘못만이라고 하기에도 어려웠다. 제갈량이라는 태양 같은 재능 앞에서 서서가 내뿜는 조용하고 은은한 빛이 가려진 것이다. 곽가와 사마의를 접한 서서는 또 비슷한 일이 벌어지지 않을까 내심 걱정했다. 그러나 용운은 서서를 진심으로 반겼고 서서는 내심 감격했다.

"예전의 일이 있음에도 불구하고 제 어머니까지 보살펴주셔서 망극합니다, 전하."

과거에 서서는 유비의 참모로서 용운과 대항하여 싸웠다. 그 일을 말한 것이다.

"아니, 나는 그때부터 그대가 탐났어요."

용운은 서서의 호감도가 92에 이르는 걸 보면서 곽가를 잃은 아픔을 조금이나마 달랠 수 있었다.

승리하긴 했으나 손가에도 상처가 남았다. 아무리 빨리 배를 몰았다 해도 모든 화살을 피하기란 불가능했다. 쏟아지는 화살비를 뚫고 가느라 많은 병사가 죽었다. 무엇보다 손책에게 가장 큰 타격은 주유의 중상이었다. 주유는 승리를 눈앞에 두고 눈먼 화살에 목을 맞아 쓰러지고 말았다. 그러자 손가 전체가 마비되었다. 손책이 다음 작전을 거부한 것이다.

"공근이 저런 상태인 이상 조금도 움직일 수 없다. 그에게 무리가 갈 어떤 행동도 하지 않겠다."

마침 첩보에 의하면 강릉성에 있는 유표군의 출진이 원인 모를 이유로 늦어지는 중이었다. 연합군은 승리의 여세를 몰아 전 병력을 규합한 다음 안륙성으로 진군해야 했다. 그랬다면 양쪽에서 포위되기 전, 안륙성에 기대어 양양성의 병력만 맞아 싸울 수 있는 기회였다. 그럴 수 있는 시간이 하릴없이 흘러가고 있었다. 하지만 손가의 장수들은 감히 손책에게 출진을 권유하지 못했다. 그저 걱정스럽거나 비통한 기색으로 막사 주변을 서성일 뿐이었다. 불만을 토로하기는커녕 숨소리도 크게 못 냈다. 자신들의 주군에게 주유가 어떤 존재인지 너무도 잘 아는 까닭이었다.

"공근…."

손책은 의식을 잃은 채 침상에 누워 있는 주유의 손을 잡고 나지막하게 그의 이름을 불렀다. 손이 불덩이처럼 뜨거웠다. 손책은 몰랐지만, 화살에 맞은 자리가 염증을 일으키고 있었다. 문득 맨 처음 주유를 만났던 때가 떠올랐다.

그것은 이십사 년 전, 동탁의 전횡이 한창일 무렵. 아버지 손견은 의병을 일으키기 전에 집과 가족을 모두 수춘으로 옮겼다. 그 새로운 고장에 낯설어할 때 누군가가 불쑥 손책을 찾아왔다. 또래의 한 소년이었다.

"네가 손백부야?"

"…넌 뭐냐?"

"흐응…."

손책을 이리저리 훑어보던 소년은 싱긋 웃으며 말했다.

"난 서현에 사는 주유 공근이라고 한다. 강남에서 손가의 명성이 자자하고 영웅인 손문대(손견)에게 내 또래의 아들이 있다기에 벗이 될 만한 녀석인지 살펴보러 왔어."

손책은 속으로 놀랐다. 서현의 주씨 가문이야말로 이름 높은 집안이었기 때문이다.

"그럼, 네가 낙양령을 지낸 주이 님의 아들?"

"응, 맞아."

그렇다면 이 공근이라는 소년의 고조부에 해당하는 주영은 상서령을 지냈고, 증조부 주홍은 상서랑, 종조부 주경과 당숙 주충은 양대에 걸쳐 삼공의 하나인 태위 직을 지냈다는 의미였다. 그야말로 원가에 맞먹는 명문가라 할 수 있었다. 손책은 주위를 두리번거리며 물었다.

"수행원은? 아니면, 혹 주이 님이랑 같이 왔어?"

"아니. 나 혼자 왔는데?"

"서현에서 여기까지 혼자 왔다고?"

주유는 태연히 고개를 끄덕였다.

여강군, 서현에서 수춘에 있는 손견의 저택까지는 300리(약 120킬로미터)에 달했다. 도중에 험한 협곡이나 넓은 강이 없어 비교적 이동이 쉽긴 하나, 소년이 혼자 여행하기에는 분명 먼 길이었다. 그 먼 길을, 자신을 만나보려고 왔다는 것이다. 손책은 그만 웃음을 터뜨리고 말았다.

"하하하! 너, 마음에 든다."

손책이 웃자, 주유도 함께 웃었다. 순간 두 소년 사이에 뭔가 전류 같은 게 흘렀다. 그것은 운명의 신호였다.

"그래? 나도 네가 꽤 괜찮은데. 좋아, 그럼 우리는 오늘부터 벗이야."

주유가 작은 손을 내밀자 손책은 그 손을 힘껏 잡았다. 악수가 아니라, 그저 친밀감과 약속의 표시였다. 어른들이 보기에는 열 살짜리 둘의 행동이 귀엽고 우스워 보일지도 몰랐다. 하지만 둘은 진지했으며 또한 진심이었다. 주유는 손책의 눈을 똑바로 들여다보며 입을 열었다.

"그냥 벗이 아니라…."

손책은 그때 열 살의 주유가 했던 말을 뒤이어 되뇌었다.

"삶과 죽음을 함께하는 벗."

주유는 그 후 당시의 맹세를 충실하게 지켰다. 손책을 설득하여 모친 오국태와 함께 자신이 사는 서현으로 이주하게 한 다음, 큰 저택을 무상으로 내주었다. 또한 오국태에게도 제 어머니와 마찬가지로 아침마다 절을 올리고 보살폈다. 서로 있는 것은 물론이고 없는 것도 도우며 살았다. 언제든, 무슨 일이든 손책이 부르면 한달음에 달려왔다. 그랬던 벗이 눈앞에서 죽어가고 있었다.

"공근, 제발 눈을 떠. 이대로 날 두고 가지는 않을 거지?"

중얼거리는 손책의 한쪽 눈에서 저도 모르게 눈물이 흘러내렸다. 이대로 주유를 잃는다면, 아버지 손견의 죽음을 맞이했을 때보다 더욱 견디기 어려울 듯했다. 그때, 누군가가 막사를 살며시 열고 들어왔다.

"백부?"

손책은 얼른 손등으로 눈물을 훔치고 일어섰다.

"어서 와, 용운."

유주왕이 왔다는 소식은 이미 듣고 있었다. 하지만 곽가의 장례식과 주유의 중상 등으로 정신이 없어서 아직 만나지 못했다.

그러자 용운이 병문안 겸해서 직접 찾아온 듯했다.

"와, 이게 얼마 만이지?"

둘은 서로를 얼싸안았다. 용운의 나이 올해로 서른여덟, 손책은 서른넷이다. 현대의 대한민국이었다면 용운이 한참 형이었지만, 이 세계에서는 나이를 그 정도로 따지지는 않았다. 의형제 중에서도 형의 나이가 아우보다 어린 경우도 종종 있었다.

'한데 저 머리는…. 과연 들었던 대로군.'

손책은 용운의 은발에 내심 놀랐으나 굳이 그 얘기를 꺼내지는 않았다. 그의 머리카락이 하루아침에 변해버린 이유는 이미 전해 들었기 때문이다.

"그런데 자네, 정말 많이 변했군."

손책이 용운을 눈부신 듯한 표정으로 보며 말했다.

"하하, 그래? 이제 나도 많이 늙었지?"

"아니, 너무 안 늙어서 약 오를 지경이야. 내가 변했다고 한 건 분위기 같은 거야. 좀 더…."

손책은 차가워졌다고 말하려다 단어를 바꿨다.

"원숙해졌다고나 할까?"

예전의 용운은 환한 빛을 내뿜는 태양과 같았다. 그 따뜻한 빛에 홀린 여러 인재들이 그에게 모여들었다. 그에 반해 지금은 시린 은빛 달처럼 보였다. 범접하기 어렵지만, 신비롭고 외로워 보여 언제까지고 바라보고 싶고 지켜줘야 할 것 같은 달. 또 한편으로는 더 넉살이 좋아진 것 같기도 했다. 예전에는 다소 쭈뼛거리면서 존대했던 것 같은데, 지금은 몇 년 만에 보는데도 편한 친구처럼 손책 자신을 대하고 있었다.

둘은 아버지끼리의 우정으로 처음 연을 맺었다. 손견은 용운의 아버지 진한성이 이 세계로 와서 처음이자 마지막으로 마음을 준 친구였다. 손견 사후, 진한성은 책임감 때문에 용운을 방치하면서까지 구강으로 내려와 손책을 돌봤다. 손책은 그 은혜를 잊지 않고 용운이 위기에 처했을 때 기꺼이 군사를 출격시켜 돕기도 했다.

'아니야.'

용운은 용운대로 손책을 보면서 자꾸만 차가워지려는 마음을 가다듬었다.

'이 손책은 그 실패했던 과거와 다른 손책이야.'

시공복위를 최초로 발동하기 전. 용운은 유표에게 대패를 당하고 충성스러운 가신들을 대부분 잃었으며 자신도 죽음의 위기에 처했다. 거기에 결정적인 빌미를 준 게 손책의 배신이었다. 손책은 그 정도로까지 머리를 쓸 위인이 못 된다. 아마 주유의 조언을 따른 것일 테다. 어쩔 수 없는 선택이었다고 해도, 그때의 배신감과 아득한 절망감은 가슴에 또렷이 새겨졌다.

하지만 시간을 되돌려, 지금은 완전히 다른 역사를 만들어냈다. 그런데도 자꾸 손책에게 묘한 거리감이 생겼다. 아마 그 기억을 잊지 못한 데다 과거의 그때와 비슷한 상황인 까닭이리라. 손책과 힘을 합쳐 유표와 싸우고 있다는. 또 그렇게 사라진 과거조차 완벽하게 기억하는, 용운 자신의 저주받은 재능 탓이기도 했다.

"용운, 어디 안 좋은가?"

손책의 물음에, 퍼뜩 정신이 든 용운은 얼른 말을 돌렸다.

"아니, 괜찮아. 잠깐 뭐가 떠올라서…"

"아, 봉효 일은 정말 유감이네. 조의를 표하네."

"고마워. 본인이 택한 일이니까 미안해할 필요는 없어. 그보다 공근의 상태는 어때?"

손책이 우울한 표정으로 답했다.

"우리 군의의 실력으로는 간신히 숨을 붙여놓는 게 고작이었네. 사방으로 사람을 풀어 의원을 수배하긴 했네만…"

용운은 침상 옆으로 다가가 주유를 내려다보며 말했다.

"안 그래도 그 일로 왔어. 내게 화타라는 용한 의원이 있거든. 가히 천하제일이라고 할 만한데, 그에게 일러 공근을 좀 살펴보게 할까 해서."

"오오!"

손책은 용운의 두 손을 꼭 잡고 눈을 빛냈다.

"내 화 선생의 명성은 익히 들었네. 그렇게만 해준다면 그 은혜는 잊지 않…"

"화 선생은 분명 공근을 구할 수 있을 거야. 대신 조건이 있어."

"조건?"

"이 강하성을 우리에게 내줘."

손책의 얼굴이 살짝 굳었다.

"지금 내게 공근의 목숨을 두고 거래를 하자는 말인가?"

"거래가 아니라 다짐을 받아두는 거야. 어차피 강하성은 내가 가장 아끼던 책사, 곽가의 희생으로 얻은 거니까. 거기에 사린이

와 사마중달도 내 사람이지. 외부 세력이라면 육가의 가주 육백언 정도인데, 그도 손가 소속은 아니고. 즉 강하성을 얻는 과정에서 손가가 한 일은 아무것도 없어."

"…그런 얘기를 꼭 지금 해야겠나?"

"미안하지만 지금 해야 해. 주유가 무사했다면 분명 강하성의 권리를 주장했을 테고 자넨 거기 따랐을 테니까."

잠시 용운을 노려보던 손책이 한숨을 내쉬었다.

"변해도 너무 변했군. 겉모습만 변한 게 아니었어."

"십 년 넘는 세월이 흘렀고 내게도 많은 일이 있었어."

아무리 손가를 도우러 온 입장이지만, 용운은 곽가의 희생으로 얻은 성을 거저 넘기기 싫었다. 그런 감정적인 부분을 떠나 전략상으로도 그랬다.

'사마의도 강하성의 권리를 반드시 주장하라고 충고했지.'

용운의 뇌리로 사마의와 나눴던 대화가 스치고 지나갔다. 곽가의 장례식 직후의 일이었다.

"설마 직접 오실 줄은 몰랐습니다."

둘만 있게 된 자리에서 꺼낸 사마의의 말에, 용운은 다른 대답을 했다.

"미안해, 중달."

"뭐가 말씀입니까?"

"네 가문의 일…."

"아아, 그건 전하께서 미안해하실 일이 아닙니다. 아버지와 동생들이 죄를 지은 건 사실이니까요."

"그래도…."

"저 때문에 전하께서 처벌을 망설이셨다면, 오히려 전 실망했을 겁니다. 그런 행위는 다른 가문의 반발을 불러오고 궁극적으로 유주국에도 독이 됩니다."

용운은 말하는 사마의를 끌어당겨 꽉 안았다. 이 예쁜 녀석.

잠깐 당황해서 입을 다물었던 사마의가 물었다.

"왜 이러십니까?"

"네 아버지의 뜻이 아니었어. 숙달(叔達, 사마부)도 아마 그랬을 거야. 두 사람은 성수라는 위원회의 사술에 조종당해서 그런 짓을 벌인 거야. 그걸 깨닫고서 자진… 한 거고…. 그러니까 네 아버지는 아무 잘못이 없어. 오히려 마지막까지 내게 미안해하고 널 걱정하면서 눈을 감았다. 그러니까 그냥 슬퍼해도 돼."

"…그렇게 말씀해주셔서 고맙습니다."

사마의는 잠깐 눈을 감았다가 떴다.

"충분히 슬퍼했으니 이만 놔주시겠습니까?"

용운은 사마의를 풀어주며 투덜거렸다.

"쳇, 지금껏 긴장하고 있었던 내가 바보 같군. 유주성에서 널 불러들이라는 의견도 있었는데, 그 말을 했던 이들이 널 보면 부끄러워지겠어."

"크큭. 보나 마나 제 관상 따위를 두고 떠들었겠지요."

"어라, 알고 있었어…?"

"언젠가부터 절 보는 눈길들이 이상해지더군요. 전 그냥 편한 대로 고개를 돌렸을 뿐인데 말입니다. 일단 낭고의 상이라는 말 자체가 웃깁니다. 늑대는 무리의 우두머리에게 충성하는 짐승이라고 하니까요."

"그, 그런가?"

"물론 그 우두머리가 늙고 쇠약해지기 전까지지만 말입니다. 후훗."

"하하…."

용운은 어색하게 웃었다. 그때, 표정이 진지해진 사마의가 말했다.

"그보다 중요한 일이 있습니다."

"뭔데?"

"지금 바로 손백부에게 가서 강하성의 권리를 주장하십시오."

"뭐…? 하지만 지금 주유도 쓰러지고 해서 백부가 정신이 없을 텐… 아!"

"바로 그래서 지금 가셔야 한다는 겁니다. 이유도 이미 깨달으신 것 같군요. 강하성은 형주에서도 요지 중의 요지. 이곳을 기점으로 양주를 도모할 수도 있고 형주에 영향을 끼칠 수도 있습니다. 언젠가 남쪽도 평정하실 거라면 지금 포석을 깔아두셔야 합니다."

"으음…."

"그리고 실은… 제가 유비 세력을 끌어들이면서 전쟁이 끝나면 그를 형주왕에 앉히겠다고 약속해버렸습니다."

"뭐라고?"

용운은 어처구니없다는 표정을 지었다. 그래도 사마의의 얼굴은 변화가 없었다.

"어쩔 수 없었습니다. 아군 전력이 절대적으로 부족한 상태에서 그의 힘을 빌리려면 그 정도 미끼는 필요했거든요."

"그래서?"

"그 약속 때문에라도 강하성을 미리 점해둬야 합니다. 유현덕이 나중에 진짜로 형주왕이 된다고 해도, 그렇게 되기 전에 우리가 미리 차지한 성들은 그의 것이 아니게 되니까요."

"그래….'

용운은 사마의를 책망할 기분도 들지 않았다. 애초에 소수정예를 보내기로 한 건 자신이었으니. 또 어차피 유비와는 형주를 놓고 한 번 더 싸워야 할지도 몰랐다. 그를 완전히 복속시키지 못하는 한에는. 용운의 표정이 살짝 가라앉았다.

"아무튼 머리로는 충분히 이해가 가는데… 이렇게까지 해야 하나 싶네. 친우의 목숨이 위태로워 마음이 산란한 틈을 찔러야 한다니."

"어쩔 수 없습니다. 그게 스승님의 죽음도 헛되이 하지 않는 길입니다."

용운은 그 말에 마음을 정했다.

"네 말이 옳아, 중달. 가문에 변고가 일어나고 스승을 잃었는데도 유주국의 다음 행보를 생각한다. 떨어져 있는 사이 많이 성장했구나."

"황공합니다."

"총군사 자리를 언제까지고 공석으로 둘 수는 없지. 이제 네가 유주의 총군사다."

여기에는 사마의도 흠칫 놀랐다.

"예? 아니, 저는 아직…. 문약(순욱) 님이나 공달(순유) 님도 계시고…."

사마의의 나이 올해로 서른. 어리진 않았지만 유주국이라는, 천하의 삼 할을 차지하고 있는 거대 세력의 총군사가 되기에는 다소 경륜이 부족해 보이기도 했다. 용운은 진지함과 장난스러움이 섞인 기색으로 말을 이었다.

"아니, 너여야 한다. 유주의 총군사는 나나 내 장수들과 더불어 전장에 나서서 직접 모든 것을 보며 싸움터를 지배하는 자여야 하거든. 문약이 없으면 내가 이렇게 자리를 비울 수도 없고 국정이 엉망이 될 테니 안 돼."

"그건 그렇지요…."

"공달도 지사로서 제 영토를 다스리고 운영하는 일에 더 재미를 붙인 것 같아. 무엇보다 둘 다 나이가 들어서 전장을 따라다니지 못해. 네가 총군사가 되어주었으면 좋겠다."

사마의의 몸이 가볍게 떨렸다. 과연, 그런 중책을 내가 맡을 수 있을까? 아니, 맡고 싶다. 맡아서 해내고 싶다. 여포 봉선, 조운 자룡, 장료 문원, 장합 준예, 마초 맹기. 그 밖에도 무수한 맹장들. 그들의 힘을 마음껏 이용할 권리가 생기는 것이다. 그리고 무엇보다….

'나의 지략으로 직접 이분을 천하의 주인에 한발 가까워지게

할 수 있다.'

사마의는 천천히 고개를 끄덕였다.

"최선을 다하겠습니다."

"좋아. 그럼 나도 너의 첫 번째 책략을 실행하러 다녀오도록 하지."

이렇게 해서 용운은 손책을 찾아오게 된 것이다. 다만, 친구로서의 정으로 거기에 한 가지를 추가했다. 강하성을 얻는 대가로 주유를 치료해주겠다는 것.

한동안 말없이 용운을 바라보던 손책이 입을 열었다.

"좋아. 대신 공근을 반드시 살려야 할 것이네."

"알겠어. 들어오세요, 화 선생."

용운이 부르자, 곧바로 화타가 들어왔다. 그는 들어오자마자 손책에게 예를 표하는 둥 마는 둥 하고 침상으로 다가가 주유의 맥을 짚었다.

"실례. 먼저 환자의 상태부터 보겠습니다."

"그러시오. 뭐든 필요한 게 있으면 말씀하시오."

손책은 화타의 그런 점이 오히려 마음에 들었다. 최선을 다해 환자에게만 집중할 것 같아서였다.

화타는 고개도 돌리지 않고 말했다.

"두 분 다 이만 나가주시겠습니까? 외상 치료도 해야 해서 주변에 사람이 없는 게 좋겠습니다."

"그러지요. 나가지, 백부."

손책은 용운에게 이끌려 나가기 전, 한 번 더 주유를 보면서 생각했다. 널 살릴 수 있다면 성 하나쯤은 얼마든 포기할 수 있다고.

손책의 암묵적인 양보하에 강하성은 유주군 체제로 정비되기 시작했다. 손가의 참모와 책사들은 불만이 가득했으나 대놓고 따질 수도 없었다. 지금 상황에서 유주군이 철수해버리면 필패라는 것을 그들 자신도 잘 알았기 때문이다. 무엇보다 당장 양양성에서 출격한 유표의 정예군이 다가오고 있었다. 모두 힘을 합쳐 강하성을 방패 삼아 맞서도 모자란 판에 성의 주인을 놓고 싸울 틈이 없었다.

바쁜 와중에 용운에게는 중요한 일이 기다리고 있었다. 바로 포로가 된 유표의 장수들에 대한 것이었다.

"데려오세요."

용운은 오라로 묶인 장수들이 끌려 나올 때 곧바로 대인통찰을 시전했다. 그리고 그 면면에 놀라지 않을 수 없었다.

'문빙, 이엄, 곽준에… 황충까지?'

이 정도로 다수의 인재를 한 번에 얻을 기회는 흔치 않았다. 유표의 장수들이 출진한 뒤, 의견이 맞지 않았던 장소와 장굉 등은 시상을 떠나 장사로 돌아갔다고 한다. 둘 다 야전 체질이 아닌지라 건강이 나빠진 이유도 있었다. 그래도 그 덕에 전투에 휘말리지 않고 빠져나간 셈이었다. 제갈근은 시상을 찾아왔던 괴월의 전갈로, 태수가 되어 강릉으로 떠났다. 그것만이 다소 아쉬울 뿐 실로 만족스러운 상황이 아닐 수 없었다.

'좋아, 이제 이 사람들을 어떻게 설득한다?'

용운은 상황이 어려운 가운데서도 최대한 생포하라는 자신의 명을 충실히 지킨 가신들에게 진심으로 감사했다.

등용 시도

장연은 병사들을 배치하여 강하성 대전을 지키고 있었다. 또 용운의 바로 옆에는 위연이 버티고 서 있었다. 용운은 일단 끌려 나온 형주 장수들의 결박을 직접 하나하나 풀어주었다. 그들은 이상하다는 눈빛으로 용운을 보았다.

'대담한 건가, 생각이 없는 건가?'

'유주왕 정도 되는 자가 머리가 비었을 리는 없고.'

'여기 갑자기 나타난 것부터 정상은 아니다만.'

넷 다 한가락 하는 자들이라, 이때 용운을 인질 삼아 탈출할 수도 있겠다고 순간적으로 생각했다. 그런데 어쩐지 섣불리 움직이기가 어려웠다. 용운의 근처에 있던 2호 위연은 그들의 생각을 짐작하고 코웃음을 쳤다. 그는 이제 자신의 주인이 얼마나 강한지 잘 알고 있었다. 위연이 보기에는 저들 넷이 한꺼번에 덤벼도 용운의 털끝 하나 건드릴 수 없을 것 같았다. 용운은 무기를 들기는커녕 갑옷조차 입지 않고 태평스러운 표정으로 오라를 풀었다. 네 장수는 이를 자기들 나름대로 해석했다.

'저 호위의 기도가 심상치 않으니 엄청난 강자이거나, 숨겨둔 한 수가 있는 것이 분명하다. 일단은 상황이 어떻게 돌아가는지 살펴보자.'

그들이 혼란스러워하는 사이, 용운은 대인통찰로 본 장수들의 능력치를 떠올려보았다.

	문빙	
무력 武力 : 92		정치력 政治力 : 70
통솔력 統率力 : 88		매력 魅力 : 84
지력 智力 : 78	수성 守城 철벽 鐵壁 기습 奇襲 수군 水軍	호감 好感 : 45

	이엄	
무력 武力 : 85		정치력 政治力 : 74
통솔력 統率力 : 85		매력 魅力 : 55
지력 智力 : 78	인맥 人脈 분기 奮起 진압 鎭壓 돌격 突擊	호감 好感 : 60

	곽준	
무력 武力 : 68		정치력 政治力 : 64
통솔력 統率力 : 86		매력 魅力 : 75
지력 智力 : 78	수성 守城 기습 奇襲 분전 奮戰 불굴 不屈	호감 好感 : 35

무력 武力 : 95	황충	정치력 政治力 : 55
통솔력 統率力 : 84	노익장 老益壯 신궁 神弓 선봉 先鋒 돌격 突擊 분기 奮起 용맹 勇猛	매력 魅力 : 76
지력 智力 : 68		호감 好感 : 58

'크, 오랜만에 본 멋진 수치들이었어.'

용운은 장포 소매로 입가를 살짝 닦았다. 하마터면 침이 흘러 나올 뻔했기 때문이다. 서서에 이어 이게 얼마 만의 대량 인재 영입인가. 유표군 최고의 명장들답게 넷 다 우수한 능력치와 특기들을 보유하고 있었다. 다들 모든 능력치가 고루 높은 편인 만능형이라는 게 인상적이었다.

그중에서도 가장 눈에 띄는 사람은 문빙과 황충이었다. 용운은 기억의 탑을 열어, 두 사람에 대한 정보를 꺼냈다. 정사와 관련된 자료였다.

'문빙은 유표 사후 조조의 수하가 되어 바로 이 강하성의 태수를 맡았다. 그런 뒤로 무려 삼십 년 동안 오나라의 공격으로부터 국경선인 강하를 지켜냈다. 유표 밑에 있었을 때도 북방의 수비를 담당하고 있었고 말이야. 그래서인지 수성과 철벽, 방어와 관련된 특기를 두 개나 가졌군.'

용운은 오래전부터 병마용군을 제외한 보통 사람의 '특기'에 대해 상세히 알 수 있었다. 이는 그가 가진 천기, 경새전뇌(競賽電腦)

덕이었다. 경새전뇌는 강력하면서도 특이한 힘이었는데, 특정 대상을 전뇌화, 즉 게임화하여 보게 해주는, 그의 정체성과도 같은 패시브형(자동 적용형) 천기였다. 장담컨대 현재 천하를 통틀어 이런 힘을 가진 자는 용운이 유일할 터였다.

용운은 그간 수많은 사람을 만나고 거느렸다. 그런 만큼 이제 어지간한 특기는 어떤 역할을 하는지 다 파악하고 있었다. 그러나 이번에는 드문 특기가 여럿 있었으므로, 오랜만에 경새전뇌를 이용해 내용을 파악해봤다. 지력이 높아지면서 방법은 더욱 간단해졌다. 이전에는 따로 '상태'를 적용하는 등 번거로웠지만, 지금은 해당 특기를 생각하기만 하면 곧장 이어서 특징이 떠올랐다.

시간을 멈추고 움직이는 시공권. 공간 자체를 파괴하는 공파권. 특정 지점으로 세계를 회귀해버리는 시공복위.

이런 무시무시한 천기들에 비하면, 경새전뇌는 상대적으로 초라해 보일 수도 있었다. 그러나 그저 상대를 본 다음 생각하는 것만으로 그의 장기를 다 알게 된다는 것은, 사람을 쓰고 전쟁을 치르는 데 있어서는 그야말로 가공할 만한 능력이 아닐 수 없었다.

'철벽. 전선을 방어 태세로 전환했을 때, 아군 전체의 방어력이 증가하고 사기 및 충성도가 상승한다고? 휘유, 과연 방어에 특화된 장수답네. 영토 경계선이 넓어지는 만큼 수비해야 할 영역도 커진다. 학소 혼자로는 역부족이야. 문빙을 반드시 영입해야겠다.'

다음은 황충이 가진 특기 차례였다.

'황충은 아무 특기가 없다 해도 영입했을 테지만.'

그는 《삼국지》의 이름난 명장답게 특기를 여섯 개나 가지고 있었다. 특히 '노익장'은 고유 특기, 즉 모든 장수 중 단 한 사람만 가지고 있는 특기가 분명했다. 신궁만 해도 극히 희귀한 유니크 특기였으며, 선봉 특기도 흔치 않았다.

'어디, 노익장…. 나이가 들수록 무력과 지력이 상승하며 용맹 특기의 효과가 높아진다? 이 효과는 계속 지속되다가 수명이 다하기 오 년 전부터 점차 감소한다… 라. 이건 뭐, 엄청나네!'

즉 황충은 이제부터 계속 더 강해지는 일만 남았다고 봐도 좋았다. 게다가 그가 가진 '용맹' 특기 자체가 전투 시 공포 효과에 면역되고 무력이 상승하는 것이었다. 거기다 선봉장이 됐을 때 사기가 오르고 행운이 높아지는 '선봉' 특기까지 적용, 그를 선봉장으로 활용하면 그야말로 특기의 연쇄작용이 일어난다. 현대식의 게임 용어로 표현하자면 콤보가 터지는 것.

'역시 황충도 꼭 필요해. 아니, 이 네 사람 다 먹… 이 아니라, 가질 거야. 이런 기분 오랜만이라고.'

용운은 이런 생각들을 끌려온 유표의 장수들을 손수 풀어주고 잠깐 훑어보는 사이에 모두 끝냈다. 그러고 나니 이들이 왜 사마의의 책략에 당해 패배했는지 더 잘 이해가 갔다. 우선 지키는 데 능한 문빙을 선봉으로 세운 것부터가 실수였다. 굳이 나아가 싸우게 하려면, 그의 '수군' 특기를 활용하여 물을 전장으로 삼았어야 했다. 또 황충의 장기가 아무리 궁술이라 해도 그는 성향 자체가 선봉장이다. 그런 황충을 맨 뒤쪽에다 배치했다고 들었다. 거기서 활은 안전하게 쏠 수 있었는지 몰라도, 그의 힘을 삼 할은 깎아먹은 거나 다름없었다. 이 모든 것은 결국 하나로 귀결되었다.

'책사의 부재.'

장수들은 유주군의 수가 적은 데 방심하여 참모 없이 자기들만으로 출진하였다. 그들과 동행했던 책사들이 곽가 같은 전투 참모 유형이 아닌 것도 한몫했다. 문사에 가까운 장소, 장굉 등은 처음부터 장수들과 삐걱댔고 제갈근은 전장에 직접 나가길 꺼렸다. 그래도 넷 다 지력은 낮지 않은 편이라 함정에 쉽게 걸리지는 않았을 테다. 그들을 끌어들인 장대한 함정의 설계자가 바로 현재 지력이 99에 달하는 사마의였다는 게 그들의 불운이었다.

'까딱했다간 나도 걸린다고, 지금의 중달 녀석에게는. 큭.'

또 책사가 없으니 '간파', '통찰' 등 적의 계략이나 함정을 알아보는 자도 없어 수치 보정(수치의 차이를 줄여주는 효과)조차 받지 못했다.

'이래저래 걸려들 수밖에 없었군.'

이것으로 또 한 가지가 확실해졌다. 서령이라는 여자는 《삼국지》를 어느 정도 아는 건 맞았다. 나름 유표 휘하에서 이름난 명장들만 골라 내보낸 게 그 증거였다.

'허나 딱 거기까지.'

그들 각자의 개성이나 장기에 대해서는 전혀 몰랐다. 알았다면 문빙에게 선봉을 맡기고 황충을 후방에 두라 명하는 우를 범하지 않았을 것이다.

'성을 지킬 때 능력이 강화되는 '수성'과, 상황이 불리해질수록 방어력이 오르는 '불굴' 특기. 곽준은 이 두 가지를 다 가졌다. 따라서 문빙과의 궁합은 최상. 문빙과 곽준이 시상을 보급기지 삼아 지키며, 황충과 이엄으로 하여금 때때로 나아가 싸우게 했다면 전선은 아직도 그 부근에 머물러 있었을지도 몰라.'

물론 이는 어디까지나 가정이었다. 유주의 장수들 역시 내로라하는 명장들이라 저 특기들을 상쇄할 또 다른 특기를 보유했기 때문이다. 같은 특기라면 수치가 높은 쪽이 우세한데, 유주군 장수들은 모두 수치 괴물로 성장했다. 거기에 변화를 일으키는 존재가 바로 책사이며, 책사들의 특기는 장수들과는 또 달랐다.

'전투란 그래서 재미있는 법이지.'

대충 파악했으니 이제 이들을 포섭할 차례였다. 용운의 주의는 각 장수들의 호감도로 쏠렸다. 우직한 성격의 문빙과 곽준은 호감도가 낮았다. 당장 지금도 용운 자신을 적대시하는 게 느껴졌다. 그래도 본래 역사에서 유종이 항복할 때, 조조 밑에 들어간 전력이 있는 문빙의 호감도가 곽준보다는 조금 더 높았다. 투항에 대한 거부감이 그나마 적다는 의미였다.

반면, 이엄은 이미 호감도가 60에 달했다. 이는 거의 항복할 준비가 됐다는 의미였다. 그는 정사에서 유표 밑에 있다가, 조조가 형주를 빼앗았을 때 유장에게 귀순했다. 그 후 유비가 유장을 공격해오자, 또 곧장 유비에게 항복해버린 역사적 기록이 있었다.

'그래도 촉나라에서는 끝까지 충성하여 거의 이인자의 자리에 올랐으니 간신이라거나 줏대가 없다는 정도까지는 아니지만, 원래 모시던 주인보다 훨씬 매력 수치가 높거나 상성이 잘 맞는 대

상을 만나면 마음이 흔들려버리는 타입. 그에게는 유비가 바로 그런 주군이었다. 그리고 지금은.'

용운의 매력 수치는 그간 꾸준히 늘어나 이제 무려 107에 달했다.

'내가 가장 이상적인 주군처럼 느껴질 테지.'

아나나 다를까 이엄은 용운이 나타난 순간부터 혼자서만 유독 그에게서 눈을 떼지 못했다. 어떤 경로로든 용운에 대한 소문을 들었을 터. 눈으로 직접 본 순간 강렬하게 이끌렸을 것이다. 대인통찰로 다시 확인해보니 그새 호감도가 68까지 올라가 있었다.

'특이한 건 황충인데…. 지조 없는 사람이 아님에도 불구하고 이미 호감도가 58이란 말이지. 아직 난 아무것도 안 했는데.'

황충은 유주군과의 전투 도중, 성월과 활 솜씨 대결을 펼쳐서 패했었다. 성월은 용운이 그를 갖고 싶어 했던 걸 염두에 두고, 충분히 죽일 수 있었음에도 양어깨를 맞히는 데 그쳤다. 이를 눈치챈 황충은 복잡한 심경이 되었다. 그 일로 가뜩이나 마음이 흔들렸는데, 포로가 된 동안의 처우도 나쁘지 않았다. 아니, 오히려 매우 관대하다고 할 수 있었다.

황충은 은혜를 입거나 신세 진 일을 잊지 못하는 성격이었는데, 성월에게는 무려 목숨 빚을 지고 말았다. 반면, 유표와의 관계는 그리 돈독하다 하기 어려워 딱히 신세 졌다고 할 만한 것도 없었다. 황충은 이래저래 용운 쪽으로 마음이 기울었다. 그런 사실을 알 리 없는 용운은 황충의 호감도가 예상보다 높은 게 신기했다.

'음, 아무튼 이엄과 황충은 어렵지 않을 것 같고 문제는 곽준이

네…'

용운은 초창기만 해도 특급 이상의 장수와 책사들만 탐내 수집했다. 하지만 시간이 지나고 영토가 넓어질수록 허리 역할을 하는 중진급 인재들이 얼마나 중요한지 절실히 깨달았다. 특급 장수들은 져서는 안 되는 전투에 내보내야만 했으며 특급 책사들은 늘 바빴다. 온갖 행정 업무를 맡은 특급 문사들도 마찬가지였다. 소규모의 국지전이나 일정 지역의 방위, 도적의 토벌 등 소소한 임무를 맡길 무장. 특급 장수의 부장 역할을 수행해줄 무장. 국가나 군 단위의 경영이 아니라, 제한된 특정 분야나 사무를 맡길 문관. 그런 이들이 절대적으로 부족해진 것이다. 그나마 청무관과 태학 등을 운영했기에 망정이지, 안 그랬다면 인재 고갈에 허덕였을 것이다. 그런 사실을 체감한 이상, 황충이나 문빙은 말할 것도 없고 이엄과 곽준 정도의 장수라 해도 결코 포기할 생각이 없었다. 아니, 그런 정도가 아니라 훌륭한 재목들이었다.

'이엄 같은 경우는 잘 키우면 대장군급까지도 만들 수 있으니까. 실제 촉나라에서 그랬듯이.'

특급 아래의 일류나 중진급 장수들을 포섭하여 허리 역할을 맡기고 성장시켜서 후대를 도모한다. 그러면서 또 새 인재들을 발굴해낸다. 사람 중심의 용운에게는 이거야말로 중요한 일이었다.

그때, 용운을 노려보던 곽준이 성난 기색으로 소리쳤다.

"그대는 유주와 기주라는 드넓은 영토로도 모자라서 이 형주에까지 손을 뻗치려는 것인가? 욕심이 과하구나!"

이엄은 왜 저러냐는 듯한 시선으로 곽준을 봤다. 문빙은 말없이 용운을 가만히 바라보고 있었다. 아무래도 그의 사람됨을 가늠해보려는 듯했다. 황충은 눈을 지그시 감은 채 생각에 잠겼다.

'중막(仲邈, 곽준의 자) 저 사람이 깨끗하게 죽을 자리를 찾는 게로구먼.'

곽준은 본래 대쪽같이 꼿꼿한 면이 있었다. 포로가 되어 굴욕을 당하거나 아군을 곤란하게 할 바에는, 용운을 도발하여 그의 손에 죽는 게 낫다고 여기는 것이다. 한데 모두의 예상과는 달리 용운은 전혀 노한 기색을 드러내지 않았다. 그는 특유의 부드러운 어조로 말했다.

"그리 나쁘게만 보지 마십시오. 물론 이제는 형주를 칠 수밖에 없게 되었습니다만, 본래는 어려움에 처한 백부를 도우려는 생각뿐이었습니다. 그게 아니었다면 그대들도 이미 알듯이 그토록 적은 수의 병력만 보내진 않았겠지요. 유주국에서 동원 가능한 군사의 수는 오십만. 대군을 일으켜 일거에 쓸어버리면 그만이니까요."

용운은 말하면서 병력을 슬쩍 과장했다. 물론 오십만 군대를 일으키는 게 불가능한 일은 아니었다. 유주국은 정규군만 이십만에 달했으며, 각 군마다 따로 치안대가 존재했다. 그들을 다 동원하면 오십만을 채우기엔 충분했다. 하지만 그러고 나면 한동안 나라 전체가 휘청거릴 터였다. 진군로도, 보급로도, 물자도 모든 게 문제였다.

그러나 아직 젊은 곽준과 이엄 등은 그 숫자에 내심 놀라는 표정이었다. 유주국이 이만큼 강함을 알려줌과 동시에 유표와 싸우는 자신의 입장을 설명하려는 의도였다.

"생각 이상으로 전쟁이 길어지고 규모도 커져서, 내가 아끼는 장수들이 어려움을 겪는다는 얘길 듣고 마음이 급해져 먼저 달려온 겁니다."

그러자 황충이 처음으로 입을 열었다.

"당신 한 사람이 온다 해서 특별히 달라질 게 있단 말입니까?"

"그럼요. 당장 이 강하성을 손에 넣지 않았습니까?"

"으음…."

"뿐만 아니라 왕이 적진에 가 있으니, 유주국의 내 신하들은 하루라도 빨리 대군을 파견하려고 혈안이 되어 있을 거예요. 이곳에 와 있는 가신들도 덩달아 사기가 오를 테고."

수하들이 걱정되어 아득히 떨어진 적의 영토 한가운데까지 왕이 직접 나선다. 결코 쉽지도, 흔하지도 않은 일이었다. 황충은 무거워진 어조로 대꾸했다.

"그렇다 해도 어리석은 짓입니다."

"하하, 제 한 몸 지킬 힘 정도는 있습니다."

"하지만 동시에 용기 있고 고결한 일이기도 합니다. 당신의 신하들이 부럽습니다."

용운은 따뜻한 눈으로 황충을 보며 말했다.

"부러워만 하지 말고 내게 오면 되잖아요? 그럼 나는 그대가 위험에 처했을 때도 기꺼이 적진까지 찾아가 구할 거니까요."

순간, 황충뿐만 아니라 장내에 있던 모두가 말문이 막혔다. 장연은 얼굴을 살짝 붉히면서 혀를 찼다. 어쩐지 지금 황충의 기분을 알 것 같았다.

'저분, 또 혹 들어오네.'

이토록 노골적이면서도 은근한 회유라니. 마치 사내가 여인을 꼬이는 듯하여 뭔가 부끄러우면서도, 이상하게 진심임이 느껴져 가슴이 두근거리고 벅차기도 했다. 얼굴이 벌게진 황충이 헛기침을 했다. 끌려온 장수들의 감시 겸 용운을 지키려고 그 자리에 있던 장연은 속으로 생각했다.

'나도 저기에 껌뻑 넘어가서 인생을 저당 잡혔지. 솔직히 처음에는 진짜 내 이상형의 여인인 줄 알아서였고…. 전하께서 사내라는 걸 알았을 때는 이미 벗어나기에 늦은 후였어.'

그는 그 일을 조금도 후회하지는 않았다. 다만, 용운 옆에서 가늘고 길게 살고 싶긴 했다. 유주 사천왕까지는 바라지도 않고, 용운의 맹장 중 하나로 천하에 명성을 떨치고 후대에도 그 이름을 남기는 게 지금 그의 목표였다. 장연의 옆에 있던 부장 강두가 불쑥 말했다.

"꿈 깨쇼, 두목. 솔직히 두목이 맹장 과는 아니잖습니까? 장기는 기습이요, 특기는 도주인데."

"누가 뭐랬냐? 잠깐, 너 어떻게 알았냐?"

"표정만 봐도 무슨 생각을 하시는지 보입니다. 제가 두목을 모신 게 몇 년인데요."

"그러고 보니 너, 사망곡에서 싸울 때 용케 살았다?"

"아니, 무슨 그런 섭섭한 말씀을…."

황충은 용운의 말에 고개를 푹 숙였다. 마음은 거의 넘어갔다.

문제는 명분과 자존심. 곽준이 보는 앞에서 저런 말 한마디에 주군을 저버린 신하가 되고 싶지는 않았다. 아무리 유표가 자신에게 무관심했다 해도, 어쨌든 그가 주는 녹봉을 받아먹고 그의 명에 따르면서 살았으니까. 거기에 대한 최소한의 예의는 지켜야 할 게 아닌가.

황충의 기분을 알아챈 용운이 속으로 생각했다.

'이제 2단계, 명분 만들어주기다.'

그는 불현듯 목소리를 달리하여 말을 꺼냈다.

"한데 여기 와서 이상한 정보를 입수하지 않았겠습니까?"

은은한 분노가 느껴지는 딱딱한 음성. 방금까지만 해도 부드럽기 짝이 없는 목소리였기에 그 변화가 더 크게 느껴졌다. 용운이 뭔가에 분노하고 있음을 누구라도 알 수 있었다. 이엄이 눈치를 보며 조심스럽게 물었다.

"이상한 정보라니요? 그게 뭔지⋯."

"혹 성혼교에 대해 알고 계십니까?"

순간, 모두 어리둥절한 표정이 됐다. 형주는 성혼교의 교세가 그리 크지 않은, 얼마 안 되는 지역 중 하나였다. 그때 뜻밖에도 문빙이 그 물음에 답했다. 그는 북부에 머무르는 동안 성혼교에 대한 여러 소문을 들었다. 실제로 교인을 접하기도 했다.

"제가 어느 정도는 알고 있습니다."

"내가 아는 것과 같은지 모르겠군요."

"아마 거의 같을 것입니다."

"간단히 얘기해보세요."

문빙은 얼떨결에 성혼교에 대해 설명했다.

"별을 섬겨 그 기운을 받는다고 주장하는 종교로, 익주와 내륙 쪽에서는 무섭게 교세를 확장하여 전성기의 황건적을 넘어선 지 오래입니다. 교인들은 교세 확장을 위해서라면 물불을 가리지 않으며, 장차 성혼교인의 나라를 세울 거라고 공공연히 떠들고 다닙니다."

이엄이 짐짓 놀라는 척하며 맞장구쳤다.

"아니, 그건 역도의 무리가 아닙니까?"

눈치 빠른 그는 용운이 왜 성혼교 얘기를 꺼냈는지 이미 어느 정도 짐작하고 있었다. 용운 또한 그런 이엄을 보면서 생각했다.

'어쭈, 제법 센스 있네. 좋아. 기억해두지.'

용운은 고개를 끄덕이며 말을 받아 이었다.

"맞습니다. 특히 우리 유주국에 있어 성혼교는 한 하늘을 이고 살 수 없는 원수죠. 얼마 전에는 사술을 써서 사마 가문의 반란 을 유도하여, 유주국에 큰 피바람을 불러일으키기까지 했으니까 요."

문빙은 그 사건에 대해 괴월에게 들은 바가 있어 심각한 얼굴 로 고개를 끄덕이기만 했다. 그게 성혼교가 벌인 일이었다니. 역 시 가문이 멸문되다시피 했는데도 그 사마중달이라는 책사가 배 반하지 않은 이유가 있었다. 용운이 행한 일이 아니라 성혼교의 짓이었으니까. 결국 고육계에 당한 것이다. 제 가문의 비극까지 책략으로 이용하다니, 실로 무서운 자로구나. 이런 생각을 하던 문빙은 흠칫 놀랐다.

"한데 총관이라 불리면서 형주목의 총애를 독차지하는 여자, 서령이라는 그 여자가 바로 성혼교의 숨은 고위 간부라고 하더 군요."

문빙은 예전부터 서령에 대해 불만이 많았다. 한데 막상 그녀가 성혼교도라는 말을 듣자 쉬 믿기지가 않았다. 네 장수는 잠시 침묵했다. 그러다 곽준이 떨리는 목소리로 맨 먼저 반발했다.

"그… 그럴 리가 없소."

"혹시 그 여자가 나타난 뒤로 형주목이 변했다고 느끼지 않았습니까? 지나치게 그녀에게 의존함은 물론이고 흐리멍덩해졌다거나, 그렇지 않다면 광폭해졌을 겁니다. 또 간혹 이해가 안 가는 행동을 하거나 괴이한 사술을 쓰는 것처럼 보일 때도 있고요."

문빙뿐만 아니라 곽준의 표정까지 점점 심각해졌다. 그들 넷모두 비슷한 생각을 하고 있었다.

'지나친 정도가 아니라, 오직 서령의 말만 듣고 한시도 그 여자에게서 떨어지지 않는다.'

'가끔 흐리멍덩해 보일 때가 있는가 하면, 때로는 무섭게 분노하실 때도 있다. 지난번에 황조 공을 직접 죽이려고 한 것처럼.'

'괴이한 사술…. 인간이라고 보기 어려울 정도로, 손 하나가 사람만 한 크기일 정도로 주공은 거대해지셨다.'

용운의 모든 말이, 그들이 보아온 유표의 모습과 정확히 일치했다.

하루 전.

용운은 이런 얘기들을 다름 아닌 진명에게서 들었다. 벽력화 진명. 천강 제7위의 고위 위원회로, 한때 용운과 목숨을 앗을 기세로 싸웠었다. 그 과정에서 진명은 용운의 반천기에 당해 한 팔을 잃기도 했다. 패배 후, 그는 속내를 읽기 어려운 송강의 책망이 두려운 한편, 부상 후유증으로 정신이 불안정해진 호연작이 회에서 버림받을까 걱정되었다. 이에 익주로 돌아가지 못하고 떠돌아다니다가, 호연작의 광증을 누군가 고쳐준 걸 계기로 그와 함께 지내게 됐다. 그 사람이 바로 왕찬. 비록 외모는 난쟁이에 추남이지만, 건안칠자의 한 사람이자 순간기억능력을 가진 천재 대학자였다. 왕찬과 함께 있으면서, 또 변해가는 호연작의 모습을 보면서 진명은 '사명'에 대해 오래 고심했고 생각이 많이 바뀌었다.

'무의미한 일.'

이것이 최종적으로 그가 내린 결론이었다. 명나라 대였으면 몰라도, 지금은 무려 천 년 전의 삼국시대. 아주 사소한 일 하나가 역사를 크게 바꾸듯, 아무리 철저히 미래를 대비해도 그 상태를 천 년이나 유지할 순 없다. 지금 만든 제국이 천 년 후의 미래까지 버티라는 보장이 없는 것이다. 처음에는 왜 이 생각을 못 하고 싸워대기만 했을까. 마치 뭐에 홀리기라도 한 것처럼.

'심지어 이제는 제국을 만들기조차 어려워졌다. 이 시대 사람들의 힘은 생각 이상으로 강했어. 무엇보다 진용운이라는 거대한 벽이 있는 한 그 일은 불가능에 가깝다.'

진명은 불교의 가르침과 왕찬이라는 사람 자체에 많이 감화되었다. 나중에는 사천왕으로 분해 어려운 이들을 돕기까지 했다. 그러다 형주로 파견 중이던 유주군을 만났고, 오해 끝에 싸우기도 했으나 극적으로 화해했다. 왕찬은 그때 만난 곽가와의 대화 끝에, 하비태수가 되어 용운을 섬기기로 결심했다. 자연히 진명 또한 용운을 따르는 모양새가 됐다. 그의 병마용군인 윤하는 어차피 그의 뜻대로. 이미 왕찬 없이 살 수 없게 된 호연작도 순순히 가담했다. 사실, 그녀는 용운에 대한 기억 자체를 거의 잃어버린 후였다. 이규와 비슷한 경우다. 무엇보다 뇌가 녹아내리는 끔찍한 고통을 덜어주고, 비뚤어진 성격조차 포용해준 왕찬은 그녀에게 구원이나 마찬가지였다.

'설마 했는데, 진짜였네.'

용운은 그들에 대하여 곽가에게서 미리 전해 듣고, 오는 길에 하비성에서 차출하였다. 강력한 전력이 되리라는 기대에서였다. 한데 막상 천강위들을 거느리자 기분이 묘했다. 특히 온순해진 호연작은 좀체 적응이 되지 않았다. 광기에 차 웃으면서 하마터면 청몽을 죽일 뻔했고 용운 자신도 때려죽이려 하던 모습이 아직 생생한데 말이다. 강하성 공략 당시, 진명, 호연작 그리고 윤하는 내성 밖에서 수백에 달하는 수비군을 도륙, 함락에 큰 도움을 주었다. 그들은 기대대로 강했다.

진명은 곽가에게서 깊은 인상을 받았고, 있을 곳을 만들어준데 대해 고마움도 느꼈었다. 거기에 대해 곽가에게 인사를 하기도 했었다. 그 곽가가 강하성에서 숨을 거뒀다고 들었다. 몇 분만 빨리 성안으로 들어가봤어도 마지막으로 만나볼 수 있었을 것을. 실로 애석했다. 어찌 보면 진명 자신의 운명을 바꿔준 남자였으니까. 강하성을 함락한 후, 진명은 형주를 좌지우지하는 장본인이 서령이란 말을 들었다. 그는 용운에게 이런저런 정보를 알려주었다.

"서령 그 여자는 전부터 직접 나서는 대신 남자를 휘둘러 조종하기를 좋아했어. 싸울 때도 직접 손발이나 제 능력을 쓰는 게 아니라, 희한한 무기를 이용하는 것처럼 말이야."

"또 다른 특징은 없나요?"

"으음, 한때 노준의 옆에 붙어서도 그런 짓을 하려고 들었어. 나중에 눈치챈 노준의에게 차이긴 했지만, 아무튼 그때 패왕공이라는 아주 성가신 무공을 전수받았지. 노준의가 잠깐 그 여자에게 넘어갔을 때."

"패왕공이요?"

"경지가 높아질수록 덩치가 커지는 희한한 무공인데, 반드시 남녀 간의 정사를 통해서만 무공에 필요한 구결과 진기가 전해지거든."

"아, 정사… 요."

"아마 유표가 서령과 꼭 붙어살다시피 한다면, 같이 잔다는 소리지. 십중팔구 그 패왕공을 익혔을 거야. 또 다른 잡술이나 무공을 배웠을 수도 있고. 그게 이 시대의 사람들에겐 이해하기 어려운 사술로 보일 테지. 실체가 아니라 기가 형상화한 것이지만, 덩치가 점점 커진다니, 얼마나 기괴해 보이겠어?"

용운은 고개를 끄덕였다.

"고마워요, 진명. 많은 도움이 됐어요."

"뭘. 그나저나 참 신기하네. 그렇게 못 죽여서 안달이던 진한성의 아들과 편을 먹다니…"

"저도 마찬가지예요. 지금이라도 위원장 밑으로 돌아가겠다면 말리진 않겠어요."

용운의 뼈 있는 농담에, 진명은 가볍게 한숨을 내쉬고 턱짓으로 옆의 호연작을 가리켰다. 그녀는 머리 큰 추남에게 찰싹 달라붙어 온갖 아양을 떨고 있었다. 머리 큰 추남은 다름 아닌 왕찬이었다.

"쟤 때문에라도 그러기에는 늦었어."

그때 들은 정보로 용운은 문빙과 곽준 등을 흔들기로 마음먹은 것이다. 알고 보니 자신들의 주군이 사교의 일원에게 홀려 폭정을 저지르고 있었다. 그 사교는 천하에 혹세무민하는 걸로 알려졌으며, 비슷한 모양새로 조조도 당한 전례가 있다.

"심지어 성혼교인 중 하나는 조조의 부친을 살해한 뒤 그 죄를 나의 의형제인 조자룡 장군에게 덮어씌워, 결과적으로 전쟁을 일으키기까지 했습니다. 당시 분노에 눈이 먼 조조는 복양성에서 끔찍한 대학살을 벌였고요. 그런 존재가 지금 형주를 휘어잡고 있는 겁니다."

용운의 말에 곽준은 침음을 흘렸다. 그래도 그의 말만 믿고 유표에게서 등을 돌리기에는 미진한 부분이 있었다. 어디까지나 말뿐이지, 증거나 증인이 없지 않나. 곽준이 굳은 얼굴로 말했다.

"난 뭐라도 그 증거를 내 눈으로 보기 전까진 믿기 어렵소. 그대가 우릴 현혹하려는 게 아니라고 어찌 알겠소?"

용운은 어금니를 지그시 악물었다. 거참, 깐깐하네. 당신 수명은 마흔 살이야. 사인이 병사였으니까 내 밑에 들어와서 관리받아야 몇 년이라도 더 오래 살 가능성이 생긴다고!

용운이 이렇게 곽준을 보며 답답해할 때였다. 누군가 대전 안으로 들어서면서 낭랑한 목소리로 말했다.

"제가 그 증인이 되고 증거도 보여드리지요."

"아?"

그를 본 용운이 눈을 휘둥그레 떴다.

속 수어지교(水魚之交)

"제가 그 증인이 되고 증거도 보여드리지요."

갑작스러운 목소리에 좌중의 시선은 한순간 그쪽으로 쏠렸다.

대전으로 들어온 건 모두 네 사람이었다. 맨 앞에 선 자는 흰 피부에 청수한 외모의 눈빛이 맑은 훤칠한 청년이었다. 그 청년 조금 뒤편에는 어딘가 불편해 보이는 가무잡잡한 피부의 미소년이 바짝 붙어 있었다. 맨 뒤에 검먹은 얼굴로 주위를 두리번거리는 거구의 사내가 있었다. 마지막으로 결박된 장년인이 있었는데, 그를 묶은 포승줄 끝은 거구 사내의 손에 쥐어진 채였다.

다소 면면이 괴상했지만, 제지받지 않고 들어섰다는 건 어쨌든 아군이라는 의미였다.

앞장선 청년을 본 용운이 놀란 목소리로 말했다.

"공명?"

"…오랜만에 뵙습니다."

잠깐 뜸을 들였던 청년, 제갈량 공명이 말끝에 덧붙였다.

"전하."

공명이라는 이름에 대전이 잠깐 어수선해졌다.

제갈량 공명. 그 이름은 과거 유주군이었던 이들만 아는 게 아니었다. 형주의 주요 가신인 제갈근의 동생이자, 방통과 함께 유비를 도와 손가군을 궁지로 몰아넣은 젊은 책사. 포로가 된 장수들의 눈빛에는 혼란과 적대감이 동시에 떠올랐다. 제갈량이 용운을 전하라 칭한 탓이었다.

'유현덕이 유주왕에게 붙으면서 그 책사였던 방통, 제갈량, 서서 등이 모두 배신했다더니…. 설마 그 소문들이 다 사실이었단 말인가?'

그들이 들은 소문은 사마의가 일부러 뇌옥에다 흘리도록 한 것이었다. 포로들을 동요시킴과 동시에 방통, 제갈량, 서서가 투항하지 않더라도 돌아갈 곳이 없도록 만들려는 계산에서였다.

주변의 분위기와는 아랑곳없이 용운과 제갈량은 잠시 서로 시선을 마주친 상태로 서 있었다. 마치 두 사람 사이에만 시간이 멈춘 듯했다. 아니, 둘은 실제로 그렇다고 느꼈다.

'완연히 어른이 되었구나, 제갈량.'

용운의 뇌리로 여러 가지 상념이 빠르게 지나갔다. 처음 위연이 어린 제갈량을 구해왔을 때의 희열. 그가 사마의와 함께 태학에서 순조롭게 성장해가는 모습을 지켜보던 흐뭇함. 업성이 함락됐을 당시, 제갈량 형제가 행방불명됐다는 소식을 듣고 맛봤던 슬픔. 그리고 시공복위 후, 적이 되어 자신을 암살하려던 제갈량을 봤을 때의 절망감까지.

'어머니의 죽음에 대한 복수심, 그리고 기회가 왔을 때 숙적 원

소를 격파하겠다는 생각에만 눈이 멀어서 너를 제대로 챙기지 못했구나.'

감회가 새롭기는 제갈량도 마찬가지였다. 그는 마음 깊은 곳에서는 알고 있었다. 용운이 자신에게 무한한 관용을 베풀었음을. 천룡회와 손잡고 암살을 기도했던 일만 해도 그랬다. 흑영대의 손은 거의 대륙 전역에 뻗었으며 흑영대장 전예의 충성심은 익히 알려져 있었다. 그런 일을 벌였던 자가 다른 사람이었다면 결코 무사하기 어려웠으리라. 분명 용운 선에서 막은 것이리라.

용운은 제갈량이 어렸을 때부터 오용이 보낸 자객들의 손에서 구해줬고 머물 곳을 마련해주었다. 무상으로 먹고 자고 입고 배울 수 있게 해줬다. 형 제갈근을 등용하여 일자리를 줬고 노육과 사마의 등 뛰어난 친구들을 사귈 수 있는 기회를 제공했다. 아직 어렸던 만큼 딱히 능력을 보인 것도 아닌데, 일방적인 호의와 애정을 베풀었다.

'그런데 난 그런 이에게 등을 돌렸다.'

나름대로 그럴 만한 이유는 있었다. 제갈량은 용안을 얻은 다음, 여기까지 오는 길에 곰곰이 생각해봤다.

'업성이 함락되고 형주로 온 뒤부터였어.'

그는 꾸준히 용운에 대해 부정적인 내용을 접하고 주입받았다. 특히 아버지나 마찬가지였던 형 제갈근의 영향이 컸다. 거기에 새로운 스승, 수경선생 사마휘도 가세했다. 더 무서운 점은 그저 용운을 매도한 정도가 아니라, 제갈량 스스로 그가 위험한 인물이라고 믿게 만들었다는 것.

'아주 조금씩 내 눈과 귀를 통해 독을 부어 넣었다. 의심스러운 자료를 자연스럽게 보여주고 지나가는 말처럼 참언(讒言, 거짓으로 꾸며 남을 모함함)했다. 하필 그 무렵 전하께서는 오환과 고구려를 받아들이는 등 천하의 유생들이 다 우려할 만한 일들을 진행하고 계셨다. 난 그때 아직 어렸고…. 무의식중에 생각이 바뀔 수밖에 없었어.'

제갈량 자신이 오랜 시간에 걸쳐 생각한 끝에, 용운이 위험한 존재라고 판단한 것처럼 착각하게 만든 것이다. 그랬던 것이 갑자기 기억이 일시에 해방되면서 풀렸다. 오래전 월영이 미리 넣어둔 일종의 칩이었으나 제갈량은 거기까진 미처 몰랐다. 그녀가 뭔가 안배를 해뒀다는 사실만 어렴풋이 깨달을 수 있었다. 짧은 시간이었지만 둘 사이에는 많은 상념과 대화가 오갔다. 신기하게도 상대가 무슨 생각을 하는지 뚜렷이 알 수 있었다.

— 죄송했습니다, 전하. 제가 어리석었고 너무 늦었습니다.

— 괜찮아. 이제라도 돌아왔으니까. 나야말로 형주까지 힘을 쓸 여력이 없어 널 방치해둬서 미안하구나.

— 심지어 전하의 목숨을 노리기까지 했습니다.

— 신경 안 써. 진심이 아니었을 거다. 결정적인 상황이 됐다면 넌 날 해치지 못했을 거야. 내가 그랬듯이.

용운은 그러면서 자연스럽게 대인통찰로 제갈량의 능력치를 파악했다. 그를 의심해서라기보다 못 본 사이 얼마나 성장했는지 궁금해진 것이다. 그 결과는 용운을 크게 흡족하게 만들었다.

	제갈량	
무력 武力 : 45		정치력 政治力 : 92
통솔력 統率力 : 92	용안 龍眼　제사 祭祀	매력 魅力 : 94
	발명 發明　간파 看破	
지력 智力 : 99	반계 反計　내정 內政	호감 好感 : 95

'하하, 그래. 이게 제갈량이지!'

오직 제갈량만 가지고 있는 고유 특기가 무려 두 개. 특기에 대해 살펴보던 용운은 흠칫 놀랐다. 바로 '용안'이라는 심상치 않은 이름의 특기 때문이었다.

'살아 있는 것들의 운명과 본질을 파악하는 능력…?'

순간, 용운은 제갈량의 미간 사이에서 이상한 걸 보았다. 세로로 찢어진 눈이 잠깐 나타났다 사라진 것이다. 한데 무섭다기보다는 오히려 묘한 친근감이 들었다.

'보는 거냐?'

이제 용운에게는 사랑하는 아내와 딸이 생겼다. 목숨 바쳐 충성하는 가신들은 더욱 많아졌다. 그래도 그는 마음 한편이 늘 허전하고 외로웠다.

'날 보는 거야?'

아버지 진한성이 사라진 이후, 자신을 진정으로 이해하는 자가 남아 있지 않다는 공허감 탓이다. 가신들이 아무리 용운을 경애해도 그들은 이 시대의 사람들이라는 한계가 존재했다. 모든 걸 털어놓고 말할 수 없다는 벽. 그러나 제갈량은 이제 그런 자신의 본질을 꿰뚫어보는 듯했다. 굳이 설명하지 않아도.

'내가 어떤 존재인지 알아보는 건가, 공명?'

제갈량은 용운을 '보려고' 해서 본 건 아니었다. 용운이 먼저 기이한 시선으로 자신을 관찰한다고 느꼈다. 불쾌하거나 무섭진 않았지만, 모든 게 낱낱이 읽히는 기분이었다. 그러자 절로 용안이 발동하여 용운의 진짜 모습을 보여주었다. 그걸 본 제갈량은 놀라서 비명을 지르지 않으려고 애썼다.

'전하, 당신, 당신은 대체….'

이제야 모든 게 이해가 갔다. 용운의 신비롭기까지 한 예지력과 시대를 뛰어넘는 사고방식, 그리고 그의 파격적인 행보들이.

'이게 운명이었던가?'

어떤 면에서는 제갈량 자신과도 같았다. 그는 이제 모든 걸 기억해낸 어린 시절, 월영이라는 신비로운 여인으로부터 불가해한 지식을 습득한 적이 있었다. 그녀가 수학, 화학, 물리학 등으로 칭하던 것들. 이 시대의 사람들은 알지도, 이해하지도 못할 학문이었다. 그 지식을 드러내지 않으려 애쓰면서 조심스레 사용해왔다. 기억을 되찾기 전까지는 어디서 익혔는지조차 모를, 근원을 알 수 없는 것들이었으며, 자칫 배척당할 수 있다고 본능적으로 느꼈기 때문이다.

하지만 이제는 마음껏 활용해도 될 것 같았다. 적어도 용운의 밑에서는.

'내가 마음껏 헤엄칠 수 있는 거대한 물을 찾았다. 앞으로 난 그 안에서만 숨 쉬고 자유롭겠구나.'

군신이 진정으로 서로를 이해하고 받아들이는 순간. 그 만남은 서로에게 없어서는 안 될, 물과 물고기의 관계(수어지교)가 되었다.

길지 않은 시간이었으나 그 광경을 매우 인상적으로 받아들인 이가 있었다. 마침 용운이 형주의 장수들을 심문하고 받아들일 과정이 궁금하여 들렀던 사마의였다. 그는 어두운 눈빛으로 용운과 제갈량 사이에 오가는 생각과 감정의 교류를 바라보았다.

'난 저기에 끼어들 수 없다는 건가.'

문득 어릴 때 알 수 없는 열패감을 안겨준 광경이 떠올랐다. 제갈량을 목말 태운 채 앞장서 걸어가던 용운의 뒷모습이었다. 그때의 기분이 되살아났다. 사마의는 소리 내지 않고 다시 대전을 빠져나갔다. 그런 그의 등을 용운이 보았다.

'중달?'

퍼뜩 정신이 든 용운이 입을 열었다.

"그대는 제갈근의 아우인 제갈량 공명이로군."

"그렇습니다, 전하."

"형주로 떠난 뒤 유표 밑에 있다가 최근에는 유현덕을 따랐다고 들었는데."

제갈량은 진상을 감추고 드러난 일만 말했다.

"사망곡의 전투 때 유현덕 님과 함께 전하에게 투항했습니다. 그런 뒤 형님을 좀 모셔오느라 인사가 늦었습니다."

"그랬군."

용운이 간단히 답했다. 이미 아는 사실이었다. 대전의 인물들에게 강력한 적이었던 제갈량이 어째서 아군이 됐는지 납득시키기 위한 언행일 뿐이었다. 다만, 끝에 뼈가 있는 한마디를 덧붙였다.

"참으로 먼 길을 돌아왔군. 결국 이렇게 내게 오게 될 것을."

제갈량은 저도 모르게 쓴웃음을 지었다.

"그러게 말입니다."

"아까 하던 말을 계속하지. 스스로 증인이 되겠단 말인가, 공명?"

"아닙니다. 증인은 바로 이 사람입니다. 저의 벗인…."

제갈량의 말을 듣던 갈색 피부의 미소년이 한 발 앞으로 나섰다.

"한때 성혼교의 고위 장로였던 연청이라 합니다."

용운은 그를 내려다보면서 눈을 가늘게 떴다.

'위원회, 천강위.'

연청 또한 용운을 지그시 마주 바라보았다.

'내가 진용운과 이렇게 마주할 날이 올 줄이야.'

직전까지만 해도 연청의 마음속에는 작은 망설임이 있었다. 제갈량에게 이 세계에서의 인생을 맡겨보기로 했으나, 한때 몸담았던 곳이자 그의 모든 것이었던, 그리고 여전히 거기서 받은 힘을 가진 입장에서 회를 배신하기란 쉽지 않았다. 그러나 그 마지막 망설임은 제갈량이 자신을 호위도 하인도 아닌 벗이라고 소개하는 순간 사라졌다.

"뭐? 성혼교의 장로였다고?"

"저 어려 보이는 소년이?"

연청의 말에 좌중이 일시에 술렁였다. 손을 들어 그들을 진정시킨 용운이 물었다.

"한때라는 건, 지금은?"

"여기 제갈공명에게 감화되어 교를 나온 지 오래입니다. 지금은 공명님의 호위무사로 있습니다."

"그랬군. 어떻게 증인이 되겠다는 거죠?"

"바로 이것."

연청은 오른팔을 내밀고 소매를 걷어 별 모양의 문신을 드러내 보였다.

"성혼교에 투신한 이들은 예외 없이 이 문신을 새깁니다. 별의 은총을 입었다는 표식입니다."

그가 눈짓하자 거구의 사내가 포승줄을 잡아당겨 제갈근을 끌어냈다. 제갈량은 거구의 사내를 가리키며 말했다.

"아, 소개가 늦었습니다. 이 사람은 마충이라고 합니다. 강릉에서 이곳으로 오는 도중 성혼교도들의 습격을 여러 차례 받아 위태로웠는데, 마충이 도와주어 무사히 벗어날 수 있었습니다. 그 뒤로 동료가 됐습니다."

마충은 용운과 제갈량을 번갈아 곁눈질했다. 특히, 용운을 볼 때는 매우 두려워하는 기색이었다.

용운은 고개를 끄덕였다. 이미 마충의 정체는 대인통찰로 확인했다. 그리고 매우 놀란 참이었다.

'마충은 정사에도 기록이 단 한 줄에 불과한 자. 하지만 그 한 줄이 관우와 관평, 조루를 모두 붙잡았다는 내용이다. 과연, 이렇게 보니 범상치 않은 인물이었구나. 그가 제갈량과 마주쳤다는 사실도 놀랍고. 아마 반장 밑에서 병사가 되려고 가던 길이었을 테지. 이 또한 바뀐 역사가 만들어낸 운명의 장난인가?'

무력 武力 : 100

통솔력 統率力 : 38

지력 智力 : 32

마충

괴력난신 怪力亂神
기습 奇襲
포박 捕縛

정치력 政治力 : 12

매력 魅力 : 45

호감 好感 : 51

마충의 다른 능력치는 다 처참한 수준이었다. 단, 100에 달하는 무력 수치가 그것을 보완하고도 남았다.

'거기다 특기는 세 개뿐이지만 그중 하나가 고유 특기야!'

괴력난신. 일정 시간 동안 원래 힘의 수십 배에 달하는 괴력을 발휘하는 능력이라고 파악되었다. 거기에 포박 특기까지 가진 까닭에 역사에서 관우 부자를 사로잡을 수 있었던 모양이다. 제갈량이 돌아온 것만도 기쁜데 뜻밖의 수확을 얻었다.

"마충."

"마충, 용님 말 듣는다."

제갈량의 지시를 받은 마충이 포승줄에서 제갈근의 한 팔을 억지로 뽑아냈다.

"에잇, 이거 놓거라. 괴물 놈아!"

"마충은 괴물 아니야. 마충이야."

그리고 저항하는 그를 꾹 눌러 붙잡고 그 팔의 소매를 걷었다. 그러자 그 안에서 연청의 그것과 같은 별 문신이 선연히 드러났다.

"아니!"

놀란 것은 대전에 있던 장연 등의 유주군만이 아니었다. 문빙을 비롯한 형주 장수들이 더욱 놀랐다. 특히, 곽준은 제갈근을 죽일 듯 노려보고 있었다. 그가 떨리는 목소리로 말했다.

"확실히 자유(子瑜)는 주공을 가까이에서 모시는 자요. 허나 그가 성혼교인이라 해서 총관 서령도 그렇다는 증거는 되지 못하오."

그의 말을 제갈량이 잘랐다.

"아니, 이게 증거라고 저의 형님에게 모욕을 줘가면서 드러낸 게 아닙니다. 그저 성혼교인은 반드시 별 문신을 했다는 증인 연청의 말을 뒷받침하려던 것이지요."

제갈근은 이를 악물고 고개를 숙였다. 그의 모습은 전혀 연극 같지 않았다. 무엇보다 멀쩡히 유표의 총애를 받는 그가 굳이 스스로를 성혼교도라고 꾸밀 이유가 없었다.

"증인이 나섰으니 증거를 보여드릴 차례군요. 제가 제시할 증거는…."

제갈량은 곽준을 똑바로 쳐다보며 말을 이었다.

"바로 당신입니다, 준막(仲邈, 곽준의 자)."

"뭐…?"

문빙과 황충, 이엄 등이 곽준을 바라보았다. 그들의 표정은 황망하기도 하고 어리둥절한 것처럼 보이기도 했다. 곽준은 천천히 고개를 저으며 대꾸했다.

"대체 무슨 근거로 그런 말을…. 아무리 패장이라 해도 예의는 지켜주셨으면 하오."

"아니라면, 소매를 걷어 손목을 보여주시지요."

"허허, 그러지. 어이가 없구먼."

소매를 걷는 것 같던 그가 별안간 몸을 팽이처럼 회전하며 치솟았다. 동시에 경비 중이던 병사 하나의 창을 낚아채 들고 용운에게로 쇄도했다. 너무도 갑작스럽게 벌어진 일이라 위연조차 미처 대응하지 못했다. 성공을 확신한 곽준이 차갑게 읊조렸다.

"교의 공적. 죽여주마."

쩡! 그런 곽준의 몸이 허공에 뜬 상태로 멈췄다. 용운의 눈동자가 은빛으로 번쩍였다. 시공권을 발동한 것이다. 급습을 가해온 곽준의 움직임은 대인통찰로 확인한 무력 수치를 훨씬 상회했다. 아무래도 그 순간 다른 뭔가가 작용한 듯했다. 예컨대 문제의 성수(聖水)라거나.

'헐, 곽준이 성혼교에 포섭되어 있었어? 이건 나도 미처 예상 못 했네. 제갈근은 그랬을지도 모르겠다고 생각했지만….'

용운은 자신에 대한 상대의 적의나 호의를 호감도 수치로 판별한다. 문제는 사마방처럼 용운에게 호감을 가졌어도 해가 되는 행동을 할 수도 있다는 것, 또 지금처럼 다른 이유로 호감도가 낮으리라고 용운이 착각할 가능성도 있다는 거였다.

'수치를 파악했다고 해서 완벽한 건 아니구나.'

곽준이 내찌른 창날 끝이 용운의 눈, 한 치 앞에 와 있었다. 용운은 태연히 창을 쳐서 치워버리고 다른 한 손으로 곽준의 배를 올려쳤다. 쾅! 그러면서 시공권이 해제되었다. 곽준은 천장에 등을 부딪혔다가 바닥에 추락하여 고꾸라졌다. 좌중의 인물들은 모두 어안이 벙벙해졌다. 용운이 어떤 수로 공격을 막고 곽준에게 반격했는지 전혀 못 봤기 때문이다.

'역시 우리 전하는 짱이시다.'

그나마 용운의 초인적 능력에 익숙해진 장연이 얼른 뛰어나가 곽준의 소매를 걷었다. 그리고 정신을 잃고 축 늘어진 그의 한쪽 팔을 의기양양하게 들어 보였다.

"여기 별 문신이 있습니다."

그게 다가 아니었다. 곽준의 품을 더 뒤져보자 작게 접힌 얇은 양피지가 나왔다. 거기에는 누군가가 곽준에게 지시한 내용이 적혀 있었다. 그것을 장연이 큰 소리로 읽었다.

"포로가 됐다는 소식은 들었다. 문, 이, 황이 투항하지 못하게 하고 그럴 눈치가 보이면 미리 제거하라. 모든 상황이 여의치 않을 경우, 유주왕을 암살하고 자결하라. 교에서 그대에게 내린 은혜와 힘을 잊지 마라."

장연은 성난 기색으로 양피지를 팽개치면서 거친 욕설을 내뱉었다.

"감히 전하를…. 이걸 쓴 놈인지 년인지 몰라도 내 손에 붙잡히면 육시를 내주지."

평소 유들유들한 그에게서 보기 드문 모습이었다. 그만큼 분노한 것이다.

문빙, 이엄, 황충 등은 큰 충격에 빠졌다. 곽준을 포함해 자신들을 직접 뽑아 전장으로 보낸 이는 총관 서령이었다. 그 과정에 유표는 전혀 개입하지 않았다. 제갈근 또한 처음에는 서령에게 비판적이었다가 갑자기 태도가 바뀐 사람이었다. 급기야 시상에서 호출받아 강릉태수로 가기까지 했다. 표면적으로는 유표의 명이었으나 그게 서령의 뜻임을 모르는 이는 없었다. 모든 정황이 그녀가 성혼교도임을 나타내고 있었다.

이미 마음이 기울어 있던 이엄이 이를 갈았다.

"사교의 장로년이… 감히 주공을 현혹하고 우리까지 이용해?"

황충은 깊이 탄식했다. 한 여인에게 형주 전체가 놀아나다시피 한 것이다. 무려 십 년이라는 긴 세월을.

'성혼교, 정말로 무서운 자들이로구나.'

병사들은 즉각 달려들어 곽준을 포박했다. 대전에 한동안 서늘한 침묵이 감돌았다. 손가의 장로 격인 손분이 들어와 급보를 알려온 건 그때였다. 그는 손견의 형인 손강의 아들로, 손견 사후에도 손책을 충실히 모셨다. 정보 수집과 정찰 능력이 뛰어나 진한성에게도 종종 정보원 노릇을 하곤 했었다. 이제 머리가 희끗희끗해지고 주름도 깊어졌지만, 여전히 현역에서 활약하고 있었다. 다만, 전처럼 직접 정보원 노릇을 하진 않고 주유를 도와 각지에서 들어온 정보를 해독하는 일을 주로 해왔다.

"송구합니다, 용운 님. 몹시 위급한 일이 있어 실례를 무릅쓰고 끼어들게 되었습니다."

"백양(伯陽, 손분의 자) 님, 무슨 일이지요?"

용운은 순간적으로 화타가 주유를 살려내지 못했나 하는 생각에 가슴이 철렁했다. 그러나 손분의 입에서 나온 말은 전혀 다른 내용이었다.

"양양에서 출진한 적 정예부대가 빠른 속도로 진군해오고 있습니다."

"…그건 이미 알고 있던 정보 아닌가요?"

"부대의 이름도 밝혀졌습니다. 서령이 강자들만 모아 새로 창설한 부대로, 황금철기대라 하더군요."

그 또한 알고 있었다. 그들 일부와 강하성에서 싸워보기도 했다. 황금철기대 두세 명만 모여도 위연이 고전할 정도로 강한 자들이었다. 그렇다고 해도 이게 급보 같지는 않았다. 용운은 살짝 고개를 갸웃거렸다.

"다른 내용이 더 있겠지요?"

"그렇습니다. 그 황금철기대 약 삼만이…."

침을 꿀꺽 삼킨 손분은 분노와 두려움이 뒤섞인 목소리로 내뱉었다.

"장릉, 안륙, 석양 등 오는 경로에 위치한 성의 백성들을 닥치는 대로 죽이고 있다 합니다!"

상상조차 못 한 일이었다. 용운은 진심으로 경악했다.

"뭐… 라고요? 아니, 형주의 백성들이잖아요. 대체 왜?"

그들을 죽여봤자 결국 동원 가능한 노동력과 병력만 줄어드는 결과를 낳는다. 형주 입장에서는 확실한 손해인 것이다.

"확실한 이유는 아직 알 수 없으나, 아마도 면구와 강하성에서 전투가 벌어졌을 때 적극적으로 나서서 돕거나 싸우지 않았다는 이유인 걸로…."

손분이 거기까지 말했을 때였다. 누군가의 노한 포효가 그의 말문을 막았다. 사자후의 주인공은 바로 이제껏 묵묵히 있던 황충이었다.

"서령, 네 이녀어어언!"

죄 없는 백성들의 죽음도 물론 원통하고 분노할 일이나, 안륙에는 황충의 일가가 살고 있었다. 그가 용운에게 쉽사리 투항하지 못한 이유 중 하나이기도 했다. 노성을 토해낸 그는 떨리는 목소리로 손분에게 다급히 물었다.

"정녕 생존자가 없단 말이오? 한 사람도?"

"…안타까우나 그러합니다. 특히, 안륙성이 제일 심합니다. 그 손속이 어찌나 잔혹한지 살아 움직이는 것이라면 닭 한 마리, 개 한 마리, 쥐새끼 한 마리조차 남아난 게 없다고…."

"크흑…!"

잠시 고개를 숙였다가 든 황충이 비장한 목소리로 외치다시피 말했다.

"유주왕 전하!"

"말씀하세요, 한승(漢升)."

"한 가지만 약조해주신다면 이 황한승, 앞으로 유주왕 전하를 충심으로 따르겠습니다."

"뭔지 말씀해보세요."

"서령을 비롯한 성혼교를 형주에서 말살하여 억울하게 죽은 이들의 복수를 할 수 있게 해주시고 형주목이 정신 차릴 수 있도록 도와주십시오. 신하였던 입장에서 미리 알아차리지 못하여 부끄럽기 짝이 없지만, 최소한 그분이 조맹덕과 같은 역사에 길이 남을 과오를 저지르게 해선 안 됩니다. 그것은 성혼교만의 만행이 돼야 합니다."

"그게 바로 내가 하려던 일이에요."

황충은 즉각 정중히 포권해 보였다.

"지금부터 전하께 충성을 다하겠습니다."

결국, 서령의 폭거가 늙은 사자를 깨우고 말았다. 피붙이들을 모조리 잃었으니 그 분노가 얼마나 흉험하랴. 곧 그 뒤를 문빙과 이엄도 따랐다. 마침내 명분이 갖춰지고, 황충을 비롯한 장수들은 용운에게 완벽히 투항했다. 하지만 그랬다고 마냥 좋아할 정도로 용운은 냉혈한이 아니었다.

'놈들에게 무슨 일이 벌어진 거냐?'

그 일뿐만 아니라, 적군이 벌써 석양현에 도달했다는 사실도 충격적이었다. 보고대로라면 황금철기대의 진격 속도는 한 사람한 사람이 가히 조조의 장수 하후연 급이라는 얘기가 된다. 그런 자들 삼만이 모인 군대라는 것이다. 우선은 황금철기대의 원인 모를 폭주의 이유를 파악하는 게 급선무였다. 용운은 투항한 장수들에게 즉각 임시 직책을 내렸으며, 제갈량은 부군사에, 연청은 제갈량의 경호대장에, 마충은 연청 아래의 교위에 임명했다.

또한 사마의를 불러 대책을 논하는 한편, 모든 장수가 임전 태세를 갖추게 하였다.

강하성의 분위기가 급박하게 돌아가기 시작했다.

다가오는 결전

형주, 양양성.

형주에서 가장 규모가 큰 성이자 유표가 기거하는 형주의 치소(행정의 중심지)이기도 하다. 그곳 대전에서 총관 서령이 분통을 터뜨리고 있었다.

"으아아악! 이 빌어먹을!"

그녀는 소리를 지르고 발을 굴러댔다. 급기야 늘 허리에 차고 있던 괴상한 모양의 쇠붙이를 내던졌다. 쩔그렁! 그것의 정체는 스패너였는데, 이 시대 사람들이 알 리 만무했다. 그보다 여인이 문무백관 앞에서 그런 행동을 하자 모두 가벼운 충격에 빠지고 말았다. 이 시대의 의례 기준으로는 있을 수 없는 일이었기 때문이다. 그렇다고 인상을 찌푸리거나 혀를 찼다가는 유표한테 죽기 십상이었다. 다들 고개를 숙인 채 표정을 관리하느라 바빴다. 더욱 거대해져 이제 머리가 대전 천장에 닿는 유표가 서령을 달랬다.

"그만 마음을 가라앉히게, 서령."

실제로 그렇게 커진 게 아니라 패왕공이라는 무공의 영향이다. 하지만 그 사실을 모르는 가신들에게는 두려울 뿐이었다. 인간 같지 않은 덩치도 덩치지만, 몸이 커지면서 흉포함도 그에 비례했기 때문이다. 그것은 이름 그대로 패도적인 성향을 자랑하는 패왕공의 특성이었다. 강해질수록 점점 커지고 그만큼 난폭해진다. 현재의 유표는 대적할 자를 찾기 어려울 정도였다. 그런 유표를 뜻대로 움직일 수 있는 이는 기를 공유하고 연인으로서 마음도 사로잡은 서령뿐이었다.

겨우 조금 진정한 서령이 태사의 옆에 앉았다.

"이건 미처 예상치 못한 일이네요."

서령에게 전해진 최초의 급보는 제갈량이 제갈근을 납치해갔다는 소식이었다. 그 바람에 강릉에서 출진하기로 한 부대의 발이 묶여버렸다. 황당하긴 했지만, 사실 그것은 표면적으로 보이는 것에 비해 크게 심각한 일은 아니었다. 그들은 양양성에서 보낸 부대보다 턱없이 약하여 보급부대의 성격이 강했기 때문이다.

'애초에 제갈량에게는 성수가 듣지 않는다는 것도 알고 있고.'

문제는 서령이 야심 차게 창설한 황금철기대(黃金鐵騎隊)의 이상 행동이었다. 황금철기대는 개개인이 모두 서령의 작품인 갑옷과 무기를 지녔다. 갑옷은 현대로 치면 방탄조끼의 성능 이상이고 무기의 절삭력은 이 시대의 합금보다 훨씬 뛰어났다. 그것만으로도 조조의 호표기를 능가할 정도였으나, 서령은 거기에 한 가지를 더했다. 바로 교에 대한 복종성보다 '무력'에 더 초점을 맞춰 새로 제조한 성수를 꾸준히 투여한 것이다.

본래 성수 자체에도 마신 자의 체력과 근력을 강화하는 효과가 있었다. 거기에 농도와 투여 방법을 어떻게 조절하느냐에 따라 결과가 달라졌다. 우선, 송강의 인형이 된 유언처럼 스스로의 사고력을 거의 상실하고 시키는 일만 하게 되는 형태가 있다. 이 경우 배신할 염려는 결코 없으나, 말 그대로 전면에 내세우는 꼭두각시의 용도 외에는 거의 쓸모가 없어진다는 큰 단점이 있었다.

다음은 사마방이나 사마부처럼 본인의 이성과 지식은 유지하지만, 성혼교를 절대 진리로 여기게 되고 본인의 행동이 옳다는 신념을 갖게 되는 형태였다. 이 형태는 발각될 염려가 거의 없고, 오랜 세월에 걸쳐 차차 일이 진행된다. 당하는 입장에서는 무섭기 짝이 없는 숨겨둔 칼과 같았다. 단, 신체의 강화 수준이 미미하며 투여 방법이 까다롭고 복잡했다.

성수는 성혼교에서 종종 쓰이지만 무한정 생산되지는 않았다. 특히, 정확한 제조법을 아는 이는 단 두 사람에 불과했다. 위원장 송강과 지살위의 신의 안도전이었다.

'흥, 제조법을 절대 비밀로 한단 말이지. 하지만 내 천기라면, 성수 자체는 못 만들어도 그 비슷한 것을 제조할 설비는 확보할 수 있다.'

서령은 형주로 떠나올 때 미리 챙겨둔 성수를 희석하여 아껴서 사용해왔다. 그리고 지난 십 년간 성수의 구조와 성분을 최대한 파악하여, 자신의 천기인 '제작'과 '금창수'를 이용해 제조 장치를 만들어보려고 애썼다. 남은 성수는 중요하다고 생각되는 인물들에게만 꾸준히 먹였다. 그들이 바로 서령이 나타나기 전까지 유표의 최측근이었던 괴월과 괴량, 제갈근과 제갈량 형제, 형주 선비들의 공경을 받던 수경선생 사마휘 등이었다. 그들의 협력을 얻어 좀 더 쉽게 권력을 차지할 수 있었다.

한데 그러다 보니 이상한 점들이 드러났다. 간혹 성수가 통하지 않는 이들이 나타난 것이다. 대표적으로 제갈량과 방통이 그랬다. 서령이 현대에서 《삼국지》에 별로 능통하지 않았다곤 하나, 제갈량과 방통이 희대의 책사라는 것 정도는 알고 있었다. 따라서 그 둘에게 제일 먼저 성수를 투여했다. 그 결과, 제갈량은 아예 반응이 없다시피 했다. 방통은 며칠 두통으로 앓아누웠다 일어나더니 멀쩡해졌다. 그런 두 사람을 보며 서령은 어이가 없었다.

'성수는 화학물질이 아니라, 나노머신이라는 초소형 로봇이 체내로 들어가서 뇌를 직접 자극하는 원리다. 면역력이나 체질 따위가 작용할 여지가 없다는 뜻이다. 그런데 어떻게?'

서령은 공학 쪽의 지식도 풍부하긴 했으나 과학자라기보다 고급 기술자였다. 아무리 머리를 쥐어짜도 그 이유를 알아낼 수가 없었다. 대신 제갈량의 포섭은 제갈근과 사마휘 등에게 맡기고 자신은 성수의 다른 용도에 착안했다.

'가려 뽑은 병사들의 충성도 수치를 높여서 두려움을 모르게 하고, 자기의식 부분을 약화하는 대신 무력을 강화시키는 건 어떨까? 거기다 내가 만든 장비까지 준다면, 그야말로 명령에는 절대복종하면서 죽음조차 겁내지 않는 무적의 부대가 탄생하는 거

잖아!'

황금철기대는 그렇게 해서 만들어진 부대였다. 먼저 만든 수천 단위의 황금철기대는 강하성 수비와 이민족 토벌 등의 임무를 수행했다. 비록 강하성을 빼앗기긴 했지만, 그들의 능력 자체는 검증됐다고 봤다. 이에 자신만만하게 본대인 삼만의 황금철기대를 출격시킨 거였는데….

'갑자기 폭주해서 살아 있는 것들은 눈에 띄는 족족 다 죽이고 있다니? 실험했을 때는 그런 부작용이 나타나지 않았다. 대체 어느 부분이 잘못된 거지?'

흥분했던 서령은 황금철기대가 그 와중에도 강하성을 향해 진격하고 있음을 깨달았다. 즉 임무에 대한 복종심만은 남아 있는 것이다.

'설마 아군 외의 모든 대상을 적으로 인식하게 된 건가? 공격성이 너무 높아져서?'

그때, 그녀가 진정했음을 눈치챈 괴월이 일어서서 조심스럽게 말했다.

"황금철기대의 학살은 분명 유감스러운 일이나, 전략적으로만 따지면 아군에게 유리할 수도 있습니다, 서 총관님."

서령은 이해가 안 간다는 듯 고개를 갸웃거렸다.

"그게 무슨 말이죠? 이미 형주의 민심이 흔들리기 시작했는데, 아군에게 유리하다니요."

그 물음에 대한 답은 뒤이어 일어선 괴량이 대신했다.

"전쟁에서 이기기만 하면 민심이야 언론과 거짓선전으로 쉽게 움직일 수 있으니 너무 걱정하실 필요 없습니다. 부족해진 노동력은 다른 데서 잡아와 채우면 그만입니다."

서령은 익숙한 현대의 언어에 멈칫했다.

"언론?"

"예. 말(言)을 이용하자는 거지요. 한 사람도 살아남지 못했으니 차라리 잘됐습니다. 증인이 없어진 셈이니 말입니다. 황금철기대에 의해 몰살한 마을 전체가 간자들의 소굴이었다고 공표하는 겁니다. 그렇게 천명하는 방을 내붙이거나 하는 것만으로도 곧 조용해질 겁니다. 백성들은 개, 돼지나 다름없으니까요."

괴량은 무서운 말을 아무렇지 않게 해댔다. 성수에 의해 감정 따위는 배제하고 오직 아군과 성혼교에 유리한 길만 생각하는 것이었다.

"그런가요? 호호. 그럼, 민심은 그렇다 치고 전략적으로는 뭐가 유리해진다는 거죠?"

이번에는 다시 괴월이 말을 이었다.

"손가는 양주와 강남 일대에서 민심을 얻었으므로 그만큼 백성들의 말과 행동을 의식합니다. 유주군 또한 유주왕의 영향으로 백성을 아끼는 경향이 강합니다. 그런 그들이 과연 학살 소식을 듣고도 성안에 들어앉아서 황금철기대를 기다리기만 할까요?"

"아!"

서령은 그가 무슨 말을 하려는지 깨달았다. 강하성은 지키기에 매우 유리한 성이었다. 황조가 탄탄히 수리하고 방비를 해둬서 더욱 그랬다.

'적 연합군은 당연히 성을 방패 삼아 버티려 할 것이다.'

하지만 양양성에서 강하성까지 이어지는 지역 내의 백성들이 모두 죽고 있음을 알게 된다면….

"성 밖으로 나올 수밖에 없겠군요. 황금철기대를 막아 조금이라도 백성들의 희생을 줄이기 위해서. 안 그러면 그들이 몰살할 것을 알고도 내버려두는 셈이 되니 말이죠."

괴월은 천천히 고개를 끄덕였다.

"그렇습니다. 백성을 볼모로 적에게 야전을 강제하는 겁니다. 그리되면 전원이 철기인 황금철기대가 훨씬 유리해집니다."

"호호! 그건 미처 생각을 못 했네요. 확실히 강하성에서 안 나오고 버틴다면 몹시 성가셔지긴 하죠."

듣고 있던 유표가 흡족하다는 듯 말했다.

"과연 나의 지낭(智囊, 꾀주머니를 가리키는 말로 지혜로운 사람을 비유)답구나. 이도(괴월), 자유(괴량)."

둘은 동시에 고개를 조아렸다.

"과찬이십니다, 주공."

지켜보던 다른 가신들은 침음을 삼켰다. 소름 끼칠 정도로 이길 것만을 생각하는 광경, 그 과정에서 백성들의 희생은 아무렇지 않게 여기는 모습이 두려웠다. 이미 여러 개의 성과 촌락이 짓밟혔다고 한다. 특히, 황충의 혈족들이 기거하던 안륙성의 피해가 컸다. 그때쯤에는 황금철기대의 흉성이 극에 달하여, 거의 풀 한 포기 남아나지 않은 모양새였다. 그런 식으로 다른 성들도 하

나씩 초토화됐다. 양양에서 강하성으로 이어지는 경로에는 아직
성 하나가 남아 있었다. 바로 한양이라는 성이었다. 조선시대의
한양과는 음만 같을 뿐 당연히 다른 곳이다.

"연합군은 반드시 한양으로 출진할 겁니다."

서령은 입꼬리를 비틀면서 웃었다.

"알량한 동정심과 정의감 때문에 백성들을 구하겠답시고 말이
에요. 그때 황금철기대가 놈들의 씨를 말려버리고 누가 진정한
형주와 양주의 주인인지 알려주겠지요."

"크하하하! 그대의 말이 실로 옳다."

싸늘해진 대전 안에는 유표의 웃음소리만 울려 퍼졌다.

비슷한 시각, 강하성에서는 안 그래도 이 문제를 놓고 설전이
벌어지는 중이었다.

주유는 화타의 의술 덕에 위험한 고비를 넘겼다. 아직 정신은
돌아오지 않았지만, 열이 내리고 호흡도 안정되고 있었다. 쓰러
진 주유를 대신하여 손가의 군사 역할을 맡고 있는 자는 여범(呂
範)이었다. 그는 주유처럼 절세미남은 아니었으나 용모가 빼어
났고 자태도 보기 좋았다. 자신도 그런 점을 알고 있어 화려한 옷
을 즐겨 입었다. 지략뿐만 아니라 무력도 제법 뛰어나 종종 전투
에 직접 참여하곤 했다. 여범은 어두운 표정으로 회의장의 인물
들에게 설명했다.

"이제 남은 성은 한양이 마지막입니다. 그곳의 백성들도 소식
을 전해 듣고 피란길에 올랐을 테지만, 따라잡히는 건 순식간입

니다. 성에 의지할 수 없게 되었기에 오히려 더 위험해졌습니다."

커다란 덩치와 위압적인 외모와는 달리, 마음이 여린 진무가 조심스럽게 말했다.

"그들을 구하러 나가야 하지 않겠습니까?"

그 즉시 성질 급한 반장이 반론을 제기했다.

"안 될 말! 성에 기대어 싸워도 승리를 장담하기 어려운 판에 나가서 적의 정예를 상대하겠다는 건 자살행위요. 게다가 백성들까지 보호해가면서!"

진무는 조금 더 언성을 높여 항변했다.

"허나 손가의 근본은 백성이오. 훗날 형주를 차지한다 해도 그들을 버리고서 어찌 당당히 다스릴 수 있단 말이오?"

"갑갑한 친구로구먼. 어차피 피란민들은 강하성을 향해 오고 있소."

"아까 자형(子衡, 여범의 자)이 말하지 않았소! 따라잡히는 건 순식간이라고!"

곧 손가의 가신들은 백성을 구해야 한다는 쪽과 강하성에 남아 싸워야 한다는 쪽으로 나뉘어 격론을 벌이기 시작했다. 손책은 어느 쪽 편도 들지 않고 팔짱을 낀 채 눈을 감고 있었다. 용운을 비롯한 유주의 장수들 또한 입을 다물고 뒤로 빠져 있었다. 고심하던 손책이 눈을 뜨더니, 마침 가까이에 있던 이랑에게 물었다.

"누나, 누나라면 어쩌겠어?"

이제 한 세력의 군주이자 삼십 대 후반으로 달려가는 그다. 하지만 이랑과 대화할 때면 늘 어린 시절의 친근한 말투로 돌아갔다. 그때와 조금도 외모가 변하지 않은 이랑을 보노라면 자신도 어려진 것 같은 기분이 들기 때문이었다. 이제 이랑을 비롯하여 청몽과 성월, 사린 등이 평범한 사람이 아니라는 건 그도 내심 깨닫고 있었다.

이랑은 특유의 냉소적인 말투로 대꾸했다.

"너희 손가는 다 겁쟁이야?"

"뭐?"

아무리 손책이 이랑을 연모한다 하나, 그 말에는 얼굴이 굳어졌다. 그러거나 말거나 이랑은 거침없이 말을 이었다.

"그걸 내게 물어본다는 것 자체가 네 마음에 망설임이 있다는 거잖아. 나라면 어쩔 거냐고? 어찌긴. 당연히 주군을 모시고 자매들과 출진해서 황금철기대인지 뭔지 하는 것들을 박살 내버릴 거야."

"하지만 놈들은 강한 데다 무려 삼만에 달하니 성에서 싸워야 유리…."

"이미 여덟 개나 되는 성의 백성들이 죽었어. 백성 없는 땅을 차지해서 다스려봐야 무슨 의미가 있는데?"

"소저의 말이 실로 옳소."

둘의 대화에 누군가 끼어들었으므로 손책과 이랑은 동시에 고개를 돌리고 또 동시에 눈살을 찌푸렸다. 끼어든 장본인은 바로 유비 현덕이었다. 그 뒤에는 늘 그렇듯 관우와 장비가 따랐다.

"백성 없는 땅을 차지하여 다스려봐야 의미가 없다. 캬, 정확히 내 뜻과 일치하는구려. 전에 평원성이라고 해서 백성이 없는 성

하나를 잠시 맡아봤는데 정말 힘들고 허무하더라고. 그나마도 곧 빼앗겼지만."

유비와 용운의 시선이 허공을 격하여 마주쳤다. 전과는 달리 용운은 먼저 묵례하지도, 그렇다고 시선을 피하지도 않았다. 그저 담담한 눈빛으로 유비를 마주 볼 따름이었다. 반면, 용운이 거느린 이들의 면면을 본 유비는 어금니를 지그시 악물었다.

'제갈공명, 서원직(서서)…. 결국 저들도 모두 진용운에게 넘어간 건가.'

맹세코 서서를 일부러 버린 것은 아니었다. 제갈량과 대화하노라면 확실히 생각이 더 잘 통한다는 느낌이 들곤 했다. 그렇다 보니 무의식중에 서서에게 소홀했다. 하지만 합비의 방어를 맡기고 떠난 건 그를 버린 게 아니라 오히려 안전한 곳에 두려는 마음에 가까웠다. 한데 서서는 물론이고 그에게 소홀해진 원인이 되었던 제갈량조차 용운의 옆에 시립해 있었다. 맨 처음 용운 자신부터 해서 노식, 조운, 서서, 제갈량까지 마음이 끌렸거나 탐낸 인재는 모조리 빼앗긴다. 유비의 입장에서는 이가 갈릴 수밖에 없었다.

'지금은 한배를 탄 셈이 됐으니 그냥 넘어가지만, 언젠가는 모두 되돌려받고 말겠다, 진 군사.'

그의 짧은 상념은 손책의 물음으로 끝났다.

"하면 현덕 님은 출진하는 게 옳다는 쪽이오?"

"물론이오, 백부. 이미 출진 준비도 마쳤소."

용운은 그의 목소리를 들으며 생각했다.

'모처럼 우리 생각이 일치하는군요, 유비.'

생각해보면 실로 묘한 인연이었다. 목숨까지 구원받을 정도의 아군이었다가, 먼저 유비가 떠나갔다. 다시 만나 동맹을 맺었는데 배신당했다. 적으로서 한 차례씩 주고받은 다음 이제 다시 동맹이 되었다.

'역시 조조가 왜 당신을 그토록 경계했는지 알겠어요. 당신은 어떻게든 살아남아서 돌아오죠. 허송세월한 것처럼 보이지만, 그 사이 더욱 원숙해지고 강해져서 말이에요. 아마 당신과의 싸움은 끝까지 살아남는 쪽이 이기는 것일지도 모르겠네요.'

용운은 천천히 입을 열었다.

"나도 출진해야겠어, 백부."

"용운⋯."

"손가는 강하성의 방어를 맡아도 좋아. 단, 유주군은 한양으로 출진한다. 난 복양성의 일 이후 맹세한 게 있어. 절대 죄 없는 백성들이 영문도 모른 채 희생당하지 않게 하겠다고."

"⋯."

"하물며 그 수가 수천, 아니 수만에 달함에야 말할 것도 없어. 적이 강력한 정예병이라 하나, 내가 거느린 장수들 또한 하나같이 일당천의 맹장들이야. 여 대공, 자룡 형님, 준예(장합), 맹기(마초), 영명(방덕) 그리고 나의 사매들까지. 이들만으로도 일만 명은 거뜬히 감당할 수 있어."

듣고 있던 손가의 장수들이 웅성거렸다. 마치 자신들은 약하다고 말하는 것처럼 느껴져 자존심이 상한 것이다. 장연은 옆에 있던 부장 강두에게 말했다.

"강두야, 왜 전하께서는 내 이름은 쏙 빼신 걸까?"

"그러니까 말했잖소, 두목. 두목이 솔직히 맹장 과는 아니라고. 막말로 저 중에 제일 어린 마맹기(마초)랑 맞장떠서 이길 자신 있소?"

장연은 대답 대신 강두의 머리를 쥐어박았다.

"아야! 어찌 그러십니까?"

울상 지으며 머리를 어루만지는 강두에게, 장연이 말했다.

"그냥, 겁나 얄미워서."

"……"

한편, 유비는 의기양양해서 용운의 말을 맞받았다.

"흥, 여기 관형과 익덕은 일당천이 아니라 만부부당(萬夫不當, 일만 명으로도 당해낼 수 없다는 뜻. 단, 여기서 만은 단순히 많다는 의미로 쓰이기도 한다)은 될걸? 그럼 벌써 삼만이 채워졌네?"

결국 멀뚱히 있던 손책이 분통을 터뜨렸다.

"이런, 제길! 우리 손가에는 이토록 사람이 없다는 말인가? 아버님께서 아시면 지하에서 통탄하실 일이다. 다 필요 없고 내가 직접 출진하겠다. 나 또한 천 명 정도는 너끈히 처리할 수 있다. 진무, 송겸, 장흠, 너희 셋만 데리고 갈 테니 준비하라."

진무는 신나서 기운차게 답했다.

"옛, 주공!"

강하성을 지킬 것을 주장하던 반장을 비롯, 황개와 정보 등의 노장들은 머쓱해져서 중얼거렸다.

"아니, 꼭 무서워서라기보다… 전술대로 생각한 것뿐입니다. 공근(주유)이 있었어도 강하성에서 적을 맞이하자고 했을 겁니다."

"아닌데요?"

그때 들려온 목소리에, 다들 놀란 표정으로 그쪽을 바라보았다. 주유가 창백한 얼굴로 모습을 드러낸 것이다. 손책이 얼른 달려가서 그를 부축했다.

"공근! 정신이 들었구나. 한데 벌써 이렇게 돌아다녀도 괜찮은 거야?"

"상황은 대략 들었습니다, 주공. 그 일에 대해 회의 중이라 하여 달려왔지요."

주유는 말끝에 단호하게 덧붙였다.

"절대로 강하성을 방패 삼아 버텨서는 안 됩니다."

예상과 다른 그의 말에, 손가의 가신들은 모두 꿀 먹은 벙어리가 되어 주유의 입만 쳐다보았다.

"어째서?"

"강하성에 그 유표의 최정예라는 황금철기대 수백이 주둔해 있었다고 합니다. 즉 그들은 강하성의 구조를 이미 잘 알고 있을 확률이 높습니다. 또한 항복한 병사들의 말에 따르면, 황금철기대는 강하성의 해자를 여흥 삼아 뛰어넘길 즐겼고 높은 성벽도 가볍게 오르는 데다가 몇 만만 힘을 합치면 두꺼운 성문도 단숨에 부순다더군요."

"허어, 그런…."

"성에서 싸우는 게 분명 어느 정도는 유리하겠지요. 허나 백성 수천의 목숨과 맞바꿀 정도로 절대적인 유리함을 보장하진 못합니다. 그리고 한양에서 싸워도 나쁘지 않은 이유 하나가 더 있습니다."

장수들의 사기가 떨어짐을 느낀 손책이 서둘러 물었다.

"그게 뭐지?"

과연 주유는 손가 세력 최고의 두뇌이자, 정사에서도 이름을 떨친 도독다웠다. 그는 야전의 당위성을 척척 풀어나갔다.

"한양은 태반이 늪지대입니다. 사실상 철기병에게 불리한 유일한 지역입니다. 또 바로 지척에 이미 아군이 점령한 면구가 있습니다. 미리 매복하여 놈들을 맞이할 수 있다는 뜻입니다."

손책이 눈을 빛냈다. 그도 전투 경험이 풍부할뿐더러 머리가 둔하지도 않았다.

"적 부대를 늪지대로 유인하여 둔해졌을 때 복병으로 치자는 얘기로군."

"바로 그렇습니다. 늪지대인 한양성과, 강 포구인 면구 사이에 커다란 갈대숲이 있습니다. 매복하기에 딱 적합한 곳이지요. 또 적들도 아군이 강하성에서 버틸 거라 당연하게 여길 테니 그 생각을 역으로 이용하는 겁니다."

용운은 말하는 주유의 머리 위로 떠오른 붉은색 글자를 보았다.

기략(機略)

지형과 기후를 이용, 갑작스러운 상황에 대처하는 임기응변의 계략. 고유 특기까지는 아니지만, 극히 드문 유니크 타입에 속했다. 용운은 갸름한 턱을 어루만지며 생각했다.

'전에는 냉정, 간파, 위계, 화공의 네 가지 특기만 있었는데…. 유표와의 긴 전쟁을 치르면서 새로운 특기, 그것도 유니크를 얻었나 보군. 역시 살아 있는 실제 사람인 만큼 성장한다니까. 부상의 여파인지 무력 수치는 줄었지만, 지력은 92에서 96으로 늘었으니.'

주유의 제안에 만장일치로 찬성했으므로, 연합군은 한양에서 황금철기대를 맞아 싸우기로 했다. 손가와 유주군은 즉시 부대를 꾸려서 출발했다. 매복하여 적을 맞이하려면 서둘러야 했다. 현재 연합군에는 병사의 수가 적은 대신, 현대식으로 표현하자면 그야말로 올스타라 할 만한 맹장들이 넘쳤다. 또 주유, 사마의, 제갈량, 방통, 서서 등 당대 최고의 책사들도 보유했다.

하지만 그들은 정확히 모르고 있었다. 황금철기대 하나하나가 어지간한 부장급 장수보다 강하다는 사실을. 그런 자가 삼만이었다. 그들을 직접 상대했던 위연도 그때의 철기병들과 지금 맞아 싸울 자들의 역량이 같은지 알 도리가 없어 함부로 말을 꺼내지 못하고 있었다. 모처럼 출진이 결정됐는데, 자칫 사기를 꺾는 행위가 될 수도 있는 것이다.

'에이, 모르겠다. 최악의 경우라도 전하께서 계시니까 어떻게든 되겠지.'

그들과 직접 싸워본 건 용운도 마찬가지였다. 그 용운이 나섰으니 분명 승산이 있어서일 거라고 위연은 애써 자신을 달랬다.

　한 가닥 불안감을 남긴 채 유표와 손가의 운명을 건, 가장 큰 한 판 승부가 곧 시작되려 하고 있었다.

　형주에 전운이 감도는 그때, 험한 산길을 이동하는 소규모의 무리가 있었다. 언뜻 보아서는 흔한 상단 같았으나 그들 사이에 오가는 대화를 잘 들어보면 범상치 않은 부분이 있었다. 무리는 한 대의 수레를 중심으로 둘러싸듯 움직이고 있었는데, 뭔가에 쫓기는 듯 다급한 기색이 역력했다. 그때 뚜껑이 덮인 수레 안쪽에서 지친 듯한 사내의 목소리가 들려왔다.

　"아직 한참 더 가야 하는가?"

　수레와 연결된 말을 몰던 두 장년인 중 하나가 공손히 답했다.

　"이제 드디어 동령관이 목전입니다. 힘드시겠지만 조금만 견뎌주십시오."

　"오오! 동령관이라. 동령관만 지나면 곧 낙양이 아닌가?"

　"그러합니다. 제대로 된 수라도 드실 수 있을 것입니다."

　"그런 것까지는 바라지도 않네. 그저 잠시라도 안 흔들리는 바닥에 눕고 싶을 뿐이야."

　"송구합니다, 폐하."

　장년인은 놀랍게도 폐하라는 호칭을 붙였다. 그랬다. 수레에 탄 자는 후한의 황제, 헌제와 그의 이복여동생인 내황공주 유영이었다. 마부 노릇을 하는 두 장년인은 각각 가후와 정립. 그중 방금 답한 자는 유영의 남편이자, 황제의 매부이기도 한 가후였다. 수레를 둘러싼 이들은 모두 황제의 친위대였다. 비록 수는 몇 남지 않았지만, 황제가 동탁에게서 여포 그리고 원술 등에게 억류되는 내내 곁에서 지켜온 만큼 충성심과 실력은 최고인 이들이다.

황제를 위로하고 다시 정면으로 시선을 돌린 가후의 표정이 어두워졌다.

'조조가 이토록 빨리 추격해올 줄이야. 그자의 행동력과 판단력을 너무 얕봤구나.'

가후는 황제를 모시고 유주로 달아나기로 결정한 순간에도, 어렵겠다는 생각은 했지만 성공할 가능성이 있다고 보았다. 조조는 원술과의 긴 싸움에서 승리한 직후였다. 처리해야 할 일이 산더미같이 많을 것이다. 또 원술의 잔당들도 무수히 남아 있었다. 한데 일은 가후의 예상대로 돌아가지 않았다. 조조는 모든 일을 제쳐두고 황제의 행방부터 찾았다.

'어쨌거나 명색이 황제의 후견인이었던 원술을 쳤다. 허창이나 여남에다 성을 짓고 황제를 모시는 척이라도 해야, 오랜 전쟁의 명분을 얻게 된다. 또 앞으로의 행보에도….'

그러다 황제가 이미 달아났음을 알자, 세 명의 장수에게 호표기 일천을 내주어 뒤를 쫓게 했다. 황제가 북으로 향했다는 것은, 곧 목적지가 유주라는 의미가 아닌가. 가뜩이나 강성해진 진용운이 황제마저 손에 넣으면 끝장이었다. 세 장수는 각각 하후연, 조창, 조순. 조조가 가장 믿는 이들이자….

'조조군 내에서도 행군 속도가 빠르기로 유명한 장수들이지.'

그만큼 조조 또한 절박하다는 의미였다. 반면, 황제와 가후 일행은 예상보다 더 속도를 내지 못했다. 이런 먼 여정에 익숙하지 않은 황제와 내황공주가 고단함을 호소하는 데다 눈에 띄지 않기 위해 험한 길 위주로 이동한 탓이었다.

'그러나 어떻게든 낙양까지만 가면, 조조의 손아귀를 벗어날 수 있을 것이다. 지금 낙양성에서 하남윤(河南尹, 수도인 낙양의 태수)으로 있는 장수(張繡, 장제의 조카)는 천하가 혼란스러운 틈을 타서 독자적인 세력을 구축했다고 들었다. 또 사람됨이 포악하거나 옹졸하지 않고 폐하께서 하남윤을 제수한 일도 있으니 우릴 도울 가능성이 크다.'

물론, 장수도 완전히 믿고 의지하긴 어려웠다. 그래도 최소한 조조에게 포섭되지 않은 것만은 확실했다. 또 낙양성에 들어가면 조조의 추격대도 함부로 쫓아오기 어려울 터였다.

'수가 많아질수록 행군 속도는 느려진다. 추격대의 수는 잘해야 오백에서 일천 남짓. 아무리 조조의 정예군이라 해도 그 수로 낙양성을 도모하진 못하겠지.'

가후가 여기까지 떠올렸을 때였다. 앞쪽 수풀에서 갑자기 누군가가 튀어나와 일행을 가로막았다. 그를 본 정립이 신음을 토했다.

"황수아…."

"오, 이게 웬 떡이야. 폐하를 모시러 온 길인데, 씹어 먹어도 시원치 않을 원수 놈까지 만났군."

황수아, 즉 수염이 누런 아이. 조조의 넷째 아들 조창이 기어이 황제 일행을 앞질러온 것이다. 그는 정립을 향해 이를 드러내고 웃어 보였다. 조창은 예전에 정립이 진류성에 불을 지르고 달아

나는 바람에 큰 화상을 입은 적이 있었다. 이어서 하후연과 조순이 차례로 모습을 드러냈다. 멀리 그들의 뒤로는 보는 것만으로도 위축되게 만드는 조조의 정예병, 호표기 부대가 보였다.

"이미 도착해 있었던가? 어찌 이리 빠르게…."

황망해하는 가후의 말을 하후연이 받았다.

"그게 내 최고 장기라네, 문화(文和)."

오랜 세월 싸워온 상대라 서로의 얼굴과 이름 정도는 이미 알고 있었다. 황제의 친위대원들이 결의에 찬 얼굴로 앞으로 나섰다. 그들은 목숨을 버려서라도 황제를 도주시킬 각오가 되어 있었다. 호표기의 지휘관이자 조조의 먼 친척이기도 한 조순이 혀를 찼다.

"그만두게. 용기는 가상하나 개죽음일 뿐…."

픽! 말하던 조순의 머리가 갑자기 사라졌다. 끔찍하게도 무시무시한 힘에 의해 폭발하듯 터져버린 것이다. 머리 잃은 몸뚱이는 목에서 피를 뿜어내며 잠시 경련하더니 말 아래로 툭 떨어졌다.

"어?"

조창은 무슨 일이 벌어졌는지 몰라 어리둥절해하며 얼빠진 소리를 냈다. 당황하기는 하후연도 마찬가지였다. 그는 등에 멘 활을 다급히 들고 시위에 화살을 얹었다. 그런 그들을 보며….

"따라잡힌 게 아닙니다."

가후가 서늘하게 웃었다.

"적당한 곳에서 따라잡혀 드린 것이지요."

23

때가 무르익다

몇 시진 전.

가후는 정립과 함께 양피지에 그린 간단한 지도를 들여다보고 있었다.

"오랫동안 좁은 궁에 갇힌 채 사냥조차 못 하셨으니, 폐하께서는 아마 긴 시간 강행군이 어려우실 겁니다."

가후의 말에, 정립이 물었다.

"하면 이쯤에서 따라잡히겠구려."

"그렇겠지요."

"그럼 어떡하면 좋겠소? 그 시점이면 동령관에 도착하기도 전인 데다 이쪽은 병력도 턱없이 부족한데. 조금만 더 속도를 올리면 동령관에 닿을 것도 같소만."

가후는 오히려 좀 더 뒤쪽의 한 곳을 가리켰다.

"여기서 승부를 보는 편이 낫겠습니다."

"조맹덕은 믿을 수 있는 장수로 하여금 소수정예를 보내올 것이오."

"예. 여기, 호리병처럼 좁아지는 지점이 보이시지요? 여기 매복해 있다가 적의 머리를 먼저 친다면, 단 두 사람으로도 승산이 있습니다. 하다못해 폐하께서 몸을 빼는 사이 적을 지연시키기라도 할 것입니다."

그런데 조조군의 추격은 예상보다 더 이르게 시작되었고 더 빨랐다. 그나마 다행스러웠던 점은 그들이 길목을 막고서 기다린 게 아니라 성질 급한 장수들이 앞섰던 것. 그 덕에 적의 지휘관을 먼저 제거하는 작전은 성공했다. 머리 잃은 조순의 몸뚱이가 털썩 쓰러졌다.

"어? 자화(子和, 조순의 자)…?"

잠시 어리둥절해 있던 조창이 중얼거렸다.

하후연이 날카롭게 외쳤다.

"황수아, 뒤다!"

조창은 그 말을 들음과 거의 동시에 상체를 반 회전하면서 팔을 휘둘러 주먹을 뻗었다. 텅! 그 주먹을 한 손으로 붙잡은 여인이 말했다.

"여전히 주먹은 맵구나, 노랑이 털보."

"네년… 네년의 짓이었냐!"

조창은 상대를 알아보았다. 모를 수가 없었다. 여인은 바로 가후의 명을 받고 매복해 있던 무송이었다. 그는 조조군 추격대가 앞을 가로막자마자, 가장 확실하면서 빠르게 제거할 수 있는 자, 셋 중 무력이 제일 약한 조순을 처리한 것이다. 조순은 창설부터 지금까지 호표기를 전담해왔다. 자연히 호표기의 지휘력은 크게 저하될 터였다.

무송은 매복해 있던 장소에서 튀어나오면서, 전신의 기를 주먹에 담아 목표에다 터뜨리는 공격용 천기, '폭렬붕권(爆裂崩拳)'을 가했다. 기를 축적하는 시간이 필요하고 기의 소모 또한 심하여 단발로밖에 쓸 수 없지만 위력은 발군. 알고 대비해도 막기 어려운 판에, 부지불식간에 머리로 들어오니 조순은 무슨 일이 벌어졌는지도 모르고 죽었다.

조순은 조인의 동생이다. 조조와 조인의 관계만큼이나, 먼 친척인 조창과 조순도 가까웠다. 그 조순이 눈앞에서 유언도 못 남기고 죽었다. 순간, 조창은 자신의 실책을 깨달았다.

'놈들이 매복하고 있었다. 자화는 적절한 지형에서 대형을 갖춰 기다리다가 압박하자고 했었지만, 내가 서두르는 바람에 날 따라왔다. 나 때문에….'

까득. 조창이 어금니를 악물었다.

'나 때문에 죽은 것이다.'

눈에 핏발이 섰다. 슬픔과 자책은 곧 적을 향한 분노가 됐다. 원래도 장수, 특히 돌격대장 유형의 장수로서 탁월한 자질을 보여 조조의 신임을 받은 그였다. 이 시대 돌격대장의 필수적인 요건은 무력. 그런 조창의 잠재력이 일시에 폭발했다.

"네년이이이이이!"

조창은 무송의 손에 잡힌 주먹을 비틀어 뺐다. 동시에 반대쪽 주먹으로 그녀의 턱을 쳐올렸다.

무송은 본래 근거리 육탄전에 익숙한 권사였다. 현대에서부터 팔극권과 영춘권 등 여러 가지 중국 무술을 배웠다. 그러나 이 시대에서 이런 종류의 공격을 당해본 적은 거의 없었다. 그녀가 상대한 적들은 대부분 창과 검 등을 썼기에, 이렇게 초밀착하는 일 자체가 드물었다. 더구나 조창의 연계 동작은 매우 빠르면서 강했고, 손을 뿌리치면서 순간적으로 무송의 균형을 흔들었다. 그 탓에 대응이 늦어졌다. 맹수도 맨손으로 때려잡는 주먹이 무송에게 정확히 꽂혔다.

퍽!

"어라…."

하필 맞은 곳도 턱. 턱 끝을 후려치면 뇌가 흔들린다는 격투 이론을 조창이 알았을 리 없다. 그냥 우연이었다. 하지만 그 우연이 그의 목숨을 구했다.

무송의 무릎이 휘청 꺾였다. 그녀가 중얼거렸다.

"이 자식이…."

한편, 하후연은 연이어 화살을 날려 또 다른 적, 노지심을 견제하고 있었다. 그러나 너무 가까워진 후라 제대로 공격하기가 어려웠다. 텅! 노지심이 철선장을 휘둘러 음파를 날렸다. 거기 맞은 하후연이 비틀거리며 다급히 외쳤다.

"자문(子文, 조창의 자)! 호표기를 지휘해라!"

이는 조창의 행동을 지시함과 동시에, 노지심의 주의를 흩트리려는 의도였다. 광분하여 무송에게 연격을 가하려던 조창은 그 외침에 정신이 번쩍 들었다. 무송은 이미 회복해 몸을 일으키려하고 있었다.

"차앗!"

조창은 일어서려는 무송의 안면에다 온 힘을 다해 발차기를 날렸다. 무송은 혀를 차며 양팔을 교차해 발차기를 막았다. 퍽! 그녀가 비틀거리는 사이, 조창은 재빨리 뒤로 몸을 빼냈다. 그리고 뒤에서 돌진해오는 호표기를 향해 명했다.

"반으로 나뉘어 적장들을 공격해라! 부장 셋은 따로 빠져서 나와 함께 어가를 확보하라!"

그는 말을 마치자마자 황제가 탄 수레를 향해 달렸다. 동시에 호표기가 두 갈래로 쫙 갈라졌다. 그중 한 갈래가 일어서서 조창을 막으려는 무송을 덮쳤다.

"쳇."

무송은 주먹을 내질러 창을 쳐내고 연이어 말 한 마리의 미간을 쥐어박았다. 퍼석! 뼈 부서지는 소리와 함께 말과 거기 탄 사람이 동시에 붕 떴다가 바닥에 곤두박질쳤다. 이어서 옆에서 검을 휘둘러오는 자의 팔목을 잡아채어 내동댕이치고 말을 걷어찼다. 다음에는 아예 말 한 마리의 앞다리를 움켜잡고 휘둘러, 닥치는 대로 낙마시켰다.

조조군 최정예인 호표기 십 수 명이 순식간에 무력화됐다. 하지만 지휘관의 죽음을 목도한 호표기들은 아랑곳하지 않고 돌격해왔다. 불나방처럼.

퍽! 퍼퍼퍽! 무송은 열네 명째, 열다섯 명째, 열여섯 명째 호표기를 연이어 후려쳐 쓰러뜨렸다. 그러나 열여섯 번째는 창으로 무송의 어깨를 훑었고 열일곱 번째의 검이 허벅지를 베었다. 그대가로 둘은 안면이 함몰되고 정수리가 투구째 박살 났다.

"큭! 크윽!"

무송은 다칠 때마다 움찔거리며 낮게 신음했다. 열여덟 명째, 열아홉 명째, 스무 명째 호표기는 아예 방어를 포기했다. 셋은 말에서 뛰어내리면서 동시에 각각 다른 부위로 검을 찔러 왔다. 무송은 왼손으로 열여덟 번째의 목을 잡아 목뼈를 부러뜨리고 오른손으로는 열아홉 번째의 입에다 주먹을 내질렀다. 우둑! 픽! 열여덟 번째, 열아홉 번째는 즉사했다. 하지만 스무 번째는 기어이 무송의 명치에 검을 쑤셔 박는 데 성공했다.

"큭!"

무송은 입에서 피를 토하며 자유로워진 양손으로 박수 치듯 스무 번째의 머리를 쳤다. 픽! 그녀의 양 손바닥 사이에서 투구가 짜부라졌다. 안에 든 머리는 어떻게 됐을지 뻔했다. 세로로 납작해진 투구 사이에서 피와 육즙을 쏟아내며 스무 번째도 쓰러졌다.

"제길, 집요한 놈들…."

무송은 비틀거리면서 검을 쑥 뽑아내고 또 한 차례 피를 토했다. 급소는 피했는데 검기가 체내로 침투한 게 문제였다. 그녀는 관승과 마찬가지로 육체를 강화하는 천기를 가졌다. 뿐만 아니라 상처도 빨리 나았다. 단, '기(氣)'를 사용한 공격에는 파훼되었는데, 놀랍게도 호표기들 중 검을 쓰는 자들은 모두 검에다 엷은 검기를 두르고 있었다. 그 정도 무공이라면 다른 부대에서는 최소 천인장 이상. 하지만 호표기에서는 대원 중 한 사람일 뿐이었

다. 그런 자들이 목숨과 맞바꿔 공격해왔으니 도저히 다 피해낼
수가 없었다.

"무송!"

노지심은 무송을 곁눈질하면서 애타게 외쳤다. 그러나 그녀는
그녀대로 상황이 여의치 않았다. 분노하여 평소 이상의 힘을 발
휘하는 건 조창뿐만이 아니었다. 하후연 또한 필생의 활 솜씨를
쏟아내고 있었다. 그는 노지심의 약점이 경험 부족에서 오는 미
숙함과 속임수에 잘 걸린다는 점이라는 걸 눈치챘다. 이에 조창
을 불러 주의를 끌었고 그 틈에 훌쩍 물러났다. 거리를 확보한 다
음부터는 접근을 허용치 않았다. 거기에 호표기들이 가세하자
노지심은 공격을 막아내기 바빴다.

'이놈들…'

'강해!'

노지심과 무송은 한 가지 사실을 확실히 깨달았다. 처음 천강
위들은 이 시대에서 무적에 가까웠다. 거기에 어떤 변화가 일어
난 것일까. 분명 천강위들이 약해진 건 아니었다. 단, 그만큼 이
시대의 무인들 수준도 상향 평준화되고 있었다. 물론 천강위들
은 지금도 충분히 강한 편이라 어느 세력에 가더라도 곧바로 장
수 자리를 얻을 수 있었다. 하지만 수만 대군 사이를 무인지경으
로 휩쓸고 다니는 것과 같은 행위는 더 이상 불가능했다. 특히,
이미 몇 번 싸워서 천강위의 존재를 아는 적들을 상대로는 더더
욱. 그들은 기묘한 기술이나 힘을 봐도 덜 당황하고 나름대로 준
비를 해 다가오기 때문이었다.

노지심과 무송이 고전하자, 어가를 지키며 전진하던 황제 친위대의 상황도 덩달아 어려워졌다. 그들은 집요하게 접근해오는 호표기를 맞아 싸우다가 하나둘 쓰러져갔다.

앞장선 조창이 스산한 목소리로 말했다.

"역적들아, 그만 포기하고 납치한 폐하를 순순히 놓아드려라. 그럼 적어도 고통스럽지 않게 죽을 수 있도록 해주마."

원술이 패망하자 가후와 정립이 황제를 납치하여 도주했다는 각본이 이미 써진 듯했다. 그의 살벌한 충고에 정립이 한숨을 내쉬었다.

"이런, 이런. 첫 번째 수는 절반만 성공한 모양이네, 문화(文和, 가후의 자)."

"그러게 말입니다."

"자네의 수를 사용했으니, 이번에는 내 차례인가?"

정립의 말에, 조창은 문득 불안함을 느꼈다.

"무슨… 수작 부리지 말고 멈춰라!"

정립에게 호되게 당한 적 있는 그였다. 조창은 정립을 향해 단숨에 쇄도하려 했다. 그 순간. 팍! 조창의 발치에 대각선 위쪽에서부터 날아온 화살 한 대가 꽂혔다.

"아니?"

멈칫하는 조창을 향해 정립이 웃어 보였다.

"마침 하내태수가 나와 인연이 좀 있어서 말일세."

조창은 화살이 날아온 방향을 올려다보았다. 관문으로 이어지는 길은 어느 시점부터 일직선의 좁은 협곡이 되는 경우가 많다.

그 가운데다 관문을 세워야 효과가 극대화되는 동시에 그런 지형이 관문을 세우기 적합하기 때문이기도 하다. 동령관으로 이어지는 이 길도 마찬가지였다. 길 양옆의 협곡 위쪽에서 한눈에 봐도 적지 않은 수의 궁수들이 나타났다. 다가오는 낌새를 못 맡은 걸로 보아 미리 와서 매복해 있었던 모양이다. 그들은 연노를 가지고 있었는데, 방향이 모두 조조군을 향해 있었다.

가후는 안도의 한숨을 내쉬었다.

"호표기가 이렇게 강해졌을 줄 몰랐습니다. 무송과 노지심의 무력을 믿었지만, 혹시나 해서 중덕(仲德, 정립의 자) 님께도 부탁드렸는데…. 그러길 천만다행이군요."

정립은 수염을 쓰다듬으며 대꾸했다.

"끌끌. 본래 늙은 여우는 빠져나갈 굴을 여러 개 만들어두는 법이지."

궁수 부대는 정립이 언급한 하내태수 왕광이 보낸 것이었다. 왕광은 본래 원소의 부하였으나, 동탁을 죽이고 장안과 낙양을 점령한 여포에게 복속되었다. 하지만 자의가 아니라 위협에 굴한 것이었으므로 강직한 성격의 그는 늘 불만을 품고 있었다. 그러다 가후 및 정립의 회유로 반란을 일으켜, 견성에서 함께 여포군을 물리쳤다. 그 뒤 부장 한호 및 공생 관계인 장수 등의 도움을 받아 나름 독자 세력을 유지하고 있었다.

본래 정사에서는 194년경 조조에게 살해당하지만, 당시 그 조조가 여포에게 쫓겨간 게 그의 운명을 바꿨다. 왕광은 본인도 모르는 사이, 생명의 은인의 근거지가 사라지는 데 일조한 셈이었다.

정립은 그 왕광에게 밀서를 보냈다. 과거의 연을 들어 탈출을 도와줄 것을 부탁하는 내용이었다. 단순히 그뿐만이 아니라, 원술의 몰락과 그로 인한 천하 정세의 변화, 또 이미 위군(업성)과 동군(복양성)을 차지한 조조가 원술까지 격파했으니, 다음 목표는 반드시 서쪽의 하내와 낙양 등이 되리라는 것을 역설했다. 조조의 영토가 그쪽과 맞닿게 되어, 북쪽의 진용운을 치든 남쪽의 유표를 치든, 그래야 안심하고 움직일 수 있기 때문이다.

나는 이미 조조와 한 하늘을 이고 살 수 없게 됐으므로 북쪽의 유주왕에게 의탁하려 하오. 지금 천하에서 유경승을 제외하면 그만이 조조에게 맞설 만하니까. 날 팔아넘기고 조맹덕에게 붙는 것도 괜찮겠지만, 오래전 그가 여포에게 쫓겨 진류성을 빼앗길 때 그대에게 도움을 요청했던 걸 거절했다고 들었소. 제 아비의 일에서도 알 수 있듯이 조맹덕은 묵은 원한도 결코 잊지 않는 사람이오. 반면, 유주왕은 여포를 수하에둘 정도로 강성하니 반드시 그대를 보호해줄 거요. 판단은 그대에게 맡기겠소.

왕광이 예전에 생각하기를, 가장 무섭고 강하며 천하의 주인에 가까웠던 두 사람은 원소와 여포였다. 한데 그중 하나는 진용운에게 멸망당했고 다른 하나도 그의 수하로 들어갔다. 서신을 본왕광은 생각했다.

'당금 천하의 주인에 가장 가까운 자는 유주왕이다. 한데 그 정

중덕 공이 유주왕의 밑으로 들어간다면, 호랑이에게 날개를 단 격이다.'

거기다 정립의 설득까지 있으니, 왕광은 모험을 해보기로 결심한 것이다.

'내게 비록 장수와 한호가 있긴 하나, 어차피 하내성과 견성에만 의지하여 천하를 도모하기는 어렵다. 중원으로 진출하려면 반드시 조조와 부딪쳐야 하는데, 나 혼자 그와 싸워 이길 자신도 없다. 마침 중덕 공이 조조에게 항복하는 대신 도주를 택한 것은, 그를 모실 만한 인물이 못 된다고 판단한 것일 테다. 그렇다면 나도 승부를 걸어볼 때다.'

마침 왕광은 정립의 충고로 연노병을 집중적으로 육성해왔다. 그 전력이 빛을 발하고 있었다.

대담한 조창도 복병을 확인하자 굳어버렸다.

'이 거리에서의 연노는 도저히 피하지 못한다.'

정립이 특유의 느긋한 투로 물었다.

"자, 어쩔 텐가? 자네가 부하들과 함께 이 협곡에 뼈를 묻어도 난 상관없네. 단, 그러자면 우리에게도 위험부담이 있으니 이렇게 제안하는 바일세. 우리를 그냥 놔주면, 연노병들도 얼마 뒤 철수할 것이라고 말일세. 폐하께서 안전해지신 뒤에."

움직임이 멈춘 건 조창뿐만이 아니었다. 갑자기 날아온 화살에 의해 예닐곱 명이 벌집이 되자, 호표기와 하후연 또한 더는 싸우지 못했다.

'화살이 안 날아오네.'

한숨 돌린 노지심은 얼른 무송에게 다가가 그녀의 상태를 살폈다.

"무송, 괜찮아?"

무송은 노지심의 부축을 받으며 쓰게 웃었다.

"흐흐, 솔직히 괜찮지는 않아. 마지막 검에 제대로 찔렸다. 시간이 지나면 회복되긴 하겠지만, 더 싸우기는 무리일 것 같아."

"으에에…."

화가 난 노지심은 조창을 노려보았다. 조창도 지지 않고 마주보며 인상을 썼다. 조창이 투기를 내뿜자, 정립은 가볍게 손을 들었다. 그걸 본 조창이 다급히 소리를 질렀다.

"아, 알았다! 물러서겠다. 물러선다고."

"지금 당장 행동으로 보여주셔야겠네."

조창은 눈물을 머금고 수하들에게 명했다.

"호표기는 길을 열라."

호표기들은 두말하지 않고 협곡 양쪽으로 물러섰다. 그 사이를, 어가를 끄는 말에 탄 가후와 정립 그리고 살아남은 친위대들이 지나갔다. 노지심과 무송은 그 대열의 맨 뒤쪽에 따라붙어 만일의 사태에 대비해 후방을 경계했다.

으득! 이를 갈아붙이며 그 광경을 노려보던 조창이 소리를 질렀다.

"이 원한은 결코 잊지 않겠다, 영감!"

"허허허."

정립은 그저 웃으면서 멀어져갔다. 그에게 가후가 물었다.

"어차피 조조와 적이 될 거라면, 여기서 조창을 없애놓는 게 낫지 않겠습니까? 저자가 또 쫓아오지 말라는 법도 없고. 다소 희생을 치르더라도 지금이 기회인 듯한데요."

정립은 천천히 고개를 저었다.

"이 정도에서 그친다면 조맹덕은 훗날을 기약하며 추격을 중단할 걸세. 원술이라는 거대한 세력을 격파했으니, 곧 처리해야 할 다른 문제들이 산적해 있기 때문이네. 시급한 일이니 먼저 손을 썼지만, 여기다 계속 시간과 병력을 투입할 여력은 없다는 소리네."

"예."

"허나 아끼는 장수이자 아들이기도 한 조창까지 죽으면 얘기가 달라지네. 조맹덕은 추가로 병력을 투입하여 전력을 다해 공격해올 걸세. 우리 목적지인 조국부터 전쟁터가 될 수도 있겠지. 그럼 우리를 받아들이는 일이 유주왕에게도 부담이 될 수 있네. 굳이 여기서 조창을 죽여 불씨를 더 키울 필요는 없어. 그가 있으나 없으나, 우리의 주목적은 폐하를 유주왕에게 모셔가고 우리의 안위를 보장받는 것이니까."

"그렇군요. 한 수 배웠습니다."

가후는 자신과 종류는 다르지만 살아온 시간이 헛되지 않은 남자에게 정중히 고개를 숙였다.

"허허, 그럴 필요 없네. 자네가 아니었다면 여기까지 밀어붙여 볼 생각도 못 했을 테니. 아마, 조맹덕에게 항복해서 간신히 죽음만 면했을 테지."

무송과 노지심의 무력, 거기에 가후와 정립이라는 희대의 책사 둘의 지략으로 황제 일행은 아슬아슬하게 조조의 추격을 뿌리치고 동령관을 향해 달렸다. 그 후의 여정은 순조로웠고 황제도 별 불평이 없었다. 아마 조조의 추격대를 만난 일로 정신이 번쩍 든 모양이었다. 덕분에 얼마 뒤에는 하내에서 왕광과 조우할 수 있었다.

　황제가 친히 치하하니 그는 몸 둘 바를 몰랐다. 급기야 왕광은 장수와 함께 사수관에서 전력을 다해 조조군의 북상을 막겠다고 맹세하였다. 가후는 그런 왕광을 보면서 생각했다.

　'아무리 허울뿐인 황실이라 해도 동탁이나 원소, 조조처럼 어지간히 야심이 큰 자가 아니고서야 정작 황제 앞에서는 공손해지게 된다. 이것이 오랜 세월 통치해온 피의 힘이겠지.'

　덕분에 조금은 느긋해진 황제 일행이 조국에 닿은 것은 210년 2월이었다. 조국은 형주로 출병한 여포를 대신하여 부지사 주무가 다스리고 있었다. 본래 여포의 영역은 더 북쪽인 상산, 거록 등지였다. 한데 조조가 원술과 명운을 건 싸움을 벌이는 사이, 주무는 지살위들의 힘을 이용해 야금야금 남하했다. 급기야 210년에는 업성과 북쪽으로 맞닿은 조국을 점령하기에 이르렀다. 주무는 황제의 도착을 즉시 유주성으로 보고했다. 그런 한편, 인접한 관도성 및 청하국 지사인 저수와 협력하여 조조군에 대한 경계태세를 강화하였다.

　210년 봄, 유주국 탁군 남쪽.

유주국 내에서 바뀌기 전의 이름은 기주 탁군 범양현이었던 곳이다.

봄이라곤 하나 아직 매서운 바람이 불었다. 그 바람 속을 유주성의 문무백관들이 나와 서 있었다. 한 사람을 맞이하기 위함이었다. 그들을 대표하여 맑은 이마와 또렷한 눈동자에서 지혜가 엿보이는 대신이 맨 앞에 서 있었다. 그는 바로 유주국의 재상인 순욱 문약이었다. 청운의 꿈을 품고 용운을 모시기를 어언 이십여 년. 올해로 마흔일곱 살이 된 그는 머리가 희끗희끗했으나 아직은 한창때였다. 순욱은 수레에서 황제가 내리자 그 앞에 부복하며 말했다.

"신, 순문약이 폐하를 뵙습니다. 먼 길 오시느라 얼마나 고초가 많으셨습니까? 더 일찍 모셔오지 못하여 송구하기 이를 데 없습니다."

유주국 쪽의 반응이 어떨지 걱정했던 황제는, 재상이라는 순욱의 태도에 내심 안심했다.

'유주왕은 자리를 비웠다고 했지. 그럼 재상이 나왔다는 건 최고의 예우를 해준 셈이로구나. 다행히 내쫓기지는 않겠다.'

황제는 순욱에게 다가가 친히 그를 잡아 일으키며 치하하였다.

"경의 소문은 많이 들었소. 허수아비가 됐을 뿐인 나를 이렇게 마중 나와주니 감격스럽기 이를 데 없구려."

"무슨 말씀을…. 망극하옵니다, 폐하!"

순욱 등은 미리 마련해둔 성으로 황제를 모시도록 수하들에게 명했다.

가후는 탈출을 결심함과 동시에, 비선을 통해 유주국으로 그 사실을 알렸었다. 전예는 정보를 입수하자마자 용운의 부재 시 대행 권한을 가진 순욱과 의논했다. 그 결과, 즉시 황제가 기거할 장소를 만드는 한편, 만일을 대비해 병력을 편성하고 조조의 움직임을 예의주시하기로 한 바 있었다.

헌제와 내황공주 유영은 다시 수레에 올랐다. 이제 유주국의 병사가 말을 몰았고 그 뒤를 친위대가 따랐다.

황제를 모셔온 가후와 정립 그리고 무송과 노지심 등은 그 자리에 남았다. 그들에게는 아직 할 일이 남아 있었다. 다가온 순욱은 먼저 가후에게 스스럼없는 태도로 말했다.

"이쪽이 더 젊어 보이는 걸 보니 문화 공이신 모양이군요."

"예, 제가 가문화입니다. 말씀 편하게 하시지요."

"아직 제 아랫사람이 된 것도 아닌데 어찌 그러겠습니까? 그러면 이분은 정중덕 님이시겠군요."

"그렇소이다. 유주국의 실세라는 재상을 뵙게 되어 영광이오."

"실세라뇨. 허명입니다. 저야말로 이렇게 와주셔서 감사합니다."

순욱은 가후와 정립의 뛰어남을 이미 들어서 알고 있었다. 무능력하던 원술의 세력이 그렇게까지 강성해진 데는 두 사람의 힘이 크다고 들었다. 특히, 전쟁 수행 능력이 뛰어나다는 평가였다.

'지금의 유주국에는 꼭 필요한 인재들이다. 전하께서 이 자리에 계셨다면 무조건 우리 가신이 됐을 텐데.'

다음으로 순욱은 두 여인에게 눈길을 보냈다. 이들에 대한 얘기를 듣고 특별히 한 사람과 동행했다. 황제를 맞이할 때 혹시나 모를 불상사를 방지하고 순욱 자신의 경호도 겸하여 데려온, 과거에는 적이었으나 이제 가장 믿음직한 아군이 된 천강위, 대도관승이었다.

무송은 관승을 알아보자마자 눈을 부릅떴다. 관승이 그녀를 향해 온화하게 웃으며 말했다.

"오랜만이구나, 무송."

무송은 입을 열고 간신히 목소리를 짜냈다. 긴장과 감격이 뒤섞여 자칫 눈물이 날 것 같았다.

"…관승 님!"

"우리가 여기서 만나게 될 줄 누가 알았겠느냐."

"그, 그러게 말입니다."

"노지심도 여전히 같이 다니는구나."

노지심은 관승에게 고개를 까딱해 보였다.

"안녕하세요."

"그래, 모두 반갑다. 그리고 다시 아군이 된 걸 환영한다."

순욱은 좋은 말로 그들을 치하한 다음, 우선 거처로 보냈다. 그곳에서 뭔가 다른 꿍꿍이가 있는 건 아닌지 며칠 동안은 일거수일투족을 흑영대가 감시할 터였다. 그 결과, 우려할 필요가 없다고 판단되면 적당한 관직을 주어 등용할 참이었다.

이렇게 해서 가후와 정립은 먼 길을 돌고 돌아, 결국 진용운의 품에 안기게 됐다. 용운이 참모진의 세대교체를 이룬 직후였지만, 두 사람이 그에게 투항한 일은 큰 화제가 되었다. 사마의와 제갈량은 물론이고, 방통과 서서, 거기에 가후와 정립까지.

이번 전투를 통해 얻은 특급 참모는 총 다섯이었다. 한 세력에 한두 명만 있어도 명운을 바꿀 능력을 가진 자들이 다섯 명이나 모인 것이다. 거기다 막강한 무력을 가진 천강위 둘을 더 얻었고…. 무엇보다 드디어 황제를 모시게 되었다.

'이제 명분은 갖춰졌고 사람도 다 모였다. 진용운은 분명히 천하 통일에 나서려 할 것이다.'

이게 천하의 논객들이 공통으로 예상하는 바였다. 과연 순욱은 유주국에서 황제를 모시게 됐음을 널리 공표하였다. 마침내 그가 꿈꾸던 황실 중흥을 용운의 품에서 이루게 된 것이다… 라고, 적어도 순욱은 그렇게 생각했다. 이때까지만 해도.

시간을 거슬러, 왕광이 하내성에서 황제 일행을 맞아들일 무렵.

면구에서는 여러 척의 배가 빠른 속도로 서쪽을 향해 나아가고 있었다. 목적지는 한양현. 양양성과 강하성 사이에 남은 마지막으로 건재한 현이었다. 각 배에는 유주와 손가에서 내로라하는 맹장들이 탔다. 또 각각의 맹장들은 경험 많고 무공도 강한 부장과 병사 백여 명씩을 거느렸다. 딱 한 덩어리가 되어 움직이며 싸우기 좋은 수였다.

황금철기대를 맞이하여 연합군은 늪지대가 절대 면적의 대부분을 차지하는 한양현에서 승부를 보기로 했다. 그렇게 편성된 연합군의 병력은 총 오천. 삼만이라는 적 정예를 상대하기에는 일견 터무니없이 부족해 보였다. 하지만 그들의 실제 목적은 교전과 동시에 조금씩 후퇴하여 적 본대를 유인하는 것이었다. 여기에는 제갈량이 제안한, 강력한 다수의 무력을 분산하여 타격하는 방법을 쓰기로 했다.

"적군이 여기까지 오면서 벌인 행태를 보면, 군기는 문란하고 이성을 잃은 듯 보입니다. 그렇다면 강력한 무력을 바탕으로 치고 빠질 경우, 분명 격분하여 앞뒤 안 가리고 추격해올 것입니다. 그 순간이 제일 위험할 때이자….'

제갈량은 더운 남쪽에 오고서부터 사용하기 시작한 우선(깃털로 만든 부채)을 천천히 부치며 말했다.

"가장 좋은 기회이기도 합니다."

물살을 헤치고 전진할 수 있도록 날렵하게 만들어진 뱃머리에는 각각의 맹장들이 서 있었다. 여느 때와 다름없는 강인하면서도 온화한 표정의 유주 대장군 조운 자룡. 팔짱을 낀 채 입에는 나뭇가지 하나를 물고, 이번 전투에서는 더욱 활약하여 이름을 떨치길 꿈꾸는 감녕. 청룡언월도를 짚고 태산처럼 흔들리지 않을 듯한 기세로 묵묵히 서서 수염을 휘날리는 관우. 배에서의 움직임에 익숙한지 가벼운 몸놀림으로 가상의 적을 상대하여 체술을 수련해보는 반장. 비교적 후미에 위치한 배 한 척에는, 왼쪽에 이민족 미소년 연청, 오른쪽에 거인 마충이 호위하듯 서 있는 제갈량도 타고 있었다.

무엇보다 시선을 끄는 것은 선단의 한가운데 위치한 배였다. 거기에는 유주왕 진용운이 타고 있었다. 그는 은발을 고고하게 휘날리면서 깊은 눈빛으로 정면을 응시하였다. 그의 곁에 더 이상 사천신녀는 없었다. 용운의 명을 받아 청몽은 여포를, 성월은 장합을, 사린은 특별히 이번 전투까지만 참전키로 한 육손을, 이랑은 동맹의 총대장으로서 요인 중의 요인인 손책과 주유를 경호하기로 한 것이다.

유주, 손가, 유비, 전향한 형주 세력들까지. 결코 하나가 될 수 없을 것 같던 이들이 어우러진 선단의 모습은 그 자체로 장관이었다.

각자의 상념을 품은 채 그들은 결전의 땅이 될 한양*을 향해 빠르게 나아갔다.

* 한양현은《삼국지연의》에는 등장하지만, 본래 역사에서는 수나라 대에 설치되는 행정구역이다. 그것을《삼국지연의》에서 잘못 기술한 것이다. 극적 재미를 위해 이 부분은《삼국지연의》를 차용했음을 밝힌다. -지은이

24

한양성 혈투 1

형주 강하군 석양현.

안륙현과 더불어 원수(하천 이름)가에 위치한, 작고 평화로운 성이다. 하천과 접한 작은 성들이 으레 그렇듯 백성 대부분은 물고기를 잡거나 뱃사공 일을 하며 생계를 유지했다. 그곳으로 갑자기 삼만에 달하는 철기병이 들이닥쳤다.

철기병이란 철갑기병의 준말로, 말 그대로 철갑(鐵甲)을 입은 무사가 역시 철갑을 입힌 말을 탄 것이다. 본래 중국에서 제대로 된 철갑기병이 등장한 때는 5~6세기경이었다. 서한 초기에 철갑이 보급되긴 했으나, 철 조각을 가죽끈으로 엮은 어설픈 모양새였다. 말에 입히는 철갑 또한 전체를 덮어씌운 형태가 아니라, 급소인 미간에서부터 콧등까지를 철판으로 덮은 정도였다.

여포의 흑철기도 완벽한 철갑을 갖추진 못했다. 대신 개개인의 투구와 갑옷, 무기까지 검게 칠해 위압감을 준 게 특징이었다. 거의 혼연일체가 될 정도로 말에서 먹고 자며 이동하는 등 혹독한 훈련을 거친 정예부대이기도 했다.

현 대륙에서 가장 발달한 형태의 철기라면 단연코 유주국의 청광기였다. 우선, 기병 개개인이 소형 쇠뇌를 써서 원거리에서부터 일차적으로 적 대열을 흩뜨리는 게 가능했다. 쇠뇌도 쇠뇌지만 청광기의 가장 위력적이면서도 특징적인 부분은 역시 개량형 안장과 등자였다. 용운에 의해 본래 역사보다 백 년가량을 앞서서 도입된 등자는, 백 년의 시간을 앞선 만큼의 위력을 발휘했다.

대부분의 경우 철기병의 최초 공격 수단은 밀집 상태에서 돌진하여 적 대열과 충돌하는 것이다. 서양식으로 표현하자면 차징(charging, 몸통 박치기)이라는 공격이다. 문제는 정작 그때 당사자가 낙마하여 죽거나 부상하는 경우도 종종 생긴다는 것이다. 적도 목책을 세우거나 진형을 단단하게 하고 장창병을 내세우는 등 차징에 대비하기 때문이다.

그러나 등자를 착용한 만큼 안정감이 생기고 방향 전환이 수월해지자 청광기 부대에는 그런 일이 거의 사라졌다. 또 최초의 차징 이후에는 필연적으로 적 보병이나 기병과 무기를 맞부딪치며 백병전으로 들어가게 되는 상황이 발생한다. 그럴 때도 등자는 강력한 효과를 발휘했다. 육중한 무기를 휘둘러 서로 부딪쳤을 때, 발 디딜 것이 있는 만큼 더 많은 힘이 전달된다. 자연히 공격의 위력도 강해졌고 몸의 균형을 잡기에도 훨씬 유리하여 허점이 덜 드러났다.

한 손으로도 발사 가능한 쇠뇌로 정신을 빼놓은 뒤, 단숨에 들이치면서 창을 내찌른다. 다음 근접전이 되면 개량형 안장에 장비되어 있는 두 자루의 소검으로 싸운다. 붙어 있을 때는 극이나 장창보다 소검이 훨씬 유리함은 당연지사. 공격 거리가 달라진 적이 당황하는 사이, 허점을 귀신같이 찾아서 벤다. 그사이 주력인 중장보병이 근접하면 재빨리 치고 빠진다. 적들에게는 전광석화처럼 느껴지는 이런 전법 덕에 '푸른 빛'이란 별칭이 부끄럽지 않았다.

한데 아침 일찍 석양현에 모습을 드러낸 철기병들은 무사뿐만 아니라 말의 몸통까지 덮이는 형태의 철갑에다 등자까지 갖추고 있었다. 또 그 갑옷에 휘황찬란한 금박을 입혀 흑철기처럼 시각적인 효과까지 더했다. 안장 뒤쪽에는 철퇴와 소검 등을 장비했다. 그야말로 철기병의 완성형. 이제까지 중원에 등장한 철기들의 강점을 다 합친 셈이었다.

백성들은 눈이 휘둥그레졌다. 그물을 손질하던 노인도, 배를 정비하던 청년도. 모두 정신없이 금빛의 철기부대를 바라보았다. 그들에게는 마치 하늘에서 내려온 신장처럼 보였다. 하지만 그 신장이 악귀로 변하는 데는 긴 시간이 걸리지 않았다.

석양현에도 알음알음 소문은 전해져 있었다. 안륙성에서 금빛 갑옷을 입은 군대가 나타나 닥치는 대로 사람들을 죽였다는. 그 소문을 듣고 무수한 사람들이 짐을 싸 피란길에 올랐다. 그러나 모든 이들이 그 소문을 다 믿은 건 아니었다. 실제로 그 광경을 본 사람이 없었기 때문이다. 그 탓에 오히려 다른 괴소문이 퍼졌다.

"지금 강하성은 형주목님이 다스리는 게 아니라, 손가와 유주군에게 넘어갔다며? 특히, 유주군은 오랑캐들과 가깝게 지내는 무도한 무리가 아닌가. 그리로 갔다가는 모두 붙잡혀서 오랑캐들에게 팔려갈 걸세."

또 불안한 가운데서도 삶의 터전을 쉽게 떠나지 못한 이들도
많았다.

"강하로 가면 배 한 척, 그물 하나 없이 새로 시작해야 하는
데…. 아무러면 죄도 없는 우리를 괜히 죽일 리가 있겠나."

특히, 장년층 이상에서 저런 부류가 많았다. 이래저래 석양현
에 있던 백성 중 절반 정도만이 피란길에 올랐다.

석양현의 현령 역시 남은 사람 중 하나였다. 여전히 남아 있는
백성들을 돌보기 위해서였다. 그는 멀리서부터 금빛 철기대가
다가오는 걸 보고 잔뜩 긴장하고 있었다.

'설마 그 소문이 사실이었단 말인가?'

그러다 그들이 들고 있는 유(劉, 유표를 가리킴) 자가 쓰인 깃발을
보고 다소 안심하여 성문 밖으로 나갔다. 진격해온 방향이나, 철
기대가 풍기는 조용한 분위기, 또 유표의 부대임을 드러내는 깃
발. 이런 것들을 보고 아군이라 판단한 것이다.

'주목님께서 보낸 부대라면 우리를 공격할 이유가 없다. 석양
현은 엄연한 주목님의 영토니까.'

설령 적이라 해도 어차피 석양현에는 맞서 싸울 만한 성벽이나
군대도 없었다. 그럴 바에는 비위를 거스르지 않는 편이 나았다.
무저항의 상대를 이유 불문하고 죽이는 미치광이가 있겠는가.

'그나저나 엄청난 위용이구나!'

아침 햇살을 받아 번쩍이는 삼만의 철기가 대오를 맞춰 서 있
는 모습은 그 자체로 장관이었다. 그런데 그들의 행동이 뭔가 이

상했다. 그들은 현령이 먼저 나오기 전까지 전령을 보내 성문을 열라고 명하거나 요구사항을 전달하지도 않았다. 그저 성문에서 좀 떨어진 자리에 멈추더니 묵묵히 서 있을 뿐이었다. 현령은 지휘관으로 보이는, 선두에 선 철기병에게 다가가 조심스럽게 물었다.

"양양성에서 오신 겁니까?"

대답 대신 돌아온 것은 엉뚱한 질문이었다. 지휘관은 건조한 목소리와 어조로 현령에게 물었다.

"넌 교를 믿는가?"

"예? 무슨 교 말씀입니까?"

"신성한 별의 힘을 믿는가?"

지휘관이 높은 말에 올라타 있지 않았다면, 현령은 그의 투구 안쪽에서 번득이는 붉게 충혈된 눈을 봤을 것이다.

형주에서의 성혼교는 아직 이런 작은 성에서는 생소했다. 서령은 성혼교의 전파보다는 자기 자신이 총관으로서 권력을 잡는 데 더 집중했었다. 하지만 성수의 사용을 위해서는 성혼교를 전도하지 않을 수 없었다. 그게 법칙인 까닭이다.

종교는 세뇌하기 가장 좋은 신념 중 하나다. 이를 바탕으로 성수에 들어 있는 나노머신이 '성혼마석' 특유의 전파를 뿜어내는 자, 즉 성혼교의 장로에 해당하는 위원회 멤버들에게만 반응하도록 애초에 프로그래밍되어 있다. 그렇다 보니 성혼교에 대해 설파하는 과정이 필수였다. 아무리 맹신하게 된다고 해도 최소한 믿는 대상이 어떤 것인지에 대한 개념은 잡혀야 한다. 그래야만 성수가 효력을 발휘하는 까닭이다.

서령은 황금철기대에게도 당연히 성혼교를 전도했다. 그런 뒤, 식수에다 개조한 성수를 섞어 효과를 극대화했다. 그런데 개조 과정에서 뭔가 문제가 생긴 듯했다. 비율 문제인지, 나노머신의 이상인지 혹은 다른 원인인지 알 수 없지만….

"신성한 별의 힘이라니, 그게 뭐지…."

"제거한다."

…충성하는 정도를 넘어, 광신도가 되어버린 것이다. 서령은 학살을 명한 적은 없었다. 그 과정에서 인간으로서의 감정도 거의 거세되었다. 조작한 나노머신이 뇌의 잘못된 부분을 건드린 게 분명했다.

지금의 황금철기대는 성혼교의 이단 사냥꾼이나 마찬가지였다. 현대로 치자면, 이슬람 극단주의자들에게서 두려움이나 동정심 같은 인간적인 감정마저 제거한 꼴이다. 그런 자들이 시대를 앞선 무기와 장비를 들었다. 그야말로 무서운 적이라 할 수 있었다.

"무슨…."

최악! 단칼에 현령의 목을 날려버린 지휘관, 채모(蔡瑁)가 외쳤다.

"역도들이 몰려 있는 곳이다. 모두 쓸어버려라!"

삼만의 금빛 재앙이 성문 안으로 쏟아져 들어갔다. 그리고 일방적인 살육이 시작되었다.

채모는 괴월과 같은 고향 사람으로, 일찍부터 유표를 섬겼다.

또한 조조와도 친분이 있었다. 그의 고모는 후한의 태위 장온에게, 큰누나는 정사에서 제갈량의 장인인 황승언과 혼인했다. 또 작은누나가 유표의 후처로 갔으며 조카딸은 유표의 차남 유종과 결혼했다. 혼인으로 맺어진 인맥만 봐도 실로 세력이 막강했다. 《삼국지연의》에서는 무능력한 비겁자처럼 묘사되나, 실은 실세 중의 실세였다. 서령은 일찌감치 세뇌시킨 괴월, 괴량과 더불어 이 채모를 형주에서 요주의 인물로 판단했다. 이에 성수를 먹이는 한편, 성혼교도로 만들어 황금철기대를 맡긴 것이다.

한양현은 석양현에서 약 백 리(40킬로미터) 정도밖에 떨어져 있지 않았다. 기병이 적당한 속도로 행군할 경우, 두 시진(약 네 시간)이면 충분히 닿을 거리였다.

성의 상태를 둘러본 사마의가 가볍게 혀를 찼다.

"이건 그냥 담장 수준인데? 성벽이라고 하기도 어렵겠군. 예정대로 유인작전으로 갈 수밖에."

"맡기겠습니다, 총군사."

제갈량의 대답에, 사마의는 그를 물끄러미 바라보다 물었다.

"이번 전투의 중요성은 공명 너도 잘 알 터. 최전방을 네가 책임지고 후방의 핵심 작전을 내가 맡는다고 쳐도 중간에서 허리가 되어줄 인원이 필요하다."

"예."

"공근(주유)은 아직 전장에 직접 나서기는 무리고 백언(육손)은 육가의 부대와 함께 별동대로 움직일 것이다. 또 서원직(서서)은 전하 곁에서 수행할 터이니 책사 한 사람이 더 있어야 한다.”

총군사가 된 사마의는 연합군을 크게 셋으로 나눴다. 그 각 덩어리마다 반드시 역량 있는 책사가 붙어야 한다는 것이 사마의의 지론이었다. 책사가 없는 부대는 머리 없는 짐승과 같다. 무작정 달려들거나 본능에 따라 움직이다가 궤멸하기 십상이었다. 특히, 지금처럼 아군의 수가 부족할 때는 그 전력의 차이를 지략으로 메워야 했다. 또 왕의 곁에도 반드시 따로 책사 한 사람이 있어야 한다.

‘마음 같아서는 아예 참전을 안 하시면 좋겠지만, 말을 안 들으시니.’

그 책사는 오히려 왕에게 짐이 되어서는 안 되며, 제 몸을 지킬 정도의 무력은 갖춘 편이 좋다.

그러면서 전장 전체의 흐름을 보다가 조금이라도 위험해진다 싶으면 지체 없이 왕을 피신시켜야 한다. 사마의는 그 역할을 서서에게 맡겼다.

개인적인 무력이 출중한 장수 한 명이 부장 하나와 백 사람의 병사를 이끄는 여러 개의 별동대. 이 형태는 크게 보자면 전체 부대의 전열에 해당했다. 제갈량이 지휘할 부대다. 후열은 사마의 자신이 직접 지휘하는 부대로, 적에게 치명타를 안길 핵심 작전을 맡았다. 마지막까지 남아 있어야 하므로 가장 위험한 역할이기도 했다.

성을 기점으로 그 전열과 후열 사이에서 연결을 원활히 해주며, 유인되어 오는 적을 적당히 견제하는 것이 중진의 임무였다.

즉 속도 조절이다. 유인작전은 효과가 큰 만큼 자칫 따라잡히거나 포위되면 괴멸될 위험이 있었다. 따라서 그 강약을 조절할 중진은 매우 중요했다. 전투에 대해 본능적인 감이 있는 자여야 한다.

"혹 그럴 능력이 되는, 추천할 만한 이가 있느냐?"

"있습니다."

"누구지?"

"방사원(방통)입니다."

"음…."

방통은 사마의도 염두에 뒀던 자였다. 다만, 아직 완전히 용운의 사람이 됐다고 하기 어려운 부분이 마음에 걸렸다. 정확히는 용운의 가신이 된 게 아니라, 용운과 손잡은 유비의 곁에 있었기 때문이다. 제갈량과 서서가 용운에게 넘어간 뒤, 유비는 다소 강박적일 정도로 방통과 용운의 접촉을 막고 있었다.

"그는 유현덕의 사람이 아니냐?"

"중진을 자처한 것이 바로 유현덕의 부대입니다. 그러니 그 머리도 방사원이 맡는 게 적합하겠지요. 유현덕은 이번 전투에서 패하면 정말로 갈 곳이 없어지니 최선을 다할 겁니다."

"방사원이라는 자, 그럴 능력은 되는 자인가?"

"손가를 궁지로 몰아넣었던 데는 실질적으로 그의 역할이 컸습니다."

그 말에, 사마의의 눈썹 끝이 꿈틀했다. 이는 곧 제갈량과 힘을 합쳤음을 감안해도 주유와도 맞설 만하다는 뜻이었다.

"그렇군. 알겠다. 그럼 무운을 빈다."

"형님도요."

제갈량, 사마의, 방통.

가히 현 시대 최고라 할 수 있는 세 책사는 각자 맡은 부대를 움직이기 시작했다. 전열은 선단으로 진형을 만들었다. 또 매복할 자들은 그 주변으로 매복했다.

방통은 전령을 통해 사마의의 명을 전달받았다. 옆에 있던 유비가 못마땅한 듯 중얼거렸다.

"흥, 사마중달이라 했던가? 방 군사가 그런 애송이의 지시를 받아야 하다니."

방통이 못생긴 얼굴에 푸근한 웃음을 띠었다.

"저와 동갑입니다, 주공."

"그, 그래?"

"예. 같은 해에 태어났지요."

장비가 눈을 둥그렇게 뜨고 말했다.

"와, 그런데 왜 방 군사가 열 살은 더 많아 보이… 쿠헉!"

장비의 배를 팔꿈치로 친 유비가 답했다.

"그렇군. 하지만 경험이나 실적은 방 군사한테 안 될걸? 합비를 빼앗고 그 주유와 손책을 한계까지 몰아붙였으니 말이야."

"중달은 이번에 형주의 대군을 사망곡으로 끌어들여 몰살하다시피 하고 곽봉효와 함께 강하성도 함락했지요. 특히, 사망곡 작전에서는 제 가문의 불행까지 이용하길 서슴지 않았습니다. 여러모로 저보다 무서운 자입니다."

묵묵히 듣던 관우가 수염을 쓰다듬으며 말했다.

"흐음…. 방 군사가 그렇게까지 말하니 그런 거겠지."

사마의 중달. 유비는 그 이름을 새삼 가슴속에 새겨두었다.

늪지대 위로 붉은 석양이 피처럼 번져 나갔다. 그 석양을 등지고 황금철기대가 마침내 모습을 드러냈다.

"저건가."

조운이 나직이 중얼거렸다.

연합군 전열은 한양성 앞의 거대한 늪지대에다 정박해둔 배 안에서 적을 기다리고 있었다. 조운이 탄 것도 그런 배 중 하나였다. 뱃머리에 선 그의 뒤로는 부장 역할을 맡은 마대(馬岱, 마초의 사촌동생) 및 가려 뽑은 백 인의 병사들이 숨죽이고 있었다. 마대는 저도 모르게 침을 꿀꺽 삼켰다. 해가 저물어가는 까닭에 금색 철갑은 불그스름하게 빛났는데, 그게 더욱 위협적으로 보였다. 또한 한 사람 한 사람의 기도가 심상치 않다는 것을 멀리서 봐도 알 수 있었다.

"무서운가?"

조운 특유의 부드러우면서도 힘 있는 목소리에, 마대는 퍼뜩 정신을 차렸다.

"아, 아닙니다. 대장군!"

"무서울 것이네. 나 또한 그러니까."

"대장군께서도… 무서우시다고요?"

마대는 조운의 옆얼굴을 멀거니 쳐다보았다. 마흔 줄에 접어든 그이지만, 여전히 남자답게 잘생긴 얼굴이었다. 거기에 주름과

연륜이 더해져 더욱 중후한 멋을 풍겼다. 생긴 걸로만 봐선 장수라기보다 대신이나 문필가 같기도 했다.

그러나 마대는 이제 잘 알고 있었다. 저 남자가 휘두르고 내뻗는 창끝이 얼마나 무겁고 매서운지. 처음 마초를 찾아서 업성에 왔을 때만 해도 조운의 명성은 귀가 닳도록 들었지만 실제로 싸우는 모습을 본 적은 없었다. 하지만 이번 원정에 참전하면서 그의 진면목을 깨닫게 되었다. 그가 왜 온 천하에 유주대장군이라 불리며 두려움과 경애의 대상이 되는지도. 그런 남자가 무섭다는 말을 입에 담다니.

마대의 심정을 짐작한 조운이 웃었다.

"하하, 이상한가? 난 늘 무서웠다네. 맨 처음 사람을 죽였을 때도, 처음 전쟁터에 나갔을 때도, 오래전에 여 대공과 싸우다가 죽을 뻔했을 때도. 허나 매번 그 두려움에 맞서 극복해왔기에 지금의 내가 있는 거라네."

"아아, 넷."

"그리고 무서움을 알아야 살아남을 수 있는 법. 죽어버린다면 모든 게 무슨 의미가 있겠는가? 난 오래 살아서 전하를 지켜드려야 하기에 늘 무서워한다네. 저런 막강한 적을 상대할 때마다 말일세."

"그러시군요."

"한데 저들은 그런 무서움을 모르는 듯하군. 주변을 경계하기는커녕 정찰병조차 보내지 않고 무작정 전진해오다니. 함정이든 복병이든 상관없다 이건가?"

"그게 저놈들을 죽게 만들겠군요."

조운은 대답 대신 씩 웃어 보였다. 그 웃음에 마대는 용기를 얻었다.

저벅, 저벅, 저벅.

삼만 마리의 말들이 만들어내는 장대하기까지 한 발소리가 한양성 앞의 늪지대 위로 울려 퍼졌다.

"흐음."

제갈량은 늪지대 뒤편의 대장선에 있었다. 갑판 가운데 높은 누각을 지은 판옥선이었다. 그 누각 위에 서서 백우선을 가볍게 부치며 전장을 내려다보는 중이었다.

'확실히 성에 의존하긴 어렵겠고.'

성벽이라고 해봐야 사마의의 말대로 그저 사람 키의 두 배 정도 높이로 벽돌을 쌓아올린 수준. 성이라는 호칭을 붙이기에도 민망했다. 안륙성에서부터 이어지는 원수와 양양에서 잇대어지는 한수가 만나는 지점에 위치했기에 작은 포구가 형성됐을 뿐이다. 그나마 백성들도 다 대피시키고 병사들은 각자 위치에 매복한 뒤라 적막감마저 감돌았다.

'차라리 이게 잘된 건지도 모른다. 적어도 이곳의 백성들은 희생되지 않게 됐으니까.'

제갈량의 양옆에는 각각 연청과 마충이 자리했다. 연청이 황금철기대를 응시하며 말했다.

"위용은 대단한데 확실히 정상은 아닌 것 같네."

모든 병과가 그렇지만, 기병은 특히 지형에 민감했다. 더구나 늪지대라면 꺼리게 마련이었다. 더구나 한양성 앞의 늪지대는 예전에 흐르던 강의 물길이 바뀌면서 조성된 것이었다. 강 밑바닥에 있는 고운 검은색 개펄이 남은 물과 섞여 진흙탕처럼 변했고 수초가 어지러이 뒤얽힌 형태였다. 말을 타고 지나가기는커녕 걷기에도 최악. 그런 곳으로 주저 없이 말을 몰아오고 있었다.

제갈량이 나직하게 답했다.

"늪지대로 끌어들일 수고를 덜어주니 좋군. 저기서 한 번 더 유인해야 하겠지만."

황금철기대는 거침없이 전진했다. 이미 선단이 와서 한양성 앞에 자리한 걸 보고도 눈도 깜빡하지 않았다. 그들의 눈에는 오직 허술한 한양성의 성벽만 보이는 듯했다. 가로막는 게 있다면 밀어버리고 면구와 강하성을 탈환하는 것. 도중에 성혼교를 믿지 않는 자들과 마주치면 몰살해버리는 것. 이것이 황금철기대의 목표였다. 그런 황금철기대를 보며, 마충이 큰 몸을 부르르 떨었다.

"마충은 무서운, 이에요…."

연청이 부드러운 어조로 마충을 달랬다.

"괜찮아, 마충. 넌 여기서 깃발만 잘 휘두르면 돼. 공명이 위험해지기 전까지는 말이야."

함께 시간을 보내는 사이, 연청은 이 순한 거인이 썩 마음에 들게 되었다.

선두에서부터 삼할 정도의 병력이 늪지대에 들어왔을 때였다. 획! 제갈량의 지시를 받은 마충이 대장선의 누각 위에서 힘차게 깃발을 휘둘렀다. 네 사람은 족히 달라붙어야 겨우 일으켜 세울 수 있을 정도로 큰 깃발이었다. 하지만 괴력의 소유자인 마충은 혼자서도 너끈히 휘둘렀다. 그것을 신호로, 늪지대 여기저기에 흩어져 있는 덤불 안에서부터 유난히 가느다란 화살들이 무수히 날아왔다. 목표는 당연히 황금철기대였다.

"…!"

파파파팟! 퍼퍽! 가느다란 화살은 사람과 말의 철갑 틈새를 뚫고 깊숙이 박혔다. 그럼에도 불구하고 황금철기대의 병사들은 별다른 소리조차 내지 않았다. 문제는 말이었다. 철갑이 덮이지 않은 부위에 화살이 꽂히자, 말들은 비명을 지르며 크게 투레질을 했다. 그 서슬에 몇몇 황금철기대 병사들이 낙마하기도 했으나 그 수는 적었다. 말에서 떨어진 자들도 푹신한 진흙탕에 안착하는 바람에 거의 다치지 않았다.

제갈량의 표정이 살짝 어두워졌다.

'생각보다 동요하지 않는구나. 타격도 적고. 이걸로 큰 기대를 하진 않았지만….'

어쨌거나 화살은 계속해서 날아가 진형 외곽에서부터 적을 조금씩 쓰러뜨렸다. 말들의 발이 푹푹 빠지는 지형인지라 피하기도 여의치 않았다. 황금철기대는 쏟아지는 화살을 고스란히 맞고 있었다. 아무리 갑옷에 튕겨난다 해도 몇 대는 갑옷 틈새나 갑옷으로 가리지 못한 팔다리에 꽂혔다. 그런데 그러거나 말거나 늪지대를 가로질러 전진해왔다. 그 막무가내 진격에 두렵기까지 할 정도였다.

제갈량이 나직하게 말했다.

"마충, 지금. 두 번째 신호다."

마충은 다시 한번 깃발을 크게 휘둘렀다 그러자 정박해 있던 배에서 연합군 장수와 병사들이 뛰어내려 황금철기대를 향해 돌진했다.

조운이 큰 소리로 외쳤다.

"잊지 마라! 반드시 조 단위로 움직이되 계속해서 신호를 주시하는 거다!"

맨 앞에서 괴성을 지르며 달려나간 사람은 커다란 곡도를 든 감녕이었다.

"히이, 하핫!"

그는 해적 출신이라 배 위나 물가에서의 싸움에 익숙했다. 또 늪지대에서도 발이 덜 빠지면서 수초에 얽히지 않게 교묘히 움직일 줄 알았다.

반면, 황금철기대는 대부분 말이 발목까지 발이 가라앉거나 질긴 수초가 뒤엉켜 움직임이 현저히 둔해져 있었다. 상대적으로 감녕은 더욱 날렵해 보였다.

"하하, 멍청한 것들!"

감녕은 황금철기대를 비웃었다. 그리고 급격히 자세를 낮춰 팽이처럼 몇 바퀴나 회전하며 측면으로 이동했다. 그가 지나간 자리마다 황금철기대의 말 다리가 잘려버렸다. 첨벙! 철벅! 말이 고꾸라지며 여러 명의 황금철기대원이 늪지대에 처박혔다.

감녕은 다시 되돌아와 드러난 뒷목이나 팔이 올라가 노출된 겨드랑이 등을 곡도로 쿡쿡 쑤셨다. 휘어진 곡도 끝이 박혔다 나올 때마다 어김없이 피가 뿜어졌다. 감녕이 이끄는 백 명은 그를 뒤따르면서 마무리를 했다. 목을 베어 확실히 죽이거나, 팔다리를 잘라 전투 불능으로 만든 것이다.

"죽여, 죽여, 죽여, 죽여!"

날뛰는 감녕은 언뜻 보면 제정신이 아닌 황금철기대보다 더 미친 듯 보였다.

여포는 그런 감녕을 멀리서 보고 고개를 저었다.

"신이 났구나, 아주."

여포와 청몽은 한 조가 되어 적을 당혹게 했다. 부웅, 쾅! 위에서부터 벼락처럼 떨어지거나, 밑에서 위로 크게 쳐 올라오는 방천화극의 위력은 엄청났다. 여포의 강맹한 공격에 정신이 팔리면, 어김없이 사각지대에서 청몽의 비수가 숨통을 끊었다. 그렇다고 암습에 신경 쓰다 보면 여포의 방천화극에 목이 날아가기 일쑤였다.

"조심해라, 청몽."

"흥, 너나 조심해."

둘은 대화를 나눌 정도로 아직까지는 여유로웠다.

장합은 뒤에서 엄호하는 성월의 지원을 받았다. 말을 타지 않은 상태에서 싸워야 하기에 평소 쓰는 극이 아니라 단창을 들고 나왔다. 그 탓에 간혹 허점이 드러나곤 했다. 그러나 그럴 때마다 성월이 귀신같이 화살을 날려서 장합을 공격하려는 황금철기대원을 고꾸라뜨렸다. 덕분에 장합은 공격에만 전념하면서, 오히려 평소보다 더욱 강맹한 무공을 발휘했다. 굳이 고개를 돌리지 않아도 등 뒤에 그녀가 있음이 느껴졌다.

'이번 전투가 끝나면.'

장합은 닥치는 대로 황금철기대원들을 쓰러뜨리면서 생각했다.

'성월에게 정식으로 청혼하겠다, 반드시.'

장료 또한 압도적인 무위를 선보이고 있었다. 그는 여포와 조운 등에 가려 형주와 양주 일대에는 상대적으로 덜 알려졌다. 사실 장료야말로 정사와 《삼국지연의》를 통틀어 돌격형 무장의 대표 격이었다. 홀로 적 진영 한가운데 뛰어들어 전체를 흩어버릴 능력을 갖춘 장수라는 의미였다.

쩡! 서걱! 왼손의 삼첨도로 공격을 막고 오른손의 삼첨도로는 적 한 명의 목덜미를 베었다. 직후, 자유로워진 오른손으로 왼쪽의 적을 내리쳤다. 그가 양손으로 휘두르는 삼첨도는 마치 살육에 최적화된 기계와 같았다. 막았다 하면 다음 합에 베이고 먼저 공격해도 막힌 다음에 베인다.

손가의 장수들은 장료를 보며 혀를 내둘렀다.

"저자는 누구지? 조자룡과 여봉선 외에 또 저런 장수가 있었다니…."

"유주군의 저력은 정말 무서울 정도로군."

그러는 반장과 진무 등도 손가 장수들의 세대교체가 성공적으로 이뤄졌음을 증명해 보이고 있었다.

"흥, 그렇다면 우리도 뒤처질 수 없지. 주공의 체면이 걸린 문제라고."

으르렁대는 반장은 특이하게 철조(鐵爪, 양손에 착용하는 손톱 모양의 무기)를 끼고 나왔다. 팔뚝 아래까지 덮이는 가죽장갑의 손등 부분에 끝이 날카롭고 약간 휘어진 긴 갈고리 세 개가 부착된 형태였다. 또 각각의 갈고리에는 반지처럼 손가락에 낄 수 있는 고리도 연결되어 있어서 안정감을 더했다. 그 철조를 낀 채 양손을 휘두르며 싸우는 모습은 마치 한 마리의 야수를 연상케 했다.

진무는 거대한 체격과 그 덩치로만 휘두를 수 있는 칼을 이용해 우직하게 싸웠다. 그의 칼은 폭에 비해 유난히 길어, 대도(大刀)라기보다 장도(長刀)라 표현하는 것이 정확해 보였다. 거꾸로 쥐었을 경우, 손잡이를 잡고서는 도 끝을 땅에 꽂아 세울 수 없어서 뒤로 비스듬히 끌어야 할 정도의 길이였다. 진무의 신장이 팔척(약 2미터)에 달함에도 그랬다. 부웅! 챙! 베기 위한 사전 동작으로 휘둘러 올리는 자체가 방어가 되었다. 머리 위로 용오름처럼 치켜올라가는 열 자(약 3미터) 길이의 도에 병장기가 튕겨 나면, 그 자리로 올라갔던 도가 곧장 떨어져 내렸다.

"타핫!"

퍼석! 정직한 수직 베기에 황금철기대원은 어김없이 투구째 머리가 쪼개졌다.

용운은 가신들의 만류에도 불구하고 장수들 틈에 섞여 최전방에서 싸우고 있었다. 픽! 그는 손바닥을 쳐올려 황금철기대원 하나를 쓰러뜨렸다.

'다섯 명째.'

손바닥으로 턱을 가볍게 쳤을 뿐인데, 쓰러진 황금철기대원은 더 이상 움직이지 못했다. 코와 귀에서는 검붉은 피가 흘러나왔다. 손바닥을 통해 턱으로 경력을 주입하여 뇌를 곤죽으로 만들었기 때문이다. 경력은 일종의 진동파였기에 아무리 튼튼한 투구를 썼어도 막을 수 없었다. 퍽! 또 한 명이 피를 뿜으면서 쓰러졌다.

'여섯 명째.'

용운의 부장은 흑영대원 2호 위연이었다. 용운이 쓰는 경력의 원리를 모르는 위연은 경이롭다는 눈빛으로 그를 바라보았다.

'저 독한 놈들을 저리도 쉽게 쓰러뜨리다니. 역시 전하는 대단하신 분….'

황금철기대원들이 오는 도중에 위치한 성의 백성들을 모조리 학살했다는 얘기에, 용운도 손속을 독하게 쓰고 있었다. 그러나 용운이 아무리 죽고 죽이는 전투에 익숙해졌다고 해도 그럴 때의 기분이 좋을 리가 없었다. 감녕처럼 살인 자체를 즐기는 게 아닌 한은.

'어차피 성수에 의해 세뇌된 자들이다. 안도전이 방법을 찾아내기 전까지는 원래대로 되돌리기란 불가능에 가까워. 이들을 하나 죽일 때마다 죄 없는 백성들과 내 사람들이 살아남을 확률이 높아지는 거야.'

그는 이런 생각으로 싸우고 있었다. 그러다 문득 이상한 위화감을 느꼈다.

'아무리 늪지대에서 싸워서 움직임이 제한됐다고 해도 생각보다 너무 무기력한데?'

용운이 쓰러뜨린 자만 해도 벌써 일곱 명. 연합군은 수가 훨씬 적은데도 오히려 황금철기대를 마구 밀어붙이고 있었다.

그때쯤에는 제갈량도 뭔가 이상함을 감지했다.

'설마….'

전장에 불온한 기운이 흘렀다.

한양성 혈투 2

위화감을 느끼게 한 것은 바로 황금철기대원들의 눈빛이었다. 지금쯤은 늪지대로 유인당해 함정에 빠졌음을 알 터. 행동이 부자유스러워진 가운데 동료들이 속속 죽어나가고 있었다. 그러나 누구 하나 동요하거나 두려워하는 기색이 없었다. 오히려 늪지대 안으로 더 깊이 들어오려는 듯한 움직임마저 보였다.

반면, 가운데로 쏠린 연합군은 황금철기대를 계속 밀어붙여 쐐기 형태로 깊숙이 파고 들어갔다. 황금철기대의 수가 훨씬 많다 보니, 가운데는 뒤로 몰리고 양옆 끝은 그대로 전진하는 꼴이 됐다. 황금철기대는 자연스럽게 연합군을 세 방향에서 감싸는 듯한 모양새로 변했다. 중진은 후퇴, 날개처럼 펼쳐진 좌익과 우익은 양옆에서 적을 포위한 다음 후미까지 막아버리는….

'학익진(鶴翼陣, 학이 날개를 펼친 듯한 형태로 적을 포위하여 공격하는 진법)!'

용운과 제갈량이 동시에 떠올린 생각이었다.

연합군의 책사들은 본의 아니게 몇 가지 큰 실책을 범했다. 첫 번째는, 황금철기대가 자기 세력하의 백성들마저 살육한 데 너무 현혹됐다는 점. 세상에는 냉철한 살인마도 분명 존재할 수 있다. 반드시 이지(理智)를 잃어야만 그런 짓이 가능한 건 아니었다. 두 번째는, 황금철기대에 제대로 된 참모가 동행하지 않았다는 정보를 맹신했다는 점. 마지막 세 번째는….

'내 실수다. 늪지대에서 각개격파를 당하면 당연히 당황해서 전진을 멈추거나 우왕좌왕하리라 생각했는데….'

그들의 행동을 상식 범위 내에서 예측했다는 것. 이 세 가지를 깨닫고 아연해진 제갈량이 입술을 깨물었다.

그러나 이는 그만의 실책이라 보기는 어려웠다. 연합군의 모든 책사가 함께 의논하여 채택한 책략이기 때문이었다. 또한 책략은 어느 정도 적의 행동을 예상하여 짤 수밖에 없다. 불운하게도 그 예상이 범위를 벗어난 것이다.

"마충, 깃발을!"

제갈량의 다급한 어조에, 마충도 덩달아 놀라서 힘껏 깃발을 휘둘렀다. 이번에는 후퇴를 명하는 신호였다. 멈췄다간 양쪽 측면에서 공격을 받을 것이고 더 전진했다가는 아예 후퇴할 길마저 막힌다. 지금이라도 뒤로 빠져 피해를 최소화해야 했다.

다음은 깃발이나 북소리만으로는 전달하기 어려운 세부 사항을 명할 차례였다.

"전령!"

달려온 흑영대원 전령을 향해 제갈량이 빠르게 말했다.

"문원(장료)과 여 대공(여포)은 좌측을, 맹기(마초)와 홍패(감녕)

는 우측을 맡으라. 적이 대열을 파괴하고 찔러 들어오지 못하게 하라. 준예(장합)는 성월과 더불어 중진에서 적을 계속 압박하라. 다른 장수들의 조는 각자 알아서 저들을 돕도록. 그리고….'

잠깐 망설인 제갈량은 결심한 듯 말을 이었다.

"전하께서는 계속 중진 선두에 계시라고 전하라."

제갈량이 보기에 현 상황에서 가장 압도적인 전투력을 보이는 아군은 용운이었다. 동시에 역설적으로 가장 먹음직스러운 미끼이기도 했다. 용운이 보이는 한 적은 공격을 포기할 수 없을 터였다. 하지만 가장 위험한 역할을 유주군의 심장이라 할 수 있는 왕에게 맡겨도 되는가. 그 이유로 멈칫했으나 제갈량은 승리를 택했다.

"알겠습니다."

두 명의 흑영대원은 재빨리 전장으로 달려갔다.

제일 먼저 변화를 감지한 자는 동물적인 감을 가진 반장이었다.

"어? 이거, 갑자기 왜 이러지?"

기세 좋게 적을 격파해나가고 있었는데, 갑자기 운신의 폭이 좁아지고 뭔가 힘들어졌다. 정신을 차리고 보니, 언제 나타났는지 양옆에서 적들이 공격해오는 게 아닌가.

"뭐야, 매복이야?"

신경질 내는 반장에게, 손가의 장수 중 한 사람인 장흠이 말했다.

"생각 좀 하고 말하게. 아무것도 없던 걸 뻔히 봤는데 매복일 리가. 우리가 가운데로 밀고 들어갈 때 적의 좌, 우익은 계속 전진해와서 그런 것이네."

"헛, 깜짝이야! 넌 왜 여기 있어?"

장흠 또한 일정 수준 이상의 무력을 갖췄다. 그에 따라 부장 하나와 백 인의 병사를 거느리고 흩어져 싸우던 중이었다. 그런 그가 반장의 바로 뒤에 있었던 것이다.

"옆으로 밀려와서 자네 조와 뒤섞였네."

장흠의 말을 들은 반장이 앓는 소리를 냈다.

"끙! 답답이 녀석은?"

답답이란, 반장이 고지식한 진무에게 붙인 별명이었다. 자유분방하고 거친 반장과, 원칙주의자에 도덕적인 진무는 성격이 극과 극이었다. 또 비슷한 연령대에, 비슷한 시기부터 손책을 섬겼고 공적도 엇비슷한 경쟁자이기도 했다.

"저쪽."

반장은 장흠이 가리키는 방향을 보고 혀를 찼다.

"저 녀석, 내 저럴 줄 알았지."

진무는 손가의 장수 중에서는 누구보다 깊숙이 적 진영 가운데에 들어가 있었다. 중진에서 밀려나지 말고 유주왕을 지켜라. 이게 그가 손책에게서 받은 명이기 때문이다. 진무의 성격상 사방이 적으로 둘러싸여 혼자만 남는다 해도 결코 물러나지 않을 터였다. 그는 용운의 근처에서 조운의 조와 더불어 가장 치열한 공격을 감당해내고 있었다.

"가자, 장흠. 작은 주공(손권)께서 저놈을 총애하시니까 내버려둘 수는 없잖아."

반장의 말에, 장흠이 답했다.

"싫지만 가야겠지…."

그런 둘에게, 손가의 장수 하나가 더 합류했다. 상황에 안 어울리는 쾌활한 웃음소리와 함께.

"하하핫, 형님들! 그런 재미있는 일에 날 빼놓으면 안 되지요."

반장과 장흠의 얼굴이 동시에 찌푸려졌다. 웃음소리의 주인은 바로 능통이었다. 올해로 스물한 살이 되는, 새로운 세대의 손가 장수 중에서도 가장 젊은 축이었다.

'이 자식, 성격은 좋은데….'

'분명, 무공도 뛰어난데….'

'겁나 짜증 나.'

'뭔가 부담스럽다.'

시선을 주고받은 반장과 장흠이 냅다 뛰었다.

"어어? 형님들, 같이 가요! 하하핫!"

능통은 말없이 돌격을 시작한 반장과 장흠을 따라 신나는 듯 달렸다.

비슷한 일이 연합군 진영 곳곳에서 벌어지기 시작했다. 양옆에서 황금철기대가 조여오면서 별동대의 장점이 퇴색했다. 유리하던 지형은 연합군의 발도 묶기 시작했다.

용운은 어느새 자신이 선두에 섰음을 깨달았다. 흑영대원이 제갈량의 지시를 전해온 것도 그때였다.

"계속 중진 선두에서 버텨달라고… 부군사의 지시입니다, 전하."

흑영대원은 황망한 듯 전하면서도 고개를 숙였다. 용운은 피식 웃었다.

'하하, 공명, 이 녀석!'

내가 가장 강자이면서, 또한 여전히 적을 유인해낼 수 있는 수단임을 이용하려는 것인가. 그걸 파악해내는 일은 명색이 책사라면 대부분 할 수 있다. 실제로 행동에 옮기느냐 아니냐가 다를 뿐이다. 바라던 바였다. 용운은 기꺼이 거기에 응했다.

"내 군사가 싸우라고 하는구나. 와라, 성혼교의 개들아!"

퍽, 퍽, 퍼퍼퍽! 용운은 정면에 위치한 황금철기대 하나의 턱을 왼손 손바닥으로 올려쳐서 뇌를 파괴했다. 거의 동시에 그 바로 옆에 있던 자의 명치에다 오른손 정권을 깊숙이 틀어박아 심장을 부쉈다. 직후, 다른 한 놈에게는 양 손바닥을 내밀어 뒤로 날려 보냈다. 그가 날아가는 경로에 있던 수많은 황금철기대원들이 우수수 밀려 떨어졌다. 그 동작이 어찌나 빠른지, 마치 용운이 세 사람 존재하는 것 같았다.

하지만 거기에도 허점은 있었다. 서걱! 용운이 쌍장을 날린 직후, 쓰러져 있던 황금철기대 하나가 그의 허벅지로 창을 찔러 올렸다.

그러나 팔이 절단되는 바람에 뜻을 이루지 못했다. 용운 조의 부장, 위연의 솜씨였다.

"고마워, 위연."

용운의 말에, 위연은 살짝 고개를 끄덕여 보였다.

"빈틈은 제가 메우겠습니다, 전하."

왕의 눈부신 활약에 흔들리던 유주군 장수들은 다시 투지가 솟았다. 시의적절한 제갈량의 지시도 효과를 발휘했다. 좌측과 우측의 압박이 약해지고 용운이 정면에서 적을 감당하자, 연합군은 계획대로 서서히 물러나기 시작했다. 그중 가장 다행인 부분은….

"전군, 맞서 싸우면서 천천히 물러나라. 침착하라. 애초에 이 또한 작전의 일부였다. 우리의 본래 임무는 저들을 깊숙이 끌어들이는 것이었으니, 이제 무사히 후퇴하기만 하면 된다."

여러 별동대 중에서도 핵에 해당하는 조운이 조금도 당황하지 않고 즉각 반응했다는 것이다. 그는 본래 역사보다 훨씬 잦은 실전을 겪고 훨씬 높은 수준의 무공을 익히게 되었다. 덕분에 장수로서의 역량 또한 크게 성장했다. 벽옥접상의 기운과 용운의 수명을 얻어 죽을 고비를 벗어난 일. 진심으로 연모했던 검후를 잃은 일 등도 오히려 그의 성장을 도왔다. 물론, 그런 것들 또한 조운 자신이 범상치 않은 인물이었기에 가능했다. 그저 그런 필부였다면 이미 몸과 마음이 꺾여버렸을 일들이었기에.

내게 새로운 생명을 주고 삶의 목표를 준 용운. 나의 의형제이자, 누구보다 고귀한 성품의 주군. 또한 유일하게 사랑한 여자의 아들이기도 하다. 그의 말이야말로 천명이며, 천하의 주인이 되어 백성들을 오랜 도탄에서 건져낼 이도 그뿐이다.

조운의 이런 신념은 초인적인 힘을 발휘하게 만들었다. 마침내 그 힘이 유형의 결실로 나타났다. 용운이 근처에 있었던 덕에 새로운 특기를 탄생시킨 것이다. 용운을 지켜야 한다는 한결같은 마음과 그에게 가장 근접한 무력, 그리고 체내에 남아 있던 벽옥접상의 기운이 반응하여.

'어, 이건?'

용운은 멀지 않은 곳에서 푸른 섬광이 뻗어 나옴을 보고 움찔했다. 그러나 조금도 위험하거나 위협적으로 느껴지지 않았다. 오히려 친숙하며 용기가 고조되는 기운이었다.

'자룡 형님의 기운이다!'

푸른 섬광은 마치 살아 있는 용처럼 허공을 맴돌다가 용운에게로 뻗어왔다. 그리고 섬광이 용운과 만나 그를 휘감는 순간. 용운은 눈앞에 떠오른 새로운 현상을 보았다. 대화창에 아래와 같은 메시지가 나타난 것이다.

연계기(連繫奇) 용포(龍咆) 발동을 승인하시겠습니까?

연계기. 보통 게임에서는 상성이 맞거나 인연이 있는 캐릭터와 함께 발휘하는 기술. 둘 이상의 힘이 합쳐진 만큼 당연히 개인이 쓰는 기술에 비해 발군의 위력을 자랑한다. 그것이 처음으로 구현된 것이다.

'아직도 새로운 요소가⋯. 이건 이《삼국지》의 세계라는 거대한 게임 속에서 구현된 것인지, 아니면 단순히 내가 가진 천기 전뇌경세 때문인지 알 수가 없군.'

어쨌거나 고민할 필요조차 없었다.

"승인."

용운의 말이 떨어지는 순간, 그와 조운 사이에 거대한 빛의 파도가 일어 사방으로 퍼져나갔다. 두 사람의 주변에 있던 병사들은 부상으로 인한 고통이 씻은 듯 가라앉았다. 또한 전신에서 힘이 용솟음치고 두려움이 사라짐을 느꼈다. 그 현상이 용운에게는 수치로 표시되어 보였다.

'범위 내 모든 병사의 무력 수치 5 상승, 분기, 투지, 용맹 효과 중첩 발휘, 호감도 최대치 상승…!'

용운이 파악한 바에 의하면, 이 세계에서는 수치의 등급 차이로 역량이 달라졌다. 예를 들어, 무력 89와 90은 단 1의 차이지만, B급 장수와 A급 장수로 나뉘는 기준이 된다. 88과 89의 차이보다 89와 90의 차이는 같은 1의 차이라도 훨씬 컸다. 하물며 2~3의 수치 차이가 나면 역량은 더욱 벌어졌다. 그런데 용운과 조운 사이에 있던 수백 명에 달하는 병사들의 무력이 일제히 5만큼 오른 것이다. 이는 순수한 무력으로만 따지면, 갑자기 부장급 장수 수백이 더해진 것과 비슷한 효과를 발휘했다.

용운은 전율하며 쾌재를 불렀다.

'이게 나와 자룡 형님의 연계기. 그야말로 최상의 버프기(게임에서 동료에게 유리한 효과를 주는 스킬)잖아!'

때마침 진무를 받치려고 돌격한 손가의 장수들이 그 대열에 합류했다. 전황이 뒤집어지고 황금철기대가 처음으로 당황한 기색을 드러냈다.

"크읏."

"이, 이놈들이…"

초조한 마음으로 지켜보던 제갈량이 안도했다.

'됐다!'

용운과 조운이 분전하자 덩달아 병사들도 사기가 올라 평소 이상의 역량을 발휘했다. 제갈량의 지시를 받은 장수들도 양 측면을 잘 방어해냈다. 거기로 손가의 장수들이 합류하면서 전세가 다시 뒤집혔다. 수치 같은 건 당연히 못 보고 용안을 발동하지 않아서 '흐름'도 안 보이는 제갈량에게는 그렇게 받아들여진 것이다.

거기에 결정적인 한 가지 호재가 더해졌다.

"거기였나."

무력은 조금 떨어지는 듯 보이나 누구보다 냉철하며 전황과 지형 파악에 능숙한 사내. 전신을 적의 피로 물들인 장합이 나직하게 내뱉었다. 물론, 무력이 떨어진다는 것도 동급의 특급 장수들과 비교해 그렇다는 것이다.

장합은 일견 각자 노는 것처럼 보이나, 움직임의 흐름이 만나는 지점을 꿰뚫어 보았다. 적 진영 전방의 꽤 깊숙한 곳이었다. 마침 용운과 조운이 단숨에 적을 몰아치니, 적들이 어지러이 흩어지면서 사이의 벽이 얇아졌다.

'분명 저기에 적장이 있다. 이때를 놓치면 기회는 다시 사라진다!'

장합은 과감할 때는 누구보다 과감해졌다. 또 마냥 차가운 듯 보이나 그 속에는 누구보다 뜨거운 용암이 끓는 사내이기도 했다.

"성월, 엄호를 부탁하오."

부장 성월에게 한마디를 남긴 그가 튀어 나갔다.

"앗, 준예!"

성월이 놀라 외쳤으나 이미 장합은 저만치 달려나간 후였다. 그녀는 잠깐 갈등했다. 그를 뒤따라가 곁에서 보호할 것인가? 아니면 그의 부탁대로 여기서 엄호할 것인가?

'그의 부탁대로.'

성월은 거대한 핏빛 활을 힘주어 움켜잡았다. 이 낯선 세상에서 그녀가 가장 잘할 수 있는 일은 궁술이었다. 죽은 뒤 새로이 얻은 이 몸에 그렇게 각인되어 있었다. 그렇다면 그 일을 한다. 용운과 이어져 있던 혼의 연결이 약해질 정도로 그녀의 마음과 혼을 송두리째 장악한 사람. 그가 부탁한 대로.

다만, 주인이었던 이를 멀리하고 다른 자를 마음에 둔 대가일까. 이제 이전과 같은 대규모 살상력을 가진 화살 비는 퍼부을 수 없게 되었다. 한두 가지 특기가 봉인됐음을 자연스럽게 깨달을 수 있었다. 그렇다고….

"특기, 천관일시(天貫一矢, 하늘을 꿰뚫는 한 발의 화살)."

궁술 실력 자체가 사라진 건 결코 아니었다. 피융! 팟! 장합을 막아서던 황금철기대원 둘이 몸을 뒤집으면서 말에서 떨어졌다. 어디선가 날아온 화살에 둘 다 정확히 눈이 관통된 것이다.

'고맙소.'

두 발의 화살은 각각 장합의 왼쪽 관자놀이를 스치고 오른쪽 겨드랑이 아래로 지나갔다. 하지만 장합은 조금도 위축되지 않았다. 정인의 활 솜씨를 세상 누구보다 믿는 까닭이었다. 그는 거센 파도를 헤치듯 연이어 달려드는 황금철기대원들을 쓰러뜨려 갔다. 그의 뒤를 백 인의 병사, 이제 다수가 전사하여 반만 남은 오십 인의 병사들이 목숨을 걸고 따랐다. 그들도 장합의 이 돌격에 전투의 승패가 걸렸음을 어렴풋이 눈치챈 것이다.

그러던 어느 순간, 마침내 벽이 사라졌다.

"저자다."

그리고 가운데서 은연중에 부대를 통솔하고 있던 자가 장합 앞에 모습을 드러냈다. 바로 서령이 황금철기대를 맡긴 채모 덕규였다.

"놈, 어떻게!"

채모는 장합이 갑자기 나타나 달려들자 크게 놀란 기색이 되었다. 그의 본래 무력 수준은 용운의 대인통찰 기준으로 70 초반, 대략 72 정도 되었다. 그것이 무력을 극대화한 성수의 효력으로 92까지 높아졌다. 등급은 두 단계, 수치로는 무려 20이 상승했다. 하지만 그럼에도 이제 100에 가까워진 장합에게는 미치지 못했다. 가뜩이나 여기까지 적장이 돌격해오리라고 예상치 못한 터라 당황해서 더욱 손발이 어지러워졌다.

이 시대에 이런 방식의 기습은 실제로 통해서 단숨에 전황을 뒤집는 것도 가능했다. 가장 유명한 예로 백마 전투에서의 관우가 있다.

관우가 멀리서 안량의 군기와 덮개를 보고는 말을 채찍질해 나아가 수만의 군졸 속에서 안량을 찌르고 그 머릴 베어 돌아오니, 원소의 여러 장수 중에서 능히 당해낼 자가 없었다.

이는 소설 《삼국지연의》의 묘사가 아니라, 정사 〈촉서 관우전〉의 일부다. 현대전에서는 상상하기 어려운 일이다. 물론 정사의 기록도 백 퍼센트 정확하다 할 순 없겠으나, 적어도 그 비슷한 일들이 벌어졌다는 증거는 되었다.

채모는 서령이 특별히 내린 갑옷과 창을 가졌다. 그게 아니었다면 이미 장합에게 쓰러졌을 것이다. 채모가 입은 갑옷은 표면을 특수하게 가공하여 적의 공격을 미묘하게 굴절시켰다. 방어력과 강도가 높음은 당연지사.

장합의 공격은 몇 차례나 빗나갔다. 창 또한 탄성을 가진 합금으로 제작되어 원래의 궤도보다 휘어져 들어오곤 했다.

채모와 십여 합을 맞부딪쳐 싸우는 사이, 황금철기대원들이 금세 주변을 둘러쌌다. 휘하의 병사들이 필사적으로 버티곤 있었지만 곧 무너질 듯했다. 묵묵히 공격을 퍼붓던 장합이 말했다.

"네놈들이 여기까지 오는 동안 몇몇 성의 죄 없는 백성들을 모조리 학살했다는 게 사실인가?"

"…"

"왜 그런 짓을 한 거지? 그들은 우리가 아니라, 오히려 너희에게 기꺼이 협력했을 텐데. 혹 서둘러 오느라 군량을 챙기지 못해 약탈하고 입이라도 막으려 한 것인가?"

"…"

말하는 사이, 장합은 계속해서 채모의 명치를 찔러 갔다. 몇 번은 알고도 못 막았고 몇 번은 막으려다 실패했다. 그러는 동안 갑옷의 명치 부위에 미세하게 균열이 가기 시작했다. 정확하고 집요한 공격의 결과였다.

쩍! 갑옷이 크게 쪼개진 순간, 마침내 침묵을 지키던 채모가 못 견디고 입을 열었다.

"모두 서둘러 날 도와…."

콰득! 그 입에 장합의 창날 끝이 틀어박혔다.

"더 확실한 곳이 있다면 굳이 한 곳을 고집하지 않는다."

장합은 뒤통수로 창날이 삐져나온 채 쓰러지는 채모를 내려다보며 내뱉었다. 뒤이어 옆구리의 검을 빼들고 채모의 수급을 취한 다음, 큰 소리로 외쳤다.

"이 장준예가 적장의 목을 베었다!"

두려움을 모르고 이성이 없는 것 같기만 하던 황금철기대도 지휘관이 사라지자 급격히 흔들렸다. 개개인의 광포함은 여전했으나 무의식중에 이를 아우르던 존재가 사라진 것이다.

반면, 연합군의 사기는 크게 올랐다. 용운은 장합이 채모를 벤 것까진 몰랐지만, 분위기가 또 한 차례 바뀐 것만은 확실히 느꼈다.

'적들이 허둥대면서 대열이 무너지기 시작했다. 어쩌면 굳이 유인책까지 쓰지 않아도 이길지도?'

용운이 이런 생각을 한 직후였다. 휘잉. 한 줄기 차가운 바람이 그의 귓가를 스쳤다.

'어라, 찬기가 느껴지네?'

순간, 등골이 오싹해졌다. 용운은 강하성에서 저도 모르는 사이에 눈보라를 불러일으킨 적이 있었다. 하지만 이건 그가 한 일이 아니었고 찬바람이 불 시기도, 지역도 아니었다. 그런 일이 벌어지는 것 자체가 불가능했다. 원래는 그래야 했다.

휘이이이잉! 곧 얼음장 같은 차가운 바람이 연합군의 정면에서부터 휘몰아치기 시작했다.

"이것은!"

평정심을 잃지 않던 조운의 표정도 굳어졌다. 기사(奇事, 기이한 일)도 기사였지만, 분명 이런 기분을 언젠가 한 번 맛본 적이 있었다. 아주 오래전.

'복양성!'

조운은 전풍, 저수 등과 함께 복양성 함락을 위해 조조의 부대를 급습한 적이 있었다. 당시 전풍이 택한 책략은 화공(火攻). 조조의 부대는 갈대숲 가운데 있었으며 바람 또한 그쪽으로 불어갔다. 병법에 문외한인 이가 보더라도 타당한 선택이었다. 그러나 도중에 갑작스레 바람의 방향이 바뀌었다. 게다가 공격해올 리 없다고 생각했던 방향에서 적군이 들이쳐 오는 바람에 대패를 맛봤다. 얼음이 얼 정도의 추운 날씨가 아니었음에도 강이 얼어붙어, 적이 그 위로 건너온 까닭이었다. 그 패배의 결과로 전풍이 사망했으며 조운 자신도 추격해오던 하후연의 화살에 맞아 죽을 뻔했었다.

'그때와 같다!'

이제는 이유를 안다. 위원회와 성혼단이라는 초월적인 힘을 가진 자들. 아마도 그들 중 누군가가 조조군에 있었으리라.

'하지만 황금철기대는 유표의 소속인데, 설마 거기에도 같은 힘을 가진 자가 있었단 말인가?'

이런 추리를 하고 있을 때가 아니었다. 늪지대가 얼어 아군의 발이 묶이고 단단해진 땅은 철기대인 적을 유리하게 만들고 있었다. 퍼뜩 정신이 든 조운이 큰 소리로 외쳤다.

"후퇴! 전군, 즉시 후퇴하라!"

제갈량으로부터의 지시를 받기 전, 독자적인 판단에 의한 것이었다. 가운데 몰린 연합군을 향해 집중적으로 몰아쳐 오는 냉기에, 이미 손이 곱고 움직임이 둔해지기 시작했다. 조운 자신도 이럴진대 병사들이야 말할 것도 없었다.

"큭!"

"아악!"

좀 전까지 용감히 황금철기대에 맞서 싸우던 정예병들이 여기저기서 무기력하게 쓰러져갔다. 무엇보다 곤란한 지경에 처한 이는 적장을 베었음에도 불구하고 예상과 달리 포위되어버린 장합이었다. 투구는 오래전에 날아갔다. 그는 서릿발 같은 광풍에 머리카락을 휘날리며 생각했다.

'하하, 내 판단이 빗나갔단 말인가.'

이미 그를 따르던 병사들은 열 명도 채 남지 않았다.

콱! 퍼벅! 황금철기대원 하나의 배에 창을 꽂고 그 대가로 허벅지를 깊이 베인 후, 장합은 어떤 예감을 떠올렸다. 이 자리가 자신이 최후를 맞이할 장소가 될지도 모르겠다고.

'성월…. 어쩌면 그대에게 돌아가지 못할지도 모르겠소.'

이 이변은 곧 제갈량도 감지했다.

'뭐냐, 천지의 이치는 이런 식으로 변하지 않는다. 대체 무슨

일이 일어난 건가!'

지금의 그로서는, 이치를 거스르는 힘에는 그에 맞는 방식으로 대응할 수밖에 없었다. 제갈량은 전방을 응시하며 눈을 가늘게 떴다. 그러자 미간이 세로로 찢어지며 또 다른 눈이 나타났다. 마치 뱀의 그것처럼 눈동자가 가로로 길었다. 눈을 몇 번 깜빡이다가 정신이 들었다는 듯 부릅떴다. 그러자 제갈량이 나직하게 신음했다.

"크윽!"

감은 양쪽 눈가에서 피가 흘러나왔다. 머리가 깨지는 듯 아팠다. 그는 새삼 실감했다.

'내가 이 힘을 어떻게 얻었는지는 모르겠지만, 인간이 쓸 수 있는 힘이 아닌 건 분명하다.'

마충은 깃발을 팽개치고 양손으로 머리를 감싸며 웅크리고 앉았다.

"히익! 용님이다! 용님은 무서운, 이에요!"

연청이 제갈량을 지켜보면서 마충을 달랬다.

"쉿! 괜찮아, 마충. 저 용님은 우리 편이야."

"우, 우리 편인?"

"그래, 한편이라고 했었잖아. 중모(손권) 님하고도, 문규(반장) 님하고도."

"마, 맞아요. 한편. 다 한편이에요."

"그래, 그래."

하지만 그런 연청의 어깨도 가늘게 떨리고 있었다.

'괜찮나?'

그는 마치 인간이 아닌, 다른 어떤 존재처럼 느껴지는 제갈량의 뒷모습을 보며 생각했다.

'괜찮은 거야, 공명?'

용안은 전장의 흐름을 읽어내어 제갈량에게 전했다. 맑고 깨끗하지만 불안하게 흔들리거나, 곧 사라질 듯 꺼져가는 바람은 연합군의 그것들. 머리 쪽으로 제갈근의 그것과 흡사한, 혼탁한 바람이 뭉쳐진 것은 황금철기대였다. 그중 유독 다른 자들과 다른 하나가 있었다. 시커멓고 증오와 악의에 가득 찬 불길한 바람. 거기서부터 차가운 바람이 쏟아져 나오고 있다.

'저자다!'

그 불길한 바람은 한 곳에서 거의 움직이지 않았다. 아마 그것이 이 강대한 힘을 쓰는 데 대한 제약인 듯했다. 제갈량은 연청에게 그의 위치를 알려준 뒤, 최대한 빨리 용운에게 전할 것을 부탁했다.

"부탁해, 연청. 내 경호는 마충으로도 충분할 거야. 아니, 이대로 아군이 전멸한다면 경호의 의미조차 없어."

"알았다. 다녀올게."

연청은 그 자리에서 꺼지듯 사라졌다.

용운 역시 어떤 심상치 않은 힘이 전장에 작용했음을 깨닫고 있었다. 거기에 대해 짐작 가는 바도 있었다. 다만, 바람의 원류를 파악하기 어려울 뿐이었다. 채모를 제외한 황금철기대 전원은 모두 완벽하게 똑같은 모양의 갑옷을 입었기 때문이다. 더구나 적과 아군이 뒤섞인 상태에 광풍까지 불어 전장은 어지럽기 짝이 없었다.

'머리가 깨져나가는 한이 있어도 이 전원에게 대인통찰을 발동해야 하나?'

용운이 이런 생각을 한 직후였다. 때맞춰 도착한 연청이 제갈량의 진언을 전했다.

"알았어. 거기란 말이지?"

고개를 끄덕이는 용운에게 연청이 말했다.

"부탁한다. 지지 마라."

"…같은 상대에게 두 번은 안 져."

팟! 순간, 모든 것이 멈췄다. 제갈량이 알려준 위치는 제법 먼 데다 중간에 겹겹이 버티고 있는 황금철기대까지 뚫어야 했다. 용운이 아무리 강해도 상당한 시간이 소모된다. 이에 아군의 희생을 줄이고 단숨에 거기까지 도달하기 위해 시공권을 발동한 것이다.

타닥, 타다닥! 용운은 멈춘 세상을 달리고 또 달렸다.

'남은 시간, 십 초.'

용운은 자신이 유난히 느리게 생각되었다. 일직선으로 달리지 못하고 수많은 인파를 피해가면서 전진하는 탓일까. 그리고 시공권의 발동이 끝났을 때, 용운은 마침내 '그자'와 마주했다. 그는 이미 예상했다는 듯 시간이 멈춘 사이 이동해왔기 때문에 갑자기 나타난 것처럼 보였을 용운을 마주하고도 크게 당황하지 않았다. 오히려 비릿한 웃음을 떠올리기까지 했다.

"드디어 널 다시 보는구나."

그가 용운의 이름을 입에 담는 순간.

"진용운."

용운 또한 분노와 증오를 담아 그의 이름을 내뱉었다.

"오용!"

(13권에 계속)

호접몽전 12

1판 1쇄 발행 2022년 9월 22일

지은이 최영진 | 펴낸이 윤혜준 | 편집장 구본근
디자인 오필민디자인

펴낸곳 도서출판 폭스코너 | 출판등록 제2015-000059호(2015년 3월 11일)
주소 서울시 마포구 월드컵북로 400 문화콘텐츠센터 5층 9호(우 03925)
전화 02-3291-3397 | 팩스 02-3291-3338 | 이메일 foxcorner15@naver.com
페이스북 /foxcorner15 | 인스타그램 /foxcorner15

종이 일문지업(주) | 인쇄·제본 수이북스

ⓒ최영진, 2022

ISBN 979-11-87514-94-7 04810